DIE BEGIERDE DER DÄMONEN

DÄMONENFÜRSTEN

MILA YOUNG
HARPER A. BROOKS

Einbandkunst von Jervy Bonifacio | Phoenix Design Studio

Übersetzer:

Julia Heudorf

www.milayoungbooks.com/german
https://harperabrooks.com

INHALT

DANKE

Danke, dass Du einen Mila Young und Haber A. Brooks Roman gekauft hast. Melde Dich bitte für ihre **Mailing Liste** www.milayoungbooks.com/german

Deine Emailadresse wird keinen Dritten zugänglich gemacht und Du kannst Dich jederzeit abmelden.

DÄMONENFÜRSTEN

DIE BEGIERDE DER DÄMONEN

Mit drei Dämonen des Teufels Advokaten spielen? Diesen Kampf kann ich unmöglich gewinnen.

Die Dinge liefen endlich gut für uns. Wir hatten die Reliquien zurück. Wir hatten den Drachen besiegt. Ich dachte, wir hätten gewonnen. Aber letzten Endes hatten wir so viel mehr verloren...

Cain ist schwer verwundet, und ich weiß nicht, wie ich ihn retten soll. Ihn zu verlieren, sollte mich nicht beunruhigen, aber das tut es. Sehr sogar.

Elias und Dorian haben einen Plan: Sie suchen Hilfe bei Menschen, die die dunkelste und grausamste Magie ausüben. Bald stellt sich heraus, dass der Einzige, der genug Macht hat, um den Höllenfürsten vom Tod zurückzuholen, ein Meister des Todes selbst ist. Aber man bekommt nichts geschenkt und der Preis dafür lässt uns durch die Welt reisen und konfrontiert uns mit einer Reihe neuer Gefahren, auf die keiner von uns vorbereitet ist.

Selbst wenn es hier im wahrsten Sinne des Wortes

um den Teufel geht, bleiben die Dämonen eine ständige Versuchung, die ich nicht gebrauchen kann. Bei ihnen zu sein, scheint die Flammen nur anzufachen, aber dass sie mich gehen lassen, hängt davon ab, alle Relikte der Hölle zu finden.

Und wenn ich ehrlich bin, bin ich mir nicht sicher, was ich tun werde, sobald meine Seele frei ist.

Das aufregende und verführerische Abenteuer geht weiter. Hol dir dein Exemplar noch heute!

KAPITEL EINS

ARIA

„Sei vorsichtig, wem du vertraust, der Teufel war einst ein Engel.“ -Unbekannt

Sekunden fühlen sich an wie Stunden. Meine Brust ist so eng, jeder Atemzug ist stechend und schmerzhaft, aber ich kann mich nicht bewegen. Ich kann nicht einmal klar denken, während ich auf Cains zusammengesunkenen Körper starre und sehe, wie sein Blut den Boden um ihn herum verdunkelt.

Bevor ich richtig begreifen kann, was passiert, schlingt Dorian seine Arme um mich und hebt mich vom Boden auf. Wir rennen so schnell durch den Verladehof, dass die eisige Luft an meinem Gesicht und meinen Ohren zieht. Angst wandert durch meine Brust, als der Abstand zwischen uns und Cain wächst. Wir können ihn auf keinen Fall einfach zurücklassen.

„Elias kümmert sich um ihn“, sagt Dorian, als ob er

meine Gedanken lesen könnte, und in dieser Sekunde taucht Elias hinter einen Metallcontainer auf und rennt mit Cain in seinen Armen hinter uns her.

Als wir bei der Limousine ankommen, öffnet Dorian erst die hintere und dann die vordere Tür. „Du wirst für diese Fahrt auf meinem Schoß sitzen müssen, kleines Mädchen."

Mir fällt es immer noch schwer, meine Stimme zu finden, also nicke ich nur. Er rutscht auf den Vordersitz neben den Fahrer und zieht mich dicht an sich heran. In diesem Moment taucht Elias auf und legt Cain auf den Rücksitz, um dann nach ihm hineinzuklettern.

Die Tür ist noch nicht einmal geschlossen, da bellt Dorian den Fahrer an. „Auf, los, Holmes." Und als ob der ältere Mann schon öfter mit solchen Situationen zu tun hatte, drückt er aufs Gaspedal, und wir rasen davon.

Als ich über Dorians Schulter auf den Rücksitz schaue, keuche ich entsetzt auf. Cains Wunden sehen aus der Nähe noch schlimmer aus. Seine Haut ist gespenstisch blass, fast durchscheinend vom Blutverlust, und seine Augen sind geschlossen. Ich starre auf seine Brust, um irgendeine Andeutung von Bewegung zu sehen, irgendein Zeichen, dass er am Leben sein könnte, aber ich sehe nichts.

„Atmet er?", frage ich, meine Stimme kommt in einem ängstlichen Quietschen heraus.

Dorian dreht mein Gesicht so, dass ich stattdessen ihn ansehe. „Er wird wieder gesund."

Aber selbst ich kann die Unsicherheit in seinen Worten hören.

Elias und Dorian tauschen wichtige Blicke aus, und mein Magen dreht sich um. Cain zu verlieren ist einfach keine Option. Auf gar keinen Fall.

Mit seinen Händen fest auf meinen Hüften dreht Dorian mich wieder nach vorne. „Wir sind fast zu Hause“, sagt er, als bräuchten wir nur einen Fuß in die Villa zu setzen, und Cain wäre wieder putzmunter. Als ob es so einfach wäre.

„Es kommt… Es kommt…“, singt eine leise Stimme.

Ich schaue auf die Kiste in meinen Händen und habe fast vergessen, dass ich sie überhaupt noch in der Hand halte. Sie vibriert in meinem Griff, und das unheimliche und gedämpfte Lied der Reliquien dringt durch das Siegel und den Verschluss.

Da niemand sonst auf den traurigen Trommelschlag oder die gruseligen Texte reagiert, scheine nur ich die seltsame Musik zu hören. Ich lehne mich näher heran.

„Es kommt… Es kommt… Es kommt…“

Es kommt? Was soll denn kommen? Ich verstehe es nicht.

Als ob sie meine Gedanken verstehen würden, setzen die Reliquien ihren Gesang fort. *„Tod… Tod… Tod…“*

Eiskaltes Grauen schlängelt sich meine Wirbelsäule hinauf.

Sprechen sie über Cain?

Als das Auto vor dem Haus vorfährt, reißt Dorian die Tür auf, und wir springen heraus. Elias hebt Cain bereits vom Rücksitz auf und hält ihn eng in seinen Armen. Er ist genauso leblos wie vorhin, und es bringt mich um, ihn anzusehen. Dadurch fühlt sich das Lied der Reliquien nur noch realer an.

Dorian und Elias eilen ins Haus und lassen mich zurück. Die Dämonen sind so sehr mit ihrem gefallenen Freund beschäftigt, dass sie im Haus verschwinden, ohne auch nur einen weiteren Blick in meine Richtung zu werfen. Ich stehe in der Kiesauffahrt und sehe zu, wie die Limousine wegfährt. Wieder allein mit den Reliquien in meiner Hand.

Und da ist sie. Ich habe eine weitere Gelegenheit bekommen, zu fliehen. Meine Flucht zu ergreifen. Aber wieder halte ich inne.

Was ist los mit mir?

„Aria, Liebes, kommst du?“, weht Dorians sanfte Stimme von der Eingangstür herüber.

„Ja“, sage ich, während ich mich umdrehe und ins Haus gehe. Dorian ist bereits auf halbem Weg die Treppe hinauf und wartet auf mich. Als ich zu ihm eile, nimmt er mir die Schachtel aus den Händen und beugt seinen Ellbogen in meine Richtung. Ich schiebe meinen Arm hindurch und bin dankbar für die zusätzliche Unterstützung in diesem Moment.

„Er ist in seinem Zimmer“, sagt Cain und führt mich zu seinem Schlafzimmer im zweiten Stock. Als wir die Tür erreichen, steht Elias dort und legt seine Stirn in Sorgenfalten. Es ist so beunruhigend, die Besorgnis in seinem robusten, gut aussehenden Gesicht zu sehen - der Mann scheint sich durch nichts aus der Ruhe bringen zu lassen. Das macht meinen Magen nur noch unruhiger.

„Bist du sicher, dass sie hier sein sollte?“, fragt Elias Dorian, seine Stimme ist sanft.

„Warum denn nicht?“

Ich befreie mich von Dorian und gehe direkt auf das Himmelbett zu, in dem Cain totenstill liegt. Seine Kleidung ist blutdurchtränkt und ich bin überzeugt, dass er tot ist. Kein anderer lebender Mensch könnte diese Wunden überleben.

Das ominöse Lied der Reliquien spielt wieder in meinem Kopf. *„Es kommt... Es kommt... Es kommt... Tod... Tod... Tod...“*

Ich lasse mich neben dem Bett auf die Knie fallen, streiche mit den Fingern über Cains Stirn und spüre, dass seine Haut auch eiskalt ist. Ich kann nicht aufhören, auf seine geschlossenen Augen und seine Brust zu starren, die sich bei seinen flachen Atemzügen kaum bewegt. Die Kombination aus Trauer, Kummer und Angst ist schmerzhaft. Ich will ihn nicht verlieren. Ich *kann* ihn nicht verlieren. Allein der Gedanke daran lässt mich zittrig und kränklich werden.

Ich verliere mich für einen Moment in diesem Gefühl, unfähig, den Blick von seinem fast heiteren Ausdruck abzuwenden. Wäre da nicht das hektische Getuschel von Dorian und Elias hinter mir, hätte ich völlig vergessen, dass sie mit mir im Raum sind.

„Er würde nicht wollen, dass sie hier ist und ihn so sieht, und das weißt du auch.“ Elias' Ton ist scharf.

„Naja, er ist im Moment etwas unpässlich, und sie tut ihm nicht weh“, antwortet Dorian. „Sie macht sich nur Sorgen um ihn.“

„Muss man auch. Sieh ihn dir an.“

„Pssst, ja?“

„Wir müssen uns überlegen, was wir als Nächstes tun“, knurrt Elias verärgert.

„Und das werden wir“, schnappt Dorian ebenso aggressiv zurück.

„Uns läuft die Zeit davon.“

„Das *weiß* ich.“

Ich schlage mit der Faust auf die Bettdecke, während meine Verärgerung immer größer wird. Die beiden wie ein altes Ehepaar zanken zu hören, ist das Letzte, womit ich mich jetzt beschäftigen möchte.

„Könnt ihr beiden einfach die Klappe halten?“ Die Worte stolpern über meine Lippen. Wahrscheinlich nicht das Klügste, was man zu zwei mächtigen und rücksichtslosen Dämonen sagen kann, aber im Moment ist es mir egal. Es muss gesagt werden.

Zu meiner Überraschung antworten sie nur mit Stille, also schaue ich über meine Schulter zu ihnen. Sie beobachten mich beide aufmerksam mit Mitgefühl in den Augen.

Meine Brust zieht sich zusammen, und ich seufze, wobei meine Frustration in Traurigkeit umschlägt. Stirnrunzelnd blicke ich wieder zu Cain. „Er würde nicht wollen, dass ihr streitet.“

„Sie hat Recht. Das ist nicht produktiv“, stimmt Dorian zu.

„Das habe ich auch schon gesagt“, brummt Elias, aber das bringt ihm nur einen harten Ellenbogenstoß in den Bauch ein. Er wirft Dorian einen tödlichen Blick zu.

„*Wir* werden ein paar Telefonate führen“, fährt

Dorian fort, „und sehen, was wir finden können, um seine Heilung zu beschleunigen."

„Mehr Seelen?", frage ich.

„Er wird ein bisschen mehr Hilfe brauchen als das", antwortet er. „Wir werden ein paar Gefallen einfordern müssen."

„Was passiert, wenn wir..." Mein Satz erstirbt, als meine Kehle trocken wird. Ich schlucke ein paar Mal, in der Hoffnung, dass es hilft. „Wenn wir ihn nicht retten können, geht er dann zurück in die Hölle?"

Das ist es, was er will, nicht wahr?

Elias und Dorian tauschen wieder Blicke aus, wahrscheinlich fragen sie sich, wie viel sie mir preisgeben sollen.

Nach einigem Zögern tritt Dorian vor. „So funktioniert das nicht ganz", beginnt er vorsichtig. „Wir sind verdammte Seelen, und verdammte Seelen aus der Hölle verlieren die Vorzüge der Unmoral."

Ich warte darauf, dass er fortfährt, aber als er es nicht tut, frage ich: „Was soll das bedeuten?"

„Wenn wir sterben, hören wir auf zu existieren", antwortet Elias. „Unsere Seelen werden ausgelöscht."

Moment, *ausgelöscht*? Für immer weg? Puff? Einfach weg?

Oh. Mein. Gott.

Der wahre Ernst der Lage trifft mich wie ein Schlag. Hart.

Ich glaube, mir wird übel. Mein Magen dreht sich um und Galle brennt mir die Speiseröhre hinauf, mit drohendem Erbrechen.

„Aber das werden wir nicht zulassen", versichert

Dorian. „Cain hat schon öfter eine Kugel für uns abgefangen. Es ist einfach an der Zeit, den Gefallen zu erwidern."

Vorsichtig bewegen sie sich auf die Tür zu, doch als Elias hindurchtritt, wartet Dorian kurz. „Aria? Kommst du mit?"

Meine Finger streifen den Handrücken von Cain. Der Gedanke, ihn zu verlassen, wenn er praktisch mit einem Fuß im Grab steht, scheint unmöglich.

„Kann ich bleiben?", frage ich kleinlaut. „Bitte?"

Elias' harsches „Nein" wird durch eine schnelle Handbewegung von Dorian unterbrochen.

„Natürlich kannst du bleiben", sagt er trotz Elias' großen Augen. „Wir werden in meinem Zimmer am Ende des Flurs sein. Ruf mich, wenn sich etwas ändert."

Dorian schiebt Elias in den Flur und schließt die Tür hinter ihnen. Mit dem leisen *Klicken* des Riegels versinkt der Raum in eine unbehagliche und ohrenbetäubende Stille. Sie scheint die ganze Luft aus dem Raum zu saugen und lässt meine Lunge eng werden. Als ich wieder zu Cain hinunterschaue, beginnen meine Augen zu kribbeln, aber ich kämpfe dagegen an, um die Tränen zu unterdrücken.

Ich sollte nicht eine einzige Träne für diesen Mann vergießen - diesen Dämon. Ich sollte überhaupt nichts für ihn empfinden, außer purem Hass und vielleicht etwas Erleichterung, dass ein Dämon weniger mein Leben kontrolliert.

Aber egal, wie oft ich mir das sage, die Tränen sammeln sich immer noch bei dem Gedanken, ihn zu verlieren, und ich bin gezwungen, schnell wie eine Verrückte zu blinzeln, damit sie nicht hinauslaufen.

Unsicher, was ich sagen soll, lege ich meine Hand um seine und drücke ein wenig fester zu. Als mein Blick wieder über ihn wandert, fällt mir das Funkeln von etwas Glänzendem in seiner zerrissenen Hemdtasche auf. Ich greife hinüber und ziehe vorsichtig eine filigrane Goldkette mit einem Flügelanhänger heraus, und mein Herz bleibt stehen.

Es ist die Halskette mit seinem Wappen, die er mir geschenkt hatte. Die, die ich mir vor unserer Reise nach Missouri in einem Anfall von Ekel vom Hals gerissen und nach ihm geworfen hatte.

Ich kann nicht glauben, was ich da sehe. Er hat sie mit sich herumgetragen? Aber warum?

Bei näherer Betrachtung stelle ich zu meiner Überraschung fest, dass sie völlig intakt ist, die Kette ist geflickt und es gibt keinen Hinweis darauf, dass sie jemals gebrochen war.

Und das bedeutet, dass er sie irgendwann reparieren ließ.

Für mich.

KAPITEL ZWEI

ARIA

Mein Magen krampft sich zusammen, als ich die Kette in meine Handfläche lege. Das Gold schimmert im Sonnenlicht, das den Raum durchflutet, aber wenn man bedenkt, wie schlecht die Dinge in letzter Zeit gelaufen sind, sollte es draußen in Strömen regnen und der Donner den Boden erschüttern. Das sonnige Wetter fühlt sich falsch an, wenn mein Inneres so zerrüttet ist.

Die Tatsache, dass wir Sir Surchion besiegt haben, fühlt sich immer noch surreal an, vor allem, weil es einen so hohen Preis hatte.

Ich streiche mit den Fingern über die Kette und spüre, wie das Metall noch immer kühl ist, als ich es berühre. Sie ist so klein und scheint doch so viel zu wiegen, als ich sie in die Hand nehme.

Ich hebe meinen Blick zu Cain, wo er noch immer unbeweglich und totenblass im Bett liegt.

„Warum musstest du die Kette reparieren lassen?“,

flüstere ich Cain zu, wohl wissend, dass er mich nicht hören kann. Vielleicht ist das der Grund, warum ich mich so wohl fühle, meine Meinung zu sagen und mich nicht zurückzuhalten.

„Es wäre so viel einfacher gewesen, damit umzugehen... mit dir... du weißt schon... wenn ich dich hassen würde. Aber das musstest du ja ändern, nicht wahr?" Meine Stimme knistert, und ich schlucke den Felsbrocken in meiner Kehle hinunter, dann blicke ich wieder auf den Anhänger hinunter.

Tief in meinem Inneren weiß ich, dass die Halskette nicht der einzige Grund ist, warum ich am Bett dieses Dämons sitze, mir Sorgen um ihn mache und weitere Tränen zurückhalte, die zu fließen drohen und nicht mehr aufhören. Dazu kommt der herzzerreißende Schmerz, mitanzusehen, wie Cain immer weiter von mir weggleitet.

Ich konzentriere mich wieder auf den Flügel.

Ein einzelner Flügel mit winzigen Einkerbungen, die den Anschein erwecken, dass er mit Federn bedeckt ist.

Ein Anhänger, der von einer dünnen goldenen Kette herabhängt.

Je mehr ich es betrachte, desto größer werden meine Augen.

Wie kann diese blöde Halskette mich so sehr beeinflussen?

„Ich hätte dir die nicht an den Kopf werfen sollen. Ich habe es nicht so gemeint, was ich gesagt habe ... Aber du wusstest das, oder?" Ich schaue durch meine

Wimpern zu ihm auf, als sich eine Träne löst und über meine Wange kullert. Im Geiste gebe ich mir selbst eine Ohrfeige dafür, dass ich mir solche Gefühle für Dämonen erlaubt habe. „Du musst es gewusst haben."

Die Stille hängt schwer im Raum, verdickt die Luft, und ich atme scharf und flach ein, während ich die Tränen wegblinzle und mich weigere, noch mehr fließen zu lassen.

„Ich habe dich gehasst ... und ich sollte dich immer noch hassen." Ich fange mit der Hand die Träne auf, die über meine Kieferpartie gleitet, und wische sie über meine Hose. Ohne auch nur einen zweiten Gedanken zu verschwenden, nehme ich die Halskette und lege sie mir um den Hals, dann schließe ich sie.

Der Flügel fällt über mein Oberteil und schmiegt sich in die Mitte meiner Brust. „Nur damit du es weißt, Cain, das hat nichts zu bedeuten. Gar nichts. Komm nicht auf dumme Gedanken."

Ein Teil von mir erwartet, dass er nach dieser Bemerkung ein Auge aufreißt und mich ansieht, aber er bewegt sich keinen Zentimeter. Instinktiv senke ich meinen Blick auf seine Brust und beobachte, wie langsam sie sich hebt und senkt.

Ich setze mich auf die Seite des Bettes und greife hinüber, um lose Strähnen von seiner Stirn zu streichen. Meine Finger gleiten in sein luxuriöses Haar, das Gefühl erinnert mich an das letzte Mal, als wir uns küssten. Die Hitze seiner Lippen, die Intensität seiner Hände, die mich dicht an ihn drücken.

Hitze flammt bei der Erinnerung daran tief in mir auf. Ich beuge mich nach vorne, sodass mein Gesicht nur Zentimeter von seinem entfernt ist, und die Frage, was ich da tue, kommt mir wieder in den Kopf. Doch die Erinnerung an uns zusammen wirbelt mit Rache in meinen Gedanken herum. Unter dem Geruch von kupferfarbenem Blut atme ich seinen maskulinen Duft ein, und er riecht so gut. Ich schließe die Augen, lasse mich von den Erinnerungen treiben, mein Puls rast.

Meine Lippen berühren seine leicht, als ob ich irgendwie hoffe, dass ein einziger Kuss ihn aufwecken könnte, und ihn daran erinnern könnte, dass er nicht allein ist. In halber Erwartung auf eine Reaktion ziehe ich mich zurück, als sie ausbleibt. Ich schließe meine Augen und zittere unter der Realität, wie schwer er verletzt ist. *Bitte werde wieder gesund.*

Schmerz durchströmt mich zusammen mit der Angst, dass er da nicht wieder herauskommt, und es zerreißt mich wie eine Klinge. Ich öffne meine Augen und streiche ihm noch mehr Haare aus dem Gesicht, dann sitze ich, ich weiß nicht, wie lange, da, wache über ihn, meine Augen tränen, Schuldgefühle nagen an meinem Inneren, dass ich nicht mehr getan habe, um ihn zu schützen.

Das Szenario mit dem Drachen spielt sich in meinem Kopf in einer Endlosschleife ab. Hätte ich doch nur nach Cains Arm gegriffen und ihn näher zu mir gezogen.

Ich schlucke den Kloß im Hals hinunter und muss mit diesen Schuldgefühlen aufhören, bevor sie mich auffressen. Die Wahrheit ist, dass wir Glück hatten, den Drachen zu besiegen, und noch mehr Glück, dass er uns nicht alle getötet hat.

„Ich schätze, du bist mir ans Herz gewachsen", sage ich.

Ich schüttle den Kopf darüber, wie zerrissen ich mich fühle. Wie kann ich überhaupt so für einen Dämon empfinden?

Ihm gehört meine Seele.

Er hat mich gekauft, um eine Schuld zu decken.

Kontrolliert mein Leben.

Und wenn er überlebt, hat er die feste Absicht, in die Hölle zurückzukehren... Vielleicht zwingt er mich sogar, mit ihm zu gehen.

Ich muss meine Gedanken wieder zurechtrücken.

Ich lecke mir die trockenen Lippen und stelle mich hin. Dann konzentriere ich mich wieder auf meine Halskette, fahre mit dem Daumen über den Flügel, und blicke wieder zu Cain hinüber, dem Mann... dem Dämon, der mich so sehr beeinflusst hat. Genau wie Dorian und Elias. Diese drei sind in mein Leben geplatzt, und ich bezweifle, dass je wieder irgendetwas so sein wird wie früher.

Vielleicht sehe ich das alles falsch, wenn man bedenkt, dass meinen Aufenthalt hier nur vorübergehend ist, und dass ich alles tue, um zu gehen ... aber was, wenn das die ganze Zeit mein Fehler war? Was, wenn ich mehr gewinnen kann, wenn ich hier bleibe, mehr über meine Vergangenheit herausfinde, mehr darüber herausfinde, wer genau diese Dämonen sind? Und herausfinde, wer ich bin.

Ich kaue auf meiner Unterlippe, als mir ein Anflug von Entschlossenheit durch den Kopf geht, also richte ich meine Haltung auf und sage selbstbewusst: „Ich habe mich entschlossen. Ich werde nicht mehr weglaufen. Ich werde bei euch drei bleiben. Wenigstens für eine Weile. Die Hölle ist immer noch außer Frage, aber darum können wir uns kümmern, wenn es soweit ist. Also... ich schätze, was ich zu sagen versuche, ist... ich nenne das hier erst mal mein Zuhause." Ich plappere einfach drauflos. Aber egal. „Das ist ein Grund mehr für dich, schneller gesund zu werden."

Trotzdem bewegt er sich nicht.

Auch wenn ich hauptsächlich zu mir selbst spreche, ist da ein Gefühl von seltsamer Erleichterung, diese Entscheidung getroffen zu haben. Ich habe es laut gesagt, also ist es real, richtig? Und ich habe die feste Absicht, mein Wort zu halten.

Jetzt muss Cain nur noch gesund werden. Aufwachen.

Er darf nicht sterben... das darf er einfach nicht. Der Schmerz in meiner Brust kehrt zurück beim Gedanken, ihn zu verlieren - ihn wirklich zu verlieren. Für immer.

„Cain... Bitte verlass mich nicht auch noch."

Tränen brennen in meinen Augen und ich wische sie weg, weil ich es hasse, dass ich nicht aufhören kann, an die Worte der Reliquien zu denken.

„Tod... Tod... Tod... Er kommt..."

DORIAN

Elias unterbricht den Blickkontakt, wendet mir den Rücken zu und starrt wieder aus dem Fenster, um seine Stimmung weiter zu verdunkeln. Das Feuer knistert im Kamin und wirft Schatten in mein Schlafzimmer. Aria bleibt mit Cain in seinem Zimmer, und der Schmerz auf ihrem Gesicht ist nicht zu übersehen. Irgendwie hat sich der Sündendämon des Stolzes selbst so sehr in ihr Herz geschlichen, dass sie sich Sorgen um ihn macht.

Ein Teil von mir hatte erwartet, dass es ihr egal sein würde, aber ich hatte mich geirrt. Und ich war dumm zu glauben, dass das, was zwischen uns vorging, nur Lust war. Dieser Gedanke liegt mir schwer auf der Seele, und das sind keine Gedanken, die ich zu diesem Zeitpunkt hegen möchte.

Unsere Priorität ist es, Cain zu retten, denn wir wurden sicher nicht aus der Unterwelt geschmissen, um ihn an einen verdammten Drachenangriff zu verlieren. Wir haben noch so viel mehr zu erreichen. Wir haben endlich drei der Relikte der Harfe gefunden und haben jetzt Aria an der Hand, die uns hilft, den Rest aufzuspüren. Also verdammt, auf keinen Fall darf Cain jetzt von uns gehen.

Elias atmet laut durch die Nase ein, als er sich mir zuwendet. „Vielleicht können wir einen Weg finden, Carbas zu kontaktieren?", schlägt er vor, seine Stimme ist angespannt, als würde es ihn schmerzen, den Namen auszusprechen.

„Dieses arrogante Arschloch? Hast du vergessen, wie er dich vor Luzifer zu einem Kampf herausgefordert hat? Wenn Cain nicht dazwischen gegangen wäre, wärst du jetzt tot.“ Das Arschloch unterstand direkt Cains Vater, außerdem hatte er 36 Legionen zu befehligen. Diese Art von Macht verdreht den Dämonen den Kopf, und Carbas sorgte dafür, dass sich jeder an seine Rolle erinnerte.

Elias knurrt. „Ich wette, dieser arschleckende Schwanz tänzelt immer noch in seiner Löwengestalt durch die Hölle, als wäre er ein Gott.“ Dunkle Schatten sammeln sich unter seinen Augen, die vor Wut tanzen. „Aber der Bastard heilt Krankheiten.“

„Luzifer auch, aber wir werden ihn sicher nicht um Hilfe bitten.“ Obwohl ich nicht leugnen will, dass ich mit Maverick darüber reden wollte. Das Problem ist, dass es das ist, was sie von Anfang an wollten, oder? Cain eliminieren. Ich würde ihnen die Gelegenheit, ihn zu erledigen, auf dem Silbertablett servieren. Keine Chance.

„So schlimm habe ich ihn noch nie gesehen“, erinnert mich Elias, in dessen Augen Sorge schwingt, und mein Magen fühlt sich an, als wäre er mit Steinen gefüllt. Er wirft mir einen ernsten Blick zu. „Wen zum Teufel sollen wir dazu bringen, ihn zu heilen? Hexen? Ich bin im Geiste alle potenziellen Ansprechpartner durchgegangen, aber ich bezweifle, dass einer die Lösung hat, die wir brauchen.“

Ich schreite quer durch den Raum von der Tür zum Kamin, schaue nach draußen, wo der Wind getrocknete Blätter aufpeitscht und die Bäume schüttelt. „Ich weiß es nicht, aber Drachenblut ist magisch. Ich weiß, dass Drachenblut für eine Elfe wie Gift ist und sie töten wird, aber ich habe keine Ahnung, was es bei einem Dämon anrichten wird."

„Es bringt ihn verdammt noch mal um", schnappt Elias zurück. „Hast du gesehen, wie ausgelaugt er ist? Cain erholt sich von allem." Er fährt sich mit der Hand durch sein langes Haar, seine Lippen sind dünn und gespannt. „Wir dürfen ihn nicht verlieren, sonst sitzen wir hier für alle Ewigkeit fest."

Ich knirsche mit den Zähnen, wohl wissend, dass wir ohne unseren Plan auf keinen Fall wieder in die Hölle aufgenommen werden, und das bedeutet, dass wir Cain brauchen. Aber es ist so viel mehr als das... „Wir standen von Anfang an an seiner Seite, und wir lassen ihn verdammt noch mal nicht sterben."

Eine Welle der Verzweiflung fließt durch meine Adern, und ich werde schneller. Die Zeit ist gegen uns.

Ich war immer an der Seite von Cain... immer. Die Möglichkeit des Todes verfolgt mich, rammt Phantomstacheln durch mich, jedes Mal, wenn ich mir vorstelle, dass er den Kampf verliert.

Dunkelheit glitzert in Elias' Augen. Cain hat auch eine Menge für ihn getan. Für uns beide.

Er war immer der Leim, der uns zusammenhielt. Ohne ihn...

Ich möchte nicht einmal darüber nachdenken.

„Wir tun, was immer nötig ist, um das in Ordnung zu bringen. Er sieht im Moment verdammt schlecht aus. Das wissen wir beide."

„Es gibt hier keine andere Alternative. Er *wird nicht* sterben. Das lasse ich nicht zu", sage ich. „Also werde ich mich heute an den örtlichen Hexenclan wenden.

Du sprichst mit Viktor. Der Meistervampir kennt vielleicht jemanden, der helfen kann. Versuch es auch bei Antonio. Er ist schon lange genug bei den Feen, um vielleicht etwas über ihre Magie zu wissen. Wir haben Ramos für den Moment. Er sollte in der Zwischenzeit wenigstens *etwas* tun können.“

KAPITEL DREI

ARIA

Es kostet mich große Überwindung, aber schließlich kann ich mich von Cains Bett losreißen und sein Zimmer verlassen. Ich will das nicht tun - die Tatsache, dass ich ihn jede Sekunde verlieren könnte, ist eine ständige Sorge in meinem Kopf - aber ich weiß auch, dass einfach nur dazusitzen, nichts bringt, um ihm zu helfen. Und das ist es, was er im Moment wirklich braucht. Hilfe.

Ich bleibe in der Tür stehen und überlege kurz, ob ich mich verabschieden soll. Nur für den Fall. Aber der Gedanke, diese Worte auszusprechen, lässt meine Kehle vor Emotionen anschwellen.

Ich werde mich nicht verabschieden. Das werde ich nicht. Ich weigere mich dagegen.

Meine Finger berühren den geflügelten Anhänger, und stattdessen flüstere ich in den stillen Raum: „Komm zurück zu uns, Cain", bevor ich schließlich in den Flur gehe. Dort steht ein Diener, ein älterer Herr, mit einer Schüssel Wasser, Handtüchern und etwas, das aussieht wie ein Verband, der über seinen Arm drapiert ist. Er nickt mit dem Kopf, bevor er hineingeht und die Tür schließt.

Wenigstens wird Cain nicht allein sein. Das beruhigt mich ein wenig, als ich den Flur hinuntergehe, von dem ich weiß, dass Dorians Zimmer am anderen Ende ist. Die Stimmen der beiden zankenden Dämonen sind das erste, was ich höre.

„Ich habe ihn noch nie so schlecht gesehen", sagt Elias wütend und verzweifelt, sein Tonfall ist streng. „Wer zum Teufel soll ihn denn heilen? Hexen? Ich bin im Geiste alle möglichen Kontakte durchgegangen, aber ich bezweifle, dass einer die Lösung hat, die wir brauchen."

Oh nein. Sieht aus, als hätten sie doch kein Glück gehabt.

Ich verlangsame meine Schritte und schiebe mich näher an die Wand, um außer Sichtweite zu bleiben.

„Ich weiß es nicht, aber Drachenblut ist magisch...", fährt Dorian fort.

„Es bringt ihn verdammt noch mal um", schnappt Elias zurück. „Hast du gesehen, wie ausgelaugt er ist? Cain erholt sich von allem. Wir dürfen ihn nicht verlieren, sonst sitzen wir hier auf ewig fest."

Ihre Worte sind wie Dolche in meinem Bauch. Wenn Dorian und Elias nicht wissen, was sie tun sollen, dann gibt es keine Hoffnung für Cain. Sie sind diejenigen, die Leute *kennen* sollten, mächtige Leute, und wenn ihnen die Möglichkeiten ausgegangen sind, was bedeutet das?

Etwas Weiches und Warmes streicht über meine

Knöchel, und ein Schnurren ertönt. Als ich nach unten schaue, finde ich Cassiel, der meine Beine umkreist und nach Streicheleinheiten sucht. Ich nehme ihn in meine Arme und streichle sein kleines Köpfchen, um ihn zu beruhigen.

Wo kann man denn hingehen, um ein Heilmittel für den Tod zu bekommen? Gibt es einen solchen Ort?

Als ich auf ihn hinunterschaue, kommt mir eine Idee.

Wenn die Dämonen Cain nicht helfen können, dann kann ich es vielleicht. Ich kann nicht nur herumstehen und warten. Elias hat es selbst gesagt. Cain ist in schlechter Verfassung. Jede Sekunde zählt jetzt. Ich muss *etwas* tun.

„Du kennst das Sprichwort, Cassiel“, flüstere ich dem Luchs zu. „Wenn du willst, dass etwas richtig gemacht wird, musst du es selbst tun.“ Er schnurrt weiter, während ich seinen Hals streichle. Offensichtlich ist es ihm egal, was wir tun, solange ich mit den sanften Streicheleinheiten weitermache, die er verehrt.

Ich drehe mich um und eile auf leichten Füßen den Flur hinunter. Unten an der Treppe, im Foyer, finde ich Sadie, die aus dem Esszimmer kommt, mit einem Tablett in den Händen, auf dem noch mehr Verbände, eine dampfende Teekanne und eine Reihe von Gläsern mit verschiedenen Kräutern und Tinkturen stehen. Alles Dinge für Cain, nehme ich an.

„Wohin gehen Sie, Miss?“, fragt sie mit einer neugierigen Neigung des Kopfes.

„Ich brauche ein Auto, bitte“, antworte ich, achte aber darauf, meine Stimme leise zu halten. Ich kann nicht riskieren, dass Elias oder Dorian mich hören und versuchen, mich aufzuhalten, und ich will nicht mit ihnen streiten, wenn sie mit meiner Idee nicht einverstanden sind. Ich kann mich rein und raus schleichen, bevor sie es merken, und vielleicht mit einem Heilmittel zurückkommen. Mit irgendetwas.

„Wollen Sie selbst fahren, oder soll ich Holmes bitten, Sie mitzunehmen?"

Obwohl die Idee, mit einem der Sportwagen der Dämonen eine Spritztour zu machen, verlockend klingt, habe ich keinen Führerschein. Ich habe noch nicht einmal meine Pflichtstunden für einen Führerschein absolviert. Wenn es ums Fahren geht, bin ich grüner als grün.

Es ist verlockend, aber gleichzeitig bin ich nicht dumm.

„Holmes, bitte. Ich würde gerne zu Storms Märkten fahren."

Sadie blickt die Treppe hinauf. „Wissen die Meister, dass Sie gehen?"

Scheiße.

Ich werde lügen müssen.

„Ja. Natürlich." Ich pruste, um Zuversicht vorzutäuschen. „Wir tun alle unseren Teil, um Cain zu helfen. Ich gehe nur auf den Markt, hole, was er braucht, und verschwinde wieder. Sollte nur ein paar Minuten dauern. Höchstens eine halbe Stunde."

Sie mustert mich einen langen Moment lang.

„Ich komme zurück", versichere ich ihr. „Cain weiß, dass ich mit den frivolen Fluchtversuchen fertig bin. Ich habe meine Lektion gelernt."

Die Erwähnung von Cain lässt ihre steifen Schultern etwas nachgeben, und sie wendet sich einem nahe gelegenen Tisch zu, um ihr Tablett abzustellen.

„Ich rufe Holmes“, sagt sie nach einiger Zeit.

Ich grinse. „Danke. Ich werde draußen auf ihn warten.“ Und bevor sie mich weiter bedrängen kann, öffne ich die Haustür und gehe zur Auffahrt. Ich muss nur ein paar Minuten warten, bis ein kleineres weißes Auto vorfährt. Ein Cadillac, so wie es aussieht. Und ich kann nicht anders, als mich zu fragen, wie viele Autos diese Dämonen tatsächlich in ihrer freistehenden Garage haben. Gerade fühlt es sich so an, als gäbe es eines für jeden Tag der Woche.

Holmes steigt aus und öffnet die Hintertür für mich und Cassiel. „Miss“, grüßt er, als ich auf den braunen Ledersitz rutsche. *Protzig.* „Fahren wir heute auf den Markt?“

„Ja, bitte.“

Als er die Tür schließt und sich hinters Steuer setzt, frage ich ihn aus reiner Neugier: „Was ist mit der Limousine passiert, mit der wir vorher gefahren sind?“

„Sie wurde zur Reinigung geschickt“, antwortete er.

Ah. Das machte Sinn. Das ganze Blut und so weiter.

Cassiel rollt sich in meinem Schoß zusammen, als ob er sich um nichts in der Welt kümmern würde.

Holmes fährt vom Haus weg, und ich schaue aus dem hinteren Fenster, halb in der Erwartung, dass Dorian und Elias jeden Moment herausstürmen. Aber zu meiner Überraschung tun sie das nicht. Das Haus ist unheimlich still, die Fenster sind dunkel, obwohl Menschen im Haus sind.

Ich atme tief ein und dann wieder aus. Ich weiß, dass ich beschlossen habe, in der Villa zu bleiben, zumindest bis Cain wieder auf den Beinen ist, und dieser kleine Ausflug dient nur dazu, den Dämonen zu helfen - vielleicht lenke ich mich sogar selbst ab, wer weiß -, aber ich kann nicht anders, als eine gewisse Unruhe zu verspüren, weil ich das alles hinter ihrem Rücken tue.

Aber würden sie mich sonst gehen lassen?

Wahrscheinlich nicht. Ich muss nur schnell sein, sehen, was die Märkte zu bieten haben, und dann wieder zurück, bevor jemand merkt, dass ich weg war. Klingt einfach genug, wenn ich es so sage.

Es dauert nicht lange, bis wir die bekannte Unterführung und den Eingang zu Storm erreichen, dezent markiert mit einem schwarz lackierten Regenschirm. Holmes fährt an die Steinmauer heran und lässt den Motor dreimal aufheulen. Ein in Lumpen gekleideter Mann steht von seinem Campingstuhl auf und kommt näher. Er sucht die Straße ab und wartet, dass ein Auto vorbeifährt. Als er um die Ecke biegt und es wieder ruhig ist, klopft der Pförtner auf das Regenschirm-Symbol und die Steine schimmern, bevor sie sich vor unseren Augen auflösen. Wir fahren durch.

Leise brummt der Cadillac durch die belebten unterirdischen Straßen. Übernatürliche aller Art schreiten die Bürgersteige entlang, besuchen Geschäfte und Restaurants. Völlig normal, abgesehen von den langen pelzigen Schwänzen, Flügeln und spitzen Ohren.

Als wir an eine Ampel kommen, biegt Holmes links

ab, und in diesem Moment sehe ich den aufgemalten schwarzen Regenschirm an einem Laternenpfahl.

Folge den Schirmen. Da die Märkte nie zweimal an der gleichen Stelle sind, ist das die einzige Möglichkeit, sie zu finden.

Mit den versteckten schwarzen Schirmen als Wegweiser, schlängeln wir uns durch die übernatürliche Stadt. Sie führen uns zu etwas, das wie ein verlassenes Parkhaus aussieht, und als wir an eine geschlossene Buchttür heranfahren, erscheint darauf ein großer schwarzer Regenschirm. Das ist er. Der Eingang.

Holmes rollt vorwärts. Anstatt dass sich die Tür öffnet, fährt das Auto durch sie hindurch, als wäre sie nie wirklich da gewesen. Eine magische Fata Morgana, gewissermaßen.

Auf der anderen Seite bleiben wir abrupt stehen. Die Räder drehen sich unter uns durch, aber das Auto sinkt nur ein, unfähig, sich auch nur einen Zentimeter weiter zu bewegen. Ich schaue aus dem Fenster und sehe, dass wir nicht mehr auf dem Asphalt stehen, sondern im weichen roten Sand.

„Hier muss ich Sie verlassen“, sagt Holmes, während er mich durch den Rückspiegel ansieht. „Weiter als bis hierher kann ich nicht fahren.“

Ich nicke verständnisvoll. „Ich sollte nicht lange brauchen.“

„Ich warte draußen auf der Straße, wenn Sie fertig sind.“

„Perfekt. Dankeschön.“

Ich ziehe Cassiel in meine Arme und öffne die Tür.

Sobald ich nach draußen trete, sinken meine Turnschuhe sofort in den tiefen Sand ein, und ich werde von einer erstickenden, trockenen Hitze überfallen. Meine Kehle erstarrt, und ich huste. Auch Cassiel sträubt sich, reibt sich mit der Pfote über sein Köpfchen und zuckt mit den Ohren.

„Wo sind wir hier?“, frage ich ihn. Die Magie, die an den Märkten haftet, war schon immer wahnsinnig stark und in der Lage, den Ort und seine Besucher an jeden Ort der Welt zu bringen, und so wie es aussieht, sind wir in einer Wüste gelandet.

In einiger Entfernung erheben sich Berge aus Sand in Gipfeln. Über mir schwebt die Sonne an einem wolkenlosen Himmel und brennt auf mich herab. Jeder Zentimeter meiner entblößten Schultern, meines Gesichts und meiner Arme sticht von den kräftigen Strahlen, und Schweißperlen rinnen mir von der Stirn. Kein besonders kluger Ort für den Markt, aber ein Grund mehr, schnell das Nötige zu holen und zu gehen.

Das verschwommene Bild von Tischen und Zelten erscheint Meter entfernt, und für eine Sekunde frage ich mich, ob es eine weitere Fata Morgana ist, ein Trick des Auges von der drückenden Hitze, aber ich kann hier nicht einfach stehen und im Sand versinken. Am besten, ich bleibe in Bewegung.

Jeder Schritt ist mühsam, als ginge man durch dicken Schlamm oder Zement. Der Sand ist so weich und glitschig, dass ich während der Wanderung mehrmals fast meine Schuhe verliere. Wie erwartet, bin ich in Sekundenschnelle von meinem eigenen Schweiß durchnässt.

Als ich endlich den Markt erreiche, bin ich dankbar, dass es ihn tatsächlich gibt. Große bunte Tücher und Zelte wurden über den Verkaufstischen aufgespannt, um Schatten zu spenden, und riesige Ventilatoren wirbeln die abgestandene, heiße Luft umher, um die Besucher zu kühlen. Es ist nicht viel, aber nachdem ich nur ein paar Minuten in der direkten Sonne gelaufen bin und mich ausgelaugt fühle, nehme ich es in Kauf. Auf einem Tisch sind Wasserflaschen und Stapeln schöner Schals aufgestellt, und als ich mich umschaue, stelle ich fest, dass fast jeder einen trägt, entweder um den Kopf gewickelt oder über die Schultern drapiert, um die Haut vor den Strahlen zu schützen. Ich schnappe mir eines, lege es mir über den Kopf und binde es vor der Brust zusammen, sodass es sowohl mich als auch Cassiel bedeckt. Es hat eine atemberaubende rote Farbe und ist mit Goldfäden gewebt. Dann nehme ich zwei Becher Wasser und biete Cassiel einen an, bevor ich meinen eigenen leere. Es ist kalt und alles, was ich in diesem Moment brauche. Ich schnappe mir noch einen, gehe einen der Gänge hinunter und durchsuche die Tische und Waren, die zum Verkauf stehen.

Kaum zu glauben, dass ich noch vor wenigen Wochen die vermeintliche „Kugel des Chaos“ von Sir Surchion gestohlen habe, mit der Absicht, hierher zu kommen, sie zu verkaufen und mir ein neues Leben aufzubauen. Seitdem hat sich so viel verändert. Das Schicksal hat mir ins Gesicht gelacht und hat dann eine komplette Kehrtwende genommen. Dann, nur so zum Spaß, machte es ein paar Schleifen und drehte sich im Kreis, um mich wirklich zu verwirren. Jetzt lebte ich mit drei sehr unterschiedlichen, sehr gefährlichen Dämonen und stellte meine nächsten Schritte in Frage. Ich habe eine Möglichkeit, aus ihrem Seelenvertrag auszusteigen, aber es war keine Klausel, die ich, glaube ich, bereit war zu nehmen.

Ich weiß es nicht. Die ganze Sache ist total verrückt.

Als ich einen Tisch mit einer Vielzahl von Tränken finde, werde ich langsamer und schleiche näher. Es gibt Fläschchen und Vasen voller farbiger Flüssigkeiten, die alle mit den Krankheiten beschriftet sind, die sie heilen sollen. Mein Blick landet auf einer, auf der „Regeneration" steht und die silbrig-blau ist.

„Entschuldigen Sie, Sir", rufe ich dem Händler hinter dem Tisch zu. Er wendet sich von der Kiste ab, die er gerade ausgeladen hat, und grinst in meine Richtung. Er ist ein großer Mann mit einem dicken Bauch und einem krausen Bart, aber sein Lächeln ist freundlich.

„Hallo zusammen. Sehen Sie etwas, das Ihnen gefällt?"

„Sind Sie ein Zauberer?", frage ich. Ich weiß, dass es nicht gerade das Beste ist, nach dem übernatürlichen Typus einer Person zu fragen, aber ich möchte sichergehen, dass diese Tränke von einem mächtigen Zauberer hergestellt wurden und nicht von einem Elfen oder jemandem mit kleineren, begrenzten Fähigkeiten.

Das Grinsen des Mannes wird breiter. „Das war ich

mal“, sinniert er. „Aber 'Hexenmeister' ist heutzutage ein passenderer Titel für mich, denke ich.“

Ah. Hexenmeister. Sie sind wie Magiker, da sie Zaubersprüche wirken, aber Hexenmeister haben sich entschieden, einen dunkleren Weg einzuschlagen. Sie halten sich nicht wirklich an die Regeln, aber sie sind mächtig und ihre Magie hat immer Konsequenzen.

Im Moment, wo Cain zwischen Leben und Tod schwankt, sind mir die Konsequenzen völlig egal. Ich kümmere mich um sie, wenn sie kommen. Ich muss ihn einfach nur retten.

„Dieser Regenerationstrank... Was kann er genau bewirken?“

„Es kann bei einfachen Dingen wie dem Haarwachstum helfen, bis hin zu extremeren Dingen wie der Unterstützung der Fruchtbarkeit oder dem Nachwachsen verlorener Gliedmaßen, je nach Dosierung, die Sie nehmen“, antwortet er. „Es kann sogar bei diesen armen Seelen helfen, die Hilfe beim *hart werden* brauchen, wenn Sie wissen, was ich meine. Aber ich bin sicher, die Jungs haben keine Probleme mit einer Schönheit wie Ihnen in der Nähe.“

Ihhhh.

Es gab so viele Dinge, die an dieser Aussage falsch sind, dass ich nicht einmal die Zeit oder die Energie hatte, alles zu überdenken und ihn zu korrigieren.

Zurück zum Trank. „Kann er einer Person helfen, die schwer verletzt ist? Zum Beispiel schon an der Schwelle zum Tod stehend?“

Seine Augen verengen sich auf mich, sein Ausdruck wechselt von spielerisch zu etwas viel Ernsterem. Er lehnt sich über den Tisch und senkt seine Stimme. „Sind Sie in irgendwelchen Schwierigkeiten?“

Sein Atem ist ranzig, als er über mein Gesicht streift, was mich zurückzucken lässt. In diesem Moment hüpft Cassiel aus meinen Armen auf den Tisch, stößt Tränke um und lässt sie von der Tischkante rollen und zerbrechen.

Scheiße!

„Hey!“, schreit der Händler und greift nach ihm, aber Cassiel weicht seinen Händen mit Leichtigkeit aus und hüpft weiter auf dem Tisch herum. „Komm her, du räudige Katze!“

Aus Angst, der große Trottel könnte ihn verletzen, versuche ich ebenfalls Cassiel zu packen, aber er springt zur Seite und stößt gegen ein Regal. Ein Krug mit grüner Flüssigkeit schwappt über und überschwemmt ihn mit dem klebrigen Zeug. Er zischt.

Ich ergreife Cassiel, kurz bevor der Händler ihn in die Finger bekommen kann. „Das tut mir so leid. Ich weiß nicht, was in ihn gefahren ist. Er ist schon lange nicht mehr aus dem Haus gewesen.“

„Sie werden für all das bezahlen, das wissen Sie hoffentlich“, knurrt der Mann, während er die Glasscherben aufhebt und seine ruinierte Ware in Augenschein nimmt. „Diese verdammte Katze hat mich gerade Monate an Arbeit und Profit gekostet.“

Cassiel beginnt, an seinen Pfoten zu lecken, und ich ermahne ihn, damit aufzuhören. Wer weiß, was dieser Schleim wirklich ist und was er anrichten kann.

„Und?“, drängt der Kaufmann.

Ich taste meine Taschen ab, nur um festzustellen,

dass ich einen entscheidenden Fehler gemacht habe. Ich bin ohne Geld auf den Markt gekommen.

Komm schon, Aria. Wirklich?

Wie konnte ich nur so dumm sein? Ich war so besorgt gewesen, zu gehen, ohne dass Dorian und Elias es bemerken, dass ich das Wichtigste vergaß. Das Geld. Und ich habe nichts zum Tauschen bei mir.

Scheiße.

„Ich nehme Ihre glänzende Halskette", sagt er und greift nach dem geflügelten Anhänger zwischen meinen Brüsten.

Ich zucke schnell zurück, mein Herz klopft. „Auf keinen Fall!"

Sein wütender Blick landet auf Cassiel. „Dann werde ich die Katze nehmen. Könnte sich als nützlich erweisen für einige der Tränke, die Opfer erfordern-„

„Wenn Sie ihn anfassen, werde ich..." Ich drücke Cassiel näher an meine Brust, und der streitlustige kleine Kerl faucht den Händler an.

„Dann werden Sie was?", schnauzt er und richtet sich auf, um seine volle Größe zu zeigen. Er ist fast so groß wie Elias und dreimal so breit. Schnell schlucke ich meine Drohung wieder hinunter, und Cassiel faucht und knurrt ihn weiter an.

Ich überlege, ob ich weglaufen soll, und versuchen, in der Menge zu verschwinden. Die Chancen stehen gut, dass er nicht so schnell ist wie Elias, aber ein lautes Klatschen von Metall, das auf den Tisch schlägt, lässt unsere Aufmerksamkeit aufschrecken. Eine Frau steht neben mir, in einen langen lila Rock und eine schulterfreie Bluse gekleidet, die ihren flachen Bauch zur Geltung bringt. Ihr Haar ist geflochten und mit Perlen durchsetzt. Sie schenkt mir ein kleines Lächeln.

„Miranda“, scherzt der Hexenmeister, scheinbar überrascht, sie zu sehen. Ehrlich gesagt, bin ich das auch. „Was machst du außerhalb deines Zeltes?“

„Brutus.“ Als sie die Hand hebt, nickt sie in Richtung der Samttasche, die sie auf den Tisch gelegt hat, und schiebt sie ihm zu. „Für die Sauerei, die der Luchs auf deinem Tisch angerichtet hat.“

Er schnappt sich die Tüte, öffnet sie und blickt hinein. „Das wird kaum den ganzen Schaden decken“, sagt er.

„Gut, dann nimm das. Deine Frau hat sich ein bisschen zu sehr mit deinem Nachbarn angefreundet. Etwas, das du dir *vielleicht* ansehen sollten, bevor ihr ein fünftes Baby bekommt, das unerwarteterweise genauso aussieht wie er.“

Brutus' Augen weiten sich, als sich der Schock einstellt. Und um ehrlich zu sein, bin ich genauso verblüfft von ihren Worten wie er. Wer zum Teufel ist diese Frau, und woher kann sie etwas so Intimes wissen?

Aber er hinterfragt ihre Worte nicht. Eine Sekunde später wirft er alles, was von seinen Tränken übrig ist, in die Kiste und schleppt sie weg, sein Gesicht rot vor Panik und Wut.

„Ich würde mich auch eine Weile von den frittierten Speisen fernhalten!“, ruft sie ihm nach, als er in der Masse der Kunden verschwindet.

Als wir allein sind, richtet sich ihre Aufmerksamkeit auf mich, und ich bin immer noch zu verwirrt, um mich zu bewegen oder etwas zu sagen.

„Aria, richtig?“, fragt sie und lächelt auf mich herab.

„Äh… ja.“ Woher um alles in der Welt kennt sie meinen Namen?

„Die Aria der Dämonen?“

Ich bin nicht besonders scharf auf diese Klarstellung, aber trotzdem nicke ich. Vielleicht ist sie eine Freundin? Mann, ich hoffe es, denn ich weiß nur zu gut, dass ihre Liste der Feinde ihre Liste der Verbündeten bei Weitem übertrifft.

„Und du bist Miranda?“ Ich erinnere mich, dass der Händler ihren Namen sagte.

„Ja. Hier, komm mit mir.“ Bevor ich ablehnen kann, drückt sie ihre Hand in meinen Rücken und führt mich durch die Menschenwelle. Ich bin misstrauisch, da ich die Dame nicht kenne, aber sie bewegt sich so präzise mit mir, dass wir in Sekundenschnelle am Ziel sind. Wir stehen vor einem riesigen Zelt, das mit Seilen aufgespannt und mit Weihnachtslichtern geschmückt ist. Die scharfen Düfte verschiedener Räucherungen stürmen auf einmal in meine Nase, und Cassiel schnaubt in meinen Armen.

„Lass uns reingehen“, gurrt Miranda und hält mir die Zeltklappe auf.

Ich zögere. „Äh, danke, dass du mir vorhin geholfen hast, aber ich bin mir nicht sicher…“

„Du suchst nach einem Weg, Cain zu retten, oder?“, fragt sie und mustert mich.

Ich blinzle, ihre Worte haben mich überrumpelt.

Ich hatte nichts über Cain gesagt oder dass er verletzt ist. Nicht einmal dem Händler gegenüber.

„Mach dir keine Sorgen. Ich kann dir helfen." Sie nickt in Richtung des Zeltes. „Drinnen."

Ich hoffe, es ist kein Fehler, dieser Fremden zu vertrauen. Aber wenn sie Cain wirklich helfen kann...

Ich trete ein, und was ich sehe, lässt mich wieder innehalten. Ein massiver runder Raum mit einem hohen, spitzen Dach, weißen Säulen und schwebenden Laternen. Offensichtlich wurde es von Magie berührt, um einen so großen Raum in einem scheinbar so kleinen Zelt zu halten. Aber das Beste daran? Hier drinnen ist es viel, *viel* kühler als in der drückenden Wüstenhitze.

„Also", beginnt Miranda und rutscht weiter hinein, „Cain hat sich in ein paar Schwierigkeiten gebracht, was?"

„Woher weißt du das?", frage ich, immer noch über das Mysterium von Mirandas Haus und auch ihr selbst staunend. „Besser noch: Woher wusstest du von der Frau des Kaufmanns? Oder meinen Namen?"

„Oh, Brutus? Er ist ein kleiner Tyrann und seine Frau ist bekannt dafür, dass sie eine... tickende Zeitbombe ist."

Das ist eine nette Art, 'Betrüger' zu sagen.

„Aber alles, was du gesagt hast, war seltsam spezifisch", sage ich. „Und ich bin mir ziemlich sicher, dass wir uns noch nie begegnet sind-„

„Du hast recht. Das haben wir nicht. Nicht im traditionellen Sinne."

Was soll das bedeuten?

„Kennst du Cain?“, frage ich stattdessen und versuche einen anderen Weg mit meiner Befragung.

Sie grinst, als genieße sie es, dass ich so neugierig bin, und versuche, selbst zum Schluss zu kommen. „Ja, das tue ich. Und Dorian und Elias.“

Okay, dann. Also eine Freundin?

„Sie waren vor nicht allzu langer Zeit hier, um meine Hilfe bei der Suche nach dir zu bekommen“, fährt sie fort. „Als du von einem Drachen entführt wurdest? Kommt dir das bekannt vor?“

Ich zittere und kann die schrecklichen Momente nicht vergessen, als ich vor Sir Surchion floh und um mein Leben den Berghang hinunter rannte. Ich bin mir nicht sicher, ob ich das jemals abschütteln kann, oder die Albträume, die es bei mir hinterlassen hat.

„Ich habe ihnen gesagt, wo sie dich finden können.“ Ihre honigbraunen Augen treffen meine, und ich weiß, dass sie darauf wartet, dass ich die Hinweise zusammensetze und es verstehe.

Sie wusste Dinge über Brutus - spezifische Dinge, Dinge, die eine normale Person nicht wissen würde. Sie wusste, wo ich zu finden war, als ich gekidnappt wurde. Sie wusste, dass Cain verletzt war.

„Bist du eine Hellseherin, oder so?“, frage ich plötzlich. Das scheint die einzige Erklärung zu sein, die mir einfällt.

„Fast.“ Sie greift nach oben, packt eines der schimmernden Seidentücher, die von der Decke hängen, und zerrt daran, damit es runterfällt. Sie drückt es mir in die Hand und gestikuliert zu Cassiel. „Du solltest ihn vielleicht sauber machen, sonst wird er zu groß zum Anleinen."

Ich starre sie an, verwirrt. Aber wenn sie eine Art Hellseherin ist und Dinge weiß, die ich nicht weiß, wäre es klüger, auf ihren Rat zu hören, als ihn zu ignorieren. Ich reibe den grünen Schleim von Cassiels Fell, so gut ich kann, und achte darauf, alles um seinen Mund und seine Nase herum zu entfernen. Als ich ihr die Seide zurückreiche, wirft sie sie mit einem angewiderten Kräuseln der Oberlippe auf den Boden.

„Hexenmeister", brummt sie, mehr zu sich selbst als zu mir.

„Du sagtest also, du weißt, was Cain helfen kann?", frage ich.

„Es ist nicht genau ein Was, sondern ein Wer."

„Was?"

„*Wer*", wiederholt sie. „Um Cain von den Toten zurückzubringen, braucht man einen Meister des Todes selbst. Man braucht einen Totenbeschwörer."

„Einen... Totenbeschwörer?"

„Gibt es hier ein Echo? Ja. Ein Totenbeschwörer."

„Die gibt es wirklich?"

Sie stößt ein Lachen aus. „Natürlich gibt es die. Wurdest du von Wölfen aufgezogen oder so?"

„In Pflegefamilien, also ja, quasi."

„Ah, nun, ja. Es gibt sie, aber sie gehören zu den dunkleren übernatürlichen Typen. Das muss man auch so sein, wenn man mit den Toten zu tun hat."

Das macht Sinn.

„Aber wo kann ich einen Totenbeschwörer finden?", frage ich.

Sie hält einen Finger hoch und geht durch den Raum. Auf der anderen Seite zieht sie einen weiteren Vorhang zurück und verschwindet für einige Zeit durch ihn. Als sie wieder auftaucht, hat sie ein zusammengerolltes Stück Papier in der Hand.

„Du kannst ihn in Cold's Keep finden." Sie reicht mir das Papier.

Cold's Keep? Ich habe noch nie von einem solchen Ort gehört. Ich entrolle das Papier und sehe, dass es eine grob gezeichnete Karte ist, die viele, viele Male fotokopiert wurde. Die meisten Details sind verblasst, aber was ich erkennen kann, sind viele Bäume. Wie eine abgelegene Stadt mitten im Nirgendwo.

„Ist es hier in der Nähe?"

„Hier? Nein. In der Nähe von Glenside? Hmm... Ein paar Stunden Fahrt, wenn ich schätzen würde", erklärt Miranda.

Ah...

„Sein Name ist Banner", fährt sie fort. „Irgendwie ein Einzelgänger. Hat eine unheimliche Bindung zu den Toten."

Ich rolle mit den Augen. „Natürlich hat er das."

„Bring das zu den Dämonen. Es wird ihnen helfen, ihn zu finden."

Ich rolle die Karte zusammen und stecke sie in meine Tasche. „Danke. Ich, äh, habe nichts, womit ich dich bezahlen könnte. Wie du bei dem Hexenmeister gesehen hast, habe ich mein Portemonnaie vergessen."

Sie schüttelt den Kopf. „Diesmal ist das nicht nötig. Aber sorge dafür, dass die Dämonen verstehen, dass die Zeit nicht auf ihrer Seite ist. Cain nützt mir tot nichts."

Mein Magen dreht sich um. Ihre ominösen Worte lassen mein Gefühl der Dringlichkeit auf ein Allzeithoch ansteigen. Ich muss gehen und diese neuen Informationen zu den Dämonen bringen. „Bist du sicher, dass dieser Banner-Typ helfen kann?"

Sie runzelt die Stirn. „Er ist die einzige Chance, die Cain hat."

Wenn das von einer Hellseherin kommt, ist das viel wert.

„Danke ... wirklich", sage ich und wende mich zum Gehen.

„Oh, und Aria", ruft Miranda. Ich bleibe stehen und schaue über meine Schulter.

„Ja?"

„Im Gegensatz zu mir, arbeiten Totenbeschwörer nicht umsonst. Stelle sicher, dass du nichts mitbringst, was du nicht bereit bist zu verlieren."

Unsicher, was sie genau meint, nicke ich nur. „Nächstes Mal bringe ich mein Portemonnaie mit."

Dann verlassen Cassiel und ich das Zelt und gehen zurück in die drückende Hitze.

KAPITEL VIER

ELIAS

Eine Art Stromschlag rast meine Wirbelsäule hinauf, die Art, die mit einer Warnung kommt, einer Vorwarnung von Gefahr. Ich habe das schon einmal gespürt, ein Urinstinkt, der mich öfter am Leben gehalten hat, als ich zählen kann. Aber mein Verstand ist nicht bei mir... Ich schaue zur Tür hinüber.

Aria.

Scheiße! Ich schreite bereits durch Dorians Zimmer.

Er telefoniert mit Antonio, aber so wie es sich anhört, haben wir bisher nur alte Texte über Drachen, in denen garantiert nicht erwähnt wird, wie man einen Dämon vor dem Angriff eines Drachens rettet.

Aber jetzt gerade stimmt etwas anderes nicht.

Entschlossenheit lodert in mir auf.

Knurrend stürme ich plötzlich aus dem Zimmer und rase in den Flur, wo mir eine Wache aus dem Weg springt. Ich donnere auf Cains Schlafzimmer zu, stoße die Tür auf und finde ein Zimmer ohne Aria vor.

Cain liegt immer noch auf dem Bett, blutverschmiert, seine Atemzüge sind flach. Er klammert sich gerade noch ans Leben.

Ich stürme aus dem Zimmer und laufe zu Arias Schlafzimmer, aber auch dort finde ich keine Spur von ihr. Ein kalter Schauer läuft mir über den Rücken. Je schneller ich durch die Villa stürme, um sie aufzuspüren, desto mehr zieht sich mein Magen bei der bitteren Erkenntniszusammen.

Sie ist nicht in der Villa. Ich spüre es tief in meinen Knochen.

Ich hätte es besser wissen müssen, als sie allein zu lassen. Ich hatte die Qualen in ihren Augen gesehen, den Schmerz in ihrem Gesicht. Dorian wirft mir vor, zu springen, bevor ich nachdenke, aber mein kleiner Hase ist zehnmal schlimmer. Und jetzt brenne ich vor Wut, dass sie etwas Dummes tun könnte, dass sie in Gefahr bringt. Ich dränge weiter und eile durch die Villa, überprüfe, wohin sie gegangen sein könnte, aber ich weiß bereits, dass sie nicht hier ist. Ihr Geruch ist zu schwach.

In der Garage sehe ich, dass der Cadillac und die Limousine weg sind, und ich seufze schwer. „Was hast du getan?“, flüstere ich.

Ich flitze zurück zu Dorians Zimmer, stoße die Tür auf und stürme hinein.

„Sie ist weg“, platzt es aus mir heraus, als er den Anruf beendet.

Als er meinen Blick erwidert, sehe ich die Angst in seinen Augen. Er weiß genau, wovon ich spreche.

„Willst du mich verarschen? Sie ist abgehauen?“

Die Mundwinkel verziehen sich, seine Haltung krümmt sich nach vorne.

„Hör zu, du bleibst hier bei Cain. Ich werde sie finden und ihren süßen Hintern versohlen. Ich kann ihren Geruch wahrnehmen. Sie wird nicht weit kommen." Meine Bestie dreht sich in mir, begierig darauf, sich zu befreien und unser Kaninchen zu jagen, nur geht es hier nicht nur um Spaß. In diesem Moment brauche ich sie in meiner Nähe und an meiner Seite. Ich muss sie beschützen.

Dorian starrt mich an, aber ich weiß, dass er wütend auf die ganze beschissene Situation ist, in der wir uns befinden, und nicht auf mich.

„Gut, geh und bring sie zurück“, schnauzt er, und ich bin schon aus der Tür, bevor er das letzte Wort zu Ende gesprochen hat.

Im Nachhinein hätte ich es besser wissen müssen, als anzunehmen, dass sie nichts Dummes tun würde.

Der Wind pfeift vorbei, trägt ihren süßen Duft und weckt meinen Hund, der vorwärts drängt.

Sie gehört mir.

Schnell entledige ich mich meiner Kleidung, während ich mir die Stiefel ausziehe, dann stürze ich mich auf die Einfahrt. Mein Körper zittert, als mein Höllenhund in Sekundenschnelle aus mir herausspringt. Der unerträgliche Schmerz ist nichts im Vergleich zu der Agonie, die in meiner Brust pocht, als ich daran denke, was Aria vorhat.

Beim Gedanken daran, dass sie diesen Moment genutzt hat, um vor uns wegzulaufen, wird mir schlecht. Ich weigere mich zu glauben, dass sie das tun würde, und doch bleibt der Gedanke in meinem Hinterkopf hängen.

Ich schüttle den Kopf, verdränge die Sorge und konzentriere mich stattdessen auf ihren schwachen Duft in der Luft. Meine Pfoten stampfen auf die Erde und ich sprinte in Richtung der Tore. Es dauert nicht lange, bis ich das Herrenhaus hinter mir gelassen habe und die Straße entlang eile, und von hier aus gibt es nur noch einen Weg. In die Stadt. Ich beschleunige mein Tempo und düse vorwärts, bis ich den schwarz bemalten Regenschirm in der Nähe der Unterführung erreiche. Mein Eintritt in den magischen Untergrund von Storm.

Der Pförtner, der einem Landstreicher ähnelt und in Lumpen gekleidet ist, steht von seinem Liegestuhl auf. Der Mann mustert mich in meiner Höllenhundform, schnuppert und rümpft die Nase. Als er mich für sicher hält, dreht er sich um und tippt mit einer Hand auf den bemalten Regenschirm. Plötzlich schimmert die Steinwand der Unterführung und gibt den Weg für eine Rampe frei, die mich direkt in die unterirdische Ebene führt. Die Passage ist groß genug für Autos, aber heute bin ich zu Fuß unterwegs.

Ein kurzer Blick in seine Richtung, und dann rase ich hinein. Innerhalb von Sekunden finde ich das erste gemalte Regenschirm-Symbol, das mich zu den Märkten führt. Arias Geruch schwingt ebenfalls in diese Richtung, und ich folge beiden Spuren zu einem verlassenen Parkhaus. Ein weiterer schwarzer Regenschirm markiert den Eingang, und ich will gerade hineinrennen, als ich Cains Cadillac und unseren Fahrer Holmes am Straßenrand parken sehe.

Plötzlich löst sich das Garagentor auf, als der Zauber nachlässt, und eine Frau erscheint durch den dunstigen Schimmer.

Aria.

Ich verstecke mich hinter der Garage und halte inne, um Luft zu holen, um zu warten, bis mein trommelndes Herz langsamer schlägt, und ich beobachte sie.

Was macht Aria auf den Märkten?

Ich rufe meine Bestie zurück. Meine Haut kribbelt, Elektrizität dreht sich um meinen Körper, als die Veränderung einsetzt. Ich stoße ein gehauchtes Grunzen aus und ertrage den Schmerz, während sich das Fell in meine Haut zurückzieht, die Knochen brechen und ich in wenigen Augenblicken als Mann dastehe.

Ich trete aus meinem Versteck hervor. Ein kleines, weinendes Keuchen kommt von rechts, und ich richte meine Aufmerksamkeit in diese Richtung.

Eine ältere Frau in einem roten Kleid starrt mich mit offenem Mund an, während ihr Mann ihre Hand hält und versucht, sie von mir wegzuziehen. Ihre langen Ohren zucken, während ihr Blick meinen Körper abtastet und auf meiner Leiste stehen bleibt. Ihr Mund öffnet sich, ihre scharfen Koboldzähne entblößen sich in einem Paarungsruf. Aber sie verschwendet ihre Zeit mit mir. Goblins sind nicht mein Typ, weil sie Beißer sind, und ich bin der Einzige, der in einer Beziehung beißen wird.

Trotzdem kann ich mir ein Grinsen über ihre Überraschung und die Eifersucht ihres Mannes nicht verkneifen. Jeder weiß, dass Kobolde nicht die bestausgestatteten Kreaturen sind, während Höllenhunde... nun, nicht dass ich prahlen möchte, aber wir haben schon einiges zu bieten.

„Warum starrst du ihn immer noch an?“, knurrt der Mann seine Frau an.

Ich lache und schreite weiter, lasse sie zanken. Ein vertrauter, süßer Duft in der Brise erdrückt mich.

„Elias?“

Ich richte meine Wirbelsäule auf und peitsche herum, um Aria vorzufinden, die mich anstarrt. Ein langer, roter Schal ist über ihren Kopf und ihre Schultern drapiert und erinnert mich an eine indische Prinzessin. Und sie hält Cassiel unter einem Arm. Sie hat das Fellknäuel mit zum Einkaufen genommen? Ausgerechnet jetzt?

Diese stechenden, dunklen Augen bohren sich in mich, und ich kann an nichts anderes mehr denken als an sie. Ihre Schönheit, ihre umwerfende Figur ... Ich schlucke die Wut hinunter, die ich ihr entgegenschleudern möchte, aber als sie mich anschaut, kommt alles wie ein Sturm zurück.

„Was machst du denn hier?“, knurre ich und greife nach ihr.

Aber sie ist schnell, und anstatt ihren Arm zu packen, bleibe ich stattdessen am Schal hängen. Er rutscht von ihr herunter und fällt auf den Boden.

„Warum zum Teufel bist du nackt?“ Ihr Blick senkt

sich, und das ist etwas, das mir trotz der Wut, die sich auf ihrem Gesicht abzeichnet, nicht entgeht.

„Ich bin gekommen, um dich zu suchen", antworte ich laut. „Und wieder läufst du vor uns weg, als würden wir dir nichts bedeuten, nachdem wir dir geholfen haben. Ist das dein Dank?"

„Das ist nicht fair." Sie schaut sich um und dann hinter sich, aber sonst ist niemand in der Nähe.

Ich schnappe ihr Handgelenk und ziehe sie näher heran, wobei meine Wut die Oberhand gewinnt. Sie bewegt sich schnell - zu verdammt schnell. In der einen Minute hält sie Cassiel fest, in der nächsten lässt sie ihn aus ihrem Arm hüpfen und ohrfeigt mich.

„Lass mich los!"

Meine Wange sticht, aber ich kann nicht leugnen, dass sie mich so sehr erregt, dass ich fast in Erwägung ziehe, sie über meine Schulter zu werfen und diesen süßen Hintern hier und jetzt zu versohlen.

„Aria!" Ich beuge mich vor, nicht um ihr zu drohen, sondern um ihr klar zu machen, wer hier das Sagen hat. Meine Finger quetschen ihr Handgelenk. „Welchen Teil von 'lauf nicht vor uns weg' hast du nicht verstanden? Cain ist dem Tode nahe, und du hast mich zu Tode erschreckt, als du einfach so verschwunden bist. Ich kann nicht zulassen, dass dir etwas zustößt... nicht nach allem anderen. Scheiße, Aria!"

Frustration färbt ihren Ausdruck, und Flammen scheinen hinter ihren Augen aufzuflackern, während sie mich ansieht.

„Ich bin her gekommen, um einen Weg zu finden,

Cain zu helfen", antwortet sie wütend und zerrt an ihrer Hand, um sich aus meinem Griff zu befreien.

Ihre Reaktion überrascht mich, und ich halte inne, als ein plötzlicher, scharfer Biss meine Wade durchbohrt, und ich vor stechendem Schmerz aufheule.

Ich drehe mich gerade um, als sie sich aus meinem Griff losreißt, und ich finde Cassiels Schnauze an meinem Bein, die Zähne stecken in meinem Fleisch.

„Scheiße! Verdammt!" Ich packe ihn am Kragen und ziehe ihn weg. „Du bist so kurz davor, Höllenhund-Futter zu werden."

Er knurrt mich an, fegt mit seinen Pranken durch die Luft zwischen uns, aber verfehlt meine Nase. Warum zum Teufel haben wir dieses Ding nochmal mit in unser Haus genommen?

„Lass ihn in Ruhe." Aria reißt ihn mir aus der Hand und wiegt ihn an ihrer Brust, bedeckt seinen Kopf mit Küssen.

Ich knurre. „Lass uns nach Hause fahren", zische ich und versuche, mich zu beruhigen, wohl wissend, dass meine Wut nicht auf sie gerichtet ist. Ich bin so besorgt um Cain, so verängstigt, dass ich Aria verloren haben könnte. Die Anspannung liegt wie ein Berg auf meinen Schultern und begräbt mich langsam unter der Erde. „Wenn du irgendwo hingehen willst, sprich zuerst mit uns. Du hast mich zu Tode erschreckt, dass du wieder weglaufen wolltest."

Sie tritt näher, starrt mir direkt in die Augen, auch wenn sie mir nur bis zum Kinn reicht. Aber sie neigt ihren Kopf zurück, weicht nicht aus, und verdammt, ich liebe das Feuer in ihr. „Zu deiner Information, ich habe die Entscheidung getroffen, nicht mehr wegzulaufen. Ich habe es Cain bereits gesagt."

Ihre Lippen verziehen sich zu einem herausfordernden Blick, bevor sie sich umdreht und auf den Cadillac zueilt.

Wann hat sie es Cain erzählt? Er hätte es uns gesagt. Warte... sie hat beschlossen, nicht mehr wegzulaufen?

Ich gehe hinter ihr her, als ich eine kleine Gruppe von einem halben Dutzend Leuten bemerke, die in meine Richtung starren. *Ja, seht euch satt.* Ich kümmere mich nicht einmal um sie und stürme zum Auto, dann greife ich nach der Rücksitztür, gerade als Aria sie zuziehen will.

„Hey!", schreit sie. „Geh' auf die andere Seite."

Aber ich habe keine Lust mehr auf Spielchen, schiebe mich neben sie und stupse sie an. Sie quietscht, als sie rüberrutscht und sich immer noch an dem Fellknäuel festhält.

Ich schließe die Tür und rufe Holmes zu: „Bring uns nach Hause."

„Was zum Teufel ist dein Problem?!", fordert sie.

Ich drehe mich zu ihr um. „Zieh' nie wieder so eine Nummer ab."

Sie zieht ihre Augenbrauen zusammen. „Was für eine Nummer?"

„Aria!"

„Dir hat es nicht gefallen, dass ich Hilfe für Cain gesucht habe, geht es darum? Oder dass ich die Kontrolle übernommen habe - ist es das, was du nicht magst?"

„Es geht darum, dass du in Gefahr bist", antworte ich, die Worte zischend durch meine Zähne.

„Oh... kay... ich denke, es ist der Kontrollverlust, mit dem du ein Problem hast."

„Kleines Kaninchen, ich habe immer noch die Kontrolle." Ich drehe mich um und sehe sie an. „Wir sind ein Team, also musst du uns sagen, wenn du abhauen willst."

„Du bist nicht der Einzige, der sich Sorgen um Cain macht, also musst du nicht so aggressiv sein. Ich habe gehört, was du und Dorian gesagt habt, wie schlimm die Situation ist. Ich werde nicht einfach herumsitzen und nichts tun."

Ich fahre mir mit der Hand durch die Haare, studiere die Art, wie sie schnell blinzelt, wie ihre steife Körperhaltung danach schreit, sich zurückzuziehen. Verdammt, sie ist atemberaubend, und ihre Wut zieht mich nur noch mehr zu ihr hin, aber ihre Sturheit bringt mich um.

„Wie ich schon sagte", beginne ich, „meine Priorität bist *du*. Ich werde nicht riskieren, dich zu verlieren."

Stille.

Sie nagt an ihrer Unterlippe und sieht mir in die Augen. „Ich bin das nicht gewöhnt", sagt sie, ihre Stimme fast schüchtern.

„Dass sich jemand um dich kümmert?" Ich greife hinüber und schiebe eine lose Strähne, die sich in ihren Wimpern verfangen hat, hinter ihr Ohr.

Sie zuckt ganz leicht mit den Schultern, nickt und senkt den Blick, als wäre es ihr peinlich, das zuzugeben.

„Willst du überhaupt hören, was ich herausgefunden habe, was Cain helfen könnte?“ Sie wechselt das Thema, und ich komme nicht umhin, ihre Verletzlichkeit zu bemerken. Ich wuchs ohne Eltern auf, wurde von klein auf in eine Legionsarmee gesteckt. Ich kannte nie etwas anderes als Befehle, und es dauerte viele Jahrzehnte, bis ich die Kraft eines zärtlichen Wortes erkannte.

„Natürlich will ich das wissen“, antworte ich.

Sie setzt Cassiel neben sich und so weit wie möglich von mir entfernt ab, dann dreht sie sich zu mir um. Wir wippen in unseren Sitzen, als wir über eine unebene Stelle der Straße fahren.

„Ich hab Miranda, die Hellseherin von den Storm-Märkten, getroffen. Zumindest glaube ich das. Sie war irgendwie kryptisch. Jedenfalls habe ich ihr von Cain erzählt, und sie sagte, sie kennt jemanden, der uns helfen kann. Sie hat mir sogar eine Karte gegeben, auf der steht, wo wir ihn finden können.“ Sie redet superschnell, während sie eine Hand in ihre Tasche gleiten lässt und ein zusammengerolltes Papier herauszieht. Sie öffnet es und zeigt mir eine handgefertigte Karte, auf der die wichtigsten Straßen markiert sind und die Wegbeschreibung und Namen verzeichnet sind. Sie sieht aus, als sei sie ein Dutzend Mal fotokopiert worden, denn einige der Drucke sind verblasst.

Ich studiere die Karte genau, erkenne aber den Ort nicht, obwohl es vielleicht mehr Sinn machen würde, wenn ich sie mit einer echten Karte vergleichen würde.

„Und wen hat sie dir genannt?“, frage ich neugierig, denn Miranda ist nicht unbedingt unser größter Fan, nachdem Dorian sie als eine seiner Eroberungen genommen und dann abserviert hat.

„Banner. Er ist ein Totenbeschwörer."

„Banner? Das klingt nicht nach einem Namen für einen Totenbeschwörer. Aber wenn sie sagt, er kann helfen, bin ich bereit, es zu versuchen."

Totenbeschwörer sind besondere Wesen. Um die Magie zu erhalten, die sie besitzen, sind ihre Seelen dunkel. Sie sind unberechenbar, nicht vertrauenswürdig. Aber wir haben es mit einem Dämon zu tun, der dem Tod nahe ist, und wer könnte besser helfen als ein Bezwinger der Toten? Ich muss mit Dorian sprechen und herausfinden, ob er diesen Banner kennt.

Aria rollt das Papier wieder auf und steckt es in ihre Tasche.

„Danke", sage ich. Wir haben eine Spur und das ist mehr als Dorian und ich bisher finden konnten.

Sie dreht sich zu mir und hebt eine Hand zu meinem Gesicht, legt sie auf meinen Kiefer und neigt ihren Kopf näher zu mir. Sie küsst mich innig, und es ist unglaublich schwer, sich zu konzentrieren, wenn sie mich so köstlich süß küsst. Es lässt mich vergessen, warum ich mich überhaupt so aufgeregt habe.

Ich streiche ihr über den Hinterkopf und hinterlasse eine Spur von Küssen auf ihrer Wange, bevor ich mein Gesicht in die Kurve ihres Halses lege. Ich küsse sie, schmecke ihren süßen Geschmack mit einem Hauch von salzigem Schweiß. Ich atme tief ein und nehme ihren Duft auf, mein Jagdhund kräuselt sich in mir mit der Gewissheit, dass sie wieder bei uns und sicher ist.

Ein tiefes, sexy Stöhnen kommt aus ihrer Kehle.

„Bei mir bist du immer sicher“, flüstere ich ihr ins Ohr. Sie entspannt sich gegen mich, ihre Hände schlingen sich um meinen Hals.

„Warum kümmert es dich so sehr, was mit mir passiert?“, fragt sie, der Blick in ihren Augen ist echt, als sie zu mir aufschaut.

„Du bedeutest mir sehr viel“, antworte ich wahrheitsgemäß und beschließe, mich ein wenig zu öffnen, um ihr einen Teil der Dunkelheit meiner Vergangenheit zu zeigen, damit sie lernt, mir zu vertrauen. „Ich habe in der Hölle eine Menge verloren. Ich wurde von jemandem verraten, von dem ich dachte, dass ich sie liebe, aber alles, was sie sagte und tat, war eine Lüge. Das war ziemlich schwer für mich. Aber was ich in deinen Augen sehe, ist anders. Jemand, der leidenschaftlich und so aufrichtig ist. Ich möchte glauben, dass du nicht wie sie bist.“

„Es ist schrecklich, wenn dich jemand betrügt. Ich kenne dieses Gefühl irgendwie.“ Ich spüre, wie sich ihr Körper gegen mich verhärtet. „Sie klingt wie ein Miststück, weil sie dir wehgetan hat, und ich kenne sie vielleicht nicht, aber sie ist definitiv nicht wie ich.“

Ich antworte nicht, und wir bleiben eine lange Weile still in den Armen des anderen. „Ich bin froh, dass du die Entscheidung getroffen hast, nicht mehr vor uns wegzulaufen.“

„Ich wollte euch keine Angst machen. Ich habe nur solche Angst, dass wir Cain verlieren werden.“ Ihre wackelige Stimme verklingt.

Sie drückt sich einfach näher an mich, ihre

weichen Brüste an meine Brust gepresst, und ich halte sie fest. Sie muss mir nicht sagen, warum sie es sich anders überlegt hat, bei uns zu bleiben, Hauptsache, sie hält ihr Wort. Ihre Atemzüge werden flach, und es schmerzt mich, die Qualen in ihrer Stimme zu hören.

Es sollte mich nicht überraschen, dass Cains Verletzung sie so sehr mitnimmt, aber das tut es. Offensichtlich hat das, was sie auf ihrer letzten Reise erlebt haben, die Dynamik zwischen ihnen verändert.

Die ganze Zeit über habe ich unsere Verbindung als ursprünglich und animalisch angesehen. In ihrer Gegenwart heult mein Hund auf, weil er sie jagen, sie beanspruchen will. Alles läuft auf Sex hinaus, richtig? Aber mir wird klar, wie falsch ich mit meinen Gefühlen lag.

Ihre Hand wandert träge meine nackte Brust hinauf, und sie bleibt für den Rest der Fahrt in meinen Armen.

Als wir zu Hause ankommen und ins Haus gehen, finden wir Dorian in Cains Schlafzimmer. Der Dhampir, Ramos, ist auch da und steht über Cain, dem ein sauberes Hemd und eine frische Hose angezogen wurden. Ramos flüstert etwas vor sich hin und wirft eine Handvoll von etwas, das wie Staub aussieht, aufs Bett. Aber die Partikel schweben über Cain, verbunden durch etwas, das aussieht wie eine transparente Membran, die ihn umhüllt.

„Was ist das?" Aria eilt durch den Raum und zum Bett, Schrecken liegt in ihren Worten.

„Ein magisches Schild, das ihn in einem vorübergehenden Koma hält“, erklärt Ramos und tritt zurück, um ihr Platz zu machen.

Aria blickt mich an, sie vertraut Ramos nicht ganz. Ich meine, er hat sie von zu Hause entführt, als sie ihn das letzte Mal gesehen hat, also kann ich ihre Besorgnis verstehen.

„Ramos ist ein Experte für Kyusho Jitso und weitere… *nicht-traditionelle* ostasiatische medizinische Praktiken“, erkläre ich und versuche, sie zu beruhigen.

Ramos neigt den Kopf zu einem subtilen Nicken. „Es ist mir gelungen, einen Weg zu finden, seine Krankheit in der Schwebe zu halten und ihr Fortschreiten zu verhindern.“

„Das ist fantastisch“, fügt sie hinzu und tritt näher heran.

„Es ist nur vorübergehend“, schaltet sich Dorian ein. „Eine Woche, stimmt's Ramos? Das ist alles, was wir haben?“

Der Dhampir nickt. „Und nach einer Woche wird sich sein Zustand noch schneller verschlechtern.“

Ein kalter Schauer läuft mir über die Haut. „Wir haben also sieben Tage, um einen Weg zu finden, ihm zu helfen, oder …“ Ich kann mich nicht überwinden, den Rest der Worte auszusprechen.

Ramos nickt, und niemand sonst antwortet. Die unausgesprochenen Worte und die Beklemmung hängen in der Luft zwischen uns.

Wenn es uns nicht gelingen sollte, ein Heilmittel zu finden, wird Cain sterben.

KAPITEL FÜNF

ARIA

„Ramos, kannst du uns eine Minute geben?“, fragt Dorian. Er nickt, sammelt einige der schmutzigen Handtücher und Wasserschüsseln ein und verlässt den Raum.

Sobald sich die Tür schließt, dreht sich Dorian zu mir um. „Ich bin von dir überrascht, kleines Mädchen. Ich hätte nicht gedacht, dass du die erste Gelegenheit ergreifen würdest, um wegzulaufen. Besonders nach allem, was wir durchgemacht haben. Und mit Cain ...“

Er stößt einen Seufzer aus, seine Schultern sinken, und es ist das erste Mal, dass ich ihn so verärgert sehe. Enttäuscht.

Er denkt, ich sei abgehauen, und ich verstehe, warum er zu diesem Schluss kommt. Es wäre nicht mein erster Fluchtversuch, aber die Tatsache, dass ich dieses Mal abgehauen bin, um Cain zu helfen, lässt meine Brust vor Schuldgefühlen zusammenkrampfen. Ich will nicht, dass er denkt, es wäre mir egal. Denn es ist mir wichtig. Wahrscheinlich wichtiger, als es sollte, wenn man die Umstände bedenkt.

Ich schaue Elias an. Er kennt den wahren Grund, warum ich abgehauen bin.

„Es ist nicht so, wie du denkst, Dorian“, sagt er. „Diesmal hat sie nicht versucht, vor uns wegzulaufen.“

Sein Kopf neigt sich zur Seite, und sein Blick tastet mich förmlich ab. „Oh?“

„Ich meine, ja okay, ich bin gegangen“, beginne ich, „aber ich hatte die Absicht, zurückzukommen. Ich wollte nur zu Storms Märkten gehen und sehen, ob ich etwas finden kann, das Cain helfen kann.“

Dorians Körper entspannt sich. „Und? Was hast du gefunden?“

Ich reiche ihm die Karte und warte, dass er sie sich genau ansieht. „Cold's Keep? Wo ist das? Was gibt es dort, das uns helfen kann?“

„Nicht ein was. Ein wer“, antworte ich mit Mirandas Worten. „Ein Totenbeschwörer namens Banner.“

Dorians Augen weiten sich vor Schreck. „Ein Totenbeschwörer?“ Sein Blick gleitet zu Elias, und ein langsames Lächeln bildet sich. „Nun, Aria, ein Totenbeschwörer könnte genau das sein, was Cain braucht. Ha!“ Er klatscht in die Hände. „Wir müssen jetzt zu diesem Cold's Keep gehen und diesen Kerl finden. Wer könnte den Tod besser hintergehen als ein Meister des Todes selbst!“

„Genau das hat die Frau auf dem Markt auch gesagt“, füge ich hinzu, während mich Erleichterung durchflutet. Gott sei Dank habe ich hier das Richtige getan. „Die Hellseherin. Miranda.“

Dorian erstarrt auf der Stelle, und sein Gesicht verliert jegliche Farbe. „Wie bitte, wer?"

„Mir-Miranda?" Mir gefällt die plötzliche Veränderung in seinem Verhalten nicht. Elias hatte nicht annähernd so heftig reagiert, als ich ihm von der Hellseherin auf dem Markt erzählt hatte. Mein Blick flackert nervös zwischen den beiden Dämonen hin und her. „Sie sagte, sie kennt euch."

Elias lehnt sich dicht an meine Schulter und flüstert: „Miranda ist eine Weissagerin. Und die Ex-Freundin von Dorian."

„Was?!" Ich sträube mich. Dieses kleine Detail hat sie während unseres Treffens nicht erwähnt. Ich habe keine Ahnung, was eine Weissagerin ist, aber der zweite Teil seiner Aussage konnte nicht missverstanden werden.

„Nicht wirklich eine Ex-Freundin", antwortet er schnell. „Miranda war eine Affäre. Eine sexuelle Eroberung. Das ist alles."

Ein fester Knoten verdreht sich in meinem Bauch, und Eifersucht regt sich. Wie bei der überfreundlichen Verkäuferin bei Gracy's Groceries lässt mich der Gedanke, dass irgendeine andere Frau meine Dämonen berührt, vor Wut kribbeln. Ich weiß, dass sie ein Leben hatten, bevor ich auftauchte, aber das bedeutet nicht, dass ich daran *denken will.*

Dorian winkt es mit einer abweisenden Handbewegung ab. „Wenn Miranda dir diese Karte gegeben hat, bedeutet das, dass sie der Wahrheit entspricht. Ihr habt Ramos gehört. Wir haben keine Zeit mehr zu verlieren. Wir müssen Banner finden."

„Können wir dieser Tussi trauen?“, beginne ich zu zweifeln.

„Sie ist Teil eines sehr komplizierten Deals mit uns, für den sie Cain lebend braucht. Sie wird ihm helfen wollen“, sagt er.

Einen Deal? Cain hatte einen Deal mit ihr gemacht? Für was?

Das hört sich nicht gut an. Ganz und gar nicht.

„Werfen wir ein paar Klamotten in einen Koffer und machen uns auf den Weg“, fährt Dorian fort. „Treffen wir uns in zehn Minuten im Foyer?“

Er und Elias gehen zur Tür, aber als sie sehen, dass ich stehen bleibe, drehen sie sich beide um und sehen mich an.

„Aria?“, ruft Elias. „Du kommst mit uns. Oder?“

Ich schlinge meine Arme um mich selbst. „Was ist mit Cain?“

Wir können ihn nicht einfach allein lassen. Nicht so. Selbst mit Ramos' alten asiatischen Zaubertricks.

„Ramos wird bei ihm bleiben. Er ist für so etwas am besten geeignet“, erklärt Dorian. „Und er wird die Hilfe des Personals haben und alles, was er braucht.“

Trotz seiner Worte lastet die Sorge immer noch auf meinen Schultern. Ich weiß, was getan werden muss, um ihn zu retten, aber aus irgendeinem Grund fühlt es sich genauso falsch an, Cain zu verlassen, um auf irgendeine Reise zu gehen, wie nichts zu tun.

Eine schwere Hand ruht auf meiner Schulter, und als ich aufschaue, blickt Elias mit einem mitfühlenden Lächeln auf mich herab. „Er wird in guten Händen sein“, versichert er mir. „Ramos weiß, was er tut.“

„Er hat Recht." Dorian erscheint an seiner Seite. „Und wir haben eine Woche, um das für ihn zu regeln. Das ist nicht viel Zeit."

Das ist eine extreme Untertreibung. Wir haben so gut wie gar keine Zeit. Aber ich verstehe, was sie sagen wollen. Egal, wie ungern ich Cain zurücklasse, aber nur so können wir den Totenbeschwörer finden und sein Leben retten. Es gibt wirklich keine andere Möglichkeit.

Ich seufze schwer. „In Ordnung. Ich komme gleich zu euch runter."

Elias drückt meine Schulter leicht, bevor die beiden den Raum verlassen.

Wieder allein mit Cain, presse ich meine Lippen aufeinander und stelle mich hin. Ich hasse das. Wirklich, ich hasse es wirklich. Allein der Gedanke, ihn für ein paar Tage zu verlassen, sorgt dafür, dass sich alles in mir verkrampft. Ich umklammere den geflügelten Anhänger, in der Hoffnung, dass er mir irgendwie die Kraft oder den Mut geben kann, die ich brauche, um aus dieser Tür zu gehen.

Cain trägt jetzt ein sauberes weißes Hemd und eine Hose und scheint zeitlich eingefroren zu sein. Er sieht noch toter aus als zuvor, und das Bild macht mich krank. Ich habe Angst, dass ich weggehe und zu einem leeren Bett zurückkomme.

Ich halte die Halskette fester und schaue ihn ein letztes Mal an, bevor ich meine Füße zwinge, mich zur Tür hinauszuführen.

Nachdem wir die Stadt Cold's Keep in das Navi und in Google Maps eingegeben haben, ohne ein Ergebnis zu erhalten, sind wir gezwungen, die schlecht gemachte Karte und das, was sie auszusagen versucht, zu benutzen. Und das ist nicht gerade viel. Dorian hat uns darauf hingewiesen, dass der große Schnörkel in der Mitte des Papiers die I-89 zu sein scheint, und das bedeutet, dass Cold's Keep nördlich von Glenside liegt, aber das ist alles, was wir haben, also fahren wir dorthin. Nach Norden.

Als wir in Dorians sexy schwarzem Ferrari durch Vermont fahren, sitze ich allein hinten, während Dorian fährt und Elias vorne seine Beine ausstreckt. Es macht mir aber nichts aus, hier hinten allein zu sein. Ich bin ein bisschen in meinen eigenen Gedanken gefangen, mein Blick klebt an der vorbeiziehenden Kulisse aus verschneiten Baumkronen und Bergfelsen. Draußen ist die ganze Welt entweder grau oder weiß, und es herrscht eine Ruhe, die den chaotischen Gedanken und Gefühlen, die in mir toben, entgegenwirkt.

Cain nicht hier bei uns zu haben... Es fühlt sich falsch an. So falsch. Ich hätte nie gedacht, dass ich mal seinen finsteren Blick vermissen würde, oder wie er mich wütend macht, nur um mich eine Minute später wieder mit seinem dunklen Charme zu umgarnen. Ohne seine Anwesenheit fühlen sich die Dinge einfach nicht richtig an. Da ist eine offensichtliche Leere, die seinen Platz einnimmt, und ich bin sicher, Dorian und

Elias fühlen das auch. Wir sind alle ein bisschen verloren ohne ihn.

„Hey, alles klar da hinten?", fragt Dorian und blickt mich durch den Rückspiegel an.

Tief einatmend sage ich: „Ja, mir geht's gut. Ich denke nur darüber nach, was wir tun müssen, weißt du? Und wie wenig Zeit wir haben."

„Ich will nicht, dass du dir zu viele Sorgen machst", sagt Dorian. „Ich kenne Cain schon sehr lange, und er war immer ein Kämpfer. Er wird da rauskommen."

Er blickt Elias zur Unterstützung an, und als dieser nichts sagt, gibt er ihm einen scharfen Stoß mit dem Ellbogen.

Genervt reibt er sich den Arm. „Wofür zum Teufel war das?"

Dorians Blick verhärtet sich auf ihm, und er nickt mir zu. „*Stimmt's,* Elias?", drängt er und wartet darauf, dass er ihm zustimmt. „*Stimmt's?*"

Elias räuspert sich. „Äh, ja, richtig. Dorian hat Recht."

„Toll", knurrt er ihn an.

„Was?", raunt Elias ihn an. „Ich habe gesagt, was du hören wolltest."

Dorian schüttelt den Kopf und weiß, dass Elias ein hoffnungsloser Fall ist. „*Wie auch immer*", beginnt er und zieht die Worte in die Länge, „hier ist mein Plan. Wir fahren noch eine Stunde auf der Autobahn, dann halten wir an, suchen uns einen örtlichen Übernatürlichen und fragen ihn, wie weit wir von Cold's Keep entfernt sind. Hoffentlich hat derjenige davon gehört und kann uns von dort aus die richtige Richtung zeigen."

„Das ist eine schreckliche Idee", brummt Elias. „Sollen wir einfach anhalten und einheimische Fremde fragen, ob sie von irgendeiner magisch verborgenen Stadt mitten im Nirgendwo gehört haben, und beten, dass sie wissen, wovon zum Teufel wir reden?"

„Hast du einen besseren Vorschlag, du Genie?"

Elias wirft ihm einen bösen Blick zu und raunt zurück. „Ja, habe ich, wenn du so fragst. Ich sage, wir rufen einen der Zauberer auf unserer Kontaktliste an und lassen ihn einen Ortungszauber durchführen. Sie sollen uns die genauen Koordinaten geben."

„Das wäre toll, *wenn* Ortszauber so funktionieren würden." Er hält drei Finger hoch und zählt sie ab, während er spricht. „Erstens: Ortungszauber können uns nur einen allgemeinen Bereich angeben. Nichts Genaues. Zweitens. Sie können nur verwendet werden, um eine *Person* zu finden, und auch nur dann, wenn der Zaubernde etwas Persönliches von dieser Person hat. Wenn wir also keine Haarlocke des Totenbeschwörers haben, können wir es vergessen. Und drittens haben wir versucht, Kontakte nach Ortungszaubern zu fragen, als wir nach Aria und Sir Surchion suchten, und sie waren damals nicht besonders erpicht darauf, uns zu helfen. Ich bezweifle, dass sich das bis jetzt geändert hat."

Ich stoße einen verzweifelten Atemzug aus. Tja, das war's dann wohl.

„Verdammte Scheiße", schimpft Elias. „Wir können

nicht einfach durch den ganzen Staat fahren und hoffen, dass wir über sie stolpern."

Er hat recht. Aber vielleicht gibt es einen anderen Weg.

„Kann ich die Karte sehen?", frage ich sie.

„Sicher." Dorian reicht mir das aufgerollte Papier. „Obwohl ich es kaum eine Karte nennen würde. Sieht eher aus, als hätte ein Dreijähriger einen Stift gefunden und hätte wild drauf los gemalt."

Er hat nicht Unrecht. Die meisten Linien sehen wie zufällige Schnörkel aus, ohne wirklichen Zweck oder Muster. Als ich es noch einmal untersuche, kann ich nichts Eindeutiges oder einen Orientierungspunkt finden, der uns helfen könnte, den genauen Standort von Cold's Keep zu bestimmen.

Ich lehne mich näher heran und bemerke einige verblasste Markierungen am Ende der Hauptstrecke, die Dorian für die Autobahn hielt. Es scheinen auch Buchstaben zu sein.

Ist das ein *V*? Vielleicht ein *U*?

Nein, Moment mal, ein *C*?

Verdammt, es ist fast unmöglich, das mit Sicherheit zu sagen.

„Hast du etwas Hilfreiches gefunden?", fragt Dorian, während er den Ferrari gekonnt zwischen Autos hindurchschlängelt und dabei fast fünfzig km/h über dem Tempolimit fährt.

„Sagt euch V-U-R-W-L-C-H irgendetwas?", frage ich und versuche, die kaum sichtbaren Buchstaben zu entziffern.

„Soll das eine andere Sprache sein?"

„Ach man, hier sind nicht mal genug Vokale drin, damit es einen Sinn ergibt!" Das Ganze ist hoffnungslos.

Während der Fahrt kommen wir an einem großen grünen Schild vorbei, auf dem die kommenden Ausfahrten mit ihrer Entfernung in Meilen aufgelistet sind. Einer der Namen sticht mir ins Auge.

Norwich.

Ich werfe wieder einen Blick auf die Karte. Könnte da wirklich *Norwich* stehen? Ist das *V* tatsächlich ein *N*? Vielleicht, wenn ich ganz fest blinzle und das Papier leicht nach rechts drehe. Ja, ich schätze, es könnte ein *N* sein.

Und laut dem Schild kommt die Stadt in einer halben Meile.

Dorian rast über die Autobahn, schlüpft zwischen Autos und Lastwagen hindurch und erntet dabei ein paar Mittelfinger. Aber da unsere Ausfahrt bevorsteht und er ganz auf der linken Spur fährt, werden wir sie verpassen.

Ich bewege mich an den Rand meines Sitzes und schiebe meinen Körper zwischen Elias und Dorians breite Schultern und rufe: „Nimm diese Ausfahrt!"

Dorian richtet sich auf, dreht das Rad ganz nach rechts und schleudert uns auf die nächste Fahrspur, ohne überhaupt hinzusehen. Ich werde zur Seite geschleudert, und das laute Hupen eines Lastwagens lässt mir das Herz in die Kehle steigen. Er reißt das Lenkrad wieder herum, verfehlt nur knapp die Front des riesigen Sattelzugs und drückt das Gaspedal durch. Ich schreie.

Ich weiß nicht, wie er das macht, aber er schafft es, uns unfallfrei über vier Fahrspuren und um die Ausfahrt herum zu fahren. Erst als wir ein Wohngebiet erreichen und das Tempolimit auf vierzig sinkt, beruhigt sich mein Puls etwas. Als Dorian uns an einer roten Ampel zum Stehen bringt, schaut er zwischen mir und Elias hin und her und atmet ein wenig tiefer.

„Geht es allen gut?"

Ich streiche mir die zerzausten Haare aus dem Gesicht. „Ja, alles in Ordnung."

Ich schaue zu Elias hinüber, der die ganze Zeit totenstill war. Sein ganzer Körper ist starr, die Muskeln angespannt, der Kiefer fixiert. Es ist, als wäre er in der Zeit eingefroren worden.

„Elias?" Ich stupse ihn an der Schulter an, und in diesem Moment löst sich seine Hand vom Griff der Autotür, und ich bemerke, dass das Metall die deutlichen Abdrücke seiner Finger aufweist.

Scheiße.

Langsam dreht er sich zu Dorian um, seine Lippen zucken mit seiner aufsteigenden Wut. „Ich HASSE Autos", presst er durch zusammengebissene Zähne hervor. „Und ich hasse es noch mehr, wenn du sie fährst."

„Ach, komm schon. *So* schlimm war es doch gar nicht", sagt Dorian, aber als die Ampel grün wird und er wieder von der Bremse geht, schießt Elias' Hand sofort wieder zum Türgriff, um sich abzustützen.

„Was für ein Baby." Dorian kichert und blickt mich dann durch den Spiegel an. „Aber trotzdem, vielleicht beim nächsten Mal ein bisschen mehr auf die Richtung achten, Aria? Was denkst du?“

Ich nicke. „Ich werde mein Bestes tun.“

Als wir durch die Straßen von Norwich fahren, nehme ich die Sehenswürdigkeiten in mich auf. Es sieht wie eine ältere Stadt aus, oder zumindest wie eine, die vom Vintage-Stil inspiriert ist, mit ihren roten Backstein-Gehwegen, Steinhäusern und Gaslaternen.

Wir scheinen auch über ein kleines Einkaufsgebiet gestolpert zu sein, denn in allen Restaurants und Geschäften herrscht reger Kundenandrang. Kränze, Kerzenständer und Weihnachtslichter schmücken jede Tür und jedes Fenster, obwohl die Feiertage noch einen Monat entfernt sind. Aber all die funkelnden Lichter und der frisch gefallene Schnee geben Norwich ein sehr heimeliges und einladendes Aussehen.

Es ist... malerisch. So ein starker Kontrast zu dem dunklen Grund, aus dem wir hier sind.

„Bist du sicher, dass das der richtige Ort ist?“, fragt Elias, nachdem er sich endlich etwas entspannt hat. Er starrt mit einem verwirrten und leicht verstörten Blick aus dem Fenster auf die Gäste. „Es ist, als wären wir hier über die Werkstatt des Weihnachtsmannes gestolpert. Ich rieche sogar Lebkuchen und Pfefferminz.“

„Ich... ich denke schon. Hier. Seht euch die Karte an und sag mir, was da steht.“ Ich reiche den beiden das Papier und zeige auf die verblassten Worte. „Sieht das aus, als stünde da 'Norwich'?“

Elias reißt es mir aus der Hand und hält es dicht vor sein Gesicht. „Das könnte ein *N* sein ... oder ein *B*?“

„Genau das meine ich“, murmle ich.

„Ich vertraue dir und sage, dass wir am richtigen Ort sind“, fügt Dorian hinzu. „Jetzt lass uns ein Hotel finden, um uns für die Nacht neu zu organisieren, und dann können wir uns auf die Suche nach Cold's Keep machen.“

Elias reicht mir die Karte zurück, und nachdem ich sie wieder zusammengerollt habe, greife ich nach meinem Rucksack auf dem Boden, um sie hineinzuschieben. Meine Finger streifen etwas Weiches und Pelziges, und ich schreie auf. „Was zum...“

Ein leises Miauen kommt von innen, und mein Herz macht einen Sprung.

Elias' Nasenlöcher blähen sich auf, als er es erschnuppert. „Willst du mich verarschen? Auf gar keinen Fall. Das ist jetzt nicht wahr.“

„Was?“, fragt Dorian und guckt sich um. „Was ist los?“

Cassiel springt auf meinen Schoß, das Kinn hoch erhoben, als wäre er stolz auf sich, dass er sein Geheimnis so lange bewahrt hat.

Ich lache - ich kann nicht anders - und kratze den Kopf des Luchses. „Du schlaues kleines Ding.“

Er schnurrt als Antwort und drückt sich in meine Hand für weitere Streicheleinheiten.

„Du hast die Katze mitgebracht?“ Dorians Stimme erhebt sich ungläubig.

„Nein! Anscheinend hat er sich versteckt. Ich hatte keine Ahnung, dass er überhaupt da drin war.“

„Du erwartest ernsthaft, dass wir das glauben?“, patzt mich Elias schnappt an. „Es ist eine *Katze.* Die sind nicht intelligent.“

„Sagt der Höllenhund." Ich zucke mit den Schultern.

„Hey, der Hund ist nur ein Teil von mir. Und es gab eine Legion von Höllenhund-Dämonen unter meinem Kommando. Was macht denn der Luchs? Sich den Hintern lecken und den ganzen Tag schlafen? Meine Güte."

„Ah, also so ziemlich das Gleiche wie du", mischt sich Dorian ein, was ihm einen harten Schlag gegen den Arm einbringt.

Kopfschüttelnd über die absurde Wendung, die dieses Gespräch genommen hat, hebe ich Cassiel hoch und reibe unsere Nasen aneinander. Sie mögen nicht glücklich darüber sein, aber ich bin froh, dass er mit auf die Reise gekommen ist. Ich kann die Ablenkung gebrauchen.

„Hör nicht auf sie", flüstere ich ihm zu. „Ich bin froh, dass du hier bist."

Cassiel leckt mir ein wenig über die Nasenspitze, und ich halte ihn wieder fest.

Elias grummelt und verschränkt seine massiven Arme vor der Brust. „Es ist nicht klug, ein Haustier mit auf diese Reise zu nehmen. Es könnte gefährlich werden."

Als ob er sich tatsächlich um Cassiels Sicherheit sorgt.

„Wir können ihn im Hotelzimmer lassen", antworte ich. „Das kriegt er schon hin."

„Es ist nicht so, als könnten wir jetzt noch umkehren", sagt Dorian zu Elias.

„Wir könnten einfach..." Er macht die Bewegung,

etwas zu packen und aus dem Fenster zu werfen, und ich keuche und umklammere Cassiel ein wenig fester.

„Das wagst du nicht“, schnauze ich.

Dorian lacht, seine Schultern zucken. „Sieht aus, als hätten wir die Katze am Hals.“

Elias knallt mit dem Hinterkopf gegen die Kopfstütze. „So eine Scheiße.“

Nachdem wir noch ein bisschen durch die Stadt gefahren sind, halten wir am ersten Hotel, das wir sehen. Wie der Rest von Norwich ist es ein kleiner, bescheidener Ort, ein Backsteingebäude mit großen Lobbyfenstern und einem geschmückten Weihnachtsbaum im Inneren.

Dorian umgarnt die Empfangsdame, während Elias alle unsere Taschen einsammelt und zum Aufzug geht. Ich folge ihm mit Cassiel, der sicher und diskret in meiner Tasche verstaut ist. Nur für den Fall, dass sie keine Haustiere erlauben.

Als Dorian zu uns stößt, reicht er mir eine der Plastik-Schlüsselkarten.

„Konntest du Zimmer in der Nähe voneinander bekommen?“, frage ich ihn gerade, als der Aufzug klingelt und sich die Türen öffnen. Wir treten alle ein. Zwischen Elias' über einen Meter achtzig Körpergröße und Dorians breiten Schultern ist nicht viel Platz für mich in der Metallbox, aber auf meiner Karte steht Zimmer 402, das bedeutet, dass wir vier Stockwerke auf diese Weise eingepfercht fahren müssen.

„Wenn du im selben Raum meinst, dann ja“, sagt Dorian, während er mit seiner Schlüsselkarte winkt, auf der ebenfalls Raum 402 steht.

„W-Was?“ Ich verschlucke mich. Mein Magen dreht sich um beim Gedanken, dass wir alle drei in einem Zimmer schlafen. Zusammen.

Ein Grinsen hebt die Mundwinkel von Dorian an. „Wird das ein Problem sein?“

Wenn ich tatsächlich etwas Schlaf bekommen möchte? Wahrscheinlich.

„Mach dir keine Sorgen, kleines Mädchen. Wenn Elias' Schnarchen zu viel wird, gibt es immer noch das Ausziehsofa, auf das er verbannt werden kann. Oder den Balkon.“

Elias presst seinen Kiefer zusammen. „Du bist ja so witzig.“

Dorian ignoriert seine Stichelei und fährt fort. „Aber so gerne ich auch ein paar Stunden bleiben und es mir gemütlich machen würde, wir müssen eine magische Stadt finden, und die Frau an der Rezeption ist eine Elfe, also nachdem wir unsere Sachen abgelegt haben...“

„Und das Fellknäuel“, wirft Elias ein.

„Und Cassiel, ja - werde ich sie zwingen, uns den Standort von Cold's Keep zu verraten. Wenn sie es weiß, wird sie keine andere Wahl haben, als es uns zu sagen.“

Wie die meisten Pläne klingt auch der von Dorian gut, aber in der Ausführung funktioniert er nicht so gut. Das arme Mädchen an der

Rezeption zu zwingen, brachte sie nur dazu, zwei Dinge zu sagen: Ja, sie wusste, wo Cold's Keep war, und, mein persönlicher Favorit: „Spring von 'ner Klippe." Das waren ihre genauen Worte.

Natürlich ist Dorian verwirrt und nicht allzu glücklich, das zu hören. Er ist sogar besorgt, dass er seine Gabe verliert, oder dass die lange Zeit auf dieser Ebene sie zu sehr schwächt, um nützlich zu sein.

Erst konnte ich ihm widerstehen, und jetzt diese Elfe? Ich merke, dass es ihn beunruhigt, und ich wünschte, ich hätte eine Antwort, aber ich bin genauso ratlos wie er über die ganze Sache.

Während wir auf dem Bürgersteig stehen und warten, beschließen wir, noch einmal auf die Karte zu schauen, um zu sehen, ob wir aus den verblassten Formen und Kritzeleien noch etwas entziffern können.

Auf dem Papier, nordwestlich von Norwich, ist ein Stern und die Buchstaben, von denen wir *glauben,* dass sie Cold's Keep buchstabieren sollen. Wer auch immer diese Karte gemacht hat, hatte offensichtlich nicht die sauberste Handschrift, aber wenn ich das Ding richtig lese, sollten wir genau genommen nah dran sein. Vielleicht 30 Kilometer entfernt? Das ist schwer zu sagen.

„Sind das Bäume?", fragt Elias und schaut über meine Schulter ebenfalls auf die Karte.

„Ich bin mir nicht sicher...", gestehe ich. „Für mich sehen sie eher wie schlecht gezeichnete Wolken aus. Oder nur Kleckse?"

„Wenn es Bäume sind, ist es vielleicht tief im Wald?"

„Wenn ich eine ganze Stadt vor den Menschen

verstecken wollte, würde ich sie genau dort hinpacken“, sagt Dorian.

„Ich kann mich verwandeln und den nahe gelegenen Wald durchsuchen. Mal sehen, ob ich auf diese Weise etwas finde.“

„Das ist eine gute Idee“, antworte ich. Nicht die beste, aber eine gute.

Wir hüpfen ins Auto und fahren ein Stück, bis die Häuser und Geschäfte immer weniger werden und wir schließlich auf eine Baumgruppe treffen. Dorian hält an, zieht die Handbremse an und wir steigen alle aus. Elias schreitet geradewegs auf die dunkle Baumreihe zu und entledigt sich mit jedem Schritt seiner Kleidung. Das Letzte, was ich sehe, ist sein nackter Hintern, bevor die Schatten ihn vollständig verschlingen. Eine Sekunde später hallen die Geräusche eines schnaufenden Tieres und das Aufschlagen von Pfoten auf dem Boden wider und verklingen dann.

„Ich habe nicht erwartet, heute Nacht einem hellen Vollmond geblendet zu werden“, stichelt Dorian und wirft mir ein Zwinkern zu. Ich kichere, mehr über seinen erbärmlichen Versuch eines Witzes als über den eigentlichen Witz.

Dann dreht sich Dorian zu mir um. „Vielleicht sollten wir im Auto warten. Es ist ein bisschen kühl hier draußen.“

Er hat recht. Der Wind pfeift an uns vorbei, und sie haben viel mehr Schnee hier, als wir in Glenside. Selbst in meinem dicken Mantel, den Handschuhen und dem Schal zittere ich immer noch. Elias hat vielleicht einen Pelz, der ihn warm hält, aber ich nicht.

Ich nicke und will gerade zur Tür gehen, als mein kleiner Zeh in meinen Turnschuhen zuckt, als wäre er aus einem langen Schlaf erwacht. Das vertraute Kribbeln, das immer folgt, rast meine Wirbelsäule hinauf und hinunter und lässt mich erstarren.

„Was ist los?", fragt Dorian und tritt aus Sorge näher an mich heran.

„Ich..." Ich frage mich, ob ich es mir eingebildet habe und warte einen Moment, aber als mein Zeh wieder anfängt, seltsam zu wackeln und zu tanzen, weiß ich sicher, dass es echt ist. „Ich spüre eine sehr, sehr starke Magie", sage ich ihm. „Dunkle Magie."

Seine Augenbrauen heben sich. „Moment, hier? Jetzt?"

Mein Zeh summt weiter und bestätigt es. „Ja."

„Ist es ein weiteres Relikt? Hier?"

„Das kann ich nicht mit Sicherheit sagen...", beginne ich zögernd. „Und der einzige Weg, es sicher zu wissen, ist..."

Sein Blick schwenkt zurück zu dem Wald, in dem Elias vor wenigen Sekunden verschwunden ist, und sein ganzer Körper wird starr. „Der Spur zu folgen."

KAPITEL SECHS

ELIAS

Der eiskalte Wind pfeift mir um die Ohren. Der Schnee knirscht unter meinen Pfoten, als ich durch den Wald donnere. Die Kälte fühlt sich gut an, als sie durch mein Fell fährt, und für einen kurzen Moment vergesse ich, warum ich überhaupt hier draußen bin.

Ja, genau. Ich soll nach dem magischen Eingang zu Cold's Keep suchen. Was genau das ist... Ich bin mir nicht sicher, aber hoffentlich kann meine Nase es erschnüffeln.

Nachdem ich an Bäumen vorbeigerannt bin und einen gefrorenen Bach umrundet habe, ertönt in der Ferne das Geräusch von Schritten. Ich drehe den Kopf in die Richtung, bleibe mit gespitzten Ohren stehen und lausche. Zwei Paar Füße, wenn ich richtig schätze, und sie kommen schnell auf mich zu. Meine Nasenflügel blähen sich auf, als ich die Luft schnuppere und zwei sehr vertraute Gerüche wahrnehme, die in der Brise wehen.

Dorian und Aria?

Sie sollten beim Auto auf mich warten.

Unbehagen schießt meine Wirbelsäule hinauf und lässt meine Nackenhaare aufstehen. Wenn sie hierhergekommen sind, muss etwas nicht stimmen. Mit der Baumbedeckung über mir ist es hier drin dunkel, aber Dorian hat eine kleine Taschenlampe mitgebracht, um sie zu leiten. Der Scheinwerfer leuchtet in meine Richtung.

„Elias!“, ruft Aria, als sie mich sieht, und die beiden eilen herbei. Zu meiner Überraschung ist in keinem ihrer Gesichter Panik zu sehen, also entspanne ich mich etwas. Aber nur etwas.

„Sind wir noch auf dem richtigen Weg?“, fragt Dorian und kommt an ihre Seite.

Verwirrt neige ich den Kopf.

„Ja“, antwortet sie. „Es wird stärker. Wir müssen hier weiter hoch.“

Wovon zum Teufel reden die da?

Dorian macht einen Schritt nach vorne, aber ich komme ihm entgegen und versperre ihm den Weg. Er weicht nach links aus und ich halte ihn wieder auf, ein Knurren tief in meiner Kehle. Niemand geht irgendwohin, ohne mir zu sagen, was zum Teufel hier los ist.

„Beruhige dich, Scooby-Doo. Arias dunkler Magie-Alarm geht los.“

Ich schaue zu Aria, die nickt. Heißt das, sie spürt ein weiteres Relikt? Ausgerechnet hier? Wie kann das sein?

„Wir müssen weitergehen“, sagt sie und gestikuliert tiefer in den Wald hinein. Obwohl es sicherer ist, mich führen zu lassen, trete ich zur Seite und lasse ihr den Vortritt, bevor ich den Platz direkt hinter ihr einnehme. Dadurch wird Dorian weiter nach hinten gedrängt, und er schnaubt verärgert.

„Mir doch egal!", ruft er uns zu. „Mir gefällt es hier hinten sowieso! Bessere Aussicht."

Ich rolle mit den Augen, aber Aria gluckst.

Wir stapfen weiter durch den Schnee, der Wind bremst uns ein wenig aus. Als wir den Kamm eines steilen Hügels erreichen, sehe ich den steilen Abhang vor Aria. Ich nehme ihren Mantel zwischen die Finger und ziehe sie zurück, bevor sie einen letzten Schritt macht, der sie Meter weit in den Tod stürzen lässt. Wir stolpern beide zurück und kollidieren mit Dorian.

„Oh mein Gott", keucht Aria, ihre Augen weit vor Angst. „Ich habe das gar nicht gesehen."

Dorian hält sie an den Schultern fest und wirkt selbst ein wenig zerzaust. „Ich auch nicht." Er dreht sich zu mir um. „Gut aufgepasst."

Ich neige meinen Kopf.

Vorsichtig schleicht Aria näher an den Vorsprung heran, um die Höhe der Schlucht abzuschätzen. Sie zittert. „Ich verstehe das nicht. Mein Zeh spielt immer noch verrückt, als ob er will, dass ich weitergehe."

„Vielleicht will er, dass wir einen Weg nach unten finden?", schlägt Dorian vor. „Vielleicht können wir einen sichereren Weg finden."

Sie denkt einen langen Moment darüber nach und runzelt die Stirn. „Ich... ich bin mir nicht sicher."

Eine kleine Bewegung fällt mir ins Blickfeld. Als ich den Blick senke, sehe ich Arias Schatten, der sich ausbreitet, ein schwarzer Fleck auf dem Weiß. Ich schaue zu Dorian, aber er bewegt seine Taschenlampe überhaupt nicht. Nichts manipuliert die Dunkelheit. Jedenfalls nichts Natürliches.

Die Muskeln starr und die Wirbelsäule gekrümmt, knurre ich.

„Oh nein..." Aria atmet auf, als sie den Schatten beobachtet, der über den Schnee schleicht. „Sayah."

Sayah. Die Schattenkreatur?

Wir sehen alle entsetzt zu, wie der Schatten über den Boden kriecht, immer weiter, bis sich seine Form vom Boden abhebt und sich immer weiter ausbreitet, als ob er an etwas entlang kriecht, das wir nicht sehen können.

„Was macht sie?", fragt Dorian.

„Ich glaube ... sie will, dass wir ihr folgen", antwortet Aria.

Ja, direkt die Klippe hinunter.

Meine Lippen kräuseln sich, und ein weiteres Knurren grollt in meiner Brust. Ich traue nicht vielen Menschen, und schon gar nicht einem verschlagenen dunklen Geist-Ding, das von meinem Mädchen Besitz ergreift.

Zu meiner Überraschung macht Aria einen weiteren Schritt nach vorne.

Ist sie verrückt? Ich bewege mich schnell vor sie.

„Aria, ich glaube nicht, dass es eine gute Idee ist, diesem Ding zu folgen", sagt Dorian zögernd.

„Ich möchte nur etwas gucken." Sie schiebt sich an mir vorbei bis an den Rand. Ich schwebe in der Nähe, nur für den Fall, dass ich sie wieder packen muss.

Vorsichtig streckt sie ihren Fuß aus und fuchtelt damit herum. Dann, zu meinem völligen Erstaunen, trifft er auf etwas Festes. Der Schnee knirscht unter den Füßen.

Dorian legt schockiert eine Hand auf den Mund. „Das gibt es doch nicht."

Der Schatten fand eine versteckte Brücke, die von Magie durchtränkt sein musste. Eine, die nicht einmal ich selbst hatte erschnüffeln können.

Plötzlich springt Sayah in Aria zurück, als würde sie von einem Jo-Jo zurückgezogen, und Arias Körper zuckt, als sie sich wieder ausrichtet.

Abgefahren. So etwas habe ich noch nie gesehen. Es ist immer noch schwer zu glauben, dass jemand, der so klein wie Aria ist, so eine große Macht in sich tragen kann. Und warum zur Hölle hilft das Ding ihr jetzt überhaupt? Was weiß es, was wir nicht wissen?

„Glaubt ihr, das ist der Eingang von Cold's Keep?" Aria richtet die Frage an uns beide.

„Muss doch so sein, oder?", antwortet Dorian und ein zufriedenes Lächeln erscheint auf seinem Gesicht. „Jetzt machen die Anweisungen des Mädchens an der Rezeption mehr Sinn. 'Geh und spring von 'ner Klippe.' Ha!"

Aria will einen weiteren Schritt über den Abgrund machen, aber ich bewege mich vor ihr, um die Führung zu übernehmen.

„Elias…", protestiert sie.

„Lass ihn vorgehen. Es wird besser sein, wenn er derjenige ist, der fällt. Vielleicht können wir dann sehen, ob er auf allen Vieren landet, wie eine Katze."

Ich schnaube. Verdammter Dorian.

Aria lenkt ein und lässt mich vorgehen. Langsam gehe ich einen weiteren Schritt vorwärts. Als meine Pfoten auf festen Boden treffen, blicke ich an ihnen vorbei und sehe nichts als zerklüftete Felsen, Bäume und die Biegung des Baches Hunderte von Metern unter uns. Es ist das Beunruhigendste, was ich je gesehen habe.

Noch ein Schritt, dann noch einer. Mein Herzschlag ist ein reißender Fluss hinter meinen Ohren. Hinter mir beginnen Aria und Dorian, sich vorwärts zu bewegen.

Nur noch ein paar Schritte, und ich werde von den unsichtbaren Fingern der Magie gestreichelt. Sie streicht durch mein Fell und kitzelt über meine Haut. Ein Schauer läuft mir über den Rücken, aber vor mir hat sich die Szene dramatisch verändert. Ich stehe mitten in einer Stadt mit Backstein- und Holzhäusern und Kopfsteinpflasterstraßen. Gaslaternen brennen schwach, ihr Licht dringt kaum durch die dichte Dunkelheit, die den Ort umhüllt. Alles scheint grau eingefärbt zu sein. Gedämpft. Ruhig. Unheimlich. Es ist, als wäre ich durch ein Portal getreten und in einer anderen Zeit gelandet.

„Wow“, ertönt Arias Stimme hinter mir, als die beiden sich durch den magischen Schleier schieben und die Stadt betreten.

„Wie... *trostlos*“, sagt Dorian und sieht sich um. „Es ist fast so, als wären wir in ein Filmset getreten.“

Ich rufe meine Kraft zu mir, drücke das Tier in den Hintergrund und lasse die Kraft meine Muskeln und Knochen übernehmen. Die Verwandlung dauert nur

Sekunden, und als ich meine Wirbelsäule aufrichte und meine Schultern nach hinten rolle, werde ich sofort von einem Stich kalter Luft getroffen.

Aria greift in ihrem Rucksack, zieht ein Bündel heraus und reicht es mir. Als ich es annehme, erkenne ich, dass es all die Kleidung ist, die ich vor der Verwandlung im Wald weggeworfen hatte.

„Wir haben sie mitgenommen“, sagt sie und schaut lächelnd zu mir auf. „Ich dachte, du könntest die vielleicht nochmal gebrauchen.“

Mein Mundwinkel zieht sich hoch. „Danke.“

Dorian schaltet sich ein. „Ich hätte dich mit blanken Hintern rumlaufen lassen, aber sie ist netter als ich.“

Nachdem ich meine Kleidung angezogen habe, drehen wir uns alle zurück zum Stadtzentrum.

„Was jetzt?“, frage ich. „Wohin gehen wir als Nächstes?“

„Ich habe keine Ahnung“, antwortet sie. „Sollen wir jemanden fragen?“

„Wen denn?“ Dorian streckt eine Hand in Richtung der stillen, leeren Straßen aus. „Es ist niemand hier.“

„Vielleicht können wir ja an eine Tür klopfen?“

„Dämonen, die mitten in der Nacht vor deiner Tür auftauchen? Ruft vielleicht nicht die beste Reaktion hervor.“

„Hey, ich versuche es wenigstens“, schnauzt Aria.

„Steht auf der Karte noch etwas anderes?“, frage ich.

Aria wühlt wieder in ihrer Tasche und holt sie heraus. Dorian und ich spähen über ihre Schulter, um auch einen Blick darauf zu werfen. Außer ein paar Schnörkeln, von denen ich annehme, dass sie den Wald darstellen sollen, gibt es nichts außer einem Stern in der Mitte, von dem ich annehme, dass er Cold's Keep markiert. Nichts über das Innere der Stadt selbst.

Seufzend faltet sie sie wieder zusammen und legt sie weg. „Nichts – wie erwartet." Nach einem Moment sagt sie: „Moment... Gibt es hier eine Leichenhalle oder so? Einen Friedhof?"

„Warum?", fragt Dorian.

„Hast du jemals einen Film gesehen? Gruselige Typen hängen immer an gruseligen Orten ab, und wo sonst würde ein Totenbeschwörer sein wollen, als in der Nähe von toten Menschen?"

„Scheint irgendwie auf der Hand zu liegen...", antwortet Dorian.

„Was haben wir zu verlieren?"

„Sie hat recht", sage ich. „Kann nicht schaden, nachzusehen."

Ich scanne das Zentrum der Stadt und finde eine Reihe von Schildern mit Pfeilen, die den Weg zum Rathaus, zur Taverne, zum Kuriositätenladen und mehr weisen. Ganz unten steht „Friedhof" und deutet auf eine kleinere Straße zu unserer Rechten. Ich nicke ihnen zu, damit sie mir folgen.

Die Gasse ist in Schatten gehüllt. Keine Lampen in dieser Richtung. Dorian schwenkt seine Taschenlampe vor uns, um uns den Weg zu zeigen, und wir folgen dem schmalen Strahl einige Steinstufen hinunter, um die Ecke zur Rückseite einiger Häuser und einen Hügel hinunter. Es dauert nicht lange, bis wir zum hohen Metalltor kommen. Dahinter ragen Grabsteine in allen Formen und Größen aus dem Schnee, dunkle Erinnerungen an die eigene Sterblichkeit.

Cains Situation taucht wieder in meinen Gedanken auf, wie nah er an der Grenze zwischen Leben und Tod schwebt, und ich weiß, dass der Tod jetzt auch für uns eine reale Bedrohung ist.

Das Klirren von Metall, das sich durch den Schmutz bewegt, lässt uns alle erstarren. Es ist das erste Geräusch, das wir hören, seit wir hier sind, und es durchschneidet laut die Stille.

„Hört sich an, als würde jemand... graben", sage ich und versuche, mir einen Reim auf das zu machen, was ich da höre.

„Vielleicht hebt einer ein Grab aus?", fragt Dorian und hebt die Augenbrauen.

„Lasst uns loslegen, denn Höllenwesen und Kälte passen nicht gut zusammen, und ich friere mir hier ohne mein Fell die Eier ab." Ohne eine weitere Sekunde zu warten, stoße ich das Tor auf. Es ächzt laut gegen die rostigen Scharniere, und sofort hören die Grabgeräusche auf.

„So bleibt man unauffällig, Elias", zischt Dorian.

„Wen zum Teufel kümmert's? Es ist ein Friedhof, voller toter Menschen. Ich bin größer und furchteinflößender als alles andere an diesem Ort."

„Mit der gleichen Menge an Gehirnaktivität."

Ich starre ihn an.

Aria schiebt sich an uns vorbei und schreitet voran.

„Mein Gott, wie hat Cain es nur 100 Jahre mit euch beiden ausgehalten?"

Ihr Tonfall ist unbeschwert – es sollte offensichtlich ein Witz sein - aber die Erwähnung von Cain lässt uns alle ein wenig schneller und ruhiger durch den Friedhof gehen und erinnert uns an unseren wahren Zweck hier und die begrenzte Zeit, die wir haben, um ihn zu erfüllen.

„Mein Zeh spielt verrückt", murmelt sie, um die schwere Stille zu brechen. „Er will definitiv, dass wir hier lang gehen."

Wir schlendern vorbei an kleineren Marmormausoleen und Grabsteinen, vorbei an frischen Erdhügeln über neu ausgehobenen Gräbern und solchen, die eingesunken und vom Alter mit Ranken bedeckt sind. Der Platz ist überfüllt und wurde offensichtlich schon lange von den Bewohnern dieser übernatürlichen Stadt genutzt. Einige Daten, die in die Grabsteine eingraviert sind, gehen sogar bis in die 1800er Jahre zurück.

Als das Geräusch einer Schaufel, die sich durch die Erde schneidet, wieder ertönt, folgen wir dem schmalen Pfad dorthin, in der Hoffnung, dass derjenige, der hier gräbt, uns irgendeine Wegweisung oder einen Hinweis darauf geben kann, wo wir diesen Banner-Kerl finden.

Schließlich stoßen wir auf ein Loch in der Erde mit einem Erd- und Schneehügel daneben. Nur der Kopf eines Mannes ist zu sehen und von Zeit zu Zeit das Glitzern einer Schaufel, die er über die Schulter schwingt, um den Dreck aus dem Loch zu holen.

Er muss uns gehört haben, als wir über den

Friedhof kamen - wir waren nicht gerade die Leisesten -, aber er würdigt uns keines Blickes und hält in seiner Bewegung nicht inne.

Aria sieht uns beide an und fragt sich, was wir als Nächstes tun sollen. Dorian rückt nur näher an das Loch heran und versucht, nach unten zu schauen.

„Ähm, hallo?", ruft sie dem Fremden zu. „Entschuldigen Sie bitte."

Aber er ignoriert sie und schaufelt weiter den Dreck auf und wirft ihn aus dem Loch, entweder ist er zu sehr mit seiner Arbeit beschäftigt, um sie zu hören, oder es interessiert ihn einfach nicht genug, um zu antworten.

Aria versucht es erneut. „Entschuldigen Sie, Sir? Wir fragen uns, ob Sie uns helfen können. Wir sind auf der Suche nach jemandem. Ein gewisser... Banner? Wir fragen uns, ob Sie uns zeigen können, wohin wir gehen müssen."

Nö. Kein Glück.

Ich beiße auf die Zähne, meine Geduld ist am Ende. Es ist unmöglich, dass er sie dieses Mal nicht gehört hat, also ist seine Unhöflichkeit eindeutig beabsichtigt.

Dorian hockt am Rande des Grabes und winkt, um die Aufmerksamkeit des Mannes zu erlangen. „Huhu! Hallo! Jemand zu Hause?"

Der Mann schnaubt, sieht aber nicht auf.

Was zum Teufel?

Meine Verärgerung verwandelt sich schnell in Wut, und Hitze kribbelt meinen Nacken hinauf.

Okay, jetzt bin ich dran.

Ich stapfe hinüber, und als der Kopf der Schaufel das nächste Mal aus dem Loch schwingt, packe ich sie, reiße sie ihm mit einer schnellen Bewegung aus den Händen und stecke sie in den Haufen, sodass sie aufrecht steht. Es funktioniert, und der Kopf des Mannes schnappt hoch.

Trübe weiße Augen begegnen mir, fangen das Licht des Mondes über mir ein und glitzern bedrohlich. Mein Jagdhund schreckt instinktiv zurück, weil er nicht weiß, womit er es zu tun hat. Das ist überhaupt kein gewöhnlicher Mann. Seine Haut ist totenblass, mit wulstigen blauen Adern, die sich durch seinen Hals und seine Stirn ziehen, violetten Lippen und dunklen Flecken um seine Augen. Auf den ersten Blick sieht er aus wie eine wiederbelebte Leiche. Ein Zombie.

Bereit für ein angespanntes Gegenüberstehen, spannen sich meine Muskeln an, und mein Tier bäumt sich auf. Der Fremde legt beide Hände auf die Seite des Lochs und hebt sich mit Leichtigkeit heraus. Mein Arm schwingt aus, um Aria zurückzudrängen, während Dorian ebenfalls einen Rückzieher macht.

Als er in voller Größe vor mir steht, bin ich schockiert, dass er fast so groß ist wie ich. Das ist etwas, das ich hätte erwarten sollen, da Gräber zwei Meter tief sein sollen und wir immer noch sein Haar sehen konnten. Aber trotzdem ist es etwas, das mich überrascht, denn nicht viele Kreaturen können mir in die Augen sehen, und dieser Kerl starrt mich mit unheimlich milchig-weißen Augen an.

Er trägt ein Hemd, eine Jacke und eine Hose, die alle mit Schmutz bedeckt sind und bei seiner Größe zu klein wirken. Dicke Schultern, eine breite Brust und ein krummer Rücken - er sieht aus wie eines von Frankensteins schiefgegangenen Experimenten.

„Was wollen Sie?“ Er bellt die Frage, seine Stimme ist kiesig und angestrengt, sein Mund bewegt sich unbeholfen, um die Worte herauszubekommen, als wäre er die Aktion nicht gewohnt.

Dorian und ich schauen uns gegenseitig an.

„Entschuldigen Sie, dass ich Sie ... beim Graben störe“, beginnt Dorian vorsichtig, „aber wir suchen jemanden, und Sie scheinen der Einzige hier zu sein, den wir finden können.“

Sein Kopf schwenkt zu Dorian, und er grunzt. „Ich bin beschäftigt.“

„Bitte“, meldet sich Aria von hinten. „Wir versuchen, unseren... Freund zu retten.“

Wieder peitscht der Kopf des Monster-Mannes herum, diesmal findet er Aria, und sein Kiefer krampft sich zusammen. Aber sie fährt fort.

„Wir müssen einen Mann namens Banner finden. Einen Totenbeschwörer. Wenn Sie uns einfach sagen könnten, wo wir ihn finden können...“

„Sie haben ihn gefunden“, sagt er und zieht die Schaufel aus dem Erdhügel. „Und ich kann Ihnen nicht helfen.“

Scheiße. Dieser Typ ist derjenige, von dem wir Hilfe brauchen? Der Totenbeschwörer? Ich schätze, Aria hat nicht gescherzt, als sie sagte, dass wir dem Tod ziemlich nahe kommen werden.

„Können Sie nicht oder wollen Sie nicht?“, fragt Dorian.

Er antwortet, indem er sich abwendet und zurück in sein Loch hüpft.

Dorian versucht es erneut, dieses Mal mit Charme. „Hören Sie, ich möchte mich dafür entschuldigen, dass wir Ihre spezielle Me-Time unterbrochen haben und dass mein bulliger Freund hier drüben Ihre Schaufel falsch behandelt hat. Aber wie das Mädchen schon sagte, brauchen wir dringend Ihr Fachwissen. Jemand, der uns wichtig ist, steht am Rande des Todes, und wir brauchen Sie, um ihn zurück ins Land der Lebenden zu bringen."

Dreck fliegt aus der Grube, als das Schaufeln weitergeht. Ich knirsche mit den Zähnen.

„Wir werden Sie großzügig bezahlen", fährt Dorian fort. „Was auch immer Ihr Honorar ist, wir können es bezahlen."

Banner hält inne. Jetzt haben wir seine Aufmerksamkeit. Sein Kopf schaut wieder hoch.

„Ich habe keinen Bedarf an solchen gesellschaftlichen Konstrukten wie Geld", brummt er.

„Dann etwas anderes." Aria kommt an meine Seite, ihre Stimme ist voller Verzweiflung. „Egal was. Bitte, wir haben nicht viel Zeit."

Er hält inne, sein weißäugiger Blick tastet uns alle ab. Debattierend.

Nach einem langen Moment packt er den Griff der Schaufel mit beiden Händen, die Muskeln spannen sich an. „Gut", keift er. „Morgen. Um Mitternacht. In der Gruft von Banner Barrow."

„Können wir nicht einfach heute reden? Jetzt? Wir

sind doch schon hier“, sagt Aria verzweifelt. „Wie ich schon sagte, wir haben nicht die Zeit...“

„Morgen“, knurrt Banner bösartig und erinnert mich mehr an eine Bestie als an einen Menschen.

Aria lehnt sich vor, um weiter zu argumentieren, aber ich drücke ihr mit einer Hand die Schulter, um sie zu stoppen. Wir können froh sein, dass er überhaupt zustimmt, uns zu helfen. Das war schwer genug.

Dorian zieht die Schultern zurück und nickt. „Dann morgen. Wir werden wiederkommen.“

Banners Blick schwenkt wieder zu Aria, und sein Kopf neigt sich zur Seite, um sie mit etwas mehr Interesse zu studieren. Die Blässe in seinen Augen leuchtet.

Ein Knurren vibriert durch mich hindurch, mein Höllenhund traut Banner nicht im Geringsten. Und das aus gutem Grund. Totenbeschwörer sind eine andere Art des Bösen, eine Art, die unnatürlich ist. Unberechenbar. Wankelmütig. Banner mag mächtig sein, aber die dunkle Magie, die er besitzt, scheint ihn aus den Fugen zu reißen. Er ist nicht mehr zu retten.

Und er ist der Einzige, der Cain retten kann.

KAPITEL SIEBEN

DORIAN

„Ist es nicht seltsam, dass wir nach der Gruft von Banner Barrow suchen, obwohl Banner offensichtlich noch am Leben ist?“, fragt Aria, als wir durch das Eingangstor des Friedhofs schreiten.

Eine Eule krächzt von einem Baum in der Nähe. Seine Äste biegen sich wie verdrehte Gliedmaßen, und der silbrige Schimmer des Mondes fällt auf den Feldweg, dem wir tiefer in den Friedhof folgen. Der Boden ist mit einem Durcheinander von alten Grabsteinen bedeckt. Zwei Grabsteine, an denen wir vorbeikommen, stehen schräg, als wären sie alte, betrunkene Freunde, die sich aneinander lehnen. Die Nacht ist still, ebenso der Wind, und eine schwere, drückende Hitze senkt sich auf meine Haut.

Ein seltsames, vertrautes Gefühl erfüllt mich, und ich kann nicht anders, als mich ein bisschen wie zu Hause zu fühlen. Ich lächle. Das ist auf jeden Fall besser als die letzten vierundzwanzig Stunden, die wir damit verbracht haben, darauf zu warten, den Totenbeschwörer in dieser von Stadt wie aus dem größten Kitschfilm, die darauf zu bestehen scheint, dass das ganze Jahr über Weihnachten ist, besuchen zu können. Offensichtlich liebt Aria die festliche Jahreszeit. Sie hat uns in so viele Läden geschleppt, dass ich keine Christbaumkugeln mehr sehen kann.

„Könnte sein Vater sein“, schlägt Elias vor und antwortet Aria, die ihre Taschenlampe anschaltet und einen Strahl Licht durch die Dunkelheit wirft.

„Trotzdem seltsam“, antwortet sie. „Lebt er in der Gruft seines Vaters? Mist, was, wenn er seinen Vater von den Toten zurückgeholt hat?“

Ein plötzliches Quietschen durchdringt die Luft, und Aria zuckt direkt an Elias Seite, der einen Arm um ihre Taille schlingt und sie festhält.

Ich lache über ihre Übertreibung. „Macht dir dieser Ort so viel Angst, Babe?“

„Ähm, hallo. Wir sind mitten in der Nacht auf einem Friedhof. Aus solchen Situationen wurden Horrorfilme geboren“, sagt sie und löst sich von Elias' Seite, aber trotz ihrer Tapferkeit ist die Angst in ihrem Gesicht deutlich zu erkennen. Tatsächlich ist es wunderschön ... Ich habe eine Vorliebe für schöne Mädchen, die Angst haben. Nenn mich ruhig sadistisch.

„Hier gibt es nichts, wovor man sich fürchten müsste“, versichert Elias ihr. „Die Toten sind vergessen, von den Regenwürmern zerfressen.“

„Was ist mit anderen Kreaturen oder Geistern? Oder, du weißt schon, Zombies? Die könnten hier irgendwo sein. Wir gehen zu einem Totenbeschwörer", murmelt sie.

„Da hat sie Recht", necke ich und werfe Elias einen Blick zu.

„Willst du eine Geschichte hören, die ich mal über einen Friedhof gehört habe?", frage ich, um mir die Zeit zu vertreiben, denn dieser Ort ist riesig, und ich sehe noch keine Anzeichen für die Krypten. Sie müssen ganz hinten sein.

„Eine Geistergeschichte?" Sie keucht mich an, als wäre ich verrückt geworden.

„Keine Geistergeschichte. Aber man sagt, wenn man um Mitternacht über einen Friedhof geht und anfängt, die Grabsteine zu zählen, und dann seinen Vornamen findet, bevor man dreizehn erreicht, wird der Geist einer dämonischen Ziege einen bis in alle Ewigkeit heimsuchen."

Sie bellt ein falsches Lachen. „Das klingt wie eine dumme Legende." Dann rollt sie mit den Augen und geht weiter. „Eine Ziege, wirklich? Ist es das, was Dämonen in der Hölle erschreckt?"

Ich zucke mit den Schultern.

„Das habe ich so gehört", mischt sich Elias ein. „Einer der Dämonen in der Legion war besessen von diesen Geschichten und erzählte sie immer wieder. Aber die Ziege ist eher ein gestaltwandelnder Dämon und nicht so verspielt, wie es klingt."

„Ja, das sind nur Geschichten und die sind nicht real", sagt Aria und nimmt wieder Tempo auf.

„Warum probieren wir es dann nicht einfach aus?", necke ich sie und ernte dafür einen „Versuch's und ich breche dir den Arm"-Blick von Aria. Ein Schauer der Erregung läuft mir über den Rücken beim Versprechen, dass sie mich berühren würde. „Was kann schon passieren?"

„Ah ... naja, wir könnten irgendwie einen Ziegen-Dämon beschwören, und wir haben schon genug Probleme", sagt sie mit ausdruckslosem Gesicht.

„Du hast gerade gesagt, du glaubst nicht an das Märchen", necke ich.

„Das hast du wirklich gesagt", fügt Elias hinzu.

„Ich dachte, du bist auf meiner Seite?" Sie starrt Elias an, der daraufhin grinst.

„Ihr zwei seid unmöglich. Ich will nicht mal um Mitternacht auf einem Friedhof sein, geschweige denn Legenden austesten. Lasst uns Banner finden, das erledigen, und dann könnt ihr auf dem Friedhof alleine machen, was ihr wollt."

„Sicher", antworte ich und lächle vor mich hin. Ich habe nicht die Absicht, das zu tun, aber ich genieße es, mehr und mehr zu sehen, was Aria Angst macht, was sie genießt und was nicht, und wer genau dieses Mädchen ist, das sich in mein Leben schlängelt.

Stille durchdringt jeden Zentimeter der Landschaft. Weiter vorne ragen die Spitzen der großen, steinernen Mausoleen ins Blickfeld, schwärzer als die Nacht. Dahinter schiebt sich ein Nebel vorwärts, der wie ein Virus über den Boden krabbelt.

„Okay, also muss es einer von denen sein", sagt Aria, ihre Stimme leise, als wolle sie nicht zu laut sprechen.

Wir eilen näher an die Krypten des Mausoleums heran. Ein mit Kieseln gepflasterter Weg schlängelt sich wie eine Schlange zwischen ihnen hindurch. Aria streicht mit dem Strahl ihrer Taschenlampe über die Dächer der Gebäude, wo die Familiennamen in Stein gemeißelt sind. Das Gelände steigt an, und mittelalterliche Skulpturen flankieren jetzt die Mausoleen, an denen wir vorbeikommen, meist Engel, die von Wetter und Zeit abgetragen wurden. Es erstaunt mich immer wieder, welche Macht die Menschen den Engeln zuschreiben, obwohl sie in Wirklichkeit genauso korrumpierbar sind wie Dämonen. Der einzige Unterschied ist, dass sie unter dem Schild des Himmels geschützt sind, um nur ihr Bestes zum Vorschein zu bringen, aber im Grunde genommen unterscheidet uns nichts.

„Wow, ich glaube, das ist es", sagt Aria plötzlich und lenkt meine Aufmerksamkeit auf die gebrochenen Stufen, die zu einem großen Steingebäude mit einem spitzen Dach führen, das einer Kirche ähnelt. Der Ort überblickt den darunter liegenden Friedhof wie ein großer Wasserspeier. Arias Lichtstrahl wandert über das gewölbte Portal, der Stein ist abgenutzt und teilweise von überwucherndem Efeu bedeckt. Dann kommen die Namen zum Vorschein.

Banner Barrow, in Stein gemeißelt.

„Wir sind da", stellt Elias fest und geht die mit Moos bewachsenen und abgeplatzten Stufen hinauf. Aria folgt ihm, und ich bin hinter ihr.

Wir sind allein hier draußen, und plötzlich fühle ich mich unwohl dabei, Aria mit ins Haus zu nehmen, weil ich nicht weiß, was mich erwartet. Aber sie hier draußen zu lassen, ist auch keine Option.

Elias klopft wie ein Donnerschlag an die Tür, und sie stößt auf, als hätte sie jemand für unsere Ankunft unverschlossen gelassen.

„Naja, das ist ein gutes Zeichen", sagt Aria, ihre Stimme strotzt vor Sarkasmus.

Wir treten in einen dunklen Raum ein, der nach Erde und dem schweren Gestank der Verwesung riecht. Die Taschenlampe beleuchtet das ausgehöhlte Regal an der Rückwand und den Marmorsarg, der sich darin befindet. Das Kratzen von Rattenkrallen auf dem Zementboden füllt die Stille, während sie von uns weghuschen.

„Das ist gruselig", sagt sie und wirft das Licht an den Wänden entlang. Sie hält an etwas inne, das wie eine Tür in der hinteren Ecke aussieht.

„Lasst uns gehen", sage ich, und wir bewegen uns schnell zum Ausgang des Hauptteils der Krypta. Wir finden eine Reihe von krummen Stufen und nehmen sie. Sie führen uns tief unter die Erde, wo die Luft ersticken heiß ist. Am Treppenabsatz angekommen, sehen wir einen langen, dunklen Gang und sonst nichts. Ab und zu huscht eine Ratte vor uns her und verschwindet in Ritzen in den Wänden und im Boden. Es gibt so viele von ihnen. Abscheuliche Kreaturen.

„Es ist so deprimierend hier unten", flüstert Aria und leuchtet uns mit dem Licht den Weg, wo der Boden mit toten Ratten übersät ist. „Ekelhaft."

„Vielleicht macht er sich eine Rattenarmee", sagt Elias und lacht über seinen eigenen Witz, aber das

Lachen vergeht ihm schnell. Er sieht mich an, und ich weiß, dass wir in diesem Moment das Gleiche denken. Wenn es um einen Totenbeschwörer geht, würde uns nichts überraschen.

Als wir im Gang um eine Ecke biegen, kommt ein schwaches Blinklicht aus einer angelehnten Tür am Ende des Korridors.

Mir stehen die Haare auf den Armen zu Berge, aber ich schrecke vor keiner Gefahr zurück, also folgen wir Elias. Damals in der Hölle ging ich oft mit Elias und Cain auf Missionen tief in die Gruben, um zu jagen. Dort sah niemand zu, und niemand vermisste die dunkelsten Bestien der Hölle, die wir bekämpften.

Er klopft einmal und stößt die Tür auf, Licht strömt herein und stiehlt die Schatten. Wir folgen Elias, und ich trete über den rissigen Eingang. Im Gegensatz zum Rest der Krypta sind die Wände in diesem Raum mit schwarzem Stoff bespannt, die Lichter über Kopf spiegeln sich auf jeder Oberfläche. Den Bücherregalen, dem Schreibtisch mit den kleinen weißen Schalen, die mit verschiedenen Gewürzen gefüllt zu sein scheinen, den Blutfläschchen, die in einer geraden Linie an Seilen über einem langen Holztisch hängen, der als Operationstisch für Zaubersprüche dient. Er steht in der Mitte des Raumes und ist, wie ich annehme, von Blut befleckt.

Aria schmiegt sich an mich, und ich sehe die Angst in ihrem Blick, während sie den Tisch mustert.

In der hinteren Ecke des Raumes hat Banner seine Nase in einem Lederbuch, sein wildes Haar wirft Dunkelheit über sein Gesicht. Anders als beim ersten

Mal, als wir ihn auf dem Friedhof sahen, wirkt der Kerl jetzt... anders.

Er blickt auf, schiebt die dicke Brille, die ihm auf die Nase gerutscht ist, nach oben und klappt das Buch mit einem klatschenden Geräusch zu. „Sie sind angekommen, gut, gut. Ich hoffe, die toten Ratten haben Sie nicht erschreckt. Zu meiner Verteidigung: Sie waren schon tot, als ich heute Abend hier ankam.“ Er grinst, und irgendwie glaube ich ihm nicht. Aber irgendetwas ist so ungewöhnlich an ihm.

Er ist kleiner.

Zaghaftiger.

Nerdiger.

Er trägt eine einfache Jogginghose und ein schwarzes T-Shirt, und er ist barfuß. Und die Ecken seines Mundes sind orange. *Hat er Cheetos gegessen?*

Ich schaue mich um und habe das Gefühl, dass wir die falsche Totenbeschwörergruft betreten haben und jemand uns einen Streich spielt. Es sieht definitiv wie Banner aus, aber es ist, als hätte er eine Verwandlung durchgemacht.

„Ich habe eine volle Nacht geplant“, verkündet er und eilt durch den Raum, sucht unter den Büchern und in den Schubladen, sogar in der Tasche seines Mantels, der an einem Haken an der Wand hängt, nach etwas. „Ah ja“, murmelt er vor sich hin, während er an uns vorbei und aus dem Zimmer eilt und in der Dunkelheit verschwindet. Ich tausche verwirrte Blicke mit Aria und Elias, die offensichtlich dasselbe denken.

„Was zum Teufel? Er kann nicht derselbe Typ sein, den wir gestern Abend gesehen haben“, flüstere ich und drehe mich zu Aria um. Wie kann er in nur wenigen Stunden völlig anders sein? „Ich fange an zu glauben, dass er ein Hochstapler ist, kein Totenbeschwörer."

„Und wenn er es ist", knurrt Elias laut, „werde ich ihn in Stücke reißen."

„Scheiße, sprich leiser", bringt Aria ihn zum Schweigen. „Schau dir dieses gruselige Zimmer an. Natürlich ist er ein Totenbeschwörer."

Ich blinzle sie an, dann die seltsame Einrichtung. „Vielleicht sollten wir rausgehen. Ich mag es nicht, hier drin zu bleiben wie eine seiner Ratten und auf die Schlachtung zu warten."

Ich will in jeder Situation die Oberhand haben. So wird man nicht umgebracht.

„Wir gehen nirgendwo hin", zischt Aria und stößt mir einen Finger in die Brust. „Wir sind wegen Cain hier, und wenn das bedeutet, dass wir uns mit einem Totenbeschwörer mit einem Identitätsproblem abfinden müssen, dann tun wir das."

Identitätsproblem? Eher ein extremer Fall von multipler Persönlichkeitsstörung.

Ein knirschendes Geräusch ertönt neben uns, und wir schauen beide zu Elias hinüber, der in der Ecke mit einem Plastikbecher Cheetos im Arm steht und sich bedient.

„Was zum Teufel machst du da?", schnauzt sie ihn an, gerade als sich Schritte aus dem Flur nähern.

Elias stellt die Snacks schnell in ein Regal zurück und wischt sich die Finger an der Hose ab, wobei er orangefarbene Schlieren hinterlässt.

Aria eilt herbei und wischt seine Hose sauber, was Elias nur aus den falschen Gründen grinsen lässt.

Die Tür knarrt auf, und wir drehen uns alle um. Elias schmatzt hinter uns, und ich stoße ihm einen Ellbogen in die Rippen.

Zum Glück bemerkt Banner das nicht, denn er geht zum Tisch hinüber und legt ein Blatt Papier und einen Stift hin.

„Also, wen wollen Sie von den Toten zurückholen? Warum sollten Sie sonst zu mir kommen, richtig?“, fragt er eilig. „Ich muss es wissen, bevor wir weitermachen. Bevor wir über die Bezahlung sprechen können.“

Der Ärger wächst, ich räuspere mich und trete vor. In diesem Moment bemerke ich, dass Banners Auge zuckt und der Nerv in seiner Schläfe wild tanzt, als würde er sich kaum noch zusammenreißen können.

Irgendetwas stimmt nicht mit ihm.

ARIA

Eine Ratte krabbelt über meine Füße, und ich springe kurz auf, weigere mich zu schreien und klinge wie ein verängstigtes Mädchen. Dieser Ort stinkt, er ist dreckig, und warum in aller Welt sieht Banner heute Abend so anders aus?

Ganz zu schweigen davon, dass das Kribbeln in meinem Zeh immer noch aus dem Ruder läuft, schlimmer als letzte Nacht, von dem Moment an, als wir uns dieser Stadt näherten. Es sollte mich nicht überraschen, dass ein Totenbeschwörer dunkle Magie benutzt, dennoch sitzt die tödliche Erinnerung daran, mit wem wir es hier zu tun haben, in meinem Hinterkopf.

Ich werfe einen Blick auf die Ampullen mit Blut, die an der Schnur über dem Tisch baumeln. Totenköpfe. Bündel von etwas, das wie Haare aussieht. Verschiedene medizinische Instrumente... Es gibt so viel Mist in diesem Raum, einschließlich eines mit Erde gefüllten Hurricanegläsern oben auf dem Bücherregal. Das Glas scheint fast zu glitzern, was seltsam ist. Was zum Teufel ist das überhaupt? Wie genau werden all diese Dinge benutzt? Ich zucke zusammen bei den verstörenden Bildern, die mir durch den Kopf schießen. Vielleicht will ich es gar nicht wissen. Ein Schauer schießt durch mich hindurch. Apropos: Ich habe Gänsehaut.

„Wir müssen jemanden vom Rande des Todes zurückholen", erklärt Dorian und lenkt meine Aufmerksamkeit auf ihn. „Mehrere Stichwunden durch den Stachelschwanz eines Drachens."

Banner studiert ihn, von Kopf bis Fuß, die Ränder seiner Oberlippe kräuseln sich nach oben. „Haben Sie etwas mitgebracht, das dem Verletzten gehört?"

Wir tauschen alle besorgte Blicke aus. Es ist keinem von uns in den Sinn gekommen, etwas mitzubringen, das Cain gehört. Warum haben wir nicht daran gedacht?

Ich komme mir dumm vor und drehe mich zurück, um Banner anzusehen, als sich meine Flügelkette verschiebt und über dem Kragen meines Pullovers hervorlugt.

Die Kette wiegt schwer um meinen Hals, und ich taste mit dem Finger nach dem Anhänger, meine Gedanken kreisen um die Antwort auf Banners Frage ... die Antwort, die ich nicht geben will. Aber es gibt keine andere Wahl, nicht wahr?

Meine Kehle wird trocken, und ich beruhige meine irrationalen Gedanken. Cains Überleben übertrumpft alles andere.

Ich greife behutsam in meinen Nacken und löse die Kette, dann gebe ich sie in eine Handfläche. Ich lasse den Kopf sinken und starre sie an, erinnere mich daran, dass Cain sie für mich reparieren ließ.

„Cain gab mir das. Wird das funktionieren?“ Die Stimme klingt nicht wie meine eigene. Sie ist zittrig und voller Unschlüssigkeit. Das ist nicht das, was ich will. Nicht, wenn es mir so viel bedeutet hat, dass Cain alles getan hat, um sie mir zurückzubringen. Meine letzten Momente mit Cain gehen mir durch den Kopf und kommen an die Oberfläche.

Banner greift hinüber, entreißt mir die Kette und schlingt seine Finger darum. Ein Aufflackern von Wut durchströmt mich, der Instinkt drängt mich dazu, zuzugreifen und zurückzuholen, was mir gehört.

Er schließt die Augen, legt die Faust auf die Brust, schweigt für Sekunden. Dunkelheit verwischt sein Gesicht, und die Haut um seine Augen und seinen Mund zittert und blubbert. Als würde er sich verändern. Als er die Augen wieder aufreißt, sind seine Iris und Pupillen milchig weiß.

„Der Verletzte ist also wie Sie zwei.“ Er starrt Elias und Dorian an. „Ein Dämon!“ Er bellt die Worte, als wären sie giftig, Spucke spritzt beim Reden aus seinem Mund.

Ein Knurren rollt aus Elias' Kehle, und ich schaue über meine Schulter zu ihm, zu den Schatten hinter seinen Augen. „Was macht es für einen Unterschied, ob Cain ein Dämon ist? Sie haben ständig mit dem Tod zu tun."

„Ich heile die Verdammten nicht."

„Wir zahlen Ihnen, was Sie wollen", sagt Dorian und ringt um die Kontrolle über das Gespräch. „Wie viel wollen Sie haben?"

„Ich habe es schon gesagt. Geld hat für mich keinen Wert."

Oh nein. Wir verlieren ihn.

Dorian muss das Gleiche denken, denn er platzt heraus: „Ein Gefallen also. Ein Geschäft."

Das lässt Banner innehalten. Wie gestern Abend funkelt das Interesse in seinem Blick.

Aber leider ist es ziemlich schnell erloschen und er schüttelt den Kopf. Das fettige Haar schwingt an seiner Stirn vorbei. „Nein. Nein, ich werde nicht mehr mit Dämonen arbeiten. Solche Deals klappen nie so, wie sie sollen."

Schon wieder?

Ich halte inne. Was meint er damit?

„War ein Dämonendeal der Grund, warum Sie so sind? Haben Sie einen benutzt, um Ihre Kräfte zu erlangen?", Dorian konfrontiert ihn mit derselben Frage, die ich auch gerade dachte. "Wie war sein Name? Vielleicht können wir Ihnen helfen, aus Ihrem Vertrag herauszukommen."

„Ich habe nie gesagt, dass ich raus will“, knurrt er, und die Haut in seinem Gesicht und am Hals verschiebt sich wieder unnatürlich. Die Dinge begannen jetzt mehr Sinn zu ergeben. Banner muss einen Deal mit einem Dämon gemacht haben, und so wurde er zum Totenbeschwörer. Aber irgendetwas musste dabei schief gelaufen sein. Er war nicht nur ein Totenbeschwörer, denn er war von Anfang an nicht *ganz* da. Wie viel Menschlichkeit hatte er durch sein Handwerk verloren?

Eine unangenehme Stille senkt sich über den Raum. Banner rümpft die Nase, das Papier auf dem Tisch zerknüllt sich in seiner Faust zu einem Ball.

Nicht sicher, was ich sonst tun soll, räuspere ich mich und trete vor. „Haben Sie einen lieben Menschen in Ihrem Leben verloren? Ich verstehe das... uns allen ist dasselbe passiert. Ich selbst musste zu oft mit Verlust umgehen und kann kaum darüber sprechen...“

Ich meinte natürlich während meiner Zeit in der Pflegefamilie. Nicht nur den Tod von Menschen. Aber das Hin- und Herspringen von einem Heim zum Nächsten machte es schwierig, Freunde zu behalten. Jeder, dem ich auch nur annähernd nahe kam, konnte im nächsten Augenblick weg sein, was es schwierig machte, überhaupt eine Bindung aufzubauen. Und wenn ich schließlich jemandem vertraute, wurde es zu schmerzhaft, ihn zu verlieren, aus einer Vielzahl von Gründen, die ein Therapeut sicher gerne auspacken würde.

Das ist vielleicht das, was mit Cain passiert. Auch wenn ich es nicht zugeben will, ich habe mein Herz daran teilhaben lassen. Ihn zu verlieren, würde nur bestätigen, was mir mein ganzes beschissenes Leben zu sagen versucht hat.

Dass ich *es* nicht *verdiene,* glücklich zu sein. Dass ich es nicht *verdiene*, Menschen zu haben, die sich um mich kümmern.

„Ich will ehrlich sein. Ich kann nicht gut mit Verlusten umgehen. Und ich vermute, dass es Ihnen genauso geht. Warum sonst sollten Sie sich mit dem Tod beschäftigen, außer um nicht mehr Menschen zu verlieren, die Ihnen nahe stehen? Um den Schmerz zu stoppen, der damit einhergeht."

Es ist weit hergeholt - ich weiß - aber als ich merke, dass Banners Muskeln sich entspannen, wird mir klar, dass meine Worte bei ihm angekommen sein müssen. Also rede ich weiter. „Cain bedeutet mir so viel. Ich kann ihn nicht verlieren. Ich... kann einfach nicht."

Er runzelt die Stirn und schiebt seine Gleitsichtbrille wieder auf den Nasenrücken.

Ich schlucke schwer und versuche, nicht daran zu denken, was wir tun sollen, wenn er uns abweist, und kämpfe gegen die Panik an, die in mir aufsteigt. Es gibt hier keinen „Plan B". Banner ist unsere einzige Hoffnung. *Cains* einzige Hoffnung.

6 Tage.

Das ist alles, was wir noch haben. Das helle Licht über Kopf flackert.

Banner neigt seinen Kopf zur Seite und mustert mich. „Was macht ein normales Mädchen wie du mit Dämonen?", fragt er aus heiterem Himmel.

Dorian legt eine Hand auf meine Schulter, eine

sanfte Berührung, eine, die mir sagt, dass ich nicht antworten muss. Aber ich tue es, auf meine eigene Art und Weise. „Manchmal hat das Schicksal andere Pläne für uns, und wir können uns dagegen wehren, oder wir können uns rüsten und es direkt angehen. Das Schicksal ist viel schlauer, als wir ihm zutrauen."

Banner schenkt mir ein Lächeln. „Ich mag dich. Du hast es verstanden, und nun, es gibt etwas, das ich brauche, das du mir vielleicht im Austausch für diesen Dienst besorgen kannst... Etwas, das ich selbst nicht besorgen kann. Als Bezahlung sozusagen. Du besorgst mir, was ich will, und ich helfe eurem Freund. Abgemacht?"

Dorian und Elias treten wie Bodyguards neben mich.

„Was wollen Sie und wo ist es?", fragt Dorian.

Banner leckt sich über die Lippen, und sein Blick tanzt mit einer neu entdeckten Erregung zwischen Dorian und Elias. „Was ich suche, liegt in Schottland. Es ist schwer bewacht, aber das wird für Dämonen nicht schwierig sein, oder? Nein, für Sie sollte es überhaupt kein Problem sein."

Ein Schauer läuft mir über den Rücken. Er sabbert praktisch, wippt praktisch auf den Zehen.

Mein Magen krampft sich vor Angst zusammen. Ich habe das Gefühl, dass das, was er von uns verlangt, viel heimtückischer ist, als er es sich anmerken lässt.

„Schottland? Soll das ein Scherz sein?", antwortet Elias, sein Gesichtsausdruck ist perplex. „Und warum können Sie das Ding nicht selbst besorgen? Was hat Sie bisher davon abgehalten?"

„Ich habe meine Gründe", antwortet er abweisend. „Ich habe es schon oft versucht, bin aber gescheitert."

Das hört sich nicht gut an.

„Wie wäre es, wenn Sie unseren Freund heilen und wir dann für Sie auf diese Mission gehen?", bietet Dorian an. „Wir haben keine Zeit zu vergeuden, indem wir um die Welt jetten. Wir geben Ihnen unser Wort."

Er bellt ein Lachen. „Sie erwarten von mir, dass ich dem Wort eines Dämons glaube?"

Die Luft verdichtet sich vor Spannung.

„Dann unterschreiben wir das in einem Vertrag", sagt Dorian.

„Nein", schnappt Banner. „Keine Verträge."

Ich kaue auf meiner Unterlippe. Was er verlangt, hört sich von Minute zu Minute schlimmer an. „Können wir etwas Zeit haben, um darüber zu reden?", frage ich.

„Auf jeden Fall. Der Korridor gehört Ihnen." Er winkt mit einer Hand zur Tür.

Wir drei verschwenden keine Sekunde und eilen nach draußen, ziehen die Tür hinter uns zu. Ich knipse meine Taschenlampe an und richte sie auf den Boden, während wir uns in einem engen Kreis versammeln.

„Das klingt gefährlich", sage ich. „Aber was ist, wenn wir keine andere Wahl haben? Ich meine, wir wissen nicht einmal, ob er ein Heilmittel hat, das bei Cain wirken wird." Mein Herz klopft wie wild, während ich abwäge, ob ich Cain zurücklassen oder mich dem Bösen stellen soll, das dieses Objekt besitzt. Wir haben gerade gegen einen Drachen gekämpft und sind immer noch mit den Auswirkungen beschäftigt.

„Wir kriegen das hin“, sagt Elias.

Aber tun wir das wirklich? Obwohl ich so wenig über alles in der Unterwelt weiß, dass ich keine andere Wahl habe, als ihm zu glauben.

„Bei dir klingt es einfach. Aber weiß einer von uns etwas über Schottland? Ich weiß rein gar nichts.“

„Wir haben nicht wirklich eine Wahl“, gibt Dorian zu, dessen Lippen bei der Wahrheit über unsere missliche Lage schmaler werden. „Wir haben keinen Ersatzplan, um Cain zu helfen. Also fliegen Elias und ich morgen los, bringen es in ein paar Tagen hinter uns und fliegen dann nach Hause.“

„Ich komme mit“, füge ich hinzu.

„Bist du sicher?“, fragt Elias. „Willst du nicht auf Cain aufpassen?“

Ich starre ihn an. „Ich werde verrückt, wenn ich warte. Ich muss mitkommen, davon wirst du mich nicht abhalten.“

„Das ist dann wohl ein Ja zu Banners Plan?“, fragt Dorian, gerade als etwas gegen meinen Knöchel streift.

Ich bestätige das mit einem Nicken, ebenso wie Elias.

Ich zucke herum und finde eine dreckige Ratte, dann richte ich die Taschenlampe auf die anderen Ratten an der Wand, die vorher tot waren und jetzt auf die Beine krabbeln. Erbärmliche kleine Dinger. Knochenknackende, verweste Körper, mit Knochen, die aus den Seiten herausragen und fehlenden Augen. Gänsehaut fährt mir über die Haut.

„Oh mein Gott, sie wachen auf!“

Wir eilen zurück in den Raum.

Banner lehnt sich an den Tisch, begutachtet meine Halskette und richtet sich schnell auf, als wir eintreten. „Das ist also ein Ja?"

So wie er das mit einem bösen Grinsen sagt, frage ich mich, ob er Pläne für seine untoten Ratten hatte, wenn wir sein Angebot ablehnen.

„Ja, wir akzeptieren unter der Bedingung, dass Sie Cain vollständig heilen."

„Ich erkläre mich bereit, alles in meiner Macht stehende zu tun, damit er weiterlebt."

Dorian fährt sich mit der Hand durch die Haare. „Dann erzählen Sie uns alles. Wo wir hinmüssen, um dieses Objekt zu finden. Ich will Details." Er steht aufrecht, ganz sachlich, auf eine Art und Weise, die mich an Cain erinnert.

Banner schiebt sich die Brille weiter die Nase hoch. „Nun, die Sache ist die. Der Ort, an dem das Objekt liegt, gehört dem Rudel der Nachtschatten-Wandler. Ihnen gehört das Gebiet und sie machen ein Geheimnis daraus, was dort liegt. Sie weigern sich, mir den Ort mitzuteilen, aber da Sie einen Höllenhund an Bord haben ...", er blickt zu Elias hinüber, „... sind Sie im Vorteil."

Ich will ihn fragen, woher er von Elias weiß, aber gleichzeitig will ich nur die Informationen und von hier weg. Je länger wir bleiben, desto mehr bekomme ich eine Gänsehaut.

„Also, was sollen wir tun?", fragt Dorian. „Einfach nach Schottland fliegen und auf die Jagd nach diesem Rudel gehen?"

Er lacht. „Oh, keine Sorge, sie werden Sie zuerst

finden. Dann besorgen Sie sich die Details über die Schwarze Burg und den Schatz, den sie birgt. Bringen Sie sie mir zusammen mit Ihrem fast verstorbenen Freund, und ich werde mich um ihn kümmern."

Plötzlich hört sich der schnelle Trip, den Dorian im Flur erwähnte, gar nicht mehr so einfach und schnell an, und wir schweigen alle für ein paar Augenblicke, während wir das alles verarbeiten.

Banners Nasenlöcher blähen sich auf, er holt tief Luft. „Machen Sie es oder verschwenden Sie nur meine Zeit?"

Elias tritt näher, die Schultern breit, die Hände zur Faust geballt.

Banner weicht nicht zurück, und ein elektrischer Funke rast mir den Rücken hinauf. Er übt Magie aus.

„Elias." Ich packe seinen Arm und ziehe ihn zurück, dann drehe ich mich um und sehe Banner an. „Ja, wir werden es tun." Ich strecke meine Hand aus. „Und ich nehme meine Halskette zurück."

Er senkt den Blick auf seine Hand und starrt auf das, was mir gehört, dann dreht er sich um, um etwas aus einer Schublade zu holen. Als Nächstes kommt er mit einem Handmikroskop in meine Richtung und untersucht die Halskette, als ob er sie authentifizieren wollte. Nur ist es nicht das Gold, das dieses Stück für mich so bedeutsam macht, sondern wer es mir geschenkt hat.

„Ich werde das halten, bis Sie zurückkehren und das Schicksal tun lassen, was es tun muss." Seine Augen lächeln, und Wut brennt durch mich, dass er meine Worte gegen mich verwendet hat.

Ich bewege mich zunächst nicht, meine Aufmerksamkeit ist auf meinen goldenen Flügel gerichtet. Ich will ihn zurück. Ich *brauche* ihn zurück. Es könnte das einzige Stück von Cain sein, das ich noch habe, und der Gedanke, dass es in den Händen eines anderen ist, macht mich wütend. Aber ich kann Cains Überlebenschance nicht gefährden. Er ist wichtiger.

Banner geht dazu zurück, die Halskette mit seinem Mikroskop zu analysieren, während ich mich zum Gehen wende und feststelle, dass Elias bereits gegangen ist und Dorian die Tür für mich geöffnet hat. Die Abneigung ist deutlich in seinem Gesicht zu sehen. Er weiß, wie viel mir die Halskette bedeutet.

Ich schlucke das Feuer in meiner Kehle hinunter und gehe mit meinen beiden Dämonen. Bevor ich es mir anders überlege, eilen wir durch den dunklen Korridor, ignorieren die kreischenden Geräusche der untoten Ratten und halten erst an, als wir in die laue Umarmung der Nacht platzen. Elias ist bereits die Treppe hinunter, begierig darauf, diesen Ort zu verlassen.

Draußen kann ich endlich frei atmen.

Wir haben eine weitere Herausforderung zu bewältigen. Gemeinsam. Das wird langsam zur neuen Normalität für uns, wie es scheint. Aber da wir jetzt eine Person weniger haben und der Zeitrahmen sehr eng ist, stehen die Chancen gegen uns.

Mache ich mir Sorgen? Auf jeden Fall. Um Cain, um uns... Aber ich weiß, Elias und Dorian werden alles tun, um Cain zu uns zurückzubringen. Und ich auch.

Elias und Dorian schauen in meine Richtung, das

Mondlicht glitzert in ihren besorgten Augen, und ich lächle, um ihnen zu versichern, dass ich dazu bereit bin.

Bereit, sich allem zu stellen, was auf uns zukommt, um Cain zu retten.

KAPITEL ACHT

ARIA

„Du hast die Tüte Cheetos geklaut?“, keuche ich, als Elias vorne im Ferrari sitzt, seine Hand in den Honigtopf gräbt und sich das Gesicht vollstopft. Das Knirschen seines Essens der orangenen Kugeln ist im ganzen Auto zu hören. Dorian hüpft auf den Fahrersitz und steckt seine Hand ebenfalls in die Tüte.

„Wow, wir werden sterben, weil du den Snack eines Totenbeschwörers gestohlen hast. Was für eine Art zu gehen“, fahre ich fort. „Warum hast du das gemacht?“

Elias schaut über seine Schulter zu mir und leckt sich die Krümel von den Lippen. „Er hat deine Kette genommen, also habe ich etwas von ihm genommen. Fair ist fair.“ Er reicht mir die Tüte. „Willst du auch was?“

„Er hat nicht ganz Unrecht“, fügt Dorian hinzu. „Der Typ war ein verdammtes Arschloch, und wenn wir für diese Mission bis nach Schottland fahren, dann ist es das Mindeste, dass er auf seinen Snack verzichtet."

Ich meine, wenn sie es so ausdrücken … Ich schnappe mir die Tüte und lege sie auf meinen Schoß. Wenn Cassiel jetzt bei uns wäre, würde er uns alles wegfressen.

„Banner scheint der Typ zu sein, der so etwas persönlich nimmt." Ich fange an, die käsigen Dinger zu essen. Sie sind überraschenderweise ziemlich gut.

Dorian lässt den Wagen aufheulen, die Frontscheinwerfer leuchten gegen die Bäume. Ich fülle meinen Mund mit weiteren Chips, bevor Elias hinübergreift und die Tüte zurückstiehlt.

„Er wird uns nicht anrühren, bis wir das haben, was er will. Dann halten wir es fest, bis er Cain geheilt hat. Danach ist er Freiwild", sagt Elias und schmatzt mit seinen Lippen.

Unbehagen macht sich wegen der ganzen Sache in meinem Magen breit. Wir sind den ganzen Weg hierhergekommen, um ein Heilmittel zu finden, und jetzt gehen wir auf eine weitere Mission. Und die ganze Zeit über rast mein Puls wegen des unsichtbaren Countdowns, der in meinem Kopf tickt.

Cain läuft die Zeit davon.

Tick. Tack. Tick. Tack.

Wir fahren die ruhige Straße hinunter. Keine Straßenlaternen, nur Wald, der sich zu beiden Seiten der Autobahn drängt. Ich lehne mich in meinen Sitz zurück und starre hinaus und frage mich, wie wir so tief in Schwierigkeiten geraten sind.

„Das war tiefsinnig, was du da vorhin über Verlust und Schicksal gesagt hast", bricht Dorian das Schweigen. „Hast du es ernst gemeint?"

„Jedes Wort." Ich schaue auf und begegne seinem Blick im Rückspiegel, seine Augen sind aufrichtig und von Herzen. „Warum überrascht dich das?"

Er zuckt mit den Schultern und fährt eine Weile weiter, bevor er schließlich antwortet. „Du überraschst mich auf eine gute Art."

Ich lächle vor mich hin, als ich höre, dass er etwas an mir bewundert, und ich lehne mich gegen die Tür und starre nach draußen auf die vorbeiziehende Landschaft. Ich bin ohne Komplimente aufgewachsen, also habe ich vor langer Zeit gelernt, dass ich niemanden brauche, der mir sagt, dass ich großartig bin, solange ich es glaube. Aber zu hören, dass Dorian von mir beeindruckt ist, erfüllt mich mit einem seltsamen Gefühl von Stolz.

Auf dem Rückweg zum Hotel halten wir an und nehmen uns etwas zu essen aus einem Burger-Laden mit. Dann geht es zurück in unser Zimmer im vierten Stock.

Drinnen finden wir Cassiel zusammengerollt in der Mitte des großen Bettes schlafend. Bei unserer Ankunft hebt er den Kopf, sein Fell liegt flach auf der Seite seines Gesichts, auf der er geschlafen hat, und er schnuppert an der Luft. In wenigen Augenblicken ist er auf den Beinen, schleicht näher heran und gibt miauende Laute von sich, während sein Blick auf das Abendessen in Dorians Taschen fällt.

„Er riecht das Essen“, sage ich, und wir lassen uns alle mit unserem Essen und dem halbleeren Cheetos-Eimer um den Tisch nieder. Ich schnappe mir die Packung Hähnchenstreifen ohne Knochen und reiße sie in kleinere Stücke für Cassiel, während Dorian aus unserem Zimmer geht, um zu telefonieren. Er schließt die Tür hinter sich, als er anfängt, in den Hörer zu murmeln.

„Du verwöhnst die Katze“, beharrt Elias und zieht meine Aufmerksamkeit auf sich.

„Und ist daran etwas falsch?“

„Nur eine Beobachtung. Er wird sich daran gewöhnen und es immer wieder erwarten. Wie willst du ihn kontrollieren, wenn er erwachsen ist?“ Es ist keine Heiterkeit in seinem Gesicht. Er macht sich ernsthaft Sorgen um mich.

„Ich baue mit ihm eine Beziehung auf, damit er weiß, dass wir eine Familie sind.“

Ich stelle den vollen Teller mit Hähnchen auf den Boden in der Nähe des hinteren Teils des Raumes und Cassiel stürzt sich darauf, dann lasse ich mich auf den Tisch fallen und nehme mir einen Cheeseburger. Ich merke gar nicht, wie ausgehungert ich bin, bis ich den ersten Bissen nehme. Soße, Käse, Gurken. Lecker. Die Leute, die die Gurken von ihren Burgern entfernen, sind Monster.

Elias beobachtet mich, während wir essen, als ob er etwas auf dem Herzen hätte.

„Was ist los?“, frage ich.

„Ich habe nur über uns vier nachgedacht und

darüber, dass ich so etwas nicht erwartet habe." Er nimmt noch einen Bissen.

Ich blinzle ihn an und versuche herauszufinden, worauf genau er sich bezieht. „Meinst du, dass wir hier festsitzen und mit einem Totenbeschwörer arbeiten, oder dass Cain krank ist, oder-„

„Dass ich damit einverstanden bin, dich mit jemand anderem zu teilen. Hätte nie gedacht, dass das passieren würde." Er leckt sich über die Lippen und lehnt sich in seinem Stuhl zurück. „Wie ich dir schon sagte, hat sich mein Höllenhund mit dir verbunden und dich beansprucht. Ich wollte es zuerst nicht zugeben, weil es ungewöhnlich ist, dass ein Shifter seinen Partner fürs Leben unter Menschen findet. Aber je mehr Zeit vergeht, desto schwerer fällt es mir, zu leugnen, dass du mein bist. Unser."

Ich schlucke das Essen in meinem Mund hinunter, gefesselt von Elias' Geständnis. „Bist du sicher?"

„Ich bin mir sicher, und ich habe keinen Zweifel, dass du genauso fühlst. Aber dich zu teilen, ging mir nicht aus dem Kopf. Wir haben darüber gesprochen, aber ich kann nicht aufhören, daran zu denken."

„Hast du Zweifel?"

„Zur Hölle nein. Shifter teilen normalerweise nicht, und das ist genau das Ding. Ich akzeptiere, dass ich teilen muss, um dich zu haben. Dorian, Cain und ich haben eine ungewöhnliche Bindung für Dämonen, aber sie funktioniert. Sie haben mich gerettet, mir beigestanden und mir etwas gegeben, was ich früh verloren habe - eine Familie. Wenn ich dich also mit jemandem teilen muss, dann mit ihnen."

Ich beobachte, wie sich seine Stirn runzelt. Ich höre seine Worte, aber es ist offensichtlich, dass er noch mit der Entscheidung kämpft. Das ist auch für mich neu. Ich habe nicht viel Erfahrung, wenn es um Freunde geht, und doch habe ich mich zu drei Dämonen gleichzeitig hingezogen gefühlt.

„Es kommt mir immer noch surreal vor, dass sich überhaupt drei Typen für jemanden wie mich interessieren." Ich lache über mich selbst. „Ich meine, schaut euch drei an und schaut mich an." Ich greife nach mehr Pommes.

Elias ist plötzlich auf den Beinen, geht um den Tisch herum zu mir und nimmt meine Hand. „Komm mit mir."

Ich nehme sein Angebot an. „Wohin gehen wir?"

Er führt mich ins Bad und dreht mich an den Schultern, sodass ich vor dem großen Spiegel an der Wand stehe. Er steht hinter mir, die Hände in die Hüften gestemmt.

„Was siehst du?", fragt er.

Ich schaue ihn und diese starken gelben Augen an, die Stärke seines Ausdrucks, wie unglaublich hinreißend er ist. Und plötzlich fühle ich mich noch unsicherer, als ich vor ihm stehe und altbacken aussehe in meinem Pullover und meiner Jeans, mein dunkles Haar unordentlich.

„Ich sehe einen starken Mann, von dem ich nicht einmal wusste, dass ich ihn will."

„Versuche es noch einmal", sagt er.

Ich starre ihn an. Ich weiß, worauf das hinausläuft,

aber ich bin nicht gut in diesen Dingen. Deshalb bin ich glücklich mit offenem Haar, trage nur Jeans und ein Top. Ich stehe nicht auf Make-up oder Mode. Sicher, vieles davon hat mit Geldmangel zu tun, aber ich war immer stolzer auf meine Intelligenz als auf mein Aussehen.

„Ich will das nicht tun." Ich ziehe mich von ihm zurück, aber sein Griff wird stärker.

„Wir machen das jetzt. Was siehst du?"

Ich beiße die Zähne zusammen und werfe ihm meinen besten wütenden Blick zu.

„Ich habe die ganze Nacht Zeit, Aria", sagt er entschlossen.

„Warum sagst du mir nicht, was du siehst?", kontere ich.

Er lacht, wirft den Kopf zurück, aber es ist alles vorgetäuscht. „Hier geht es nicht um mich. Ich will wissen, was du denkst."

Ich drehe mich, um mich seinem Griff zu entziehen, aber er schlingt einen Arm um meine Taille, einen anderen über meine Brust, seine feste Brust gegen meinen Rücken. Obwohl er mich zwingt, dort zu stehen, hat es etwas so Wärmendes, so Beruhigendes, dass dieser starke Mann mich an sich drückt. Er überragt mich, doch die Art, wie er mich hält, ist voller Leidenschaft.

„Du bist so frustrierend", seufze ich. „Na schön. Ich bin nur ein gewöhnliches Mädchen mit trockenem Haar, Augenbrauen, die gezupft werden müssen, und keinem Sinn für Mode."

„Aria, du bist eine wunderschöne Frau mit hypnotisierenden Augen, mit küssbaren Lippen, mit Haaren, in denen ich meine Hände verheddern möchte, einem kurvenreichen Körper, den ich immer wieder beanspruchen möchte. Du bist intelligent, und ich bewundere, wie hart du für das kämpfst, was du willst. Du bedeutest mir sehr viel, und ich wünschte, du würdest dich mit meinen Augen sehen."

Ich habe nicht erwartet, dass er diese Worte sagt, und jetzt starre ich mich an ... ich starre wirklich auf das, was er gesagt hat, darauf, wie meine dunklen Augen wie Mandeln geformt sind, wie meine Wangen ein Leuchten haben, wie ich vielleicht mehr bin, als ich dachte.

Meine Augen leuchten.

„Rede mit mir", flüstert er mir ins Ohr.

„Vor euch dreien hatte ich nie wirklich jemanden, der mir sagte, dass ich schön bin. Ich bin einfach Aria, das ist alles, was ich je war." Das Mädchen, das Murray kaum fütterte oder mit dem er kaum sprach. Das Mädchen, dem Joseline ihre Probleme erzählte. Das Mädchen, das keine Geschichte ihrer Familie hatte.

Ein Niemand.

War das die ganze Zeit das Problem gewesen, dass ich glücklich gewesen war, im Hintergrund zu sein, anstatt mehr zu wollen? Hatte ich zu viel Angst, nach etwas zu streben, von dem ich nie dachte, dass ich es haben könnte?

„Was siehst du, Aria?", fragt er mich wieder, und als er mich dieses Mal ansieht, fühlt es sich an, als könne er in meine Seele blicken.

Ich finde zunächst keine Worte, habe Angst, dass ich weinen werde, wenn ich versuche zu antworten. Wie zum Teufel hat er das überhaupt so leicht aus mir herausgebracht?

„Ich lasse dich nicht gehen, ohne dass du weißt, wie schön und unglaublich du bist."

Unsicher, was ich sagen soll oder wie ich mich fühlen soll, schaue ich mich nur an. Elias küsst mich auf den Scheitel. Ich bin überrascht, dass das von ihm kommt, einem Mann, der seine Gefühle selten teilt. Die Emotionen zerren in mir in alle Richtungen und drohen, mich in die Tiefe zu reißen, wo ich unkontrolliert weinen werde.

„Warum tust du das?", frage ich.

„Weil ich so viel in meinem Leben verloren habe, und selbst als ich jemanden fand, dem ich mein Herz schenkte, stellte sich heraus, dass ich nicht genug war, um zurückgeliebt zu werden. Sie verriet mich, wies mich zurück, und ich brauchte lange, um damit fertig zu werden. Also möchte ich nicht, dass du dich hinter dieser Maske versteckst. Nimm dich so an, wie du wirklich bist." Er lächelt, und mein Inneres füllt sich mit Wärme.

Seine Worte, seine Handlungen sind echt und real und ich bin nicht sicher, wie ich darauf reagieren soll.

„Du gehörst zu uns", fügt er hinzu.

Ich bin immer meinem Bauchgefühl gefolgt, und in diesem Moment lässt es mich umdrehen und zu ihm aufschauen. Meine Arme umschlingen ihn, ich drücke mein Gesicht an seine Brust und atme den Moschusduft ein, der nur ihm gehört.

„Danke“, flüstere ich, als er mein Kinn anhebt und mich tief küsst und mich von den Füßen hebt. Das ist eine Seite von ihm, die ich noch nicht gesehen habe, und sie ist unglaublich schön. Ich will seinen nackten Körper an meinem spüren, er soll mich nehmen, mich anhimmeln, mir das Gefühl geben, dass ich dazugehöre. Die Welt verblasst, während wir in einen perfekten Moment verstrickt sind.

„Seit du bei uns bist, fühlt sich unser Haus wärmer an, und ich habe keine Lust mehr, tagelang im Wald zu verbringen. Ist dir klar, was für eine große Sache das ist?“ Er beugt sich herunter und drückt seine Stirn an meine. So bleiben wir eine ganze Weile, bis sein Magen plötzlich knurrt.

Ich lache.

„Ich weiß nicht, wie es dir geht, aber ich bin immer noch am Verhungern.“ Er grinst, und ich lache weiter, ziehe mich zurück und nehme seine Hand in meine.

„Naja, lass uns etwas essen, bevor du dich verausgabst.“

Wir sitzen wieder am Tisch, und Elias erzählt mir einen Dämonenwitz über das Huhn, das in der Hölle die Straße überquert. Aber ich höre nicht wirklich zu, weil ich nicht anders kann, als sowieso zu lächeln. Was wir zwischen uns haben, fühlt sich jetzt etwas anders an. Ein Teil von mir ist immer noch heiß vor Verlegenheit, dass er mich auf diese Weise in Wallungen gebracht hat, während der andere Teil von der Gewissheit durchflutet wird, dass ich ihm so viel bedeute.

Ich habe meinen Burger gerade aufgegessen, als Dorian den Raum betritt. Ich greife nach den Nuggets und der Soße, während Elias einen weiteren Burger in meine Richtung schiebt. Die Sache mit Elias ist, dass er viel isst, also haben wir sechs Burger nur für uns zwei, plus Pommes und andere Beilagen. Dorian ist kein großer Fan von menschlichem Essen, aber vielleicht ändert er seine Meinung.

„Der Flug ist bestätigt. Wir müssen um acht Uhr morgens am Flughafen sein für einen Flug um neun Uhr." Dorian rutscht auf seinen Stuhl, und ich komme nicht umhin, ihn auch ein bisschen anders zu betrachten. Diese ganze Verantwortung und Reife ist Cains Ding. Ohne ihn scheint Dorian die Rolle zu übernehmen. Erschöpfung haftet an seinen Augen und raubt ihnen etwas von ihrer natürlichen Fröhlichkeit.

„Das geht alles so schnell", sage ich und wische mir den Mund mit einem Taschentuch ab. „Schottland steht auf meiner Bucket List, aber es fühlt sich immer noch surreal an, dass wir dorthin fliegen."

„Ich bezweifle, dass wir Zeit haben werden, uns umzusehen und touristische Dinge zu tun", sagt Elias.

„Ja, ich weiß, aber trotzdem. Ein Teil von mir freut sich." Ich stopfe mir zwei Pommes in den Mund. „Werdet ihr zwei Schottenröcke tragen?"

Ich weiß nicht, warum ich das gesagt habe, da es nicht erwartet wird, aber je mehr ich über die Reise nachdenke, desto mehr stelle ich mir all die Bilder und Shows vor, die ich über das Reiseziel gesehen habe. Ganz zu schweigen von all den gutaussehenden Männern in Schottenröcken.

„Oh? Schottenröcke, hm?" Elias mustert mich, sein Blick verengt sich, während sich sein Mund zu einem verruchten Grinsen nach oben wölbt. Die Art, wie er mich ansieht, jagt mir einen köstlichen Schauer über den Rücken. „Dann trage ich aber auch keine Unterwäsche, damit ich leichteren Zugriff habe."

„Ich bin dafür", sagt Dorian. „Aber wenn wir es tun, können wir nicht die Einzigen sein, die keine *Unterhosen* tragen."

Ich lache, und ich liebe es, wie gut es sich anfühlt, das tun zu können, obwohl in letzter Zeit alles nur noch düster ist. „Woher wusste ich nur, dass das kommt."

Sie grinsen beide, und ich kann schon sehen, wie sich hinter ihren Blicken die Räder zu diesem Thema drehen. „Wie auch immer. Ich will nur Blutwurst und Haggis probieren. Die sehe ich immer in Fernsehsendungen."

„Wenn du darauf stehst, werde ich dich nicht aufhalten, aber es ist nichts was mir schmeckt", antwortet Dorian.

„Keine Sorge, Hase. Ich werde dir Gesellschaft leisten. Ich esse alles gern."

Plötzlich rauscht etwas an meinem Gesicht vorbei. Cassiel ist auf den Tisch gesprungen. Er bewegt sich so schnell - in der einen Sekunde ist er da, in der nächsten hat er in einen Cheeseburger gebissen und ist mit dem ganzen Ding weggesprungen.

„Was zum Teufel?!" Elias springt auf.

„Soll er es doch haben." Ich kichere. „Er hat einen Appetit wie du."

Elias schnaubt in seine Richtung.

Ich beschließe, das Thema zu wechseln und sage:

„Wie auch immer, was denkt ihr, was heute Abend mit Banner los war? Er war überhaupt nicht er selbst… Ich meine, nicht nur vom Aussehen her, sondern auch von der Art, wie er sprach und sich verhielt. Da war irgendetwas nicht in Ordnung.“

„Er hat offensichtlich etwas Kaputtes in sich, aber solange er Cain heilt, ist es mir scheißegal, ob er sich für Big Bird hält.“ Dorian verschiebt sich in seinem Sitz.

„Stimmt. Solange er seinen Teil tut und uns nicht mit einer Armee von Zombie-Ratten überrascht, um seine Cheetos zurückzufordern, ist alles gut.“

Elias beäugt die Tüte. „Ich werde diese Nager vernichten, wenn sie zwischen mich und die Cheetos kommen.“

Dorians Kopf fällt zurück, als er ein dröhnendes Lachen ausstößt. Ich bewundere es, der Klang kommt von irgendwo tief aus seinem Bauch.

„Willst du wirklich keinen Burger probieren, Dorian? Die sind wirklich gut“, frage ich und schiebe ihm einen kleineren hin. „Ich weiß, menschliches Essen ist normalerweise nicht dein Ding.“

Seine Lippen kräuseln sich, als er es anstarrt, aber nach einem Moment sagt er: „Na gut, ich probiere es.“ Nachdem er einen Bissen genommen hat, beobachten Elias und ich ihn neugierig.

Er zuckt nur mit den Schultern. „Es ist okay, nur nicht erfüllend für mich.“

„Es geht doch nichts über Seelen, oder?“, fragt Elias und kichert vor sich hin.

„Also, auf eine ereignislose Reise“, sage ich, um

wieder einmal das Thema zu wechseln, und hebe meinen halb gegessenen Burger in einem behelfsmäßigen Toast hoch. Sie tun das Gleiche.

Es dauert nicht lange, bis wir fertig sind, und Elias liegt schon im Bett, nackt und mit der Fernbedienung, um durch die Kanäle zu schalten.

Cassiel liegt auf dem Sofa und schnarcht vor sich hin, und Dorian kommt nur mit einem weißen Handtuch um die Taille aus dem Bad. Sein Haar ist nass von der Dusche, und Wasser läuft über seine gemeißelte Brust und seine Bauchmuskeln. Er geht zum Bett hinüber, stolziert, als ob er eine Show abziehen würde, und schaut in meine Richtung.

Ich kann nicht leugnen, wie leicht er mich anmacht. Meine Brustwarzen verhärten sich, drücken gegen den Stoff meines Oberteils, während ich seinen Adoniskörper studiere. Besonders auf die Ausbuchtung, die gegen das Handtuch drückt und nach Freigabe verlangt. Plötzlich flammt das Verlangen in mir auf wie ein Streichholz.

„Schalte das Licht aus, kleines Mädchen, und komm zu uns“, befiehlt er. Es liegt keine Kraft in seinen Worten, aber das Glühen in seinen Augen und die Verheißung, die sie in sich tragen, lassen mich quer durch den Raum laufen.

Ich knipse das Licht aus, und als ich mich wieder den Dämonen zuwende, reißt Dorian das Handtuch ab und wirft es zur Seite. Seine Erektion steht bereits auf Halbmast, und er klettert ins Bett, auf die gegenüberliegende Seite von Elias, sodass zwischen den beiden eine Lücke für mich bleibt.

Er streichelt die Mitte des Bettes.

Warum ist mir plötzlich so heiß? Ich atme schneller, meine Brust hebt und senkt sich.

Meine Füße scheinen sich von selbst zu bewegen, aber es ist keine Magie im Spiel. Es bin nur ich und die Vorfreude auf das, was als Nächstes kommt. Zwei höllisch sexy Dämonen teilen sich ein Bett mit mir?

Oh Gott...

Plötzlich hat das, was Elias über „mich teilen" gesagt hat, eine ganz andere Bedeutung. Ich schlucke schwer.

„Ähm, Entschuldigung." Elias stoppt mich in meinen Gedanken. „Wenn du in dieses Bett willst, dann müssen die Klamotten weg."

Ich hebe eine Augenbraue und schaue an meinem Pullover herunter.

Dorian stimmt ihm zu. „Sie ist dem Anlass entsprechend overdressed. Findest du nicht auch, Elias?"

„Auf jeden Fall."

Mein Atem schnürt mir die Kehle zu und mein Inneres brennt wie Feuer. Es versengt mich bis hinunter zum Scheitelpunkt zwischen meinen Schenkeln. Ich bin nicht dumm; ich weiß genau, worauf das hinausläuft. Diese beiden Sexdämonen haben nur eines im Sinn.

Verstehe mich nicht falsch, ich sehne mich nach ihnen, aber ich habe auch nicht die Absicht, leichte Beute zu sein.

Also ziehe ich mich vom Bett zurück und schlendere hinüber zu Cassiel auf der Couch zu, wobei ich vor mich hin kichere.

Es dauert nur wenige Sekunden. Das donnernde Geräusch, wie sie aus dem Bett springen, die Schritte, die sich hinter mir nähern.

Ich schnappe mir das kleine Kissen vom Sofa und peitsche herum, gerade noch rechtzeitig, um es Dorian auf die Brust zu hauen. Er schnappt es sich und wirft es beiseite, starrt mich an wie ein Wolf. Elias steht neben ihm, hält die verdammte Tüte Cheetos in der Hand und grinst über beide Ohren.

„Was willst du mit denen machen?", frage ich.

„Das wirst du gleich herausfinden", verspricht er mir.

Dorian schlingt einen Arm um meine Taille und zieht mich an sich, unsere Körper werden aneinander gepresst. Mein Herz klopft wie wild, als er mein Kinn ergreift und es anhebt, sodass ich ihm in die Augen schaue. Spektakuläre grüne Augen. Seine Berührung ist wie flüssiges Feuer, und ich verliebe mich so leicht, so schnell in ihn. Ich rede mir ein, dass die Art, wie mein Körper auf ihn reagiert, nichts damit zu tun hat, dass er ein Inkubus ist. Ich will glauben, dass es nur an mir liegt. Alles wegen der Verbindung zwischen uns.

„Du bist atemberaubend", sagt er und beugt sich herunter. Sein Mund erobert meinen, und ich lehne mich verzweifelt näher, fahre mit den Fingern durch sein Haar, ziehe ihn näher an mich heran, brauche mehr. Mein ganzer Körper zittert vor unerträglichem Verlangen.

Wir prallen in einem kräftigen Kuss aufeinander. Seine Finger graben sich in meinen Rücken, und ich stehe auf den Zehenspitzen, als sich ein weiteres Paar starker, feuriger Hände auf meinen Hüften niederlässt.

Elias streicht mir die Haare aus dem Nacken, und seine Lippen finden mich in Sekundenschnelle.

Ihre Hände wandern über meinen Körper, und bald wird mein Pullover hochgezerrt und über meinen Kopf gezogen. Meine Jeans wird heruntergerissen, und irgendwie reißt Elias mir die Unterwäsche vom Leib. Ich möchte protestieren, dass ich keinen endlosen Vorrat dabei habe, aber der Gedanke schmilzt unter ihren Küssen dahin.

Elias' Hände gleiten um meinen Körper, umschließen meine Brüste. Er knetet sie und zupft an meinen Brustwarzen.

Dorian inhaliert mein Stöhnen, während sie mich zwischen sich klemmen, zwei nackte Dämonen, die ihre Erektionen gegen meinen Arsch und meinen unteren Bauch zu drücken. Vorfreude umfängt mich, als ich nackt zwischen ihnen stehe, und Dorian sieht mich mit diesem verheerenden Lächeln an, das meine Knie zittern lässt.

Ich schließe meine Augen und atme tief ein, während mir Schauer der Freude über den Rücken laufen.

Er flüstert: „Bist du bereit, mit zwei Teufeln zu tanzen?"

Elias' Hände wandern zu meinen Schenkeln und gleiten tiefer. Seine Berührung gleitet zwischen meine Beine und findet mich klatschnass.

„Perfekt, du bist schon feucht für uns."

Dorian nimmt mir meine Chance zu reagieren, als

seine Zunge in meinen Mund eintaucht, seine Hände halten die Seiten meines Gesichts, um mich an Ort und Stelle zu halten. Ich zittere vor Erregung, während Elias mit einem Finger an meiner Hitze entlangfährt, meine Lippen spreizt und zwei Finger einführt.

Ich stöhne, meine Beine knicken ein, aber sie halten mich aufrecht. Elias hinterlässt eine Spur von Küssen auf meinem Rücken, bis ich das Kratzen seiner Zähne auf meinen Backen spüre, die genug Biss haben, um einen Abdruck zu hinterlassen, aber nicht vor Schmerz zu stechen. In diesem Moment sind sie mein Sauerstoff, mein Ein und Alles.

Dorian lässt meinen Mund los und beugt sich herunter. Er zieht eine Brustwarze in seinen Mund und saugt an mir, während Elias meine Arschbacken spreizt. Seine Zunge gleitet zwischen ihnen hinunter.

Oh, verdammt! Wie kann sich das nur so gut anfühlen? Er leckt mir den Hintern, während seine Finger weiter mit mir spielen.

Meine Hüften wippen bei der sich aufbauenden Lust. Meine Brüste werden gezogen und geschnipst, mein Kitzler gereizt, mein Arsch angebetet.

Und gerade als es sich zum Höhepunkt zu steigern beginnt, ziehen sich die beiden zurück, als könnten sie es spüren.

„Warum hört ihr auf?“ Ich hauche die Worte aus, es kribbelt am ganzen Körper.

Im nächsten Moment lehnt sich Dorian näher heran, schiebt einen Arm unter meine Knie, den anderen auf meinen Rücken und hebt mich von den Füßen.

Dann geht er mit uns durch den Raum und bringt mich zurück zum Bett, wo Elias die Decken zur Seite geschoben hat. Ich werde auf die Matratze geworfen. Ich hüpfe ein paar Mal und lache darüber, wie unglaublich diese beiden Männer in meinem Leben sind.

Dann schaue ich zu Elias hinüber, der wieder die Tüte mit den Cheetos in der Hand hält, und ein Aufflackern von Panik trifft mich bei ihrem Vorhaben.

„Denkt nicht einmal daran." Ich rolle schnell weg.

Dorian packt mich am Arm und an der Hüfte, bringt mich wieder auf den Rücken und schiebt sich zwischen meine Beine, um mich zu spreizen.

„Sei jetzt ein braves Mädchen." Er packt mich an der Taille und zerrt mich so, dass mein Hintern auf dem Rand der Matratze sitzt.

„Bist du wahnsinnig?", keuche ich und schlage seine Arme von meinen Beinen.

Elias schnappt sich eine Handvoll der orangefarbenen Kugeln, zerdrückt sie in seiner Faust und streut Orangenstaub über meinen Körper. Die Krümel kitzeln, und sie sind überall. Bevor ich überhaupt protestieren kann, beugt er sich vor und leckt sie mit köstlichen, langen Strichen von meinen Brüsten.

Es ist ein seltsames Gefühl, sich so erregt zu fühlen, dass man explodieren könnte, während man gleichzeitig Angst hat, dass Cheetos an bestimmten Stellen des Körpers nicht gut sind.

Aber als ich das Knirschen von weiteren käsigen Leckereien höre und zu Dorian hinunterschaue, der grinsend das Pulver auf die Innenseite meiner Oberschenkel schmiert, wird mir klar, dass ich verloren habe.

Ich zappele, um zu entkommen. Dann ist er auf den Knien, den Kopf zwischen meinen Schenkeln. Er leckt an den orangefarbenen Leckereien und beäugt mich dabei die ganze Zeit.

Er schiebt meine Beine weiter auseinander, sein Mund verschlingt mich.

Oh, ja.

Seine verruchte Zunge macht unglaubliche Dinge, läuft meine Hitze auf und ab, schnippt an meiner Klitoris, dann beißt er sanft meine äußeren Lippen.

Elias' heißer Atem strömt über meine Brüste, und ich glaube, ich könnte mich an so einen guten Liebhaber gewöhnen. Ich wippe mit meinen Hüften im Takt ihrer Zungen, als ein weiterer Höhepunkt in mir aufsteigt. Ich fahre mit meinen Händen durch Elias' Haare und ziehe ihn näher an mich heran. Unsere Münder prallen in einem leidenschaftlichen Kuss aufeinander, der mich in den Himmel steigen lässt.

Seine Zunge taucht in meinen Mund ein, genau wie Dorian seine in meine Muschi schiebt, und das bringt mich in Wallung. Ich erschaudere, kann mich nicht länger zurückhalten. Sie lassen nicht von mir ab, als mein Orgasmus von mir Besitz ergreift und mich durchzuckt.

Elias schluckt meinen Schrei, als Dorian mich in seinen Mund nimmt. Das Verlangen bricht in mir hervor, als ich komme, gefangen in den Armen meiner Liebhaber. Ich schließe meine Augen und lasse mich fallen, verloren in dem wunderschönen Gefühl, das mich schweben lässt.

Elias lässt mich zuerst los, und ich lasse mich lächelnd zurück aufs Bett fallen, mein Herz klopft vor Lust.

Dorian erhebt sich zwischen meinen Beinen, seine Lippen und sein Kinn glänzen mit meiner Nässe. „Du bist umwerfend im Glanz eines Orgasmus."

„Das war unglaublich", sage ich, während Elias sich auf das Bett wirft.

Ich neige meinen Kopf nach oben und sehe ihn kopfüber, wie er mich mit einer Fingerbewegung zu sich ruft. Allein das Bild macht mich schon an.

Ich rolle mich auf den Bauch und krabble auf allen Vieren zu ihm hinüber. Er hat sich auf dem Bett nach unten geschoben, sodass seine Beine auf dem Boden stehen und seine Hüften auf dem Rand der Matratze positioniert sind.

Bevor ich Fragen stellen kann, sind seine Hände auf meinen Hüften und führen mich dazu, mich über ihm zu spreizen. „Fick mich, Aria", fordert er. „Zeig mir, wie deine Muschi meinen Schwanz quetscht, mich melkt."

Meine Brustwarzen ziehen sich bei seinen Worten zusammen, und ich lasse mich über seinem Schoß nieder, seine Erektion dick und steif. Er ergreift meine Hüften und richtet mich so aus, dass ich auf seinem Schaft sitze. Ich stütze mich ab, gleite nach unten und nehme ihn in mich auf. Elias ist extrem groß.

„Genau so, Baby."

Ich stöhne, atme tief ein und lasse ihn eindringen. Die Erregung auf seinem Gesicht, das Stöhnen in seiner Kehle, sind teuflisch und göttlich zu gleich. Er fühlt sich unglaublich an.

Dorian tritt hinter mich und berührt mein Haar, wobei er es zur Seite streicht. Ich drehe meinen Kopf, um dem Hunger in seinem Blick zu begegnen. Sein Blick ist der eines Mannes, der gefesselt ist und nichts anderes als mich sieht. Elias' Worte darüber, wie er mich wirklich sieht, kommen mir in den Sinn, und der Blick in seinen Augen, als er sie sagte, ist derselbe Blick, den ich jetzt in Dorians Augen beobachte.

„Bist du bereit für uns beide?“, fragt er, seine Hand fährt über meinen Rücken und hinterlässt eine Spur von Wärme und Kribbeln.

„Dorian…“ Ein Summen aus Erregung und Beklemmung durchzuckt mich. Aber Elias verschiebt meine Hüften und kippt sie so, dass er die richtige Stelle trifft, wenn er in mich eindringt. Ein neu gefundenes Feuer entzündet sich in mir, und ich stöhne. „Dorian, ich will dich.“

Dieses Lächeln, so verführerisch, so hypnotisch, macht ganz besondere Dinge mit mir. „Du bist so feucht, so schön.“

Während Elias unseren gleichmäßigen Rhythmus beibehält, tritt Dorian näher, schiebt einen Finger in seinen Mund und drückt dann denselben in mein Arschloch. Langsam schiebt er ihn in mich hinein.

Ich stöhne. Das hat noch nie jemand bei mir gemacht, aber als er seinen Finger sanft rein- und rausschiebt, gepaart mit Elias' Bewegungen, bricht ein seltsamer Cocktail aus Lust und Schmerz von unten hervor. Es ist berauschend und nichts, was ich je erwartet hätte.

Dorian massiert mich eine Weile so, und plötzlich brauche ich mehr. Ich packe meine eigenen Wangen und spreize sie, um ihm zu zeigen, dass das noch nicht genug ist.

Er gluckst. „Ich liebe, wie eifrig du bist."

Mit einem Blick über die Schulter beobachte ich, wie er seinen Schwanz anfasst und sich bereit macht. Als Nächstes dringt ein zweiter Finger in mich ein, was mir den Atem stocken lässt. Der beißende Schmerz ist scharf, aber schnell, sofort überwunden von noch mehr blendendem Vergnügen.

Als er sich zurückzieht, hält Elias kurz inne, und in der nächsten Sekunde werden Dorians Finger durch die Spitze seines Schwanzes ersetzt. Er stößt gegen meinen Hintereingang, langsam, tiefer. Nichts, was weh tut, aber die Art, die eine gesteigerte Erregung mit sich bringt. Mein Kopf fällt zurück, und mein ganzer Körper zittert. Ich hätte nie gedacht, dass ich mal jemand sein würde, der Analsex genießt, geschweige denn mit zwei Männern gleichzeitig, aber hier bin ich und genieße jede Sekunde davon.

„Fuck...", keuche ich, als er tiefer eindringt.

Elias sieht mich an. „Wenn du aufhören willst, sagst du es uns, okay?"

Ich nicke und ertappe mich dabei, wie ich mich mit meinen beiden Männern in mir langsam hin und her wiege. Ich lehne mich nach vorne, die Arme liegen auf beiden Seiten von Elias' Schultern, und er fordert meinen

Mund, als unser Schwung wieder zunimmt. Es ist wie eine unausgesprochene Handlung, aber irgendwie fallen wir alle in einen Rhythmus, und das Tempo intensiviert sich und bringt eine außergewöhnliche Erregung mit sich, die ich so schnell nicht erwartet hatte.

Ihr Knurren ist das animalischste, was ich je gehört habe.

Dorians Hand ist in meinen Haaren, um die er sich windet, und er zieht meinen Kopf leicht zurück, während er in mich stößt. Die feuchten Geräusche unseres Aufeinandertreffens sind wie ein schönes Lied.

„Fuck“, brüllt Elias, seine Hände auf meinen Brüsten, quetschen, zerren. Und ich, ich bin das glücklichste Mädchen der Welt, von zwei Dämonen so gefickt zu werden. Ich kann nicht genug davon bekommen, wie sie in mich eindringen, wieder und wieder.

Ich fühle, wie sie in mich gleiten.

Es ist intensiv.

Überflutet mich mit Ekstase.

Die Luft wird dicker, und der Schweiß tropft mir den Rücken hinunter, unsere Atemzüge rasen.

„Du wirst kommen, während wir tief in dir sind“, fordert Dorian und lehnt sich dicht an mein Ohr. Seine Kraft rieselt über mich und hinterlässt eine Gänsehaut auf meiner Haut. „Du gehörst uns. Für immer.“

Dann ficken sie mich beide, und jeder Versuch, sich zurückzuhalten, ist verloren. Dorians Magie mag bei mir nicht wirken, aber das muss sie auch nicht. Mein Körper gehorcht ganz von alleine. Ich lasse meinen Körper zwischen ihren tanzen, lasse zu, dass sie mich beanspruchen, und wie versprochen, lassen sie mich die ganze Nacht über immer wieder kommen.

Der Wecker brummt so laut, dass ich aus dem Schlaf gerissen werde und mich ruckartig im Bett in eine sitzende Position bringe. Durch die aufgehende Sonne dringt schwaches Licht durch die Fenster, und ich reibe mir die Augen, denn ich weiß, dass wir einen Flug erwischen müssen.

Elias schnaubt, und ich schaue zu ihm hinüber und finde Cassiel schlafend auf seinem Gesicht vor. Bevor ich hinübergreifen kann, um ihn zu packen, erwacht Elias abrupt, als würde er ersticken ... naja, das tut er wahrscheinlich auch. Cassiel zuckt vor Schreck wach und springt von ihm herunter, aber nicht bevor sein hinterer Fuß zurücktritt und Elias' Wange trifft. Eine lange Linie zieht sich über sein Gesicht, und seine Nase färbt sich rot, als das Blut durch die Haut bricht, was mich an Kriegsbemalung erinnert.

Er schreit und wischt sich mit einer Hand über die Wangen, verschmiert das Blut. Aber erst als ich Dorian ansehe, keuche ich auf.

„Süße Hölle... Du siehst aus wie eine Karotte!"

Er ist über und über orange. Bedeckt mit Käsestaub und Streuseln.

Da schaue ich mich an, und wieder zu Elias, um zu sehen, dass wir alle gleich aussehen. Das Bett ist mit Cheetos bedeckt, alles ist orange gefärbt. „Oh, scheiße."

Dorian lacht. „Aber das war eine höllische Nacht."

„Ich werde Cassiel ermorden", knurrt Elias und starrt auf das Blut an seinen Fingern.

„Komm schon, so schlimm ist es nicht", beharre ich. „Ein kleiner Kratzer. Das heilt im Nu. Außerdem bist du schon mit Narben übersät. Warum nicht noch eine zu deiner Sammlung hinzufügen?"

„Ich weiß nicht, warum du ihn ständig verteidigst", brummt er und wirft die Decke weg. „Er hat versucht, mich zu ersticken, während ich schlief. Ihr habt es beide gesehen."

„Du bist so dramatisch."

„Ich bin dafür, ihn zurückzulassen. Es ist ja nicht so, als würden sie uns ein wildes Tier mit ins Flugzeug nehmen lassen."

„Ich habe für uns einen Privatjet gebucht", sagt Dorian. „So können wir ihn mitnehmen. Wir haben keine Zeit für die Heimreise. Der Flughafen liegt in der entgegengesetzten Richtung. Apropos ..." Er wirft einen Blick auf die Uhr neben dem Bett und verzieht das Gesicht. „Wir müssen uns beeilen und von hier verschwinden, wenn wir es schaffen wollen."

Ich eile zuerst ins Bad, um mich zu ent-orangen. Ich will gar nicht daran denken, was die Hotelangestellten sagen werden, wenn sie den Zustand des Bettes sehen.

Als wir sauber sind und im Ferrari sitzen, um zum Flughafen zu fahren, überkommt mich ein Schwindelgefühl.

„Das wird das erste Mal sein, dass ich das Land verlasse", sage ich vom Rücksitz des Autos aus.

„Dann bin ich froh, dass wir dein erstes Mal mit dir

erleben dürfen", antwortet Dorian und sieht mich vom Fahrersitz aus an.

Ich lehne mich lächelnd zurück und streichle Cassiels Kopf, während er in meinem Schoß liegt. Trotz des ganzen Stresses und der Ungewissheit über das, was kommen wird, fühle ich mich heute Morgen ruhiger. Vielleicht war eine Runde Cheetos-Sex genau das, was der Arzt verordnet hätte.

KAPITEL NEUN

ELIAS

Was hasse ich mehr als Autos? Flugzeuge. In einer Metallbox eingeschlossen zu sein, die mit 100-160km/h auf Asphalt fährt... Nein danke.

In einer fliegenden Blechbüchse in 14 Kilometern Höhe bei fast 1.000 km/h festzusitzen... Scheiße nein.

Ich wäre viel lieber auf allen Vieren, aber da ich nicht über Ozeane laufen kann, sitze ich mit Dorian, Aria und einer sehr glücklichen Katze, die noch am Leben ist, über zehn Stunden in einem Jet fest.

Apropos der kleine Zwerg, er hat die ganzen Wegüber in Arias Schoß miaut. Ich konnte an seinem Tonfall und seinem bedürftigen Verhalten erkennen, dass es ihm schlecht ging. Wahrscheinlich von dem ganzen Junk-Food, das er vor unserer Abreise gefressen hat. Käse-Flips und Burger sind nicht wirklich tierärztlich zugelassenes Katzenfutter, also würde es mich nicht überraschen, wenn er sich dabei Magenschmerzen geholt hat. Geschieht ihm recht. Wenigstens war ich nicht der Einzige, der während der Reise gelitten hat.

In dem Moment, in dem die Räder den Asphalt in Glasgow berühren, lockern sich meine steifen Muskeln. Ich bin froh, wieder auf dem Boden zu sein, wo ich hingehöre. So wie es sein sollte.

Sobald der Jet geparkt hat, wird die Treppe in Position gebracht und wir gehen hinunter auf das Rollfeld. Eine schnittige schwarze Limousine wartet auf uns, aber zuerst eilen wir unter ein nahegelegenes Zelt, wo die Einwanderungsbehörde darauf wartet, unsere Ausweise und was auch immer zu überprüfen. Aria hält aufgeregt ihren neuen Reisepass in der Hand, den wir für sie besorgt haben.

Als das alles erledigt ist, werfen wir unser Gepäck in den Kofferraum der Limousine und steigen ein. In wenigen Minuten sind wir wieder auf dem Weg zum Hotel. Aria legt ihren Kopf auf meinen Arm, während Cassiel weiter miaut. Als ich in der Limousine zu Dorian hinüberschaue, zieht er eine Augenbraue amüsiert hoch. Er sagt jedoch nichts, sondern schaut wieder auf seine Reisebroschüre, die er sich im Flugzeug geschnappt hat.

Ich bewege mich in meinem Sitz, aber Aria rutscht nur noch näher heran. Als ich wieder zu ihr hinunterschaue, stelle ich fest, dass sie ihre Augen geschlossen hat.

„Jetlag", flüstert Dorian und zwinkert mir zu.

Ich bewege mich eine Zeit lang nicht, aber schließlich wird Arias Atmung langsamer und gleichmäßiger, was mir sagt, dass sie eingeschlafen ist. Jede Bodenwelle der Limousine rüttelt sie jedoch ein wenig auf, und bald gebe ich meinen Versuch auf, sie nicht zu berühren, und lege meinen Arm über ihre Mitte. Sie kuschelt sich enger an mich. Sogar Cassiel hat mit seinem nervigen Geschrei aufgehört und sich für ein Nickerchen niedergelassen.

Ich kann das Lächeln nicht unterdrücken, das mir auf die Lippen kommt. Diese Frau hat mich verzaubert, und obwohl ich versucht habe, ihr zu widerstehen, habe ich es nur geschafft, noch mehr in ihren Bann zu geraten.

Als wir aus den dichten und belebten Straßen der Stadt in die Hügellandschaft fahren, wird die Dunkelheit des frühen Morgens immer stärker. Es gibt nur wenige Lichter auf der Straße, auf der wir unterwegs sind, und die Scheinwerfer der Limousine haben Mühe, alles zu durchdringen, was nicht direkt vor ihnen liegt. Zwischen unserem Kampf mit dem Drachen, der Verletzung von Cain, dem Besuch beim Totenbeschwörer und jetzt dieser Reise durch die Welt kann ich es Aria nicht verübeln, dass sie eine Minute Schlaf sucht. Wir haben in so kurzer Zeit so viel durchgemacht.

Wir alle.

Erschöpfung macht sich auch bei mir breit, und ich spüre die Schwere in meinen Knochen. Es ist schon Tage her, dass wir uns eine Seele geschnappt und neue Kraft getankt haben, und es beginnt seinen Tribut zu fordern. Sobald wir angekommen sind, muss ich rausgehen und jagen, so wie früher.

Die Idee weckt meinen Jagdhund, aber statt Aufregung überkommt mich ein heftiges Gefühl des Grauens. Warnung. Gefahr.

Ich rucke nach oben und schrecke Aria wach. Sie zuckt, was Cassiel dazu veranlasst, zu zischen und von ihr herunterzuspringen.

Mein Blick schnellt aus dem Fenster, als ein dunkler Schatten am Straßenrand entlangrauscht und mit der Geschwindigkeit der Limousine mithält.

„Scheiße." Ich drehe mich zu Dorian um. „Wir werden verfolgt."

Ich sehe eine andere Gestalt aus dem Fenster, die auf allen Vieren läuft. Ein Tier? Nein, ein Shifter.

„Was ist los?", keucht Aria vor Angst.

„Nichts Gutes." Dorian zieht bereits seinen Pullover aus. Die blauen Runen erscheinen auf seiner Brust, und sein Haar hellt sich zu einer blonden, fast platinfarbenen Farbe auf. Als sich seine Hörner aus seinem Kopf wölben, weiß ich, dass er sich auf einen Kampf vorbereitet. Mein Tier knurrt in mir, bereit für meine eigene Verwandlung.

„Wer sollte denn wissen, dass wir hier sind?" Aria eilt herbei, ihre Augen wild vor Panik. „Wir haben es niemandem gesagt."

„Wir haben eine Menge Feinde, kleines Mädchen", sagt Dorian. „Das ist ein stinknormaler Sonntag für uns."

Mein Körper krampft sich schmerzhaft zusammen. Ich greife den Türgriff, will sie aufstoßen und losrennen, aber etwas Großes knallt hinten in die Limousine, sodass wir zur Seite stürzen und das Auto auf der glatten Straße ins Schleudern gerät. Mein Kopf schlägt auf dem Boden auf. Schmerzen schießen durch meine Schläfen, und Arias entsetzte Schreie erfüllen meine Ohren.

Scheiße!

Als ich mich hochstemme, werden wir wieder von der Seite getroffen. Ein furchtbares Kreischen ertönt, als die Räder über den Asphalt rutschen und durchdrehen.

„Elias!“, bellt Dorian.

Ich hebe mein Kinn und wir schauen uns in die Augen.

Er greift nach Aria und sagt mir, dass er zwar gerne mitkämpfen würde, aber dass er bei ihr bleiben wird. Dann sagt er die drei Worte, auf die mein Tier gewartet hat. „Mach sie fertig.“

Mein Höllenhund stürmt vor und reißt sich ohne Gnade aus meinem Körper. Es raubt mir den Atem, der Schmerz ist unbeschreiblich und allumfassend.

Ich werfe mich mit meinem ganzen Gewicht gegen die Tür und stürze mich in die Dunkelheit.

ARIA

Die Limousine hält abrupt an. Meine Zähne klappern immer noch von dem, was uns getroffen hat, aber wenigstens hat das Schleudern aufgehört. Die Hintertür steht weit offen, und die eisige Luft strömt ins Innere. Elias mag in der Dunkelheit verschwunden sein, aber sein bösartiges Knurren ertönt im Wind. Ich rücke näher an Dorian heran, Cassiel zu meinen Füßen.

„Elias ist ein großer Junge. Er kann auf sich aufpassen“, flüstert Dorian gegen mein Haar.

Hinter uns wird die gegenüberliegende Tür aufgerissen, und raue Hände packen uns beide und reißen uns nach hinten. Ein weiterer Schrei dringt aus meiner Kehle. Dorian greift nach mir, verfehlt mich aber, als wir beide in entgegengesetzte Richtungen weggezerrt werden. Das Letzte, was ich sehe, ist Cassiel in der Limousine, als die Türen ihn einschließen.

Mein Hintern schlägt auf dem Bürgersteig auf. Ich wehre mich gegen die Angreifer, die nach mir greifen, aber es nützt nichts. Sie schaffen es, mich auf die Beine zu ziehen und mich vom Auto wegzuziehen. Es ist schwer, in der Dunkelheit etwas anderes als dichte, sich bewegende Schatten zu sehen, aber direkt vor mir erhasche ich einen Blick auf Dorians silbernes Haar. Er schlägt sich in seiner Dämonengestalt wacker und schafft es sogar, einen seiner Gegner mit einem einzigen Schlag auf den Kiefer außer Gefecht zu setzen. Aber es sind zu viele schattenhafte Gestalten um ihn herum. Zu viele Menschen, die er auf einmal abwehren muss. Bald verschwindet er hinter dem Kreis der Körper, und mein Herz erstarrt vor Entsetzen.

Ich schaute mich panisch um. *Elias! Wo ist Elias?*

Ich kann ihn nirgends sehen. Das schreckliche Knurren und Kläffen der kämpfenden Tiere ist jetzt leiser, als ob er weiter weg geführt worden wäre.

Ich werfe einen Ellbogen zurück und treffe einen

meiner Entführer in den Magen. Er stößt einen lauten Schrei aus. „Lasst mich los! Lasst mich los!"

Meine Ellbogen werden hinter meinen Rücken gezogen, meine Arme fixiert. In mir rührt sich Sayah, sie spürt die Gefahr.

„Hört auf, dich zu wehren!", bellt der Mann, der mich festhält. Sein schottischer Akzent ist so heftig, dass es fast unmöglich ist, seine Worte zu entziffern.

„Bringt sie runter in die Höhle", ruft ein anderer von irgendwoher aus der Dunkelheit. „Lachlan wartet auf sie."

Höhle? Lachlan?

Oh Mann. Mir gefällt wirklich nicht, wohin das führt. Ich schaue zurück zur Limousine und bete im Geiste, dass Cassiel sich versteckt und es ihm gut geht.

Gegen meinen Willen werde ich herumgewirbelt und nach vorne geschoben. Ich stolpere über meine eigenen Füße, aber der Griff des Mannes ist brutal fest und hält mich in Bewegung. Auch wenn der Himmel mit Sternen übersät ist, ist es hier zu dunkel, um über meine Nase hinaus zu sehen. Ich habe keine Ahnung, wohin ich gehe oder woher diese Arschlöcher wissen, wohin sie treten müssen, aber bald weicht der Bürgersteig Steinen und einem Hügel, und ich stolpere halb, halb rutsche ich hinunter, nur der Fremde hält mich aufrecht.

Als wir wieder ebenen Boden erreichen, sinken meine Turnschuhe in den matschigen Schlamm, und sofort sind sie voll mit kaltem Wasser. Ich schreie auf.

Es ist eiskalt!

Die Geräusche von mehr Menschen, die um mich

herum plätschern, erinnern mich daran, dass ich immer noch nicht allein bin, und wer auch immer diese Menschen sind, sie haben im Moment die völlige Übermacht über diese Situation. Und mich. Wenn ich einen Weg finden will, hier lebend herauszukommen, muss ich klug vorgehen und auf meine Chance warten. Selbst wenn ich es schaffe, einen Weg zu finden, mich aus der Gefangenschaft zu befreien, würde ich blind im Dunkeln tappen. Und das ohne Elias oder Dorian als Verstärkung.

So sehr ich es auch hasse, ich muss ruhig bleiben und meine Flucht planen.

Dorians vertraute Stimme hallt vor mir wider, und allein sie zu hören, gibt mir einen Funken Hoffnung. Auch wenn er wie ein Verrückter flucht. Aber immer noch kein Zeichen von Elias. Sogar die knurrenden Geräusche sind verstummt.

Wir schieben uns weiter durch knöchelhohes, eisiges Wasser. Es dauert nicht lange, bis wir Dorians Stimme erreichen, und das Echo vergrößert sich um uns herum und hallt laut an meinem Trommelfell wider. Es ist auch das Geräusch von fließendem Wasser zu hören, was Sinn macht, da ich in dem Zeug stehe. Aber ich werde auch von oben betropft.

So viel Nässe. So viel Kälte. Ich kann nicht aufhören zu zittern.

Nach meiner Begegnung mit Sir Surchion in einer Höhle beginne ich, ein Muster zu erkennen, nach dem mich Entführer in Höhlen bringen. Das gefällt mir ganz und gar nicht.

In der Ferne flackert der sanfte Schein von Lampen.

Ab und zu bewegen sich Schatten vor dem Licht und lassen dunkle Formen an den Felswänden entlang tanzen.

Jep, definitiv eine Höhle. Dunkel, feucht und gruselig wie die Hölle - ein Ort, an dem sich Monster gerne verstecken würden.

Als wir um eine scharfe Ecke biegen, finde ich, wonach ich gesucht habe. Dorian, der mitten im Wasser steht, das schwache Lampenlicht durchdringt kaum die dichte Dunkelheit. Er wird nicht festgehalten, wie ich, aber an seiner Kehle liegt ein ziemlich langes und scharf aussehendes Schwert, und der knochendürre Mann, der es hält, grinst so, als könne er es kaum erwarten, es zu benutzen und ihm den Kopf abzuschlagen.

Sein Blick fällt auf mich, und sein Mund verzieht sich zu einem Grinsen. Wie er in so einer Situation ruhig bleiben kann, ist mir unbegreiflich. Mein Herz klopft so heftig, dass es jeden Moment aus meiner Brust springen könnte. Aber er sagte, dass sie regelmäßig mit solchen Problemen konfrontiert werden, also ist meine einzige Hoffnung, dass er irgendwo unter seinem silbernen Haar einen Plan hat.

„Oh gut. Du bist auch zur Party gekommen“, sagt er scherzhaft zu mir. „Ich war gerade dabei, meinem Freund mit dem Schwert hier zu sagen, dass es nicht höflich ist, anderen mit dem Leben zu drohen. Schon gar nicht so früh. Wir sind uns noch nicht einmal richtig vorgestellt worden.“

Der Mann mit dem Schwert wankt auf seinen Füßen und knirscht mit den Zähnen.

„Ich bin Dorian", sagt er, als würde er so tun, als wolle er Freunde finden. „Und du bist?"

„Hältst du jemals die Klappe?", schnauzt der Mann.

Was um alles in der Welt macht Dorian? Ihn aufstacheln? Das ist keine gute Idee.

„Eigentlich gibt es als Inkubus nur zwei Dinge, in denen ich gut bin", fährt er fort. Er ist völlig entspannt. Sieht fast gelangweilt aus. „Sex." Dafür schaut er mich an. „Und reden."

Musst du dein Ego ausgerechnet jetzt aufblasen? möchte schreien, aber im Gegensatz zu ihm habe ich zu viel Angst, etwas zu sagen.

„Lass das Schwert fallen." Ein scheinbar einfacher Befehl, aber er wirkt anders. Macht strahlt durch die Worte, die Magie huscht über meine Haut, lässt die feinen Härchen aufstehen.

Eine Sekunde später fällt das Schwert mit einem lauten Platschen ins Wasser.

Das ist also sein Plan... Seine Macht des Zwanges.

Clever.

Die Männer - und Frauen, wie ich jetzt merke - um uns herum schreien aus Protest, aber der Dünne kann nur verwirrt auf das Wasser starren.

„Guter Junge", sagt Dorian mit einem spöttischen schottischen Akzent. „Jetzt drehst du dich um und gehst geradeaus aus der Höhle. Und laufe weiter, immer weiter in den See hinein, bis das Wasser tiefer wird. Und wenn es dir über den Kopf gestiegen ist und deine Lungen voll sind, erst dann kannst du aufhören."

Wie aufs Stichwort dreht sich der Mann um und beginnt, durch die Dunkelheit in Richtung Höhleneingang zu stapfen. Die meisten starren nur entsetzt, während andere versuchen, ihn aufzuhalten, aber seine Füße sind entschlossen, Dorians Befehle auszuführen, und er drängt sich an allen vorbei.

Mein Magen krampft sich schmerzhaft zusammen. Heilige Scheiße. Er wird sich ertränken.

Sobald das Geräusch des umherschwappenden Wassers verklungen ist, wendet sich Dorian an die Männer neben mir.

„Lass sie los." Wieder streicht seine Kraft über mich, und der starke Griff um meine beiden Arme verschwindet.

Dorians Augen blitzen bedrohlich im tanzenden Feuerschein. „Geh weg von dem Mädchen."

Und genau das tun sie.

Im Raum sind alle Gesichter blass geworden vor Schreck und Angst. Er grinst.

„Seht ihr? Das war doch gar nicht so schwer, oder?" Er winkt mir zu, zu ihm zu kommen, und ich eile zu ihm, so schnell es das wadenhohe Wasser zulässt.

Dorian legt einen schützenden Arm um mich und murmelt: „Bleib nah bei mir." Diesmal liegt keine Kraft in seiner Stimme, nur Beruhigung. Ich nicke.

Dann hebt er sein Kinn und lässt seinen Blick über die Menge schweifen. „Wenn ihr nicht so enden wollt wie euer Freund da draußen, lasst ihr uns gehen. Jetzt."

Keiner bewegt sich und genau das ist unser Stichwort.

Mit einer festen Hand auf meinem Rücken führt mich Dorian durchs Wasser. Als wir um die Ecke biegen, verdunkelt eine große, dunkle Gestalt den Eingang der Höhle. Wir erstarren auf der Stelle.

„Ich schlage vor, dass du dein verdammtes Maul hältst, sonst endet ihr beide wie euer verdammter Hund", brüllt eine donnernde Stimme.

Die schattenhafte Gestalt bewegt sich, als ob sie etwas nach uns werfen würde, und ein riesiger Schwall Wasser regnet über uns hinweg und durchnässt uns bis auf die Knochen.

Aber als ich das Aufblitzen der vertrauten bernsteinfarbenen Augen und des dunklen Fells sehe, schaltet mein Gehirn automatisch ab.

Oh nein... Elias.

KAPITEL ZEHN

ARIA

Ein schwarzer Höllenhund bricht vor mir aus dem trüben Wasser hervor und bespritzt uns alle, während ein tiefes Knurren aus seiner Kehle ertönt. Elias ist sauer, und ich kann es ihm nicht verdenken. In dem Moment bemerke ich das Seil, das um seinen Hals baumelt, und mein Inneres gefriert. Diese Bastarde haben ihn gejagt und gefangen genommen.

Eine Blutspur läuft seitlich an seinem Kopf hinunter und tropft ins Wasser, das dadurch rot gefärbt wird.

Wut durchströmt mich, dass diese - was auch immer diese Shifter sind - meinen Elias grob behandelt haben. Sie haben ihn gewürgt. Die Vorstellung, dass er so behandelt wurde, bereitet mir Bauchschmerzen, und mein Schweigen wird jetzt von meiner Wut abgelöst.

„Was wollt ihr von uns?" Ich lasse meinen Blick über die dunkle, große Gestalt am Eingang schweifen und weiß zweifelsfrei, dass wir es mit dem Alpha zu tun haben, aber im Moment interessiert mich nur Elias. Ich wade durch das Wasser und mache mich auf den Weg zu meinem Höllenhund, der energisch den Kopf schüttelt, um den Strick zu entfernen.

„Ich habe dich", flüstere ich ihm zu.

Er hält inne, als er meine Stimme hört, und ich streiche schnell über sein verfilztes Fell, das sich jetzt um das Seil verheddert hat. Ich löse es, schiebe es über seinen Kopf und befreie ihn.

Danach beruhigt er sich, aber sein Brustkorb pumpt immer noch heftig nach Luft. Ich lege meine Hand auf seinen Rücken, um ihn zu beruhigen, doch sein Blick ist auf die Entführer gerichtet, und ein bedrohliches Knurren entringt sich seiner Kehle.

„Komm zu mir, Höllenwolf", ruft einer der Kerle aus etwa drei Metern Entfernung und klopft sich auf die nackte Brust. Er ist nur vielleicht 1,70 Meter groß, rund und breit, mit Beinen dick wie Baumstämme. Sein gold-orangefarbenes Haar ragt in alle Richtungen ab.

Ich fühle mich plötzlich wie in einem Mad-Max-Film.

Dorian lacht, der Klang ungestüm und unecht, und ich glaube nicht, dass er wirklich Angst hat. „Hör zu, Umpa Lumpa. Wenn du dich nicht zu deinem Freund in den See gesellen willst, beantworte die Frage der Dame. Warum zum Teufel stehen wir in deinem Pinkelwasser?"

Das macht den Kerl noch wütender. Seine Lippen wölben sich, und seine Augen verschieben sich direkt vor uns... weiten sich zu perfekt runden Scheiben, seine dunklen Pupillen weiten sich und verschlucken die gesamte Iris. Sie wölben sich aus, genau wie... *Oh, willst du mich verarschen? Er ist ein Goldfisch-Wandler?*

Dorian lacht und lacht weiter. Ich will jedoch meinen Blick nicht von dem verdunkelten Schatten des Alphas abwenden. Die Art, wie er einfach nur dasteht, verpasst mir eine Gänsehaut.

Ein plötzlicher Schwall statischer Energie schießt von Elias' Körper meinen Arm hinauf, gefolgt von scharfen Funken aus Elektrizität. Ich ziehe meine Hand zurück.

Er verwandelt sich.

Das Fell verschwindet in Sekundenschnelle, sein Körper zittert, das Wasser schwappt wild. In kürzester Zeit steigt er als wunderschöner Mann aus dem Wasser, völlig nackt, muskelbepackt, das Wasser rinnt an seinem verlockenden Körper herunter.

Ja, das habe ich grade gedacht. Selbst in dieser Situation, mustere ich ihn von oben bis unten.

Blut tröpfelt über seine Schulter und über seine Brust, wo sie ihn am Hinterkopf getroffen haben. Arschlöcher. Das war die einzige Möglichkeit, einen Höllenhund zu überwältigen. Doch Elias scheint die Wunde nicht zu bemerken und knurrt den kleinen Mann an, wobei seine Drohung von den Steinwänden widerhallt.

„Ihr betretet unser Territorium unangemeldet und verspottet uns mit eurem Gelächter." Die tiefe, raue Stimme des Alphas durchflutet die Höhle mit einem starken schottischen Akzent, ganz wie Sean Connery.

Er tritt vor, wo ich ihn besser sehen kann. Er ist ein stämmiger Mann, fast einen Meter achtzig, von großer Statur. Energie strahlt von ihm aus. Sein kurzes silbriges Haar ist nass und aus dem Gesicht gekämmt, sein loses weißes Hemd und sein schwarz-grüner Schottenrock sind mit Wasser bespritzt.

Ich muss kein Shifter sein, um die Bedrohung hinter seinen Worten zu verstehen. Alle Shifter sind ziemlich territorial und haben wahrscheinlich die größten Egos von allen übernatürlichen Wesen.

Dorian kommt näher, das Wasser um seine Knöchel kräuselt sich nach außen. „Ich glaube, wir haben uns auf dem falschen Fuß erwischt."

Der Alpha knurrt, sein Gesicht verzerrt sich vor Wut. „Eure Ankunft ist eine Kriegserklärung an mein Rudel", brüllt er, und bei seinen Worten schließen sich seine Shifter um uns. „Tötet sie alle."

Sofort schleicht sich seine Meute näher heran und zieht den Kreis um uns herum enger. Elias packt mich an meiner Taille und zieht mich an seine Seite. Mein Herz schlägt wie wild in meiner Brust.

Ist er geisteskrank?

„Wie ich bereits sagte", bekräftigt Dorian. „Das ist ein Missverständnis. Und bevor einer von uns etwas tut, was wir später bereuen werden, sollten wir noch einmal von vorne anfangen." Sein Ton ist befehlend und intensiv, bis zu dem Punkt, an dem jeder aufhört, sich zu bewegen.

„Mein Name ist Dorian, und dies sind meine Mitreisenden, Aria und Elias. Wir sind einen weiten Weg aus den Vereinigten Staaten gekommen, um auf den guten Rat von Banner, unserem freundlichen Totenbeschwörer von nebenan, eure Hilfe zu suchen."

Das Maul des Alphas verzieht sich vor Abscheu, und er spuckt ins Wasser. Jetzt bin ich mir sicher, dass hier auch Pisse drin ist. *Igitt.*

„Sag den Namen dieses Scheiß-Wiesels nicht", knurrt der Alpha.

Meine Neugierde ist geweckt.

„Er hat erwähnt, dass er schon einmal hier war", sage ich.

„Wenn du meinst, dass er sich in unser Gebiet geschlichen hat, nachdem wir ihm gesagt haben, dass er nicht willkommen ist, dann war er schon mal hier. Und ich werde ihm persönlich die Kehle durchschneiden, wenn er es noch einmal wagt, meinen Weg zu kreuzen."

Ein bisschen hart, aber egal. Ich bin Banner gegenüber nicht loyal und will nur, dass er Cain heilt und mir meine Kette zurückgibt. Dann können die Shifter ihn haben.

„Er hat angedeutet, dass ihr wissen würdet, dass wir ankommen. Wir nahmen an, dass er euch benachrichtigt hat", erklärt Dorian und dehnt die Wahrheit absichtlich aus.

„Wir haben kein Interesse an eurem Gebiet", sagt Elias durch zusammengebissene Zähne.

„Als Shifter solltest du verdammt noch mal die Regeln der Shifter kennen", erwidert der Alpha und richtet seinen Blick auf Elias.

Ich zucke zusammen. Ich bin ja für Fluchen, aber aus irgendeinem Grund trifft es jedes Mal, wenn dieser Typ es tut. Es ist wie ein Schlag in die Magengrube.

Elias will gerade antworten, aber Dorian kommt ihm zuvor. „Wie gesagt, wir sind davon ausgegangen, dass die Sache bereits geklärt ist. Wir bitten um Verzeihung, denn es scheint, dass Banner uns in eine kompromittierende Situation gebracht hat."

Ich schaue von Dorian, der das beste Pokerface aller Zeiten hat, dann zum Alpha und seinen Männern. Jeder von ihnen scheint in einer seltsamen, eingefrorenen Haltung zu sein und schaut uns an, als würde der kleinste Befehl ihres Alphas genügen, und sie würden uns in Stücke reißen.

Sogar der Goldfisch-Typ zittert vor Wut, sein Gesicht rötet sich, seine Haut beginnt zu vergilben, Schuppen schieben sich aus seinem Fleisch. *Mist*, sie sind alle am Rande einer Verwandlung.

„Warum seid ihr hier?", bellt der Alpha, seine Schultern ziehen sich zurück, eine Dunkelheit schleicht sich hinter seine Augen. Dieser Mann vertraut nicht leicht, und ich bezweifle, dass wir ihm vertrauen sollten.

Der Goldfisch stürzt sich auf uns, als der Alpha einen scharfen, ohrenbetäubenden Pfiff ausstößt. „Zurück."

Ich bin auf der Stelle erstarrt, meine Augen wölben sich bei diesem Anblick. Das Goldfischmännchen bleibt einen Meter von mir entfernt stehen, und ich kann sehen, wie sich der Kampf in seinem Gesicht abspielt, als würde das Zurückziehen jedes Bisschen seiner Kraft erfordern. In dem Moment wird mir klar, dass alle Männer einen ähnlichen Blick haben. Was auch immer mit ihnen los ist, es macht mir eine Gänsehaut.

„Kommt schon. Raus damit", drängt der Alpha.

Elias und ich kleben immer noch aneinander, Seite an Seite. Dorian fängt an, alles für die Meute zu erklären. Cain liegt im Sterben, Banner ist zuversichtlich, dass er ihn retten kann, aber nur, wenn wir etwas für ihn aus der Schwarzen Burg holen. „Die Zeit läuft ab, und dies ist unsere letzte Hoffnung, unseren Freund zu retten", beendet er.

Seine Stimme brach jedes Mal, wenn er Cains Namen aussprach, und ich schluckte den Kloß in meiner Kehle hinunter. Es gibt so viele '*was wäre wenn*'s in unserem Plan. So viele Risiken.

Schwere füllt die Luft, erstickt uns, während Dorian und der Alpha in einer Pattsituation verharren. Lange Zeit sagt keiner der beiden Männer etwas, und mein Inneres zieht sich in der Stille immer enger zusammen.

„Bitte", platze ich heraus, unfähig, es weiter zu ertragen. „Es gibt keine anderen Möglichkeiten für uns. Wir *müssen* die Schwarze Burg besuchen. Wir *müssen* unseren Freund retten. Alles, worum wir bitten, ist eine Wegbeschreibung. Dann bekommen wir, was wir wollen und gehen. Rein, raus. Schnell und einfach. Ihr müsst euch nie wieder Sorgen um uns in eurem Gebiet machen."

Dorian sieht zu mir rüber, sein Ausdruck ist leer, aber die Intensität hinter seinen Augen schreit, dass ich mich zurückhalten soll. Ich spanne mich am ganzen Körper an. Elias drückt mich fester an sich.

„Spricht der Mensch für dich, Dämon?", fragt der Alpha.

Er schwenkt wieder um. „Ich bevorzuge Dorian. Aber was sie sagt, ist wahr. Wir müssen nur für eine kurze Zeit auf eurem Gebiet sein, das ist alles."

Der Blick des Alphas verhärtet sich. „Um etwas von unserem Land zu stehlen."

Na, das läuft ja wie am Schnürchen, oder?

Unter meiner Haut raschelt Sayah ungeduldig. Es ist so lange her, dass ich sie so präsent bei mir gespürt habe, ganz vorne und in meiner Mitte, und ich weiß, dass es daran liegt, dass sie die Gefahr spürt, in der wir schweben. Die Gefahr, in der *ich* bin. Sie so nah an der Oberfläche zu haben und sich um mich zu sorgen, ist irgendwie beruhigend. Fast wie in alten Zeiten. Aber es ärgert mich noch mehr, dass wir uns immer noch so streiten. Wie sie bin ich das Hin und Her mit diesen Shiftern leid.

„Sieh mal, wenn dir das so verdammt wichtig ist, kannst du mit uns kommen. Pass auf, dass wir nicht an einen Baum pissen oder was auch immer Shifter tun, um ihr Land zu markieren." Der Fluch rutscht einfach so raus, aber er erfüllt seinen Zweck. Die Augen aller sind jetzt auf mich gerichtet - die von Dorian und Elias in Sorge, die der Shifter in Schock und die des Alphas in Unglauben und Wut. Vielleicht färbt die Nähe zu ihm auf mich ab, auf die schlimmste Art und Weise, aber ich stecke so tief drin, also mache ich weiter. „Wir müssen nur zur Schwarzen Burg gehen. Wir bezahlen dich für das Objekt, wenn es dir so viel bedeutet. Es ist uns egal. Aber so oder so, wir werden hier nicht ohne es weggehen. Wir haben dir diesen Deal angeboten, um zivilisiert und respektvoll gegenüber deinem Rudel zu sein. Alles andere liegt in eurer Hand."

„Aria", flüstert Dorian, aber nicht in einem schimpfenden Ton, wie ich es erwarte. Es ist ein tiefes Grollen, und er sieht beeindruckt aus, fast schon angetörnt. Als ich zu Elias aufschaue, stelle ich fest, dass er dasselbe Grinsen aufgesetzt hat.

Die Adern im Gesicht des Alphas scheinen sich zu verdicken, fast so, als würde er sich direkt vor unseren Augen verwandeln. Er schüttelt den Kopf, versucht, die Kontrolle über sich zu behalten, und Wassertropfen spritzen umher. Warum sind alle Mitglieder dieses Rudels so bereit, sich innerhalb eines Augenblicks zu verwandeln?

Nach ein paar weiteren Momenten, sagt er gedrückt: „Wenn wir euch erlauben, die Schwarze Burg zu betreten, gibt es dort etwas, das wir brauchen."

Moment, was?

Der erste Teil war unerwartet, aber das, was wir hören wollten. Aber der Zweite? Brauchen sie auch etwas aus dem Schloss?

„Könnt ihr nicht einfach hingehen und euch das, was ihr braucht, selbst abholen?", frage ich.

„Wenn wir könnten, hätten wir es schon getan", antwortet er, immer noch kämpfend. Seine Muskeln sind angespannt, und seine Augen leuchten unheimlich gelb.

„Sie können ihre Tiere nicht kontrollieren", murmelt Elias so, dass nur wir es hören können. Das bestätigt nur meine anfängliche Vermutung über dieses Rudel. Aus welchem Grund auch immer dominieren ihre Tiere ihre menschlichen Seiten. Selbst jetzt stehen sie alle am Rande der Veränderung.

Worauf lassen wir uns hier ein?

„Gibt es etwas, das wir wissen sollten?" Elias meldet sich zu Wort. „Wir werden mehr Details brauchen als das."

„Lachlan", ruft ein Mann, der an der Wand steht und den Kopf schüttelt. Er ist groß, eher dünn, aber durchtrainiert. Er hat braunes Haar, die Seiten sind kurz rasiert.

Das ist also der Name des Alphas. *Lachlan.* Ich erinnere mich, dass ihn schon mal jemand erwähnt hat.

Dorian unterbricht und zieht die Aufmerksamkeit der Gruppe auf sich. „Wenn ihr unsere Hilfe braucht, müssen wir wissen, womit wir es hier zu tun haben."

Lachlan schürzt die Lippen, Frustration macht sich auf seinem Gesicht breit. „Wir treffen uns morgen Abend wieder hier."

Der Mann, von dem ich annehme, dass es sich um einen Beta handelt, rückt näher an Lachlan heran und flüstert etwas zu leise, als dass wir es verstehen könnten. Aber als sie fertig sind, richtet er seine breiten Schultern auf und dreht sich wieder zu uns um.

„Wir laden euren Höllenhund ein, sich uns morgen Abend unserem Rudellauf anzuschließen", sagt Lachlan. Seine Worte überraschen uns. „Als ein Zeichen der... Brüderlichkeit."

Jetzt will er über Frieden und Brüderlichkeit reden? Wo er gesteht, dass er unsere Hilfe braucht? Typisch.

„Ein... Lauf." Dorians Lippen pressen sich zu einer harten Linie zusammen.

„Nur Shifter, wie ihr sicherlich versteht."

Elias richtet sich auf und scheint wenig begeistert zu sein. „Ich bin beschäftigt. Ich muss meine Haare waschen."

„Was er damit sagen will, ist, dass er es gerne tun würde." Dorian streckt Elias einen Arm entgegen, um ihn zum Schweigen zu bringen. „Um wie viel Uhr und wo?"

„Ausgezeichnet." Lachlan sieht alles andere als erfreut aus und blickt auf seinen Beta, dann wieder auf uns. „Mein Zweiter holt ihn um Punkt drei Uhr vom Hotel ab."

„Drei Uhr morgens?", keucht Elias.

„Hältst du uns für verdammte Wilde? Nachmittags, du Trampel." Lachlan schüttelt den Kopf. „Ihr werdet jetzt in euer Hotel gebracht."

Damit dreht er sich um und stapft durch das Wasser, bevor er um die Kurve in der Höhle verschwindet. Die meisten seines Rudels rutschen hinter ihm her und lassen uns mit seinem Zweiten und einem weiteren Rudelmitglied zurück. Herr Goldfisch höchstpersönlich.

„Lass uns gehen", sagt er und nickt in Richtung Höhleneingang.

Dorian geht auf den Goldfisch-Wandler zu und legt ihm einen Arm um die Schultern. „Nichts für ungut, oder, Klößchen?"

Ich erschaudere sehr über Dorians Beharrlichkeit, das letzte Wort zu haben.

Der Mann grinst und schiebt Dorians Arm weg, bevor er losmarschiert, um die anderen einzuholen.

„Scheiße, Mann", grunzt Elias. „Danke, dass du mich den verdammten Wölfen vorwirfst."

„Irgendwie muss ich Elias in dem Punkt zustimmen", füge ich hinzu.

„Denkt mal darüber nach", flüstert Dorian und lehnt sich näher an uns heran. „Sie wollen unsere Hilfe, was bedeutet, dass sie vorerst niemandem von uns etwas antun werden. Das ist also deine Chance, auf dem Rudellauf ein bisschen zu schnüffeln und herauszufinden, was mit diesem Rudel und der Schwarzen Burg los ist."

Elias wirft Dorian seinen besten todernsten Blick zu. „Du scheinst nicht zu verstehen, was ein Rudellauf bedeutet, oder? Wir sitzen nicht herum und erzählen uns Geschichten über das Lecken unserer Eier, während wir Tassen Tee trinken." Er knurrt die letzten Worte.

„Dann mach es möglich. Und außerdem könntest du noch ein paar Freunde gebrauchen." Dorian klopft ihm auf die Schulter. „Und lächle ab und zu mal, ja? Niemand mag einen miesepetrigen alten Griesgram."

Elias schnaubt ihn an, seine Lippe kräuselt sich und zeigt einen Reißzahn.

Als wir aus der Höhle auftauchen, ist es draußen noch dunkler. Wir folgen den Shiftern über einen schmutzigen Weg zur Limousine, die in der Nähe überhängender Eichen auf uns wartet. Ich kann es kaum erwarten, von hier zu verschwinden. Gerade als wir dachten, die Dinge könnten für uns einfach sein, werden sie nur noch komplizierter.

Ich atme laut aus und kann nicht anders, als den See zu betrachten, der im silbrigen Mondlicht glitzert. Jetzt, wo es hell genug ist, um es zu sehen, glitzert das Wasser wie eine Schatztruhe voller Juwelen. Auf der anderen Seite erhebt sich ein Berg, der mit Kiefern bewachsen ist. Es ist wunderschön hier.

Als die Jungs die Limousine erreichen, sehe ich eine Bewegung weiter unten am Wasser auf einem Felsvorsprung, der aus der Höhle herausragt. Ich erkenne Lachlan sofort. Seine Größe und sein silbernes Haar verraten ihn.

Plötzlich zieht er sich bis auf die Unterwäsche aus.

Ich versteife mich und weiß, dass ich wegschauen muss. Aber es geht alles so schnell. Ein anderes Rudelmitglied ist da und sammelt seine Kleidung ein, dann taucht der Alpha direkt ins Wasser.

Er taucht für einen scheinbar langen Moment nicht auf. Der Typ kann wirklich lange die Luft anhalten. Dann taucht eine Welle in der Mitte des Sees auf, und es ist unmöglich, dass er diese Strecke in so kurzer Zeit geschwommen ist.

Ein kleiner Kopf durchbricht die Oberfläche, gefolgt von einem großen, langen Hals. Als Nächstes ragen hinter ihm ein paar Höcker aus dem Wasser... aus seinem Körper.

Ich kann mich nicht bewegen, kann nicht atmen.

Mir fällt die Kinnlade herunter und ich reibe mir die Augen, weil ich sicher bin, dass ich mir etwas einbilde. Bilder, die ich von dem Mythos gesehen habe, kreisen in meinem Kopf, und ich kann immer noch nicht glauben, was ich sehe.

„Auf keinen Fall", murmle ich vor mich hin.

Er ist das verdammte Ungeheuer von Loch Ness?

„Aria, kommst du?", ruft Elias ungeduldig und Cassiel springt heraus und hüpft auf mich zu. Mein Herz schlägt höher, als ich sehe, dass er in Sicherheit ist.

Aber mein Mund steht immer noch offen. Ich drehe mich in Richtung der Limousine und laufe auf die offene Tür zu. „Oh Scheiße … Ihr werdet nie glauben, was ich gerade gesehen habe."

KAPITEL ELF

ARIA

„Kannst du glauben, dass wir in Edinburgh sind?“, murmle ich, vor allem zu mir selbst, während wir auf einem schrägen Bürgersteig stehen, der sich steil bergab windet. Gebäude stehen direkt aneinander, eins so hoch wie das andere und in verschiedenen Farben gestrichen. Es hat etwas von Jack the Ripper, übersprüht von einem Regenbogen.

Mein Magen platzt vor aufgeregten Schmetterlingen. Schottland stand schon ewig auf meiner Bucket List. Verdammt, ich hätte nie gedacht, dass ich Glenside verlassen würde, geschweige denn Vermont. Und jetzt kann ich sagen, dass ich um die ganze Welt gereist bin.

„Auf der Karte steht, dass diese Straße die Inspiration für die Winkelgasse gewesen sein könnte“, erklärt Dorian, als wäre das keine große Sache.

Mein Herz klopft in kleinen Schlägen und vor Aufregung quietsche ich.

„Du bist also Harry Potter Fan?“, fragt er amüsiert.

„Mhm." Ich sabbere fast, während ich auf den Zehenspitzen wippe.

„Es gibt eine Menge seltsamer Erwähnungen auf dieser Karte von Orten, die zu besuchen sind, und ich kann nur vermuten, dass sie miteinander in Verbindung stehen." Dorian studiert die Karte weiter. „Das Einzige, was wir tun können, ist sie alle zu besuchen, schätze ich."

„Oh mein Gott, ja!" Trotz allem, was wir letzte Nacht durchgemacht haben, habe ich Dorian angefleht, sich ein paar Stunden Zeit zu nehmen, um einfach so zu tun, als ob wir normal wären. Du weißt schon, die touristischen Sachen machen und die Stadt besichtigen. Nachdem wir von einem dringend benötigten Nickerchen aufgewacht sind, um unsere Energie wiederzuerlangen, stimmte Dorian zu und schien mehr darauf erpicht zu sein, meine Träume wahr werden zu lassen, als die Stadt tatsächlich zu erkunden. Ein verärgerter Elias war bereits gegangen, um sich den lokalen Shiftern für den Rudellauf anzuschließen, also sind nur Dorian und ich durch Edinburgh gewandert.

Ich schlendere bereits den kopfsteingepflasterten Bürgersteig hinunter, stelle mir vor, dass ich mich in der Harry Potter Welt befinde, und schaue in urige Cafés, in Buchläden und in jeden Laden. Die meisten sind passend zur beliebten Serie dekoriert, was das magische Gefühl der Räumlichkeiten noch verstärkt. Wie zur Hölle konnte ich davon vorher nichts wissen?

Hinter mir hat Dorian immer noch die Nase in der Karte, während die Ungeduld ein Loch in mich brennt.

„Komm schon, wir haben nicht viel Zeit. Lass uns laufen, während du die Karte liest. Ich will alles sehen.“

Als ich eine der berühmten roten Telefonzellen entdecke, eile ich hinüber. „Kamera?“, frage ich und winke Dorian zu. In der Eile, hierher zu kommen, hatte ich mein Handy nicht mitgebracht.

Lächelnd übergibt Dorian mir seins. Es ist mir egal, dass ich aussehe, wie ein Tourist. Ich fange an, Fotos zu knipsen.

Dorian lacht mich an.

Wir haben die letzten vier Stunden damit verbracht, durch Edinburgh zu wandern, alles zu erkunden und High Tea zu trinken, sehr zum Protest von Dorian. Wir durften sogar eine Eule streicheln, die einem süßen Paar gehörte, für weitere Harry-Potter-inspirierte Bilder.

Selbst bei so viel Aufregung heben wir uns das Beste für den Schluss auf. Schließlich schaffen wir es bis zum spektakulären Edinburgh Castle, das an einem Ende der Stadt liegt, hoch genug, um das umliegende Land zu überblicken.

„Ich würde gerne hier leben“, gestehe ich Dorian. „Alles, was ich brauche, ist zu Fuß erreichbar, und es ist magisch, durch die Stadt zu schlendern und sich wie in einem Fantasieland zu fühlen. Außerdem brauche ich mehr von diesen Butterkeksen.“

„Wenn man die Augen zusammenkneift und sich vorstellt, dass Flammen und Dämonen aus diesem Schloss kommen, ist es nicht allzu anders als die Schlösser in der Hölle“, erklärt er.

Ich lache ihn an. „Ja natürlich, es ob es Schlösser in der Unterwelt gibt."

„Was glaubst du, wo die Verantwortlichen sonst wohnen?"

Mein Mund öffnet sich, aber es kommen keine Worte heraus. Ich habe nie wirklich viel darüber nachgedacht, was die Hölle beinhaltet. Monster und Feuer? Eine große schwarze Grube? Ich habe nie wirklich darüber nachgedacht, dass dort Menschen *leben*, auf eine seltsam normale Art und Weise. Es ist ein bisschen bizarr, das zu begreifen.

„Ihr habt also alle in Schlössern gelebt, ja?", frage ich, jetzt erst recht neugierig. Wir folgen der Gruppe von Touristen durch das Gelände des schottischen Schlosses.

„Ich? Nein. Ich bin viel gereist, also hatte ich nie wirklich eine eigene Wohnung. Das war, bevor Cain mich und Elias bat, bei ihm einzuziehen. Sein Haus hat 500 Schlafzimmer."

„Heilige Scheiße... oh ups. Ich meine, süße Hölle. Cain hatte sein eigenes Schloss?"

„Hat er immer noch", sagt Dorian. Sein Gesicht verformt sich zu einer undeutbaren Grimasse.

Das Mitleid zerrt an mir. So sehr er auch so tun möchte, als würde es ihn nicht stören, von zu Hause weg zu sein, es ist offensichtlich, dass er es immer noch vermisst.

Die Sonne beginnt zu sinken und verleiht dem steinernen Gebäude vor uns eine unheilvolle Atmosphäre. Andere Touristen machen sich auf den Weg in die gleiche Richtung, und ich kann mir nur vorstellen, wie

Cain auf einem Thron in der Hölle in seinem eigenen Schloss sitzt.

Dorian nimmt meine Hand und führt sie an seinen Mund. „Es mag schwer zu glauben sein, aber es gibt Schönheit in der Hölle. Vielleicht bekommen wir eines Tages die Chance, sie dir zu zeigen."

Hoffentlich nicht so bald.

Ich weiß nicht, was ich sagen soll. Der Gedanke, an einen Ort des Todes zu gehen, macht mir Angst. Aber ich habe drei Dämonen in mein Leben gelassen, also kann ich es nicht ganz ausschließen.

„Vielleicht eines Tages", antworte ich, als wir am Eingangstor ankommen und zu einem Laden gehen, der Eintrittskarten für das Schloss verkauft, was das ganze Märchen halb verwässert und es eher wie einen Vergnügungspark wirken lässt.

Dorian lässt meine Hand los, um uns Tickets zu besorgen. Ich schlüpfe in den Geschenkeladen und lasse mich von all den schottischen Kleinigkeiten verführen, von ausgestopften Hochlandkühen bis hin zu schafsförmigen Butterkeksen und sogar Schottenröcken. Aber ich lasse mich nach hinten treiben, wo ich eine Reihe von Büchern finde und eines mit dem Titel *Castles of Scotland* auswähle und zum Inhaltsverzeichnis blättere. Ich blättere durch die Namen und suche nach der Schwarzen Burg.

Nichts.

Hmm. Das ist seltsam.

Ich ziehe jedes ähnliche Buch aus dem Regal und suche weiter. Immer noch nichts. Komisch.

„Soll ich dir ein paar Hochlandkuh-Kekse mitbringen?", fragt Dorian über meine Schulter, seine Hände fallen auf meine Taille.

„Ist es seltsam, dass in keinem dieser Bücher die Schwarze Burg erwähnt wird? Gibt es sie überhaupt?"

„Ich weiß es nicht, aber es würde mich nicht wundern, wenn es durch Magie vor den Menschen verborgen ist. Wenn die Shifter es aus irgendeinem Grund nicht betreten könnten, würde es Sinn machen. Wir sind schließlich im Land der Kobolde und des Monsters von Loch Ness."

Ich drehe mich um und sehe zu ihm auf, mein Blick verengt sich. „Du glaubst immer noch nicht, was ich bei Lachlan gesehen habe, oder?"

„Das ist nicht das, was ich gesagt habe."

Enttäuscht schiebe ich das Buch zurück zwischen die anderen im Regal. Als ich ihm und Elias erzählte, was ich gestern Abend am See gesehen hatte, haben sie sich über mich lustig gemacht. Ich fand es nicht lustig. Ich weiß, was ich gesehen habe.

„Das brauchst du gar nicht. Dein Tonfall hat dich verraten."

„Hey."

In dem Moment, in dem ich mich umdrehe, ist er direkt vor mir und drückt mich gegen das Bücherregal. „Ich würde nie an dir zweifeln. Wenn du sagst, du hast etwas gesehen, dann ist es verdammt noch mal passiert. Ich wünschte nur, ich hätte es auch sehen können." Er schenkt mir ein schiefes Grinsen, von dem ich nicht weiß, was ich damit anfangen soll. Macht er sich über mich lustig oder sagt er nur etwas, um mich zu beschwichtigen?

„Das war also der Grund für den ganzen Spott im Hotel, als ich es dir erzählt habe? Du warst eifersüchtig?"

Er zuckt mit den Schultern und zieht sich zurück. „Lass uns weitergehen." Auf dem Weg nach draußen schnappt er sich zwei Päckchen Butterkekse und bezahlt sie, bevor er sie mit all meinen anderen Souvenirs aus Edinburgh in meinen Rucksack stopft.

Ich lächle vor mich hin und freue mich, dass er wirklich darauf achtet, was ich mag, dass er sich Mühe gibt.

Er berührt meinen Ellbogen, taucht seine Hand an meinen Armen hinunter, die Finger verschränken sich mit meinen. Ich schaue hinüber zu seinem Grinsen, als er uns durch einen gewölbten Steineingang führt. Er führt uns durch die Gassen, hierhin und dorthin im Schloss. Wir entfernen uns von den Menschenmassen, und ich kann nicht anders, als mich darauf zu konzentrieren, wie wir uns an den Händen halten, als wären wir ein Paar. Auf die Art, wie sein Daumen kleine Kreise auf meinem Handrücken zieht. Er ist manchmal so zärtlich, so ganz anders als ein Dämon.

Sind wir... *zusammen*? Was ist mit Elias und Cain? Ich bin nicht sicher, was genau zwischen uns läuft, abgesehen von dem brennenden Verlangen zwischen uns, plus der Angst, sie zu verlieren. Ich bin mir nicht sicher, was ich davon halten soll.

Ich werde nicht leugnen, dass meine Anziehung zu ihnen verrückt und wild ist, oder dass mein Körper auf eine Weise auf sie reagiert, die mich immer noch schockiert. Die Anziehungskraft, die ich zu jedem der drei

Dämonen habe, ist der Hauptgrund, warum ich mich entschieden habe, an ihrer Seite zu bleiben, anstatt einen weiteren Fluchtversuch zu unternehmen.

Ich bin mir nicht sicher, wann unsere Beziehung auf dieses Niveau gestiegen ist, aber es gibt definitiv etwas tief in mir, das sie braucht.

Je länger ich Dorian betrachte, seine scharfen Wangenknochen, den Schatten auf seiner Kieferlinie, die küssbaren Lippen, desto schneller schlägt mein Herz. Erst als ich über einen unebenen Stein auf dem Kopfsteinpflaster stolpere, wird mir bewusst, wie lange ich ihn schon bewundere.

„Ich habe dich", sagt er, schwingt sich schnell herum und schiebt einen Arm unter meine Knie. In einer schnellen Sekunde bin ich nicht mehr auf den Beinen, mein Atem rauscht an meinen Lippen vorbei.

„Wow", keuche ich. „Das war wirklich nicht nötig." Instinktiv blicke ich um uns herum, als würden wir die Aufmerksamkeit aller auf uns ziehen, aber in dem kleinen Hof ist niemand zu sehen. Die Nacht gleitet über den Himmel, Schatten breiten sich aus, und der einzige Scheinwerfer, der an einer Wand befestigt ist, beleuchtet das Gebäude kaum.

„Wenn meine Dame Schwierigkeiten beim Gehen hat, werde ich sie tragen", neckt er mit einer falschen königlichen Stimme, die mich zum Lachen und Augenrollen bringt.

„In Ordnung, Silberner Ritter. Lass mich runter."

Er tut es anmutig, aber nicht, bevor er mir einen kurzen Kuss gibt, und als ich seinen Blick erwidere, erinnert mich der verruchte Blick, den er mir zuwirft, an unsere Nacht im Hotel mit den Cheetos. Meine Wangen erröten, und ich bezweifle, dass ich jemals über diese Nacht hinwegkommen werde, in der sowohl er als auch Elias mich gleichzeitig beansprucht haben, natürlich auf die bestmögliche Weise.

„Wir beeilen uns besser und gehen hinein, um das Schloss zu erkunden, bevor es geschlossen wird“, weist er mich an, nimmt meine Hände und wir sind wieder unterwegs. Alles an ihm ist überwältigend. Er ist wie ein Sturm, der in mein Leben fegt und alles auf den Kopf stellt.

Aber ich will es nicht aufhalten, was verrückt ist.

Ich mache mir Sorgen, dass ich meine Fähigkeit verliere, logisch zu denken, wenn es um diese drei Dämonen geht. Oben ist unten. Links ist rechts. Die Dinge sind so verworren, wenn sie in der Nähe sind.

Als wir die Schwelle zum Schloss überschreiten, geben die an der Wand entlanglaufenden Lichter den Blick auf schmale Gänge frei, und bald treten wir in einen großen Raum ein.

Rote Wände sind alles, was ich auf den ersten Blick sehe, Holzbalken über der Decke und das, was einmal ein königlicher Ballsaal oder ein riesiger Speisesaal gewesen sein muss. Glänzende Rüstungen, die wie Ritter aussehen, stehen an den Wänden und weisen den Weg zu einem überdimensionalen Steinkamin. Der größte Teil des Raumes ist durch ein rotes Seil abgetrennt worden, bis auf die Mitte, also eile ich nach vorne zum Kamin, der leider unbeleuchtet ist. Wir sind allein, und ich drehe mich auf der Stelle und stelle mir vor, wie es wohl gewesen sein mag, hier in alten Zeiten zu leben.

„Habt ihr so ein Zimmer in Cains Schloss?", frage ich.

Dorian nickt, er studiert mich, sein Kopf neigt sich zur Seite. „Zahlreiche Räume, größer, prächtiger. Aber im Reiseführer erwähnen sie eine alte Bibliothek im Schloss. Willst du mal sehen, ob wir dort bei der Suche nach Informationen über die Schwarze Burg Glück haben?" Er zieht ein zusammengefaltetes Pamphlet aus der Tasche und breitet es in seinen Händen aus.

„Warum hast du das nicht früher erwähnt?" Ich mache schnelle Schritte auf ihn zu.

Er zuckt mit den Schultern. „Ich habe es genossen zu sehen, wie du den Ort erkundest."

„Also, wo ist es?" Ich werfe einen Blick auf die Rückseite, auf der eine kleine Karte mit Sehenswürdigkeiten innerhalb des Schlosses zu sehen ist. Ich habe keine Ahnung, ob sie die Antworten enthält, die wir suchen, aber ich bin gespannt darauf, es herauszufinden.

Wir beide gehen zurück aus dem Hauptraum und folgen einem einfachen Weg, links, links und rechts. Steinmauern, eine kalte Brise im Rücken, und nur das Geräusch unserer Schritte hallt um uns herum.

„Wo sind denn alle?", frage ich und werfe einen Blick über meine Schulter in die unheimliche Stille.

„Geschenkeladen. Hast du gesehen, wie viele Leute da drin waren? Es geht nur darum, anderen zu zeigen, wo man war, anstatt den Moment zu erleben. Oder die Geschichte."

„Du bist kein Fan von Touristenorten, nehme ich an.“ Wir folgen dem Flur zu einem weiteren Korridor, der uns zu einer Reihe von Steinstufen führt.

„Ist das denn irgendjemand?“, antwortet er.

„Schwer zu sagen, da ich noch nirgendwo im Urlaub war, aber willst du die Wahrheit wissen? Ich will unbedingt all die Touristenorte sehen“, gebe ich zu. „Ich will das erleben, wovon alle reden. Die Pyramiden in Ägypten. Den Eiffelturm in Paris. Das Opernhaus in Australien. Die Große Mauer in China. Machu Picchu. Du weißt, was ich meine. Ich weiß, es ist lahm, aber ich will all die lahmen Dinge tun, weil, naja, es vorher nicht möglich war. Ich konnte nur davon träumen.“

Sein Blick ist erfüllt von Bewunderung und einer Prise Mitleid. Meine Erziehung bot mir keinen solchen Luxus wie Reisen. Ich möchte nur das tun, was andere getan haben, sagen, dass ich einen Ort erlebt habe, um mich irgendwie normal zu fühlen. Nur dass das Leben mit drei Dämonen, die meine Seele besitzen, weit von *normal* entfernt ist, nicht wahr?

„Ich war schon an all diesen Orten“, prahlt er.

„Nein, warst du nicht“, schieße ich zurück.

Er hebt eine Augenbraue. „Was glaubst du, was wir die ganze Zeit auf der Erde gemacht haben? Däumchendrehen in der Villa?“

„Vielleicht“, antworte ich, obwohl ich weiß, dass es naiv klingen muss. „Aber es fällt mir irgendwie schwer, mir vorzustellen, dass ihr drei so eine Sightseeing-Tour macht. Wie Urlauber.“

„Hm, vielleicht nicht ganz so, aber wir sind viel gereist, für die Arbeit und für die Reliquiensuche.“ Er wirft einen Blick zurück auf die Karte und hinauf zu zwei nicht abgesperrten Gängen, dann biegt er rechts ab, und ich bin ihm auf den Fersen. „Ich bringe dich gerne überallhin mit, wo auch immer du hinwillst."

Hat er mir gerade angeboten, mich auf eine Weltreise mitzunehmen? Da wird mir ganz schwindelig. Wenn wir so leicht nach Schottland kamen, warum nicht auch an andere Orte, oder? Sobald Cain geheilt ist, könnte das auch etwas sein, was ich mit ihm bespreche.

„Warum habt ihr euch dann ausgerechnet in einer Kleinstadt in Vermont niedergelassen? Warum nicht Valencia, Spanien, am Wasser, oder Aspen, wenn ihr Berge mögt. Vielleicht Hawaii oder eine griechische Insel? Ihr habt doch das Geld."

Dorian beobachtet mich, sein Blick ist hypnotisierend. „Wir haben uns an dem günstigsten Ort niedergelassen, der uns hilft, mehr Relikte zu finden. Es ist abgelegen, ruhig. Und mit den Storm-Märkten machte es Sinn, Verbindungen zu anderen Übernatürlichen zu haben. Auf dem Laufenden zu bleiben und so weiter." Er deutet einen schwach beleuchteten Gang hinunter, die Decke ist aus gewölbtem Stein, und nur jedes zweite Licht an den Schnüren, die an den Wänden hängen, ist erleuchtet. „Hier entlang."

Er tritt in einen Raum am Ende des Korridors, und ich geselle mich zu ihm und werde sofort von einem starken Geruch nach muffigen Mottenkugeln getroffen. Dann bleibt mir bei seinem Anblick der Mund offen stehen.

Zwei Wände mit raumhohen Bücherregalen, alles

aus dunklem Holz. Die Stühle, kleine runde Tische, der hölzerne Essenswagen.

Das Fenster an einem Ende offenbart die letzten Fäden des Sonnenlichts.

Alte Kristallkronleuchter baumeln über dem Kopf, zu sauber, zu modern, um von vor so langer Zeit zu sein. Ich frage mich, ob der ganze Raum komplett erneuert worden ist? Ich nähere mich dem Bücherregal, das von dem roten Seil in Armeslänge gehalten wird, und lese die Titel, scanne sie nach dem Wort "*Schloss*". Auf den meisten der ledernen Buchrücken steht kein Wort, oder sie sind in einer ganz anderen Sprache. Dorian hat die andere Wand genommen und studiert ebenfalls die Bücher.

„Mein Traum ist es, eines Tages eine eigene Bibliothek zu haben, wie die, die Belle in *Die Schöne und das Biest* vorfand."

Dorian sagt kein Wort, und ich rede einfach weiter. „Wie sollen wir an die oberen Regale kommen?", frage ich, während ich den Raum nach einer Leiter absuche und nicht weiterkomme.

„Du kannst auf meine Schultern steigen, Hübsche. Ich würde nie nein sagen, wenn du deine Beine um mich schlingst." Er kichert vor sich hin, und ich muss nicht einmal in seine Richtung schauen, um zu wissen, dass er mich anstarrt.

„Du bist so berechenbar", sage ich.

„Ist das so?", antwortet er hinter mir, während ich durch den Raum schlurfe und in den Regalen nach irgendetwas suche, das auch nur im Entferntesten nützlich für uns ist. Ein Teil von mir kann nicht anders, als sich zu fragen, ob diese Bücher gar nicht echt sind und nur Deko. Das würde mehr Sinn ergeben, wenn alles andere in diesem Raum neu gemacht worden ist.

Unfähig, mir selbst zu helfen, lehne ich mich nach vorne und gegen das Seil, das gegen meine Oberschenkel zieht und meine Reichweite einschränkt. Ich werfe einen kurzen Blick zur Tür und sehe niemanden, dann steige ich über das Seil und greife nach dem ersten Buch, das meine Finger erreichen. Es ist ein enzyklopädieartiges Buch, und ich schlage es auf, aber es ist leer. Nichts als weiße Seiten.

„Mist." Enttäuschung macht sich in mir breit. Ich schiebe das Buch zurück ins Regal und nehme wahllos ein anderes und dann noch eines. Alle gleich. Alle leer. Ich lege sie zurück. „Was zum Teufel?"

Plötzlich fällt ein Schatten auf mich, und ich drehe mich um, mein Herz klopft in der Brust, dass ein Mitarbeiter hereingekommen ist und mich dabei erwischt hat, wie ich die Regeln gebrochen habe.

Außer, dass es Dorian ist. Er streichelt mein Gesicht, die andere Hand lehnt gegen das Bücherregal hinter mir und er schenkt mir sein süchtig machendes Lächeln. Ich werde weich bei seiner Berührung, unfähig, ihm zu widerstehen, also warum dagegen ankämpfen, richtig?

„Überraschung."

„Wenn du damit beweisen willst, dass du nicht berechenbar bist, das habe ich schon lange aufgegeben." Ich lache, werfe meinen Kopf zurück und stoße ihn dabei gegen die Bücher. Ich schreie auf vor Schmerz.

In diesem Moment verliere ich das Gleichgewicht und falle rückwärts. Dorian stürzt sich auf mich, legt seine Arme um meinen Rücken, aber er ist zu langsam, um mich am Umkippen zu hindern, und statt mich zu retten, kippt auch er nach vorne.

Die Dunkelheit schließt sich um uns herum.

Mein Herz hüpft mir in die Kehle, mein Verstand gerät in Panik. Dann treffen wir auf eine harte Oberfläche. Dorian nimmt die Hauptlast auf sich, als er mich an sich drückt, sodass wir auf seiner Seite landen.

Mit schweren Atemzügen starren wir uns an, dann zurück in die Bibliothek, wo unsere Beine noch immer herausragen.

„Was zum Teufel?“, flüstere ich.

„Na, sieh mal einer an“, sagt er und blickt auf den abgedunkelten Raum, in dem wir uns jetzt befinden. „Ich glaube, du hast mit deinem Kopf einen Geheimgang ausgelöst, Babe.“

KAPITEL ZWÖLF

ARIA

Wir entwirren uns und stehen auf, wobei wir beide einen Blick in die Dunkelheit werfen, in die wir gerade gefallen sind.

Das Licht aus der Bibliothek offenbart breite, steinerne Stufen mit einem Geländer, die hinunter in eine Grube aus Dunkelheit führen.

„Das sieht ominös aus", sage ich. „Wahrscheinlich ein Ort, an den sich die Königlichen geschlichen haben, um zu entkommen."

„Oder ein Ort, um mit ihren Geliebten Unzucht zu treiben."

Ich werfe ihm einen Blick zu. „Hast du gerade das Wort 'Unzucht' benutzt?"

„Ich versuche, mich an die Zeit anzupassen."

„Ich bin mir ziemlich sicher, dass sie dieses Wort nicht benutzt haben. Übrigens, kann ich mir dein Handy leihen?"

Er holt es aus seiner Tasche und reicht es mir. Ich

drücke den Lichtknopf, dann schwenke ich den Strahl über die Treppe.

Das Licht fällt kaskadenartig die nach rechts geschwungene Treppe hinunter und ist völlig außer Sichtweite. Die Wände sind aus Stein und kahl, was ein sektenähnliches Gefühl vermittelt, so wie ich mir vorstelle, dass Menschen in Roben dort hinuntergehen, um eine Jungfrau zu opfern.

„Fun Fact für dich“, beginnt Dorian. „Im alten Rom warteten Prostituierte oft unter Gewölbedecken oder gewölbten Türöffnungen auf ihre Kunden. Und, nun ja, das Wort 'fornix' bedeutet Gewölbe, was bald zu einem Euphemismus für Bordelle wurde. So begann das Verb 'fornicare', *Unzucht treiben*, sich auf einen Mann zu beziehen, der ein Bordell besucht.“

Ich werfe ihm einen seltsamen Blick zu. Das muss das Seltsamste sein, was er je gesagt hat, und doch ist es seltsam interessant.

„Ich biete eine Fülle von Informationen, besonders wenn es um alles geht, was mit fleischlicher Lust zu tun hat.“ Er zieht eine Augenbraue hoch und scheint ziemlich stolz auf sich zu sein.

„Okay, Herr Laufende Encyclopädie. Irgendwelches unnützes Wissen darüber, wo wir jetzt sind?“ Ich drehe mich zum Ausgang, als ich mit der Schuhspitze an etwas hängen bleibe. Ich stolpere vorwärts, mein Puls rast, die Arme flattern nach außen wie ein Windrad. Was zum Teufel ist mit mir los, dass ich nicht auf meinen Beinen stehen bleiben kann?

Dorian fängt mich wieder auf, seine Arme schlingen sich um meine Mitte, reißen mich von den

Füßen und zurück zu ihm, bis ich an seiner Brust liege.

Er atmet schwer, als würde er etwas sagen wollen, aber genau in diesem Moment schwingt die Geheimtür zu schnell zu, als dass wir reagieren könnten.

Die Dunkelheit erdrückt mich, und ein wimmernder Laut entschlüpft meiner Kehle. Irgendwie hatte ich es geschafft, das Licht am Telefon auszuschalten, und die Angst umklammert mich.

„Nein!" Ich stürze nach vorne, Dorian an meiner Seite, meine freie Hand knallt gegen die geschlossene Tür. Verzweifelt fummle ich am Telefon herum, mein Herz klopft. Die Dunkelheit fühlt sich an wie eine Schlinge um meine Kehle, und meine Haut kribbelt, als würde etwas nach mir greifen und mich packen.

„Es ist okay, Aria, ich habe dich. Nichts wird dich berühren." Er hält mich fester, seine zarten Lippen an meinem Ohr. „Ich werde dich immer beschützen."

Ich klammere mich mit meinem Leben an das Telefon. Fummelnd schaffe ich es schließlich, das Licht wieder einzuschalten. Plötzlich kann ich wieder atmen, obwohl sich mein Brustkorb wie wild hebt und senkt.

„Was war das denn?", fragt Dorian leise, entreißt mich seinen Armen und dreht mich an den Schultern, damit ich ihn ansehe.

Ich zucke zusammen und richte das Licht auf unsere Füße, damit es uns nicht blendet. Stattdessen wirft es Schatten auf sein Gesicht. „Ich bin ein Tollpatsch?" Ich werfe einen Blick zur Tür hinüber.

Sein Blick verhärtet sich auf mir. „Das meine ich nicht."

Ich will keine Sekunde länger hier drin sein, wenn ich es verhindern kann, also bin ich ehrlich zu ihm. „Ganz ehrlich, nach allem, was ich allein in den letzten Wochen durchgemacht habe, vertraue ich nicht auf das, was ich nicht sehen kann. Es gibt zu viele Dinge, die in der Nacht herumschwirren."

Ich schaffe es, mich aus seinem Griff zu befreien und wende mich der Geheimtür zu. Mit dem Licht suche ich nach einem versteckten Griff, einem Hebel oder einem Knopf. Etwas, das uns hier rausbringen kann. Aber es gibt nichts, soweit ich sehen kann.

„Menschen können genauso grausam und hinterhältig sein wie Höllenkreaturen."

Oh, das weiß ich aus Erfahrung. Ich kannte viele menschliche Pflegeeltern und Kinder, die jeden Übernatürlichen übertrumpfen konnten.

„Fairerweise muss ich sagen, ich traue auch kaum noch dem, was ich sehen *kann*", erwidere ich. „Es geht alles irgendwie Hand in Hand."

Ich spüre seine Anwesenheit hinter mir, die Wärme seines Körpers, aber ich fühle mich so aufgewühlt, und meine Haut kribbelt. „Lass uns einfach hier verschwinden."

Er tritt vor mich und studiert mich, sein Ausdruck ist nicht wütend, aber er sieht mich wieder mitleidig an, und das gefällt mir nicht.

Aber statt etwas zu sagen, beginnt er, mit mir nach einem Ausweg zu suchen, indem er die Steinwand abklopft, und ich weiß das mehr zu schätzen, als ihm bewusst ist. Als nichts anderes mehr geht, versucht er, die Kante der Tür zu greifen, um sie aufzustemmen, aber er scheint keinen ausreichenden Halt zu finden.

„Mist, ich will hier nicht eingesperrt sein. Was, wenn da unten tote Menschen sind?“ Ich atme flach und schwer ein, der Lichtstrahl schwenkt zur Treppe. Alles, was ich mir vorstellen kann, sind Monster oder etwas, das auf uns zustürmt. Ich habe Horrorfilme geliebt als Kind, aber jetzt quälen sie mich bis in die Ewigkeit und zurück.

„Ähm, Aria“, sagt Dorian gerade, als ein vertrautes eisiges Kribbeln über meine Haut gleitet.

Ich drehe mich langsam um. *Bitte keine Zombies. Bitte keine Zombies!*

„Warum ist dein Schatten draußen?“, fragt er.

Meine Eingeweide werden kalt. Okay, keine Zombies, aber trotzdem schlimm. Ich hatte sie gar nicht herbeigerufen.

Sayah gleitet aus mir heraus, gleitet die Steinstufen hinunter und verschwindet um die Ecke. Allein ihr Anblick lässt meinen Magen bis zu meinen Füßen plumpsen, während sich meine Brust so sehr zusammenzieht, dass ich kaum noch Luft holen kann.

„Scheiße“, murmle ich und versuche, mich zurückzuziehen, aber ich stoße mit Dorian zusammen.

Warum habe ich null Kontrolle über sie? Früher konnte ich ihr sagen, wann sie kommen und gehen soll, und sie hat kampflos zugehört. Jetzt ist es so, als wäre sie eine völlig eigenständige Person. Ich habe gesehen, was sie tun kann, was aus ihr werden kann.

Ich zittere, und mein Atem wird schwerer. „Was

macht sie da?“, keuche ich. „Warum kann sie nicht einfach in mir bleiben?“

Dorian flüstert mir ins Ohr. „Sie ist ein Teil von dir, und das bedeutet, dass du die Macht über sie hast.“

„Nein, habe ich nicht. Hast du nicht gesehen, wie oft sie durchgedreht ist? Das war nicht mein Werk. Ich hatte keine Kontrolle über sie.“

„Hör zu, Babe. Atme tief durch, genau wie ich. Ich möchte, dass du es versuchst.“ Er atmet langsam ein und aus.

Ich starre ihn nur ungläubig an. Das kann doch nicht sein Ernst sein, oder? Sayah ist ein Schattenmonster, ein Monster, das in mir lebt. Und er glaubt, ein paar beruhigende Atemzüge würden sie zähmen? Sie dazu bringen, zuzuhören?

„Tu es“, befiehlt er, und ich spüre, wie sich die seidigen Netze seiner Zwangskraft über mich ergießen. Gänsehaut steigt auf, und ich reibe meine Arme, um sie abzuschütteln.

„Hör auf damit“, schnauze ich. „Ich hasse es, wenn du deine Macht gegen mich einsetzt.“

„Dann hör auf, gegen mich anzukämpfen und atme“, sagt er. „Das könnte helfen.“

Auch auf die Gefahr hin, dumm dazustehen, gebe ich nach und folge seiner Anleitung, mich zu beruhigen, indem ich seine langsamen, tiefen Atemzüge nachahme. Ein und aus. Ein und aus.

Das würde vielleicht helfen, wenn ich in den Wehen läge oder so, aber ich kann einfach nicht erkennen, wie es mir helfen soll, die Kontrolle über sie zu bekommen.

„Rufe sie jetzt zu dir“, sagt er mir mit dem Vertrauen, das mir fehlt.

Ich schließe meine Augen und konzentriere mich auf Dorians Hände auf meinen Armen und das Gefühl, wie sich meine Brust in einem beruhigenden Rhythmus auf- und abbläst.

Sayah, komm zurück, befehle ich in meinem Kopf. Ich wiederhole die Worte immer und immer wieder, meine Hand greift nach Dorians Arm, um mich zu erden. Ich hasse es, mich so schwach zu fühlen, so gefangen.

Aber mit Dorian an meiner Seite, der mich leise anfeuert, bringt mich jedes Singen der Worte dem Glauben näher, dass ich es schaffen kann. Vielleicht könnte es funktionieren. Es kann zumindest nicht schaden.

Ich öffne meine Augen einen Spalt und sehe, dass Dorian mich anlächelt.

Sein Blick wandert an meinem Körper hinunter, zu meinen Füßen, dann zu den Treppen neben uns. Ich senke meine Aufmerksamkeit und stelle fest, dass Sayah sich nicht mehr aus mir herausstreckt. Ihr dunkler Schatten ist verschwunden.

Mein Herz hämmert in meiner Brust, während ich verzweifelt die Gegend mit Dorians Handy scanne, nur um sicherzugehen.

„Sie ist weg“, bestätigt Dorian. „Ich habe gesehen, wie sie sich in dir zurückgezogen hat.“

Auch das Kribbeln ist weg.

Ich drehe mich zu ihm um und hebe meinen Kopf,

um seinen Blick zu treffen. „Glaubst du, sie hat tatsächlich auf mich *gehört*?“

„Ich will es hoffen. So oder so, es war ein Erfolg. Dorian nimmt mich in seine Arme, seine Lippen auf meiner Stirn. „Du bist so viel stärker, als du dir bewusst bist, Aria. Aber du darfst dich nicht von der Angst beherrschen lassen.“

Ich drücke mich an seine Brust, erleichtert und zufrieden, einfach nur von ihm gehalten zu werden, und die Angst, die ich noch vor wenigen Augenblicken empfunden habe, verblasst, je länger wir hier zusammen stehen.

Ich kann mich des Gefühls nicht erwehren, dass heute Abend so viel mehr zwischen uns läuft. Ich hätte nie gedacht, dass ich einmal in meinem Leben einen Mann finden würde, geschweige denn drei. Ich meine, ich war schon immer ein Einzelgänger, schrecklich mit Beziehungen, und es war wirklich einfacher, jeden einfach abzuweisen.

Aber bei Dorian spüre ich seine intensive Beschützerrolle mir gegenüber. Er wird mich nicht im Stich lassen. Und das ist so viel wert. Er bringt mich an einen Ort, an dem ich mich sicher und wohl fühle und wo ich vergesse, wie schrecklich die Welt sein kann.

Ehe ich mich versehe, rutschen mir die Worte über die Lippen. „Ich habe Angst vor Sayah, und ich fühle mich schwach, das überhaupt laut auszusprechen. Ich meine, Scheiße - du bist ein Dämon und nichts macht dir Angst, während ich zugeben muss, dass ich mich vor meinem eigenen Schatten fürchte.“

Ich hebe meinen Kopf, um ihn anzusehen, und

erwarte, dass Mitleid und Mitgefühl in seinem Gesicht stehen, aber stattdessen ist sein Ausdruck fest und hart. „Hab niemals Angst, mir etwas zu sagen, egal was es ist, verstanden? Das macht dich nicht schwach, Aria. Und ich denke, du siehst das ganz falsch. Was du gerade zugegeben hast, macht dich verdammt stark."

„W- Wie meinst du das?"

Wir stehen in der Dunkelheit, nur das schwache Licht des Handys leuchtet auf unsere Füße, der Rest der pechschwarzen Umgebung fühlt sich an, als würde ein Ungeheuer an meinen Beinrücken lecken. Es überzieht mich mit Schauern. Ich möchte dieses Gespräch draußen führen, nicht in der Hölle hier drinnen.

„Ich weiß, du hast Angst, dass sie dich übernimmt", sagt er.

„Weißt du, wie beängstigend es ist, das Gefühl zu haben, dass ich mich an sie verlieren könnte? Dass jedes Mal, wenn sie auftaucht, das der Moment sein könnte, in dem sie sich gegen mich wendet?"

„Und doch hat sie dich ein paar Mal gerettet... Wir kennen ihre wahren Absichten nicht. Ist es einfach das Unbekannte, das dir Angst macht?"

„Ich... ich weiß es ehrlich gesagt nicht."

„Wir sind selbst nicht unbesiegbar, weißt du. Du hättest uns drei sehen sollen, als wir das erste Mal auf der Erde ankamen. Wir waren ein verdammtes Durcheinander. Elias verschwand monatelang, kam blutverschmiert und geschlagen zurück und zwang sich, mit unserer Verbannung und Serenas Verrat fertig zu werden. Cain verlor sich in seinem Büro und kam nur selten raus oder sprach mit uns. Und ich... Ich habe mich in so vielen Liebhaberinnen wie möglich verloren. Aber alles, was das brachte, war, den unvermeidlichen Schmerz davon, der Wahrheit ins Auge zu sehen, hinauszuzögern. Wir hatten unser Zuhause verloren und jeden, den wir je gekannt hatten."

Ich kaue auf meiner Unterlippe, höre seine Worte, weiß, was er sagt, aber da ist so viel mehr Unruhe in meinem Kopf. „Ich kann mir nicht einmal ansatzweise vorstellen, aus deinem ganzen Reich herausgerissen zu werden... Ich verstehe, was du sagst, aber ich bin immer meinem Instinkt gefolgt, und im Moment ist er außer Kontrolle, wenn es um Sayah geht. Irgendwas stimmt nicht."

„Manchmal müssen wir uns alle an einen Ort des Unbehagens begeben, um uns der Wahrheit zu stellen." Er zieht sich von mir zurück und geht die Treppe hinunter.

Ich versteife mich, mein Herz hämmert plötzlich gegen meinen Brustkorb. „Dorian, was machst du da?"

„Wie oft haben wir die Gelegenheit, ein geheimes Versteck zu erkunden? Also, kommst du mit?" Er fragt es nur nebenbei, während ich das Licht seines Handys auf seinen Rücken richte. Ich weiß genau, was er vorhat: Er zwingt mich, mich meinen Ängsten zu stellen.

„Ich dachte, wir wollten von hier verschwinden?", rufe ich ihm nach, aber er geht um die Kurve der Treppe und verschwindet in der Dunkelheit. Nur die Schritte seiner Füße auf den Steinstufen hallen an den Wänden wider. Ich möchte ihn am liebsten anschreien.

Ein Schauer läuft über meine Wirbelsäule. Ich

werfe noch einen Blick hinter mich auf die versiegelte Tür und verfluche mich dafür, dass ich nicht sofort rausgerannt bin, als wir hier reingefallen sind. Dann drehe ich mich wieder um und eile Dorian hinterher, weil ich nicht allein sein will.

Verflucht sei er.

„Ich hasse dieses Spiel wirklich, nur damit du es weißt. Das ist überhaupt nicht lustig." Ich mache schnelle Schritte.

Der natürlichen Kurve der Treppe folgend, erwacht ein Raum unter der Taschenlampe zum Leben. Der ganze Ort sieht aus wie ein geheimer Whiskey-Raum für spießige alte Könige und Prinzen. Vom Marmorfußboden über den überdimensionalen Steinkamin an einer Wand, weitere Bücherregale und braune Ledersofas mit Blick auf den Kamin schreit alles für mich nach einer unterirdischen Junggesellenbude.

„Siehst du, hier unten ist nichts Gefährliches", sagt Dorian, lässt sich auf ein Sofa fallen und schickt eine schwache Staubwolke in die Luft.

„Auf dein Wohl." Ich hüpfe die restlichen Stufen hinunter und geselle mich zu ihm, dann drehe ich mich auf der Stelle in einem kleinen Kreis und nehme den Raum mit meinem Licht auf. Verstaubte Kriegsschilde hängen an der Wand, zusammen mit gekreuzten Schwertern. Alles andere sieht kahl aus, als wäre jemand hereingekommen und hätte es jeglicher Persönlichkeit oder Porträts beraubt.

Dorians Hand klopft auf den Ledersitz neben ihm, und so gerne ich ihm eine reinhauen würde, weil er recht hat, schlucke ich meinen Stolz herunter und gehe zu ihm. Ich lege das Handy auf einen Beistelltisch in der Nähe, sodass das Licht nach oben zeigt, werfe meine Tasche auf den Boden und lasse mich neben Dorian fallen. Die Kissen unter ihm hüpfen hoch, was mir ein schiefes Lächeln entlockt.

„Schön, du hattest Recht“, sage ich, während ich mich in der Dunkelheit in den Zimmerecken umschaue und wieder die Treppe hinaufschaue.

„Ich gebe dir mein Wort, dass ich dir helfen werde, einen Weg zu finden, Sayah zu kontrollieren.“

Ich ziehe ein angewinkeltes Bein unter mich und drehe mich zu ihm um. „Weißt du, Cain hat etwas Ähnliches zu mir gesagt. Dass er helfen würde, herauszufinden, was Sayah ist…“

„Gut. Dann arbeiten zwei Leute gleichzeitig daran.“ Er gluckst. „Weißt du was? Lass Elias auch mitmachen. Ich beziehe ihn mit ein, ob er es weiß oder nicht.“

Meine Lippen zucken.

„Bist du immer noch verbittert, dass ich dich gezwungen habe, allein hier runterzukommen?“

Ich schnaufe, blase mir die losen Haarsträhnen aus den Augen und versuche, mein bestes verärgertes Gesicht aufzusetzen. „Vielleicht.“

Er lacht mich an, und wenn er nicht wie ein Honig klingen würde, hätte ich vielleicht etwas nach ihm geworfen. Allerdings sind die einzigen Dinge, die nah genug sind, sein Handy und meine Tasche, und ich möchte keines von beiden beschädigen.

„Ich liebe es, dass du zugibst, sauer zu sein. Du bist bezaubernd“, murmelt er, während sich seine wunderschönen Augen auf meinen Mund konzentrieren, als hätte er plötzlich sein Interesse geweckt.

Als er den Blick hebt, erscheint etwas Scharfes und Intensives in seine Augen. „Weißt du noch, wie ich dir vor einer Weile erzählt habe, dass ich früher mit meinen Eltern in der Hölle durch die Welt gereist bin und dann beschlossen habe, zu Cain in sein Schloss zu ziehen?"

Ich nicke und sage: „Ja."

„Es gibt keinen einfachen Weg, das zu sagen. Meine Eltern sind Auftragskiller, und auf den Reisen, die wir unternahmen, gingen sie auf Missionen. Ich bin mitgekommen, als sie bereit waren, mich in ihr Geschäft zu integrieren, etwas, das sie schon versucht haben, seit ich laufen konnte." Seine dunklen Augen halten meinen Blick fest, und ich weiß nicht recht, was ich von seiner Offenbarung halten soll. „Ich habe mich geweigert, und als sie genug von meinem Widerstand hatten, haben sie mich verstoßen."

„Das ist ganz schön übertrieben von ihnen", flüstere ich. Sicher, auf der Erde gilt es nicht als tugendhafter Beruf, ein Attentäter zu sein, aber ich frage mich, wie es in der Hölle ist.

„Das Geschäft meiner Familie zielt auf Menschen ab und schleppt sie in die Hölle für diejenigen, die sie angefordert haben."

Ich erstarre. „Warte, also ohne einen Dämonenvertrag? Deine Familie hat im Grunde eine Person entführt und in die Hölle gebracht, auch wenn es gar nicht ihre Zeit war? Und sie dann an den Meistbietenden ausgeliefert?"

Er antwortet nicht sofort, seine Lippen werden schmal, und ich beobachte den Schmerz und die Wut, die seine Züge durchziehen.

„Ja. Meine Familie ist deswegen sündhaft wohlhabend. Aber es gibt einen Grund, warum ich dir das erzähle, Aria." Seine Stimme ist sanft, aber fest, obwohl es ihm offensichtlich unangenehm ist, über seine Vergangenheit zu sprechen.

Ich versuche, einen passiven Ausdruck aufrechtzuerhalten, um ihm zu zeigen, dass es mich nicht stört, aber ich bin völlig schockiert, von seiner Familie zu hören. Ich nahm einfach an, sie wären Dämonen wie er. Vielleicht super sexuell aktiv. Kein Elite-Attentäter-Team.

Dorian ist immer so fröhlich und entspannt, aber es ist offensichtlich, dass dieser Teil seiner Vergangenheit ihn stört und ihn stark beeinflusst hat.

Ich greife hinüber und lege eine Hand auf seinen Arm, drücke sanft zu, damit er weiß, dass ich für ihn da bin.

„Warum erzählst du mir das?", frage ich nach.

„Es hat lange gedauert, bis ich jemandem vertraut habe. Aber eines kann ich über Cain sagen: Er ist ein hartnäckiger Mistkerl, der niemals aufgibt. Monate später, nachdem er darauf bestand, dass ich bei ihm einziehe, anstatt auf der Straße zu leben, tat ich es. Aber nicht, bevor ich meine Eltern damit konfrontierte und ihnen sagte, warum ich nicht ins Geschäft einsteigen würde, wie sehr ich sie für das verabscheute, was sie taten. Das ging nicht gut aus, wie du dir sicher vorstellen kannst."

„Und?" Ich hänge an jedem seiner Worte, bin verloren in seiner tragischen Geschichte und betrachte Dorian mit einem ganz anderen Blick. Sicher, er ist immer noch ein mächtiger Dämon, der seine Macht beherrscht und es mit jedem aufnehmen kann, aber nichts ist mehr so wie früher, wenn es um eine zerbrochene Familie geht.

Es dauert einen langen Moment, bis er antwortet, und ich beobachte, wie die Welle der Emotionen über sein schattenhaftes Gesicht tanzt. „Es hat mich erschüttert, als meine Mutter sagte, ich sei ein Schandfleck in ihrer Blutlinie. Sie tat nichts, als mein Vater mich schlug, mir drei Rippen brach und meinen Schädel zertrümmerte, bevor er mich bewusstlos schlug. Ich hätte mich wehren können, mich verteidigen, und manchmal wünschte ich, ich hätte es getan, aber er war mein Vater. Also habe ich es einfach hingenommen. Ich wachte mitten auf der Straße auf, weggeworfen wie Müll. Das war es, was diese Arschlöcher von mir hielten." Ein Zittern zeichnet seine Stimme, und er senkt den Blick. „Sie haben mich weggeworfen, dabei war ich in Menschenjahren gerade mal so um die fünfzehn."

Der Herzschmerz in seiner Stimme drückt meine Brust zusammen, aber ich sage nicht sofort etwas. Ich will ihm Zeit lassen, mit den Gefühlen umzugehen, die er geweckt hat.

Nach einem langen Moment ziehen sich meine Finger noch ein wenig fester um seinen Arm. „Das ist beschissen."

Es ist vielleicht nicht das Beste oder Tröstlichste, was man sagen kann, aber zumindest ist es wahr.

Er hebt den Kopf, der Schmerz in seinem Gesicht erschüttert mich. „Ich bereue es nicht, dass ich mich ihnen widersetzt habe, denn ich töte keine Unschuldigen."

Ich bin wie betäubt und völlig sprachlos. Das ist nicht das, was ich von Dorian erwartet hatte, aber ich liebe es, dass er sich geöffnet und mir etwas so Persönliches erzählt hat. Und so Herzzerreißendes.

Ich lehne mich nach vorne, schlinge meine Arme um seinen Hals, drücke meine Wange an seine und halte ihn fest. „Es tut mir so leid, dass deine Eltern dir das angetan haben. Es macht mich so wütend, dass dich jemand so behandelt hat. Du hast so viel Besseres verdient."

„Vielleicht ist das einer der Gründe, warum Cain und ich uns so gut verstehen. Beschissene Eltern." Er stößt ein ersticktes Lachen aus, um die Stimmung aufzulockern. „Obwohl Cain mich vielleicht mit Luzifer als Vater übertrifft."

Sein Daumen gleitet unter mein Kinn, und ich ziehe mich zurück, um ihn anzusehen. „Und nur damit du es weißt, du hast auch etwas Besseres verdient. Lange Zeit hat mich die Angst gelähmt, und so schrecklich es auch ist, sich dem Terror direkt zu stellen, du wirst vielleicht verwundet, aber stärker aus der Sache herauskommen. Außerdem hast du uns drei an deiner Seite, und wir würden Sayah nie erlauben, dich von uns zu nehmen. Oder irgendjemand anderem."

Mein Verstand ist zerfetzt, und ich könnte weinen, weil er seine Tragödie so herunterspielt. Er hatte so viele Jahre Zeit, darüber hinwegzukommen, während mir seine Geschichte wie Glasscherben das Innerste zerbricht. In diesem Moment wird mir klar, dass es noch so viel mehr über die drei Dämonen in meinem Leben gibt, von dem ich noch nichts weiß. Das ist etwas, das ich zu berichtigen gedenke, denn ich kann nicht leugnen, dass ich mich in sie verliebe, und zwar schnell.

„Wir stecken da zusammen drin." Seine Stimme ist zuversichtlich, und mir schnürt sich etwas in der Kehle zusammen. Er hat recht, und ich kann nicht glauben, dass ich mich so tief in die Angst habe fallen lassen.

Meine Augen stechen, aber ich will auch nicht so einfach zusammenbrechen, also tue ich das Nächstbeste, um mich abzulenken. Ich lehne mich vor und presse meine Lippen auf seine. Sobald wir uns berühren, springt ein Funke durch meinen Körper, und er spürt es. Ich weiß, dass er es spürt, weil sich sein Körper um meinen schmiegt. Er küsst mich mit Hingabe, mit Begierde. Seine Hand hebt sich zu meiner Brust, ergreift sie und drückt sanft zu. Seine Finger kneifen in meine verhärtete Brustwarze, bis es angenehm schmerzt und dann lässt er sie los, was an sich schon eine Folter ist.

Meine Hand gleitet über seinen Bauch und streichelt die Erektion in seiner Hose.

„Wenn du mich weiter reizt, Babe, ziehe ich dich aus und ficke dich gleich hier."

Ich keuche, als ich versuche zu antworten, worauf er grinst, um die gewünschte Reaktion zu erhalten. Im Handumdrehen ist er auf den Beinen und hat mich auf der Couch auf dem Rücken liegen. Ich erinnere mich an den Moment, als wir uns zum ersten Mal trafen, als er mich in seinem Zimmer auf die Couch gelegt hatte, und an all die intensiven Gefühle, die ich damals für ihn hatte.

Ich fühle sie jetzt, aber nicht wegen seiner Kraft. Diesmal kommt es allein von mir.

Seine Hände schlängeln sich am Bund meiner Hose vorbei und finden meine Unterwäsche, die er zur Seite reißt.

Ich keuche, dann lache ich, so sehr erregt von seinen schnellen Bewegungen und dem, was sie versprechen.

Seine Finger sind an meiner Muschi, er schiebt zwei Finger so schnell in mich hinein, dass ich meinen Rücken beuge und aufschreie.

„Fuck“, stöhnt er. „Du brennst ja fast.“

Ich bin klatschnass, meine Beine spreizen sich weiter für ihn, und ich stöhne, während ich einen Arm nach seinem Gürtel ausstrecke. „Zieh dich aus“, befehle ich.

Sein tiefes Stöhnen wird von einer schwachen Roboterstimme unterbrochen, die aus dem Inneren der Bibliothek kommt.

„Die Tore von Edinburgh Castle werden in fünf Minuten geschlossen. Bitte begeben Sie sich schnell zum vorderen Tor.“

Ich erstarre und schaue zu Dorian auf, der seine Hose halb geöffnet hat. „Scheiße, wir müssen hier raus.“ In Sekundenschnelle bin ich auf den Beinen, richte meine Kleidung, während er sich selbst verstaut.

Ich schnappe mir das Handy und die Tasche und renne mit Dorian an den Fersen die Treppe hinauf.

„Mist, Mist, Mist! Wie kommen wir hier raus?" Oben an der Treppe angekommen, suche ich wieder die Wand ab, stoße gegen den Stein, schlage mit der Faust darauf ein. „Macht die verdammte Tür auf! Wir haben nur drei Päckchen Butterkekse, wenn wir hier drin festsitzen. Das wird für die Nacht nicht reichen."

„Beruhige dich." Dorian nimmt meine Hand in seine und zieht mich ein paar Schritte zurück. „Als wir hier reingefallen sind, standen wir beide hier herum, und dann bist du gestolpert, als du zur Tür gingst. Gib mir das Handy." Er nimmt es und zeigt mit dem Licht auf den Boden, und ich verstehe, was er will.

Ich scanne den Boden und schreie praktisch „Da!", als ich einen kleinen Knopf im Boden entdecke, der perfekt im Gestein getarnt ist.

Dorian drückt mit seinem Schuh darauf, und mit einem leisen Zischen öffnet sich die Tür.

„Ja! Ich dachte, wir würden die ganze Nacht hier festsitzen."

Er nimmt meine Hand und wir springen hinaus, stolpern über das Seil und rennen dann zum Ausgang. Wir rennen um unser Leben, die Gänge entlang, links und rechts. Mein Atem rast, und meine Beinmuskeln schmerzen, weil Dorian mich so schnell hinter sich herzieht.

Schließlich stürmen wir nach draußen, wo ein kühler Wind weht, und wir rasen über den Hof, um unsere Schritte zurückzuverfolgen. Als wir schließlich das teilweise geschlossene Eingangstor sehen, atme ich erleichtert auf.

Ein Mitarbeiter steht am Tor und starrt uns unbeeindruckt an.

„Tut uns leid“, biete ich an, als wir an der Wache vorbei und direkt aus den Toren rausrauschen. Dann lache ich darüber, wie nahe wir daran waren, die Nacht fast in einem geheimen Kellerraum zu verbringen.

Wir hören nicht auf zu rennen, bis wir auf halbem Weg über den offenen steinernen Hof sind, der vom Schloss wegführt. Der Wind weht vorbei und fährt durch meine Kleidung, aber die kühle Brise ist erfrischend, weil meine Haut noch von dem, was wir vorhin gemacht haben, in Flammen steht.

„Nun, um zu beenden, was wir vorhin begonnen haben ...“ Seine Hand fällt augenblicklich zwischen uns, rauscht an meiner Hose vorbei und packt meine Muschi.

Ich quieke und zucke zurück. „Hey, wir sind in der Öffentlichkeit.“

Das verschlagene Lächeln kehrt zurück. „Genau wie ich es mag.“

Ich glaube jedes Wort.

„Bist du wahnsinnig? Nicht hier. Es gibt Gebäude rund um den Hof, und die müssen hier draußen Kameras haben.“ Ich weiche vor ihm zurück, denn Dorian würde es anmachen, beobachtet zu werden.

Doch als er keine Anstalten macht, einen Rückzieher zu machen, tue ich das einzig Mögliche. Ich schleiche mich an ihm vorbei und stürme von ihm und dem Schloss weg. Mein kleiner Rucksack prallt bei jedem meiner schnellen Schritte gegen meinen Rücken. Ich nehme direkten Kurs auf die kopfsteingepflasterte Straße, die ins Herz von Edinburgh führt, und danke dem Himmel, dass das Gelände abschüssig ist.

Ich schaue hinter mich, und Dorian jagt hinter mir her, Entschlossenheit in seinem Gesicht. Ein Schwindelgefühl überkommt mich, und kurz bevor ich vor Aufregung schreie, laufe ich schneller und sehe weiter unten auf der Straße bereits ein Taxi.

Ich winke wie verrückt, damit der Fahrer mich sieht, sprinte nach vorne und springe auf den Rücksitz. Mein Atem geht hektisch, und der Fahrer wirft mir einen verwirrten Blick zu.

Sekunden später steigt Dorian auf der anderen Seite ein, wir schnappen beide nach Luft. Der Fahrer dreht den Kopf, um uns anzusehen, und er hat die buschigsten weißen Augenbrauen, die ich je gesehen habe. „Alles in Ordnung?“, fragt er, und ich lächle zurück und versuche, Luft zu holen.

Dorian gibt ihm die Details zu unserem Hotel, und wir fahren in Windeseile los.

Ich beobachte meinen Dämon, der seinen gierigen Blick auf mich richtet, Dunkelheit und Hunger in seinen Augen. Mein Körper summt, und ich kann nicht anders, als meine Schenkel zusammenzupressen, um den Puls, der tief in meinem Inneren summt, zu vertiefen.

„Du bist in großen Schwierigkeiten, wenn wir wieder im Zimmer sind“, verspricht er mir grinsend.

„Ist das eine Drohung oder ein Versprechen?“

„Was auch immer du willst. Ich würde sagen... *beides.*"

Ich weiß nicht einmal, wie lange wir brauchen, um unser Hotel zu erreichen, aber in dem Moment, in dem wir vor der Eingangstür zum Stehen kommen, springe ich heraus. Dorian bezahlt den Fahrer, und ich renne wie eine Verrückte durch die Lobby und zu den Aufzügen, wobei ich meinen Finger in den Knopf ramme.

„Komm schon."

Ich schaue zurück, und Dorian ist ein Biest, das durch die Drehtür hereinplatzt. Er sieht mich und kommt auf mich zu, als wäre er der Teufel höchstpersönlich.

Meine Knie beben, denn die Verfolgungsjagd ist aufregend und lässt mich gleichzeitig zittern. Die Türen öffnen sich und ich husche hinein, dann drücke ich auf den „Schließen"-Knopf.

Die Türen beginnen sich zu schließen, gerade als Dorian seinen Arm hineinschiebt und sie wieder aufspringen lässt.

Ich keuche laut, wodurch sich seine Lippen nach oben wölben.

„Du kannst nicht entkommen." Er tritt ein, während ich mich in die Ecke zurückziehe.

„Du hast geschummelt", rufe ich, aber mein Körper verrät mich. Ich zittere vor Verlangen.

„Ich kann dich auf meiner Zunge schmecken, riechen, wie sehr du gefickt werden willst."

Ich zittere und beiße mir auf die Zunge, um mich zu beherrschen. Wenn er so mit mir spricht, schmelze ich dahin.

„Du bluffst doch", entgegne ich, was vielleicht das Schlimmste war, was ich zu ihm sagen konnte.

Er drückt den Stopp-Knopf am Aufzug und kommt wie ein Tornado auf mich zu.

Wir prallen aufeinander, unsere Körper, unsere Münder, und ich habe mich noch nie so wild, so verzweifelt gefühlt.

Sein Stöhnen klingt erstickt, als würde es ihm weh tun, nicht einfach in mich einzudringen. Ich schlinge meine Hände um seinen Hals und drücke ihn an mich, küsse ihn, als wäre ich ausgehungert, und schiebe meine Zunge in seinen Mund. Seine Hände wandern über meinen ganzen Körper, finden Haut unter meiner Kleidung, schieben meine Hose bis zu den Knien und umschließen meinen Hintern. Ein Finger findet den Weg zu meiner Arschritze, und ich wimmere gegen ihn an.

Ohne Vorwarnung drückt er seinen Finger in meinen Arsch. Ich keuche gegen seinen Mund, mein Herz klopft wie wild.

Er belohnt mich mit einem verruchten Blick, der mich durchbrennt. Mein Körper bebt vor Dringlichkeit, während dieses Raubtier es darauf abgesehen hat, mich genau hier und jetzt zu beanspruchen. Als er seinen Finger tiefer in mich schiebt, stöhne ich auf, mein Körper erbebt und mein Inneres zieht sich zusammen. Kaum haben wir angefangen, spüre ich schon, wie sich die Spannung in mir aufbaut und auf einen Orgasmus zusteuert.

„Ich habe eine Überraschung für dich, meine Schöne", flüstert er, seine Stimme ist tief und fast animalisch, während seine freie Hand nach seiner Schnalle greift.

Mein Blick fliegt direkt auf die Kamera in der Ecke des Aufzugs, und Panik durchzuckt mich.

„Warte, nein, nicht hier“, sage ich schnell und lege meine Hand auf seine, um ihn davon abzuhalten, seine Hose zu öffnen.

Ein animalischer Laut entweicht seinen Lippen, als ob ich ihn gebeten hätte, eine kalte Dusche zu nehmen. Er beugt sich vor, drückt mich in die Ecke und befummelt mich immer noch. Das Stöhnen, das aus meiner Kehle kommt, lässt seine Augen vor Lust glitzern. Sein Brustkorb hebt und senkt sich, als könne er kaum noch klar denken.

„Fuck!“, stößt er hervor und zieht sich aus mir zurück. Er fixiert meine Kleidung, um mich zu bedecken, bevor er sich den Knöpfen des Fahrstuhls zuwendet. Er drückt einen und wir sind in Sekundenschnelle auf unserer Etage.

Keuchend kann ich kaum noch geradeaus gehen, so aufgewühlt und durchnässt bin ich.

Er nimmt meine Hand und wir sind aus dem Aufzug und fliegen den Korridor entlang. Ich mache den Fehler, ihn zu fragen: „Also, was ist die Überraschung, die du vorhin erwähnt hast?“

Als wir unsere Tür erreichen, schließt er sie auf und zieht mich in seine Arme. Wir haben noch nicht einmal die Türschwelle überschritten, da küsst er mich grob, ein Knurren rollt in seiner Brust. Die Erektion in seiner Hose fühlt sich an mir enorm an, als wäre sie irgendwie viel größer als vorher.

Ich bin sowohl entsetzt als auch aufgeregt.

Ich greife mit der Faust in den Stoff seines Hemdes, drücke mich auf die Zehenspitzen, um ihn besser zu erreichen, um die Leidenschaft zu erwidern. Als Nächstes bin ich auf den Beinen und er trägt mich ins Zimmer, während wir uns noch küssen. Noch bevor er mit dem Fuß zurücktritt, um die Tür zu schließen, reißt er mir die Kleider vom Leib, so schnell, so barbarisch, dass mein ganzer Körper zittert.

„Ausziehen", knurrt er und mustert meinen BH, dann dreht er sich um, um die Tür abzuschließen.

Da ich nicht will, dass er ihn zerreißt, da er der bequemste ist, den ich besitze, löse ich ihn schnell am Rücken und lasse ihn an meinen Armen herunterfallen, dann werfe ich ihn quer durch den Raum auf den Tisch. Dann das passende Höschen.

Dorian starrt mich an, der Hunger in seinen Augen ist umwerfend schön.

Sein Blick wandert an meinem Körper entlang, und er zieht seine Unterlippe zwischen die Zähne, eine Reaktion, die mich völlig verletzlich macht. Ein Schauer der Erregung fährt zwischen meine Schenkel und verstärkt das bereits brennende Inferno.

Er reißt sein Hemd hoch und über den Kopf, während er sich die Schuhe auszieht und sie alle beiseite wirft. Seine Jeans ist vorne ausgebeult, als er seinen Gürtel öffnet und dann nur den obersten Knopf aufmacht. Mein Blick ist auf seine Hose gerichtet, begierig darauf, dass er seine Erektion freigibt.

Ich bin völlig hypnotisiert von seinem perfekten Körper. Überall Muskeln. Er ist durchtrainiert, und meine Augen können nicht anders, als ganz natürlich seine Brust auf und ab zu verfolgen, der schwachen Linie blonder Haare zu folgen, die in der Mitte seiner Bauchmuskeln verläuft. Ich wusste nicht, dass es solche Typen im echten Leben gibt, abgesehen von den Models in Zeitschriften, bis ich meine drei Dämonen traf.

Er schließt den Abstand zwischen uns mit einem langen Schritt, und ich liege wieder in seinen Armen, schwebe in eine andere Ebene der Existenz, eine der reinen fleischlichen Lust.

Jetzt gibt es für uns beide kein Halten mehr, keine Selbstbeherrschung. Seine Hand fährt durch mein Haar, zieht meinen Kopf zurück, während er über meine Lippen leckt und mein Kinn hinunterfährt, bevor er meinen Hals küsst. Jeder Kuss ist rau und ausgehungert. Seine Finger gleiten über meine Brüste, kneifen in meine Brustwarzen. Ich stöhne und wölbe mich gegen ihn, das Summen, das seine Berührung hervorruft, verschlingt mich.

Seine Hand fällt tiefer zwischen meine Beine und findet meine Klitoris, kreist zunächst langsam mit einem Finger darüber und macht mich völlig wild. Meine Hüften wippen hin und her, ich brauche so viel mehr.

„Bitte, Dorian, hör auf damit." Ich atme die Worte schwer, während sich die Spannung in mir zu schnell aufbaut, als dass ich auch nur daran denken könnte, den Orgasmus zu stoppen.

„Schrei für mich", flüstert er in mein Ohr, Feuer springt von seinem erhitzten Atem über mein Fleisch, während sich seine Kraft mit seinen Worten vermischt.

Die Welle der Euphorie bricht schnell über mich herein, viel stärker, als ich erwartet hatte. Ich ertrinke unter ihrer Kraft, meine Knie zittern, knicken ein, während ich schreie. Die Luft zerreißt mich, reißt mich auseinander.

Ich weiß nicht einmal, wann Dorian mich hochgehoben hat, aber ich stöhne, als mein Körper explodiert, als würde ein Feuerwerk in mir losgehen.

„Du bist so schön, wenn du kommst."

Er legt mich zärtlich aufs Bett, als ob er damit kämpft, mich aus seinen Armen zu lösen. Genauso schnell spreizt er meine Beine und zieht mich zu sich heran.

Er öffnet den Reißverschluss seiner Hose, lässt sie und seine Boxershorts fallen und steigt aus ihnen heraus.

Ich liege auf dem Rücken und lächle darüber, wie unglaublich gut ich mich fühle, wie ich mir wünsche, mich stundenlang in diesen Orgasmen zu wiegen. Ich recke meinen Hals hoch, um Dorian ganz in mich aufzunehmen, und als sich mein Blick senkt, erstarre ich.

Dorian hat zwei Schwänze, die beide aus der gleichen Basis wachsen, übereinander gestapelt wie ein Doppeldeckerbus.

„Was zum Teufel ist das? Das war nicht..." Ich rutsche zurück auf das Bett und schaue auf, um wieder in seine Augen zu sehen. Sein Haar ist jetzt mit mehr silbernen Strähnen durchzogen und auf seiner Brust erscheinen Runen - sein Dämon kommt durch. „Du hast zwei Schwänze?"

Er lacht und lehnt sich nach vorne, schnappt sich meine Knöchel und zieht mich zu sich zurück, wobei er meine Beine breit hält.

„Manche Inkubus werden damit geboren, ein doppeltes Glück für die Mädchen."

„Aber..."

Ich kann keine Worte finden oder aufhören, seine beiden Schwänze anzustarren, dick und erigiert, beide Spitzen schon feucht. Ich weiß genau, was er damit vorhat und warum er sich schon im Aufzug nur auf meinen Arsch konzentriert hat. Um mich bereit zu machen.

„Nein, du bist zu groß." Mir stockt der Atem.

„Keine Sorge, meine Hübsche. Ich passe schon rein. Wirst du sehen. Du bist so feucht und bereit für mich."

So wie er das sagt und mich ansieht, beginne ich zu zweifeln, wo genau er die beiden Drachen unterbringen will.

„Du wirst doch nicht versuchen, beides in ein Loch zu stecken ..." Ich schaue an meinem Körper herunter und wieder zu ihm hoch.

Er greift hinüber, seine Finger an meiner Muschi, und ich stöhne auf, wie sanft er mit den Fingerkuppen über meine Hitze gleitet, sich tiefer bewegt und meinen Arsch findet. „Heute werden wir es langsam angehen."

Ich schnaufe halb und wimmere halb bei der Andeutung, dass er versuchen wird, sie beide in meine Muschi zu stecken.

„Wie kommt es, dass ich noch nie bemerkt habe,

dass du zwei hast?“ Ich bin immer noch verwirrt von der ganzen Sache.

„Es ist ein Teil meiner Dämonenform. Ich kann ein oder zwei manifestieren, und ich musste sichergehen, dass du bereit bist, bevor ich mich dir komplett offenbare.“

Er tritt ans Kopfende des Bettes und schnappt sich ein Kissen. „Heb diesen sexy Arsch für mich hoch.“

Ich tue, was er verlangt, und er schiebt ein Kissen unter mich, hebt mich in eine perfekte Position, und als er meine Beine spreizt, lächelt er. „Ich liebe es, dich tropfnass zu sehen, als wärst du für mich gemacht.“

Bevor ich reagieren kann, schiebt er sich näher heran, die Spitzen seiner Schwänze an meiner Nässe. Ich beiße auf meine Unterlippe, hibbelig vor Erregung, während mein Magen vor nervösen Schmetterlingen kribbelt.

„Das wird dir gefallen. Bist du bereit?“ Er packt seinen unteren Schwanz und lässt ihn zwischen meine Arschbacken gleiten, was mir eine erregte Gänsehaut beschert.

Wer hätte gedacht, dass ich Analsex so sehr genießen würde? Langsam stößt er in mich hinein, lässt mich bis zu dem Punkt kommen, an dem ich entspannt bin. Dann schiebt er sich noch tiefer hinein.

Er stöhnt trotz meines anfänglichen Widerstands, aber mit der sich aufbauenden Reibung schießt ein Funke elektrischer Lust durch mich. Er ist noch nicht ganz in mir, als er sein anderes dickes Glied in meine Muschi führt. Das Gefühl ist berauschend, unglaublich.

Ich keuche, je tiefer er in mich eindringt, und je mehr sich meine Muskeln anspannen, desto mehr grinst Dorian und genießt jede Sekunde, in der er mich beansprucht.

Ich atme schwer, als er ganz in mir vergraben ist.

Sein Brustkorb pumpt nach Luft, ein Schleier liegt über seinen Augen, denn er ist eindeutig in Erregung versunken. „Ich wünschte, ich könnte einfach so in dir bleiben."

Aber es dauert nicht lange, bis er anfängt, heraus- und wieder hinein zu gleiten. Er nimmt meine Beine und hakt sie gegen seine Brust, meine Füße hängen über seine Schultern. Ich bin ihm ausgeliefert, und das ist genau das, was ich will.

Er hat vielleicht langsam angefangen, aber er wird immer schneller und reitet mich wie ein Dämon. Meine Hände spreizen sich und ich umklammere die Laken, ziehe am Stoff, während er immer wieder in mich stößt. Er fickt mich unerbittlich.

Meine Lustschreie vermischen sich mit seinem kiesigen Knurren, mein Herz schlägt genauso schnell in meiner Brust.

„Dorian." Ich hauche seinen Namen, kaum in der Lage, einen Laut herauszubringen.

„Du gehörst mir!", knurrt er wie eine Bestie, und die Art, wie er mich ansieht, ist so besitzergreifend, so hingebungsvoll, dass mir ein verrückter Gedanke durch den Kopf geht, dass ein Teil dessen, was er fühlt, vielleicht Liebe ist.

Er macht keine Pausen, und ich bin völlig in ihm verloren. Seine Hände auf meinen Hüften sind zärtlich, als würde er sich Sorgen machen, mich zu brechen, was das Gegenteil von dem ist, wie er mich nimmt und mich nach mehr schreien lässt. Jede Emotion, die in diesem Moment in Dorians Gesicht aufflackert, ist rücksichtslos, dominierend und mächtig.

Jedes Mal, wenn er in mich stößt, stöhne ich auf, wölbe meinen Rücken und das ganze Bett ächzt unter uns. Das Kopfteil schlägt laut krachend gegen die Wand, und anscheinend war das erst der Anfang, denn Dorian nimmt immer mehr Fahrt auf.

Mit ihm kommt eine unglaubliche Anspannung in meinem Inneren, meine Beine beginnen zu zittern, mein Inneres pocht.

„Genau so", gurrt Dorian. „Komm für mich auf meinen Schwänzen."

Mehr als diese Worte brauche ich nicht, denn als er in mich stößt, schreie ich mit dem unglaublichsten Orgasmus, laut und heftig. Er stöhnt in diesem Moment auch, seine Finger graben sich in meine Hüften. Er brüllt seinen eigenen Höhepunkt, unsere Körper zittern vor dem schönsten Gefühl.

Als endlich die Erregung in mir nachlässt und Dorian sich beruhigt, atmen wir beide schwer.

„Fuck, das war verrückt. So gut", sage ich.

Er gleitet aus mir heraus und lächelt breit. „Alles in Ordnung?"

„Scheiße ja, ich schwebe immer noch auf Wolken. Du warst unglaublich."

Er kichert und macht sich auf den Weg ins Bad, während ich auf dem Bett weiter nach oben krabbele, meine inneren Oberschenkel und Muskeln sind ein wenig wund.

„Ich will, dass du dich jedes Mal so fühlst, wenn ich dich ficke.“ Er kommt zurück und spreizt meine Beine, um mich zu säubern, was die schönste Geste überhaupt ist.

Nachdem er sich gesäubert hat, kommt er zurück und springt neben mir ins Bett. Plötzlich ertönt ein lautes Knarren aus dem Rahmen, und das ganze Bett kracht unter uns zusammen.

Zuerst quietsche ich, als wir beide auf der Matratze hüpfen, dann breche ich in Gelächter aus. „Oh Scheiße, wir haben das Bett kaputt gemacht.“

Er brüllt vor Lachen und zieht mich in seine Arme. „Ein kaputtes Bett ist ein Zeichen für fantastischen Sex.“

Ich kuschle mich in seine Arme und kann nicht aufhören zu lächeln. Ich schließe meine Augen, weil ich nie aufhören will, mich so zu fühlen, als wäre alles in meinem Leben perfekt. Die Erschöpfung überkommt mich schneller, als ich es erwarte, und meine letzten Worte, bevor ich den Schlaf zulasse, sind: „Lass mich niemals gehen.“

DORIAN

Eine kühle, leichte Brise weht durch das offene Fenster in das dunkle Hotelzimmer. Mein wunderschönes Mädchen liegt zusammengerollt mit dem Rücken an meiner Seite und schläft, ihr Atem ist tief und schwer. Sie hat unglaublich gevögelt, auch wenn ich sie viel grober genommen habe, als ich beabsichtigt hatte. Alles an ihr verzehrt mich.

Ihre letzten Worte vor dem Einschlafen wollen mir nicht aus dem Kopf gehen. Ich drehe mich um und sehe sie an. Ihre Beine sind gespreizt und nehmen den größten Teil des kaputten Bettes ein.

„Ich werde dich niemals gehen lassen", flüstere ich.

Stille.

Ich frage mich, wann Elias vom Lauf zurückkommen wird. Obwohl, wenn ich raten müsste, würde ich sagen, dass es am frühen Morgen sein wird. Bei Shiftern dreht sich schließlich alles um ihre Monde. Aber das ist in Ordnung für mich. Je mehr Zeit ich mit Aria alleine verbringen kann, desto besser.

Eine Sekunde später rast eine Welle der Kraft meine Arme hinauf und sorgt dafür, dass sich meine Haare aufstellen. Der Geruch von Schwefel dringt in den Raum.

Ich knirsche mit den Zähnen, setze mich auf und starre in den dunklen Raum. Mein Blick landet auf einer Silhouette draußen auf dem Balkon gegenüber dem Bett.

Leise gleite ich aus dem Bett, vorsichtig, um Aria nicht zu wecken. Barfuß stapfe ich über die Dielen unseres Hotelzimmers, völlig nackt, die Fäuste wegen des Eindringlings geballt.

Ich schiebe die Glastür auf, trete hinaus in die frische Kälte und schließe die Tür hinter mir. Abrupt drehe ich mich zu Maverick um, der am Geländer steht, einen Arm darauf gestützt, den anderen in der Tasche.

Er hat ein Grinsen im Gesicht, das mich zutiefst verärgert.

Es gibt Leute, die wollen, dass man ihnen durch ihre bloße Anwesenheit die Faust ins Gesicht schlägt. Für mich ist das Maverick. Der Scheißkerl ist eine Schlange.

„Was zum Teufel machst du hier?", zische ich. Mein erster Instinkt, ihn direkt über den Balkon zu schleudern, ist stark. Sicher, es wird ihn nicht umbringen, aber es würde mich ziemlich glücklich machen.

„Freut mich auch, dich zu sehen, Dorian." Er richtet sich auf, lässt den Arm vom Geländer sinken und steht aufrecht.

„Fick dich und deine Formalitäten. Du bist ein Wiesel, das nur auftaucht, wenn du etwas willst... etwas für Luzifer. Das heißt, wenn du nicht zu sehr mit deinem Kopf in seinem Arsch steckst."

Er rollt mit den Augen, als wäre ich ein nerviges Kind.

Meine Arme spannen sich an, meine Fäuste ballen sich. Sein Blick wendet sich zur Glastür hinter mir, dorthin, wo Aria schläft. Es ist mir klar, dass er schon eine Weile hier draußen ist und uns beim Schlafen beobachtet. Normalerweise bin ich viel geduldiger mit ihm, aber dass er ausgerechnet jetzt auftaucht, beunruhigt mich sehr. Es gibt keine Zufälle, wenn es um Dämonen geht.

Er leckt sich fieberhaft über die Lippen und sagt: „Du hast ein Geheimnis vor mir."

Ich rümpfe die Nase und habe null Geduld für ihn. „Wovon zum Teufel redest du?"

„Komm schon, tu nicht so unschuldig“, sagt er in einem spielerischen Ton.

„Verpiss dich!“

„Ist das also dein großer Masterplan? Soll sie deine Geheimwaffe sein?“ Sein Blick flackert in den Raum und zurück.

Aria. Meine Schultern versteifen sich, als meine dämonische Seite an die Oberfläche kommt und ihr Feuer über meinen Nacken legt. Bezieht er sich auf ihre Fähigkeit, Reliquien aufzuspüren? Vielleicht ihren Schatten?

„Hör auf, meine Zeit zu vergeuden. Geh und durchwühle irgendeinen Müll oder so, du verräterische Ratte“, schnauze ich.

Sein Grinsen wird schwächer, Dunkelheit sammelt sich in seinen Augen. „Luzifer weiß übrigens von ihrer Macht.“ Er spuckt die Worte aus und starrt mich an, als würde er mir den Tod auf den Hals hetzen. Und sobald das letzte Wort seine Lippen verlässt, verschwindet er aus meinem Blickfeld.

„Welche Macht?“ Ich überstürze die Frage, aber alles, was bleibt, ist ein schwarzer Nebel, der nach Schwefel stinkt. „Verdammtes Arschloch.“

KAPITEL DREIZEHN

ARIA

Der Mietwagen, den Dorian diesmal gewählt hat, ist nicht so schick wie sonst, aber nach unserer letzten Begegnung mit den Nachtschatten-Shiftern und wie leicht sie uns von der Straße gedrängt haben, dachte sich Dorian, dass wir in etwas Zuverlässigerem auf der weiten Hügellandschaft des Landes besser aufgehoben wären. Ein Jeep Grand Cherokee. Das teuerste, aufgemotzte Modell, natürlich, aber nicht Dorians typischer Sportwagen der Wahl.

Da Elias am nächsten Morgen früh von seinem Lauf zurückkam, warteten wir, bis er etwas Schlaf nachgeholt hatte, bevor wir aufbrachen, um das Nachtschatten-Rudel wieder zu treffen. Wir fahren zu dem See, an dem wir sie das erste Mal getroffen haben, und die ganze Zeit flackern meine Gedanken zurück zu letzter Nacht und wie wir das Hotelbett kaputt gemacht haben. Dorian meinte, er würde es mit dem Hotelmanager klären. Mein ganzer Körper kribbelt bei der Erinnerung an seine Hände auf mir, seine beiden Schwänze gleichzeitig in mir, die mit jeder Berührung und jedem Stoß die Lust steigerten. Das ist etwas, was ein Mädchen einfach nicht vergessen kann.

Cassiel rührt sich in meinem Schoß und miaut immer wieder. Ich versuche, ihn zum Schweigen zu bringen, da ich weiß, dass Elias schon nicht wollte, dass er mit auf diese Reise kommt, aber er verhält sich in letzter Zeit nicht wie er selbst. Er sieht größer aus, fühlt sich ein bisschen schwerer an und weint fast den ganzen Tag. Zuerst dachte ich, er könnte etwas Komisches gegessen haben, aber jetzt bin ich mir nicht mehr so sicher. Ich mache mir Sorgen um ihn und will ihn nicht allein lassen. Also kommt er heute Abend mit uns in die Schwarze Burg. Trotz Elias' Protesten.

Als wir ankommen, steigen wir aus. Dann werden wir von zwei bekannten Gesichtern begrüßt. Lachlan klettert den Hang hinauf, er trägt einen grauen Strickpullover und einen Schottenrock, sein Haar ist nass und aus dem Gesicht gestrichen, und neben ihm steht der streng aussehende, übermäßig steife Beta. Ich weiß nicht viel über Shifter - nicht genug, um zu wissen, welche Art er ist - aber sein Blick ist so durchdringend und unnachgiebig, dass ich bezweifle, dass es sich um etwas Weiches und Flauschiges wie einen Berghasen oder ein Eichhörnchen handelt.

„Wir sind da", ruft Dorian den Shiftern zu und klatscht in die Hände. „Lasst uns den Ball ins Rollen bringen."

Lachlans Blick fällt auf Cassiel in meinen Armen, und seine Lippe schiebt sich nach oben, aber er kommentiert es nicht. „Leider werde ich euch heute

Abend nicht begleiten“, sagt er stattdessen, was uns alle überrascht.

„Was meinst du?“, fragt Dorian.

Er wendet sich an seinen Beta. „Tavis wird euch zum Schloss führen und euch alle Informationen geben, die ihr braucht, um erfolgreich zu sein.“

Elias nickt, ein Lächeln schleicht sich ein. Als Tavis nach vorne tritt, packt Elias ihn an der Schulter wie einen Freund, und sein strenges Äußeres bröckelt. Sieht aus, als wäre der Lauf gut genug gelaufen, dass Elias und Tavis eine Art Freundschaft geschlossen haben.

Lachlan wirft einen Blick über die Schulter auf den Vollmond, der sich auf dem See hinter ihm spiegelt, und die Sehnen in seinem Nacken wölben sich. Die Haut um sein Gesicht herum kräuselt sich wieder von der Veränderung, und ich kann nicht anders, als mich zu fragen, was zum Teufel wirklich mit diesem Rudel los ist. Ich habe noch nie Shifter gesehen, die so aus dem Gleichgewicht mit ihrer tierischen und menschlichen Seite sind.

„Warum kommst du nicht mit?“, frage ich Lalchan, was seine Aufmerksamkeit zurück in unsere Richtung lenkt.

Der Alpha rollt mit den Schultern, als ob er versuchen würde, etwas von der Spannung abzubauen, die sich dort aufbaut. „Mein Rudel braucht mich heute Abend mehr als in anderen Nächten. Tavis wird meinen Platz einnehmen. Er weiß genauso viel wie ich über die Abläufe in der Burg.“

Ich beobachte ihn misstrauisch. Was verbirgt er?

Nun, abgesehen davon, dass es das Monster von Loch Ness ist, natürlich.

„Dann lass uns loslegen, Tavis", sagt Dorian und gestikuliert in Richtung Jeep. „Du gehst vor."

„Wir werden zu Fuß gehen", antwortet Tavis. Es ist das erste Mal, dass ich ihn sprechen höre, und seine Stimme ist viel tiefer als erwartet.

Er schlendert an uns vorbei, den Hügel hinauf, und erwartet, dass wir ihm folgen. Wir schauen uns kurz an, bevor wir in seinem Kielwasser weiterstapfen. Dorian und Elias holen ihn problemlos ein, aber ich habe ein bisschen zu kämpfen. Vor allem, weil die Steigung so steil ist und der Boden schlammig und rutschig ist. Meine Turnschuhe scheinen keine Bodenhaftung zu haben. Ich bin gezwungen, meine Hände als Stütze zu benutzen. Cassiel jault, weil ihm der holprige Weg nicht gefällt.

Vielleicht hatte Elias recht und ich hätte ihn nicht mitnehmen sollen.

Obwohl die Männer schon etwas Abstand zu mir gewonnen haben, kann ich ihre Unterhaltung noch belauschen, als wir uns dem Kamm nähern.

„Also, Tavis. Was hat ein lustiger alter Haufen wie ihr mit der Schwarzen Burg zu tun?", fragt Dorian und versucht es wieder mit schottischem Akzent. Irgendwie klingt es eher wie eine Mischung aus britisch und südamerikanisch. Eine schlechte Mischung, und ich zucke verlegen zusammen. Ich bin mir nicht sicher, ob er versucht, beleidigend oder lustig zu sein.

Elias sieht nicht begeistert aus.

Tavis zögert. Es ist klar, dass er nicht weiß, wie viel

er uns erzählen soll, aber als wir alle den Gipfel des Hügels erreichen, wird er langsamer. „Es gibt vieles, was ihr nicht wisst“, beginnt er kryptisch.

„Offensichtlich“, schaltet sich Dorian ein. „Deshalb fragen wir ja auch.“

Tavis hält eine Hand hoch, um ihn zu beruhigen. „Es gibt vieles, was ihr nicht wisst und was wir nicht einmal verstehen“, fährt er fort. Er geht weiter durch die Dunkelheit, ohne sich die Mühe zu machen, zu schauen, wohin er tritt. „Wir glauben, wir wurden verflucht.“

Elias' Brauen heben sich überrascht. „Ihr ... *denkt?*“

Ich weiß, wie er es meint. Wie kann man sich bei so einer Sache unsicher sein? Wie soll das überhaupt funktionieren?

„Wir hatten vor etwa sechs Monaten, um die Frühlings-Tagundnachtgleiche herum, einen Zusammenstoß mit einer ziemlich mächtigen Hexe“, beginnt er. „Wir haben sie dabei erwischt, wie sie auf unserem Land und in der Schwarzen Burg herumgeschnüffelt hat, und als wir sie aufgehalten und aus unserem Gebiet vertrieben haben, hat sie uns geschworen, dass wir dafür bezahlen würden. Zuerst dachten wir uns nichts dabei. Lachlan war nicht beunruhigt. Als das mächtigste Rudel in Schottland werden wir ständig bedroht, aber dann begannen sich die Dinge zu ändern. *Wir* begannen uns zu verändern.“

„Was meinst du?“ Ich blicke auf. Tavis' Kopf schwenkt in meine Richtung, und seine Augen weiten sich, als hätte er vergessen, dass ich überhaupt da bin. Er schließ schnell den Mund.

„Sie gehört zu mir“, versichert ihm Elias mit einem schnellen Lächeln über die Schulter.

Das reicht ihm und als wir weiter durch hohes Gras gehen, fährt Tavis fort.

Shifter, Mann. Sie leben nach ihrem eigenen Geheimcode.

„Wir verlieren unsere Menschlichkeit. Anders kann ich es nicht beschreiben. Jeden Tag nähern wir uns dem Tier und entfernen uns weiter vom Menschen. Einige von uns haben die Fähigkeit verloren, sich überhaupt zu verändern. Sie stecken in ihrer Bestie fest.“

Meine Brust krampft sich vor Schreck zusammen. Sie verlieren ihre Fähigkeit, sich zu verwandeln? Ich kann mir so etwas nicht einmal vorstellen. Sich selbst langsam zu verlieren... für immer im Geist eines Tieres gefangen zu sein... das ist ein Albtraum.

Elias bleibt stehen, die Ernsthaftigkeit dessen, was Tavis gesagt hat, trifft ihn hart. Wir bleiben alle stehen.

„Verflucht“, sagt Tavis mit einem feierlichen Nicken. „Das ist die einzige Erklärung, die uns einfällt.“

„Kann eine Hexe so etwas überhaupt *tun*?“, frage ich. Ich denke an Joseline und wie die meisten ihrer Zaubersprüche immer mild waren. Der komplizierteste, den ich je von ihr gesehen habe, war der Versuch, ein Huhn zu braten, als wir keinen Strom hatten. Sagen wir einfach, das Ding explodierte und war überall in der Küche verteilt.

„Für so etwas muss die Hexe die Magie der Tagundnachtgleiche herangezogen haben“, wirft Dorian ein.

„Oder etwas Dunkleres“, sagt Elias.

„Was meinst du?“, frage ich Tavis, weil ich mehr darüber wissen möchte.

Tavis beginnt wieder zu gehen, und wir folgen ihm. „Ich war an dem Tag weg, als die Hexe vertrieben wurde", sagt er. „Lalchan hatte mich für ein paar Tage mit unserem Nachbarrudel im Westen zusammengebracht. Aber ich spüre immer noch die Wirkung des Fluches. Ich glaube nur, dass er mich langsamer trifft als die anderen.“

„Bist du auch ein Loch Ness Shifter?“

Elias schnaubt lachend und ich starre ihn an. Er und Dorian mögen es immer noch lustig finden, aber ich weiß, was ich gesehen habe.

„Nein, das ist nur Lachlan. Er ist der letzte seiner Art, was ihn umso eifriger macht, einen Weg zu finden, den Fluch umzukehren. Es ist seine Aufgabe, eine Partnerin zu finden und einen Erben zu zeugen, um seine Art zu retten. Ich bin ein Adler Shifter.“

„Warte, was?“ Dorian blinzelt schnell, dann sieht er mich an. Ich grinse so breit, dass mir die Wangen wehtun. Er hat zwar gesagt, dass sie mir glauben, aber es ist klar, dass sie immer noch ihre Zweifel daran hatten. Naja, jetzt sollten alle Zweifel beseitigt sein.

„Oh, du hast ihn schon verstanden“, sage ich und stemme eine Hand auf meine Hüfte. „Er sagte, ich hätte recht.“

Dorian sieht Elias an und gluckst. „Na, sieh mal einer an ... Unsere kleine Aria hatte die ganze Zeit recht.“

Das bringt Schwung in die Sache.

Wir passieren lange Strecken von Ackerland, auf

dem Ziegen und Kühe grasen, und wandern über schlammige Hügel und Flecken mit hohem Gras hinauf und hinunter. Die Nachtluft ist dick mit dem Gestank von Dung und Heu. Jetzt wird mir klar, warum wir nicht mit dem Auto zur Burg fahren konnten. Hier gibt es keine Straßen, auf denen man fahren könnte. Keine Anzeichen von Menschen. Nicht einmal einen Turm oder einen schwarzen Stein von einer Burg, die es hier draußen geben soll.

Nach einiger Zeit des Schweigens beeile ich mich schließlich, die Männer einzuholen und stelle die Frage, die sicher auch den Dämonen durch den Kopf geht. „Wo ist diese Schwarze Burg überhaupt?“ Ich fange an zu glauben, dass sie nicht existiert.

Er hält wieder an und winkt vor uns. Aber da ist nichts zu sehen.

„Äh...“

Kopfschüttelnd stößt Tavis ein leises Lachen aus. „Es ist hier, direkt unter unseren Füßen.“

Wow.

„Wirklich? Wie soll das gehen?“

Er winkt mich zu sich. Dorian und Elias schleichen sich näher heran. Dann zeigt er auf einen Fleck hohen Grases, nur ein paar Meter entfernt.

Zuerst sehe ich nichts, aber als der Wind weht und das Unkraut sich verschiebt, lugt das Holz einer Kellertür durch.

Das ist ein ziemlich gutes Versteck. Wenn Tavis uns nicht geführt hätte, wären wir direkt darüber weggelaufen.

Er schiebt die Pflanzen beiseite und reißt die Tür

auf. Sie sieht extrem schwer aus und macht ein schreckliches, ohrenbetäubendes Geräusch, als sich die Scharniere abmühen.

Elias, Dorian und ich spähen hinein. Mein Magen schlägt Purzelbäume. Es gibt nur ein paar alte und fragwürdig aussehende Steinstufen, die in noch mehr unendliche Schwärze führen...

„An dieser Stelle verlasse ich euch“, sagt Tavis, was uns alle überrascht.

„Du verlässt uns?“, fragt Dorian. „Solltest du uns nicht führen?“

„Ich kann die Schwelle zum Schloss nicht überschreiten. Deshalb brauchen wir eure Hilfe, um das Heilmittel zu finden. Der Fluch hindert uns daran, hineinzugehen und das zu holen, was wir brauchen, um ihn zu brechen.“

Ein magisches Objekt für den Totenbeschwörer. Ein magisches Heilmittel für die schottische Meute. Wir werden hier anscheinend langsam zu einem Botendienst. Oder wie Oprah, die diese Dinge überreicht, als wären es Preise.

„Und was genau müssen wir besorgen?“ Elias verengt seine Augen auf ihn.

„Wir glauben, dass das Heilmittel in einer Blume steckt. Dass eine seltene, die nur unterirdisch wächst, in der Burg zu finden ist und mit Magie getränkt ist. Sie wird die Blüte der Nachtkönigin genannt.“

Dorian schnaubt. „Du bist dir schon wieder unsicher?“

„Die Blumen der Nachtkönigin sind das, wonach die Hexe gesucht hat, bevor wir sie gefangen haben“, erklärt er. „Als wir sie von unserem Land vertrieben haben, hat sie uns gedroht und erwähnt, dass wir nun genau das brauchen würden, was wir ihr nicht überlassen wollten. Wir vermuten, dass es die Blume ist. Nachdem wir einige Nachforschungen über die Nachtkönigin angestellt haben, fanden wir heraus, dass sie bei den meisten Gegenflüchen beliebt ist, und –"

„Ihr habt eins und eins zusammengezählt", beendet Dorian den Satz. Tavis nickt.

„Wir haben versucht, es zu beschaffen, aber immer wenn wir weiter als bis hierher gehen, bebt der Boden. Wir haben Angst, dass er einbricht und wir es für immer verlieren."

„Und deshalb braucht ihr uns", fährt Elias fort.

„Warum nicht irgendeinen alten Trottel von der Straße holen, der es für euch macht?", fragt Dorian. „Die hätten euch doch auch helfen können."

„Die Schwarze Burg hat schon immer viele Geheimnisse gehabt", sagt er, und seine Stimme senkt sich zu einem bedrohlichen Ton. „Geheimnisse, die es nicht gerne Menschen offenbart."

Ein Schauer läuft mir über den Rücken. „Du redest, als ob die Burg lebendig wäre oder so..."

Tavis sieht mit einer Grimasse zu mir rüber, und mein Puls erhöht sich. Das war nicht gerade ein Nein.

Das wird komplizierter, als es eigentlich sein sollte.

„Keine Sorge, Aria", beginnt Dorian, legt einen Arm um meine Taille und zieht mich zu sich heran. „Es ist nichts, womit wir nicht umgehen können."

Elias rückt auf meiner anderen Seite näher und

umschließt mich. „Dir wird nichts passieren, solange wir hier sind."

Aber ich mache mir hier nicht nur Sorgen um mich. Ich mache mir Sorgen um sie. Vielleicht sogar mehr als das. Die ganze Tortur mit Sir Surchion war von Anfang an meine Schuld. Ich habe diesen Psycho-Drachenwandler in unser Leben gebracht und er hat Cain fast getötet. Ich will nicht riskieren, sie auch noch zu verlieren.

Ich möchte all diese Dinge sagen, aber ich behalte die Gedanken für mich und nicke nur. Wir müssen sowieso in die Schwarze Burg, wegen Banners Objekt, was auch immer das sein soll. Wir wissen es immer noch nicht. Aber ich bin die Einzige, die die dunkle Magie darin spüren kann, also müssen meine Ängste für heute Nacht auf Eis gelegt werden.

Es ist an der Zeit, sich zusammenzureißen und die Sache durchzuziehen. Für Cain.

Unbeeindruckt springt Cassiel aus meinen Armen, schlendert die Treppe hinunter und verschwindet in der Dunkelheit, als ob es keine große Sache wäre.

Wir tauschen alle Blicke aus. Die Erde bebt nicht unter unseren Füßen. Die Wände stürzen nicht ein.

Alles gute Zeichen, oder?

„Tja, sieht aus, als wüsste die Katze, was zu tun ist", sagt Dorian und macht den ersten Schritt nach unten. Er hält inne und wartet, ob etwas Magisches oder Tödliches passiert, aber alles ist ruhig und still. Achselzuckend dreht er sich zu mir um und reicht mir die Hand. „Sollen wir?"

Immer noch misstrauisch, lege ich meine Hand in

seine und lasse mich von ihm in die dichte Schwärze führen. Dorians Gestalt wird augenblicklich vom Schatten verschluckt, und ich kann nichts sehen, aber ich höre Elias' schwere, dumpfe Schritte hinter mir.

„Ich bin gleich hier, wenn ihr zurückkommt", ruft Tavis uns zu, als wir hinabsteigen. „Seid vorsichtig, meine Freunde."

ELIAS

Innerhalb von Sekunden gewöhnen sich meine Augen an die dichte Dunkelheit unter der Erde. Die Luft wird erdig und abgestanden, und ich frage mich, wie lange diese Tür schon verschlossen und dieser Ort vergessen ist. Die einzigen Kreaturen, die ich in der Nähe rieche, sind Nagetiere, was nicht allzu überraschend ist. Mäuse, Fledermäuse, Kaninchen ... Nichts, was uns im Geringsten schaden könnte.

Oh, und ein weinerliches Luchskätzchen, das eigentlich gar nicht hier bei uns sein sollte.

Dorian knipst eine Taschenlampe an und zwingt mich, gegen die plötzliche Helligkeit zu blinzeln. Er schaltet eine zweite ein und reicht sie Aria. Ihre Strahlen fegen über die Steinböden und hohen Torbögen. Verschlungene Wurzeln kriechen an den Wänden und der Decke entlang, während eine Schmutzschicht den Boden überzieht. Wer auch immer die Idee hatte, ein geheimes Schloss unter der Erde zu bauen, muss seine Privatsphäre gemocht haben. Oder sie haben etwas extrem Wichtiges versteckt. Und da sowohl das besondere Objekt des Totenbeschwörers als auch die Blüte der Nachtkönigin hier unten sein sollen, tippe ich auf Letzteres.

Cassiels Miauen hallt vor uns, als würde er uns bedeuten, ihm zu folgen. Ich presse meinen Kiefer zusammen. Das verdammte Kätzchen denkt, es sei das Alphatier in dieser Hierarchie. Ha, das glaube ich nicht.

Ich dränge mich an Dorian und Aria vorbei an die Spitze der Schlange. „Ich sollte uns anführen", sage ich und begegne Cassiels leuchtenden gelben Augen. „Ich kann jede Gefahr sehen, hören und riechen, bevor wir sie erreichen."

„Gute Idee", sagt Aria.

„Dann werde ich von hinten kommen... schon *wieder*." Dorian zeigt ein verruchtes Lächeln, offensichtlich genießt er seine doppelte Anspielung.

Arias Wangen werden rot und sie stammelt: „J-Ja. O-okay", bevor sie sich räuspert.

Ich schlendere voraus und sorge dafür, dass der Luchs wieder in die Reihe kommt. Er faucht mich an, wie immer, aber Aria nimmt ihn schnell wieder in ihre Arme, und das reicht, um ihn zum Schweigen zu bringen.

Erbärmlich. Er wird so verwöhnt wie eine Hauskatze. Und wird bald so fett wie eine.

Nachdem wir weitere Treppen hinuntergestiegen sind, betreten wir einen großen, runden Raum mit hohen gewölbten Decken und vielen abgedunkelten Türen. Alte, von Motten zerfressene Webteppiche hängen von den Dachsparren, die Farben und Bilder sind verblasst. Ein Kronleuchter hängt schief in der Mitte, bedeckt mit Spinnweben und verrostet. Es erinnert mich an die Eingangshalle in Cains Schloss in der Hölle, nur kleiner und mit einer Haupttreppe, die in die unteren Ebenen führt, anstatt in die oberen. Dieser Ort ist seltsam, wie ein negativer Abdruck von etwas, das über der Erde sein sollte.

„In welche Richtung gehen wir jetzt?“, fragt Dorian, seine Stimme hallt im riesigen Raum wider.

„Ich bin mir nicht sicher“, antworte ich.

„Tavis hat uns nicht wirklich viele Hinweise gegeben“, fügt Aria hinzu, zögert dann aber. „Äh, warte mal.“

„Was?“, fragt Dorian. „Ist es wieder dein schwarzmagischer Zehenkompass?“

Ihre Augen schließen sich, und sie steht ein paar lange Momente starr da. Dann reißen ihre Augen auf und sie nickt. „Ich fühle etwas... etwas sehr Dunkles, tiefer im Schloss.“ Ihr Blick schweift umher und nimmt alle Türen in Augenschein. „Da durch“, sagt sie schließlich und deutet auf eine auf der anderen Seite des Weges, nahe der Treppe.

„Glaubst du, es ist das, was Banner wollte?“, fragt sie.

„Darauf würde ich Geld setzen“, antworte ich.

„Und was ist, wenn wir uns irren? Was ist, wenn wir den ganzen Weg zurück in die USA kommen und herausfinden, dass wir das Falsche geholt haben?“

„Dann rettet er Cain oder ich schiebe es ihm in den Rachen. Soll er es nehmen, oder sein lassen.“

Sie scheint mit dieser Antwort nicht zufrieden zu sein, also füge ich hinzu: „Es ist seine Schuld, dass er uns nicht genau sagt, was es ist. Er kann froh sein, dass wir ihm nicht eine Büroklammer zurückbringen und das Ganze abhaken."

„Eine Büroklammer?" Dorian zieht eine Augenbraue hoch. „Glaubst du, du findest hier eine Büroklammer?"

„Ihr wisst, was ich meine", knurre ich. Ich winke sie alle nach vorne. „Lasst uns einfach gehen."

Wir gehen weiter und folgen den Anweisungen von Arias tanzendem Zeh. Er führt uns um eine scharfe Kurve, einige sehr fragwürdige Treppen hinunter und zu einem Treppenabsatz, der in nichts als noch fragwürdigere Schwärze abfällt.

„Eine Grube?" Aria schiebt sich um mich herum, um einen besseren Blick zu erhaschen, und ich packe sie schnell an der Schulter und ziehe sie an meinen Körper. Ich will nicht, dass sie stolpert und einen Sturzflug macht. „Es ist eine Sackgasse."

Dorian wendet sich ihr zu. „Was sagt dein magischer Zeh, Aria?"

„Er will definitiv, dass wir weitergehen." Sie leuchtet mit ihrem Licht über den Weg, um die andere Seite zu finden, die einige Meter entfernt ist. „Aber das ist zu weit, um zu springen."

„Vielleicht für dich", sage ich und dränge sie, etwas zurückzutreten und mir Platz zu machen. „Sieh zu und lerne."

Ich gebe mir genug Raum für einen Anlauf, mache mich bereit und stürze nach vorne, werfe mein ganzes

Gewicht und meine ganze Kraft in den Sprung. Ich fliege durch die Luft, schwebe über dem Unbekannten, das Tier in mir ist von dem Nervenkitzel begeistert. Ich lande mit den Füßen auf der Kante der anderen Landung und bin gezwungen, mit den Armen zu wackeln, um das Gleichgewicht wiederzufinden. Mein Herz stockt.

„Elias!", schreit Aria entsetzt auf.

Schließlich gelingt es mir, mich zu fangen und wieder auf die Beine zu kommen. Der Schwung lässt mich nach vorne stolpern, aber ich streiche mir die Haare aus dem Gesicht und winke ihnen zu, um ihnen zu zeigen, dass es mir gut geht. „Seht ihr", sage ich etwas atemlos, „es ist nichts passiert."

„Elias, du Arschloch!" Aria schreit mich an. „Du hast mir fast einen verdammten Herzinfarkt beschert. Du hast Glück, dass du da drüben bist, sonst würde ich dich umbringen!"

Ich belle ein Lachen. Ich weiß nicht, warum, aber ich liebe es, wenn sie so angriffslustig ist. Allein der Gedanke daran, dass sie versucht, mir einen Schlag zu versetzen, lässt meinen Schwanz zum Leben erwachen. Vielleicht ist es der Höllenhund in mir, aber ich würde sie gerne zu Boden ringen und sie dazu bringen, sich mir zu unterwerfen, auf die eine oder andere Weise. Je mehr sie sich wehrt, desto mehr Spaß macht es für mich.

„Geniale Idee, Evel Knievel", schreit sie weiter. „Und wie sollen wir jetzt da rüber kommen?"

Als ich Dorian ansehe, hat sich sein Haar bereits verfärbt, seine Hörner sind ausgefahren und seine

Nägel sind zu tödlichen Krallen gewachsen. Er packt Arias Handgelenk, zieht sie und Cassiel an seine Brust und sagt ihr, sie solle sich festhalten. Ohne zu zögern, schlingt sie ihre Beine um seine Taille und ihre Arme um seinen Hals. Dann springt er wie ein überdimensionaler Dämonenaffe auf die Steinmauer. Arias Kopf lugt hervor, und als sie einen Blick auf die Grube unter ihr erhascht, schreit sie auf.

„Fuck, fuck, fuck, fuck!"

„Halt dich gut fest!", weist Dorian an und springt erneut, wobei sich seine Krallen in die Ritzen zwischen den Steinen bohren. Noch ein Sprung, und er ist nah genug, dass ich rübergreifen und Arias Griff von ihm losreißen kann. Und ich sage nicht ohne Grund *"losreißen"*. Sie hat sich quasi an ihn gekrallt, als hinge ihr Leben davon ab.

Ich ziehe sie und ihr Haustier über die Sicherheit des Simses. In dem Moment, in dem Dorian aufspringt, weicht sein Dämon zurück, aber das schelmische Grinsen bleibt auf seinem Gesicht. Aria wirbelt auf uns zu und schlägt jedem von uns so fest wie möglich auf den Arm, was wir kaum merken. Ich widerstehe dem Drang zu lachen. Dorian macht eine gute Show daraus, reibt sich den Arm und zuckt, aber sie starrt uns beide an.

„Ihr beide... Ihr, ihr..."

„Ja?" Dorian schnurrt nur, um sie anzustacheln.

„Ihr seid zum Kotzen!" Sie wirbelt auf dem Absatz herum und stapft davon.

Ich schnaube ein Lachen. *Frauen.*

Dorian deutet an, dass wir ihr folgen sollen. Wir

tun es und gehen durch einen weiteren Torbogen und eine weitere Wendeltreppe hinunter.

Als wir alle unten ankommen und scheinbar wieder festen Boden unter den Füßen haben, bleibt Aria urplötzlich stehen, und ihr Körper versteift sich.

„Was ist los?“, frage ich und schnuppere an der Luft. Ich rieche nichts anderes. Nun, außer frischem Wasser, und wenn man bedenkt, dass wir so weit unter der Erde sind, ist das nicht allzu überraschend.

Langsam dreht sie sich um. „Wir müssen da durch“, beginnt sie und deutet auf einen anderen Gang am Ende von unserem, „aber Sayah warnt mich vor etwas...“

Die Schattenkreatur kann mit ihr kommunizieren? Das ist beunruhigend.

„Sie warnt dich? Wovor?“ Dorian stellt die Fragen für mich.

Sie zögert, ihre Brauen ziehen sich in Gedanken zusammen. „Ich bin mir nicht sicher...“

„Du bist dir nicht sicher?“

„Es ist ja nicht so, dass sie mit mir reden kann“, schnauzt sie verärgert. „Jedenfalls nicht mit Worten. So einfach ist das nicht.“

„Wie fühlt es sich denn an?“, frage ich. „Erzähl es uns.“

Sie seufzt schwer. „Ein starkes Gefühl der Beklemmung. Vorahnung. Als ob etwas Gefährliches um die Ecke ist.“

Die Sorge in ihrem Gesicht lässt meine Brust sich zusammenziehen. Ich will einem unbekannten, nicht vertrauenswürdigen Schatten, der von meinem

Mädchen Besitz ergreift, nicht zu viel Bedeutung beimessen, aber gleichzeitig glaubt Aria es, und es macht ihr Angst. Also werde ich es nicht ignorieren.

„Wir bleiben dicht beieinander", sage ich und nehme ihre kleine, zierliche Hand in meine viel größere und schwielige. „Komm schon."

Ich führe sie durch die Halle, während Dorian hinter ihr bleibt. Die Geräusche von rauschendem Wasser werden mit jedem Schritt lauter, als hätte jemand alle Wasserhähne in den umliegenden Räumen laufen lassen. Aber nirgendwo gibt es Anzeichen von Wasser. Selbst die Wände sind knochentrocken.

Ich habe zwar keinen übernatürlichen Geist in mir, der mich vor Gefahren warnt, aber die Haare im Nacken stehen mir jetzt zu Berge. Ich werde langsamer, sodass Aria mit mir zusammenstößt.

„Wa..."

Ich raune sie scharf an und lausche. Rieche die Luft. Ein Hauch von Alarmbereitschaft durchzuckt mich, aber bevor ich etwas sagen kann, beginnen die Steine unter unseren Füßen zu beben. Dorian packt Aria an der Taille und zieht sie zurück, gerade als sich der Boden auf hundert verschiedene Arten spaltet. Plötzlich bewegt sich der feste Boden, auf dem ich stand, und schwimmt in einem Pool aus dampfendem und blubberndem Wasser. Die Hitze, die davon ausgeht, brennt in meinen Augen und durchtränkt mich mit Schweiß.

„Dorian!", rufe ich zu ihm hinüber. Er und Aria stehen auf ihrem eigenen Felsenboot, das gerade groß genug ist, um sie beide zu halten, aber anscheinend viel schneller ins Wasser eintaucht als meines. Sie drücken sich aneinander, um tödliche Spritzer zu vermeiden. „Wir müssen rüberspringen! Diese Steine werden uns nicht lange halten!“

Er raunt mir etwas zu, aber das rauschende Wasser unter uns übertönt seine Stimme. Ich kann nur hoffen, dass er mich gehört hat und die unmittelbare Gefahr kennt, in der wir alle sind. Der gesamte Gang ist auf ein paar schwimmende Felsen reduziert.

Als ich zu Dorian und Aria zurückblicke, sehe ich, dass er sie Huckepack nimmt und ihre Arme um seinen Hals legt. Cassiels kleiner pelziger Kopf ragt aus dem Kragen seines Pullovers, und er nickt mir zu, um zu signalisieren, dass er bereit ist, loszulegen.

Eine Blase in der Nähe meiner Schuhe platzt und versprüht glühend heißes Wasser auf meine Jogginghose. Der Schmerz in meinen Beinen breitet sich sofort aus, aber ich kann mich davon nicht abhalten lassen. Ich hüpfe zum nächstgelegenen Felsen. Das Ding schwenkt, als ich lande, und ich verliere fast wieder das Gleichgewicht und treffe auf das Wasser. Eine Hand ergreift mein Hemd und richtet mich auf, und als ich wieder stabil bin, sehe ich Dorian, der perfekt auf seinem eigenen Stein sitzt, die Lippen zu einem spielerischen Grinsen verzogen.

Wie er balancieren kann, während er Aria und Cassiel trägt, und mich dann auffängt, bevor er mit dem Gesicht voran ins Wasser fällt, ist einfach bemerkenswert. Ich dachte immer, dass Inkubus nur Sex-Fanatiker sind, die keine nützlichen Talente haben, außer den nächsten Weg zu finden, ihren Schwanz feucht zu machen, aber Dorians Gaben sind nicht zu verachten.

„Wir müssen an deinen Landungen arbeiten“, sagt er, als er mein Hemd loslässt. „Du brauchst ein bisschen mehr Anmut. Weniger Wumms.“

Natürlich macht er ausgerechnet in diesem Moment Witze. Zum denkbar schlechtesten Zeitpunkt.

Ich ignoriere ihn und springe auf den nächsten vorbeischwimmenden Stein, aber wieder kann ich keinen guten Halt finden und rutsche ab. Mein Schwung treibt mich vorwärts, und mir bleibt nichts anderes übrig, als ihn zu nutzen, um mich zu einem weiteren Stein zu katapultieren.

Ich lande mit dem Bauch darauf, mein Gesicht hängt über die Seite, gefährlich nah am Wasser. Die Hitze ist so intensiv, dass meine Augen tränen und meine Haut am ganzen Körper kribbelt. Ich klettere auf meine Knie. Auf der anderen Seite ist Dorian auf sicherem Boden, ganz am Ende des Ganges. Er stellt Aria auf ihre eigenen zwei Füße und übergibt ihr den Luchs.

Dann kommt er zu meiner Überraschung in meine Richtung zurück und springt auf einen nahegelegenen Stein.

„Komm schon, du großer Trampel“, sagt er und hält mir eine Hand hin. „Keine Spielchen mehr. Bringen wir dich rüber.“

„Was schlägst du vor, was ich tun soll? Ich werde dir nicht auf den Rücken springen, falls du das vorschlägst.“

Er lacht. „Äh, nein. Aber ich kann dir mehr Schwung geben." Ohne darauf zu warten, dass ich etwas tue, schnappt er mein Handgelenk und zerrt mich zum Stehen. „So. Und jetzt bei drei ..."

Er will, dass ich springe. Ich verstehe schon.

„Eins... zwei... drei!"

Er reißt mich zur gleichen Zeit mit, als ich springe, und unsere gemeinsame Kraft katapultiert mich über das Wasser und durch den Torbogen in Sicherheit. Ich kippe um und rolle auf den Boden, verfehle nur knapp den Zusammenstoß mit Aria, bevor ich hart gegen die Wand pralle. Ich stöhne auf.

Aria ist schnell an meiner Seite. Ihre Hände berühren mein Gesicht, ihre Augen wandern über mich, um nach Verletzungen zu suchen. „Bist du okay?"

„Mir geht's gut." Und um das zu beweisen, drehe ich mich um und stehe rechtzeitig auf, um zu sehen, dass Dorian es unversehrt zurückgeschafft hat. Er sieht nicht einmal außer Atem aus.

„Sobald wir wieder zu Hause sind, melde ich dich zum Ballettunterricht an", sagt er. „Du bist so anmutig wie ein Elch. Und das ist noch ein Kompliment."

Ich rolle mit den Augen.

„Ganz zu schweigen davon, dass du etwas Kultur gebrauchen könntest."

„Spar es dir, okay? Wir müssen weiter", knurre ich.

„Vielleicht sollten wir umkehren", schlägt Dorian vor. „Bei all diesen Fallen komme ich mir langsam vor wie in einem Indiana-Jones-Film."

„Aber was ist mit Cain?", fragt Aria. „Und der 'Blume' des Rudels?"

„Ich mache mir im Moment mehr Sorgen um dich."

Der Boden bebt erneut heftig, und Aria stemmt sich gegen die Wand. Hinter uns steigen die Steine, die in der Lache aus kochendem Wasser versunken waren, wieder an die Oberfläche, bewegen und verschieben sich, bis sie sich wie ein kunstvolles Puzzle zusammenfügen. Innerhalb von Sekunden erscheint der Gang wieder völlig normal, jeder Hinweis darauf, dass wir gerade fast wie Hummer gekocht wurden, ist verschwunden.

„Was um alles in der Welt…", murmelt Dorian.

„Ich fange an zu glauben, dass das, was Tavis darüber gesagt hat, dass dieser Ort lebendig ist, vielleicht nicht nur ein Märchen ist", sagt Aria und sieht grimmig aus. Und ich muss zustimmen. Die Schwarze Burg scheint keine Besucher zu mögen.

Plötzlich schnellt Arias Kopf nach links, den abgedunkelten Korridor hinunter, und ihre Augen weiten sich.

Meine Muskeln spannen sich an. Ist es wieder Sayah? Eine weitere Warnung?

„Was ist denn los, Liebes?", fragt Dorian mit tiefer Stimme. Auch seine Schultern sind nach vorne gekrümmt, das Blau seiner Runen schimmert durch die Fäden seines Pullovers, während sein Dämon nahe an der Oberfläche schwebt. In Alarmbereitschaft. „Was ist los?"

Langsam dreht sie sich wieder zu uns um, ihr Ausdruck ist immer noch eine widersprüchliche Mischung aus Angst, Verwirrung und Unglauben.

Vielleicht bin ich immer noch in höchster Alarmbereitschaft nach dem letzten Fiasko mit dem Wasser, aber meine Angst überkommt mich. „Was ist los? Noch mehr Gefahr?“

„Ich...“, beginnt sie und leckt sich dann über die Lippen. Noch seltsamer ist, dass sie den Kopf neigt, als würde sie etwas hören. Etwas, das nur für ihre Ohren bestimmt ist. „Ich... höre Musik.“

KAPITEL VIERZEHN

ARIA

Musik... Ein Klavier, das in der Ferne gespielt wird. Die Töne scheinen von den Wänden widerzuhallen und klingen überall um mich herum, die Töne sind kurz und drängend, sodass mein Herzschlag mit dem Tempo des Klaviers galoppiert. Um das Ganze noch unheimlicher zu machen, hüpft mein Zeh wild in meinem Schuh und will, dass ich den Flur hinuntergehe und dem Phantomlied folge.

Als ich Dorian und Elias ansehe, scheinen sie allerdings gar nichts zu hören. Sie sehen mich beide mit Sorge und Angst an, als wäre mir ein zusätzlicher Kopf gewachsen, und das macht mich noch panischer.

Wenn ich die Einzige bin, die es hören kann...

Ein Relikt? Könnte es das sein?

Aber meine schwarzmagischen Sinne haben vorhin gekribbelt - als ich mit Banner zusammen war - und ich hatte kein Relikt bei ihm gesehen. Andererseits war da auch keine Musik gewesen. Die Musik scheint nur zu erscheinen, wenn eines der Stücke der Harfe in der Nähe ist.

Aber hier? Ausgerechnet in Schottland?

„Scheiße, Aria", bellt Elias mich an und lässt mich zusammenzucken. Ich war so in die Musik und meine Gedanken vertieft, dass ich ihn und Dorian fast vergessen hatte.

Ich schüttle den Kopf und versuche, mich auf sie zu konzentrieren und nicht auf das erratische Klopfen der Klaviertasten. „Es tut mir leid. Es ist nur... ich höre wieder Musik. Du weißt schon, *Musik.* Und mein kleiner Zeh spielt verrückt."

„Ich bin mir nicht ganz sicher, ob ich folgen kann", antwortet Dorian.

„Du kannst nichts hören, richtig? Kein... Klaviersolo?"

Elias blinzelt. „Klavier? Nein."

Der verblüffte Blick auf seinem Gesicht bestätigt es. Nur ich habe das Lied gehört.

„Erinnert ihr euch daran, als ich euch sagte, dass ich die anderen Reliquien aufspüren konnte, weil sie mich auf eine gewisse Weise riefen? Durch Gesang?"

„Und du hörst es? Jetzt?"

Ich nicke. „Ich dachte, mein Zeh hätte vorhin in Cold's Keep zu einem geführt, aber ich hatte die Musik vergessen. Und wenn man nichts hören kann ..." Ich schaue wieder zwischen ihnen hin und her, und beide schütteln den Kopf. „Das ist die einzige Erklärung, die ich habe."

Dorian grinst, aber Elias' Blick verfinstert sich, als sei er äußerst besorgt.

Dann wird mir klar, warum er besorgt sein sollte, hier ein Relikt der Harfe zu finden.

„Das ist doch kein Zufall, oder?" Ich spreche meine Gedanken laut aus. „Das Objekt, das Banner will, ist auch das, was wir brauchen."

Augenblicklich verschwindet Dorians Lächeln. „Scheiße."

Mein Bauch füllt sich mit Nervosität. „Wenn wir Recht haben und das der Fall ist, was sollen wir dann tun? Wir können die Reliquie nicht einfach aufgeben. Dann können wir nicht mehr in die Hölle zurück. Aber wenn wir es nicht tun, wird Cain..."

„Darüber wollen wir uns jetzt nicht den Kopf zerbrechen", sagt Dorian eilig. „Holen wir uns einfach, was wir brauchen und verschwinden wir aus dieser Todesfalle. Um den Rest kümmern wir uns später."

Ich weiß, dass er Recht hat. Es gibt keinen Grund zur Panik, wenn wir nicht einmal wissen, was am Ende dieses Flurs ist, aber mir ist trotzdem schlecht.

„Wir müssen vorsichtig sein." Elias schreitet vor uns her und verschwindet wieder in der Dunkelheit. Dorian hebt seine Taschenlampe und legt mir eine Hand auf den Rücken, um mir zu signalisieren, dass ich weitergehen soll. In höchster Alarmbereitschaft gehen wir in Elias' Fußstapfen und suchen die Gegend nach weiteren Überraschungen ab. Mit jedem Schritt wird die Musik lauter und aggressiver.

Wir folgen der Kurve der Wand, bis sich der Korridor plötzlich öffnet. Ein seltsames, pulsierendes blaues Licht strömt aus dem dahinter liegenden Raum.

Das Grauen windet sich um meine Wirbelsäule. Das kann nicht gut sein. Ich will nicht wissen, welche anderen tödlichen Geheimnisse dieses Schloss in seinen Mauern verbirgt.

Elias steht in der Tür und späht hinein. Er ist eine dunkle Silhouette gegen das bläuliche Licht. „Ihr werdet es nicht glauben", sagt er und winkt uns herüber. Vorsichtig schleichen wir uns näher.

Meine Angst wandelt sich schnell in Verwunderung, als ich hineinschaue. Ein Raum, der mit kriechenden Ranken bedeckt ist - über den Boden, die Wände und die Decke - und der mit winzigen blauen glockenförmigen Blumen bedeckt ist. Sie blinken langsam und beleuchten den Raum auf eine magische, fast märchenhafte Weise. Mir bleibt der Mund offen stehen angesichts der schieren Schönheit.

„Hier sieht es aus wie in einem verdammten Disney-Film", sagt Elias, während er den Raum staunend absucht.

„Das müssen die Nachtköniginnen sein, von denen Tavis gesprochen hat." Dorian schnippt eine der Blumen, und das Licht wird durch seine Berührung schneller. Er geht näher und studiert sie. „Wie... sonderbar."

„Na, dann schnappen wir uns ein paar und hauen ab." Elias greift nach oben und reißt eine Handvoll Ranken von der Decke. Das Licht wird sofort gedimmt und erlischt, während er die Blumen in die Tasche seiner Jogginghose stopft. Dorian nimmt einige von der Wand. Ich setze Cassiel ab und tue dasselbe, fülle meinen Rucksack, so gut ich kann. Der Raum wird durch die fehlenden Nachtköniginnen viel dunkler, aber sobald wir hoffentlich genug davon eingepackt haben, gehen wir in den nächsten Raum.

Hier drinnen ist die Phantom-Klaviermusik so laut, dass sie gegen mein Gehirn hämmert. Ich zucke zusammen, als der Schmerz durch meinen Schädel hämmert.

Dorians Hand drückt sich in meine Schulter. „Aria, geht es dir gut?"

„Es ist... so... laut hier." Ich habe Mühe, überhaupt Worte zu bilden.

„Wir müssen nah dran sein", sagt Elias und schnuppert an der Luft. Anders als der Raum der Nachtkönigin ist dieser hier von Schwärze erfüllt. Dorians Taschenlampe streift umher und findet einen weiteren kreisrunden Raum mit einem gewölbten Dach und keinen weiteren Ausgängen.

Sein Strahl landet auf der hinteren Wand, wo etwas Weißes schimmert. Als er näher kommt, folgen Elias und ich ihm, und ich erkenne, was der Haufen tatsächlich ist. Knochen.

Ein komplettes Skelett - Schädel, Rippen, Oberschenkelknochen, Füße... Es ist alles da.

Galle steigt in meiner Kehle auf. War dieser arme Trottel hier unten gefangen gewesen? Oder hat eine der Fallen der Schwarzen Burg sein Leben gefordert?

Da sehe ich die flachen Kratzspuren im Stein, die dunkelroten Schlieren, und...

Ich verschlucke mich. „Sind das... Fingernägel?" Ich bedecke meinen Mund. Ich übergebe mich fast.

Unbeeindruckt berührt Elias das Material.

„Von einem Tier?“, fragt Dorian.

„Könnte man denken, aber nein. Menschlich.“

„Hat er versucht, rauszukommen? Ist er vor etwas geflohen?“

„Ich bin mir nicht sicher. Ich kann es anhand der Zeichen allein nicht sagen, aber sie scheinen keinem Muster zu folgen. Sporadisch. Ich bin mir nicht sicher, was sie bedeuten.“

Als hätte jemand mit beiden Händen auf die Tasten eines Klaviers geschlagen, dröhnt eine Eruption von Lärm durch meinen Kopf, und ich schreie, halte mir die Ohren zu.

„Aria!“ Ich kann Dorian kaum durch das donnernde *Bumm, Bumm, Bumm* hören. Immer und immer wieder. Ich fühle es in meiner Brust; es ist lähmend, und ich falle auf die Knie.

„Aria! Was können wir tun, um dir zu helfen?“, schreit Dorian.

„Das Relikt“, krächze ich, unfähig, die Lautstärke meiner Stimme zu kontrollieren. „Es ist hier... Irgendwo!“

Das Geräusch kommt von vor uns. Von den Knochen. Ich zeige auf sie. „Da!“

Elias kickt über das Skelett und wühlt sich schnell durch die verschiedenen Teile. Er greift sich etwas, das wie eine Wirbelsäule aussieht, mit Abschnitten von Wirbeln, aber es ist spiralförmig gewunden, eher wie eine Schlange.

Die Musik hört abrupt auf. In der plötzlichen Stille überkommt mich die Erleichterung. Ich falle zurück auf meinen Hintern und schnappe nach Luft.

Die Migräne, die sich zusammenbraut, wird heftig sein.

Dorians Augen leuchten vor Aufregung. „Die Wirbelsäule! Es ist die Wirbelsäule!" Lachend boxt er in die Luft. „Heilige Scheiße! Das Rückgrat der Harfe!"

Ich erhebe mich auf meine Füße. „Gott sei Dank, denn es hätte mir fast das Trommelfell zerfetzt."

„Wir haben alles, also lasst uns abhauen." Er wendet sich an Elias, der sich nicht bewegt hat, seit er die Wirbelsäule gefunden hat. „Elias?"

Trotzdem antwortet er nicht.

Dorian schnaubt. „Elias? Komm schon, wir müssen gehen, bevor sich die Decke öffnet und dieser Ort von menschenfressenden Käfern überschwemmt wird oder etwas anderes Melodramatisches passiert."

Aber als er wieder keine Antwort bekommt, durchtränkt Wut seinen Tonfall. „Scheiße, Mann. Wach auf!"

Elias' Kopf schnappt in unsere Richtung, und wir springen beide zurück. Was wir anstarren, ist gar nicht Elias. Seine Augen sind von hellstem Gelb, fast neonfarben, und sie leuchten uns bedrohlich an. Sein Mund ist voller scharfer Zähne, und er lässt sie alle aufblitzen, während er knurrt. Die Haut um sein Gesicht herum kräuselt sich, als wäre er kurz davor, sich zu verwandeln, und schwarzes Fell sprießt aus seinem Hals und seinen Schultern.

Er hat sich in eine Art Bestie verwandelt. Eine halb-Hund, halb-menschliche Bestie.

„Oh Scheiße." Dorian tritt vor mich und streckt seine Arme wie ein Schild aus.

„Was ist hier los?“, keuche ich, Angst krampft in meiner Brust. „Was ist los mit ihm?“

„Er ist verflucht oder so. Wie das Rudel.“

Der Fluch... Hat es ihn auch erwischt?

Speichel tropft an seinem Kinn herunter und Elias stößt ein gutturales Knurren aus. Dorian weicht zurück, was mich dazu veranlasst, das Gleiche zu tun.

„Aber er würde uns nicht verletzen ... oder?“, frage ich und packe Dorian an den Schultern.

Seine Muskeln spannen sich unter meinen Händen, und sein Haar beginnt sich vor meinen Augen zu verändern. Er bereitet sich auf einen Kampf vor. Das ist kein gutes Zeichen. „Etwas sagt mir, dass er gerade nicht wirklich klar denkt.“

Wie aufs Stichwort stürzt sich Elias auf uns. Ich schreie. Aber bevor er uns erreichen kann, schießt ein grauer Fleck durch den Raum, springt auf Elias' Gesicht und faucht ihn wütend an. Es dauert eine Sekunde, bis ich erkenne, dass es Cassiel ist, und er krallt sich in Elias' Gesicht und bohrt seine Reißzähne in seine Stirn. Brüllend zuckt Elias zusammen und wirft sich zur Seite. Er krallt sich in den Luchs und versucht, ihn abzuschütteln, aber Cassiel hält ihn fest, er hackt, beißt und kämpft heftig.

Ich weiß nicht, was ich tun soll. Ich bin auf der Stelle erstarrt. Dorian hingegen reißt sich den Pullover vom Leib und stürzt sich in das Getümmel. Mit seiner Schnelligkeit reißt er das Rückgrat aus Elias' Griff und wickelt es in den Pullover ein, ohne es direkt zu berühren.

Sofort wird die stechende Farbe von Elias' Augen

weicher und sein Körper sackt zusammen. Das Fell zieht sich zurück, und sein Mund wird wieder normal.

Cassiel springt von ihm herunter, rennt direkt auf mich zu und springt mir wieder in die Arme. Er fühlt sich jetzt viel schwerer an. Und auch größer. Aber abgesehen davon hat er keinen einzigen Kratzer.

Aber Elias ist blutüberströmt. Die Wunden in seinem Gesicht und am Hals bluten heftig.

Er schwankt ein wenig auf den Füßen, blinzelt schnell, als ob er aus dem Schlaf erwacht. Als er sich das Gesicht reibt und auf seine blutverschmierte Handfläche schaut, flucht er. „Was zum Teufel?"

Es *klingt* definitiv wie der Elias, den wir kennen, aber ich bin immer noch misstrauisch.

Elias' Blick landet auf Cassiel, und er knurrt und stapft auf mich zu. „Das war's. Der kleine Scheißer wird dafür bezahlen..."

Dorian klatscht ihm eine Hand auf die Brust, um ihn zu stoppen. „Moment mal, Großer. Ganz ruhig. Du wurdest gerade von der Tollwut übermannt."

Er hält inne und blickt Dorian an, dem das Blut an den Seiten seines Gesichts herunterläuft. „Wie bitte?"

„Es stimmt", sage ich und meine Kehle wird eng. „Wenn Cassiel nicht gewesen wäre, hättest du uns getötet."

„Ach, hört doch auf", sagt er und rollt mit den Schultern. „Auf keinen Fall hätte ich..."

„Für mich sah es auch so aus", antwortet Dorian entschlossen.

Wie fassungslos schnaubt er und schüttelt den Kopf. Dann sucht er wieder unsere Gesichter ab, als wolle er sehen, ob wir ihn veräppeln. Als er schließlich entscheidet, dass wir es nicht tun, tritt er zurück. „Aber ich ... ich kann mich nicht erinnern, so etwas getan zu haben."

„Woran erinnerst du dich?"

„Das Skelett. Die Wirbelsäule. Dann..." Er runzelt die Stirn in intensivem Nachdenken. „Cassiel, der mein Gesicht zerkratzt."

„Ja, dir fehlen einige Teile."

„Scheiße." Er lehnt sich auf seine Fersen zurück, unsicher, was er sagen soll.

Dorian hält die Wirbelsäule hoch, die sicher in seinem Hemd eingewickelt ist. „Und es sieht so aus, als wäre das hier Schuld daran. Es sieht also so aus, als müssten wir dieses Relikt mit Vorsicht behandeln."

Mein Herz hämmert immer noch gegen meine Rippen, und egal, wie normal Elias jetzt ist, ich kann es nicht beruhigen.

Sein Blick findet mich, und er runzelt die Stirn. „Es tut mir leid, wenn ich dich erschreckt habe", sagt er mit tiefer Stimme. „Ich hoffe, du weißt, dass ich dir nie wehtun würde..."

Absichtlich nicht, vielleicht. Aber unter dem Einfluss der Wirbelsäule würde ich das nicht mit Sicherheit sagen.

Dorian gibt ihm einen wohlwollenden Klaps auf die Schulter. „Ich denke, das ist genug Aufregung für einen Tag, meinst du nicht?" Behutsam nimmt er mir den Rucksack von der Schulter und legt das Relikt und seinen Pullover hinein. „Ich hoffe, es macht dir nichts aus."

Ohne eine Antwort von mir abzuwarten, wirft er ihn über seinen Kopf und zwinkert mir zu. Aber das ist mir egal. Ich möchte lieber keine weiteren Zwischenfälle haben.

In steifem Schweigen sammeln wir uns und machen uns auf den Weg zum Ausgang, wobei wir darauf achten, dass wir uns über den Trickboden beeilen und uns beim Sprung über den Krater in der Mitte der Treppe Zeit lassen. Als wir endlich auf die Treppe stoßen, die nach draußen führt, verdunkelt Tavis' schattenhafte Gestalt den Türrahmen.

„Habt ihr es gefunden?", ruft er zu uns herunter.

Elias ist der Erste, der herauskommt, und als Tavis sein blutverschmiertes und aufgekratztes Gesicht sieht, zuckt er zusammen.

„Naja..."

Dorian ruft von hinten: „Wir haben es gefunden und noch viel mehr."

Junge, das war noch untertrieben.

Als wir alle wieder festen Boden unter den Füßen haben, leeren wir unsere Taschen und reichen Tavis die Handvoll Blüten der Nachtkönigin. Seine Augen weiten sich ungläubig.

„Hoffentlich ist das genug für dich und dein Rudel", sagt Elias zu ihm.

Breit grinsend nickt er. „Perfekt. Danke", sagt er. „Konntet ihr das andere Objekt finden, wegen dem ihr gekommen seid?"

Elias' Ausdruck verhärtet sich, und er beißt die Zähne zusammen. „Ja."

Tavis scheint es nicht zu bemerken; er ist zu sehr

auf die Blumen in seinen Händen konzentriert. Ihm ist fast schwindelig vor Aufregung. „Ich glaube, ihr wisst nicht, was das für uns bedeutet. Wir verdanken euch sehr viel. Ihr habt uns alle gerettet."

Seine Dankbarkeit ist willkommen, besonders nach allem, was wir durchgemacht haben, um die verdammten Dinger zu bekommen, aber ich kann nichts gegen die Sorge tun, die immer noch durch mich hindurchfährt. Wir haben vielleicht ein weiteres Stück von Azraels Harfe, aber zu welchem Preis? Was bedeutet das für Cain? Das Rückgrat sollte Banners Bezahlung sein.

Alle Relikte zu sammeln, ist mein Weg, meine Freiheit zu sichern, aus dem Vertrag mit den Dämonen herauszukommen. Es wird sicherstellen, dass Elias und Dorian in die Hölle zurückkehren können.

Aber das würde bedeuten, dass wir Cain verlieren würden... für immer.

DORIAN

Ich weiß nicht, wie Cain das macht. Wie er mit all dem Stress und der Verantwortung ständig zurechtkommt. Kein Wunder, dass er immer so angespannt ist. Seit Cold's Keep habe ich Kopfschmerzen, und es wird immer schlimmer.

Ich bin nicht für diesen Scheiß gemacht.

Das ist zu viel für mich.

Ich kann es nicht ertragen.

Wenn wir Cain erst einmal gerettet haben, schwöre ich, dass ich ihn nie wieder provozieren werde.

Okay, vielleicht ist das eine Übertreibung. Ich genieße es zu sehen, wie der Dampf aus seinen Ohren kommt, aber trotzdem.

Jetzt muss ich mich mit Elias' Grübeln und Arias stillem und sturem Denken beschäftigen. Ja, ich weiß, wir hatten eine harte Zeit in Schottland mit der Schwarzen Burg. Wir haben definitiv nicht erwartet, ein Relikt zu finden oder mit der Tatsache konfrontiert zu werden, dass wir es dem Totenbeschwörer überlassen müssen, um Cains Leben zu retten, aber das Leben ist halt komisch. Es stellt dich immer wieder vor Herausforderungen, um zu sehen, wie sehr du dich verbiegen kannst.

Cain kann besser mit so einem Zeug umgehen. Und deshalb habe ich auch schon entschieden, was wir mit der Wirbelsäule machen werden.

Wir werden sie Banner geben.

Ich weiß nicht, ob Elias mit diesem Plan einverstanden ist, aber ich habe ein gutes Gefühl. Wir beide schulden Cain zu viel, um ihn dafür aufzugeben.

Während wir also alle im Jet auf dem Weg zurück in die Staaten sitzen und jeder seinen eigenen Gedanken nachhängt, beschließe ich, dass jetzt der beste Zeitpunkt ist, alles auf den Tisch zu legen. Dann hätten wir alle mehr Klarheit.

Ich werfe einen Blick auf Arias Rucksack, den ich auf den gegenüberliegenden Sitz geworfen habe, und dann auf mein neues, sehr zerknittertes Kragenhemd. Da das Rückgrat derzeit in meinem Pullover in der

Tasche eingewickelt ist, war ich gezwungen, ihn schnell gegen das Erste zu tauschen, was ich in meinem Gepäck finden konnte.

Ich räuspere mich und warte, bis Aria und Elias zu mir rüberschauen. „Ich glaube, wir haben alle etwas auf dem Herzen, und es sieht so aus, als ob ich derjenige bin, der genug Eier hat, es laut auszusprechen." Ich atme tief ein. „Wir haben ein weiteres Relikt. Das Rückgrat. Und ich glaube, wir wissen alle, was wir damit machen müssen."

Elias verschränkt seine Arme und sinkt tiefer in seinen Stuhl. Aria rutscht an den Rand ihres Stuhls und kaut nervös auf ihrer Unterlippe.

„Wir werden es dem Totenbeschwörer geben und Cain natürlich retten", sage ich.

Aria lässt den Atem los, den sie angehalten hat. „Oh, Gott sei Dank."

„Gott hat damit nichts zu tun, Schätzchen." Ich lache. „Es ist nur der gesunde Menschenverstand."

Aria wendet sich an Elias, der immer noch kein Wort gesagt hat.

„Was sagst du, Höllenhund?", frage ich ihn. „Hast du eine Meinung dazu?"

Sein Kinn hebt sich, sein Ausdruck ist immer noch schwer vor Wut und Bedauern. „In der Hölle gibt es nichts mehr für mich", murmelt er, bevor er Aria ansieht, und man muss kein Raketenwissenschaftler sein, um zu wissen, worauf er sich bezieht. Serena. „Cains Leben ist wichtiger. Ich sage, wir geben das Rückgrat auf. Es macht sowieso nur Ärger."

„Ich war auch nicht besonders scharf auf den Ort",

antworte ich und schaue Aria an. „Außerdem ist mir die Erde ans Herz gewachsen."

Eine Röte steigt ihre Wangen hinauf und sie lächelt.

„Dann sind wir uns alle einig?", frage ich in den Raum. Sie nicken als Antwort. „Egal was passiert, wir retten zuerst Cain. Die Hölle kann warten."

KAPITEL FÜNFZEHN

ELIAS

„Zum Glück sind wir fast zu Hause. Ich will nie wieder eine Burg sehen, solange ich lebe“, sage ich, als ich mit dem Gepäck in der Hand aus dem Flughafen komme und in den vertrauten Nachthimmel starre.

Aria geht neben mir her und wiegt Cassiel in ihren Armen, während Dorian den Rest der Tüten schleppt, die größtenteils mit schottischen Butterkeksen für sie gefüllt sind. Ich habe sie auf dem Rückflug probiert und sie waren nicht gerade lecker, aber wenn mein kleines Kaninchen sie mag, dann bekommt sie eine ganze Speisekammer voll.

„Ich glaube, ich habe die meiste Zeit des Fluges geschlafen“, sagt sie und gähnt.

„Nein, du hast nicht den ganzen Flug über geschlafen“, korrigiert Dorian sie. „Du hast dich den ganze Weg über gerührt und deine Beine über mich gestreckt.“ Schon stürmt er vor uns her in Richtung der kleinen Parkstation für diejenigen, die mit Privatjets einfliegen. „Lasst uns gehen und den Scheiß endlich hinter uns bringen“, ruft er uns über seine Schulter zu.

Aria rennt Dorian hinterher, und ich marschiere hinterher, nicht in der Stimmung, mich nach einem zehnstündigen Flug mit einem Totenbeschwörer auseinanderzusetzen. Aber ich will auch Cain heilen und von hier verschwinden und dann nach Hause zurückkehren.

Als wir auf der Straße sind, werden alle still, und nur der schnurrende Motor und die Reifen, die über den Asphalt rasen, sind zu hören und ich fühle mich unwohl. Ich hasse es, in verdammten Autos zu sitzen, besonders in einem winzigen Ferrari.

„Warum zappelst du so viel herum?“, fragt Dorian.

„Ich hasse dieses verdammte Auto. Es ist eine Blechdose, in der wir wie Sardinen zusammengequetscht sind.“

Dorian bellt ein Lachen. „Die einzige Person, die sich so fühlt, bist du, Bruder. Lehn dich einfach zurück und entspann dich.“

Er beugt sich vor und drückt einen Finger auf den Radioknopf. „Staying Alive“ von den Bee Gees läuft. Dorian und ich stöhnen unisono auf, als er mir zuvorkommt und nach dem Knopf greift, um den Sender zu wechseln.

„Lass das“, ruft Aria vom Rücksitz, wo sie mit Cassiel lümmelt und das Lied mitsummt.

Ich tausche einen Blick mit Dorian aus, der mit den Schultern zuckt und sich wieder auf das Fahren konzentriert, seine Finger klopfen bereits im Takt auf das Lenkrad. Und plötzlich rasen wir über die Autobahn. Ich umklammere den Türgriff, die Zähne so fest aufeinander gepresst, dass ich sie brechen könnte.

„Fahr verdammt noch mal langsamer", brülle ich über die Musik.

„Ist ja gut, Opa", antwortet er.

Alles, woran ich denken kann, ist, wie einfach es jetzt wäre, meine Faust in die Seite seines Kopfes zu schlagen, aber ich will Aria nicht verletzen, wenn der Bleifuß hier gegen einen Baum knallt oder so.

Schnaufend zerre ich an dem mich einschnürenden Sicherheitsgurt und richte meine Aufmerksamkeit auf den Wald, an dem wir vorbeifliegen.

Das Lied kann mich nicht beruhigen; die Worte sind viel zu wahr. Wir versuchen ständig, am Leben zu bleiben, so scheint es. In diesem Moment wird mir klar, dass die Gefahr in dem Moment eskalierte, als Aria zu uns stieß, und das lässt mich sie verdammt noch mal noch mehr anbeten. Als Dämon bin ich ein verdammter Magnet für Ärger, aber zu sehen, dass mein Mädchen die gleiche magnetische Anziehungskraft auf alles Dunkle hat, erwärmt mein Blut.

Unsicher, wie lange wir schon mit diesem Verrückten am Steuer fahren, klammere ich mich an die Tür und lasse mich von der schrecklichen Musik ertränken. Erst als wir langsamer werden, werde ich wieder aufmerksam. Wir passieren das Ortsschild von Norwich.

„Wir sind nah dran." Aria spricht genau meinen Gedanken aus, und der Eifer in ihrer Stimme, es zu Ende zu bringen, wühlt mich auf und ich schaue zu ihr nach hinten. Sie starrt aus dem Fenster, fast mit

Ehrfurcht vor der malerischen Stadt, während Cassiel, der über ihren Schoß drapiert ist, mich anstarrt, als würde er seinen Anspruch geltend machen.

Hast du ein Glück, Katze.

Der Rest der Fahrt dauert nicht lange, und erst als wir in eine schmale Schotterstraße inmitten massiver Kiefern einbiegen, fällt mir auf, dass mir nichts bekannt vorkommt. „Hier sind wir beim letzten Mal nicht langgefahren, oder?"

Wir werden auf unseren Sitzen durchgeschüttelt wie Popcorn, das raue Land erschlägt die Federung des Autos, und sogar unser Fernlicht springt quer durch den Wald. Ich halte mich mit einem Todesgriff an der Tür fest. „I-ich d-d-denke nicht, dass das eine Straße ist."

Cassiel gibt eine Mischung aus miauen und knurren von sich.

„Ramos hat mir eine SMS mit einer Abkürzung geschickt, die er zur Brücke gefunden hat", brüllt Dorian über die Musik und den knirschenden Boden unter unseren Rädern. „So müssen wir Cain nicht kilometerweit durch den Wald tragen."

„Tja, dann beschwere ich mich nicht weiter."

„Cain ist schon da?", keucht Aria vor Aufregung vom Rücksitz.

Bevor Dorian antwortet, streifen seine Scheinwerfer unsere schwarze Limousine, die in der Nähe einer Lichtung im Wald vor uns geparkt ist. Ramos steht außerhalb des Autos und starrt in unsere Richtung. Er trägt eine schwarze Hose und ein passendes Hemd, als ob er versuchen würde, das kahle Weiß seiner Haare und seiner Haut zu überdecken.

Wir halten an, und Aria springt aus dem Auto, Cassiel auf den Fersen, bevor Dorian überhaupt den Motor abstellt. Sie flitzt zur Limousine, während Ramos die Hintertür öffnet, wo Cain sein muss.

Ich steige aus und strecke meinen Rücken, meine Wirbelsäule knackt von der Verkrampfung, während Dorian zum Kofferraum geht und das eingepackte Relikt holt. In dem Moment, als wir entdeckten, dass wir ein Relikt gefunden hatten, das wir brauchten, um das Portal zur Hölle für uns zu öffnen, gab es für keinen von uns einen Zweifel daran, dass wir es benutzen würden, um Cain zu retten. Aber trotzdem... wir sind dabei, ein Objekt wegzugeben, nach dem wir jahrzehntelang gesucht haben.

Ich atme schwer. Erster Schritt: Cain heilen. Zweiter Schritt: Einen Weg finden, es zurückzubekommen. Ein Schritt nach dem anderen.

Ich schließe mich Ramos an, der sagt: „Ihr habt euch ganz schön viel Zeit gelassen. Ich bin schon seit über einer Stunde hier."

„Dorian hatte keine Ahnung, wo er hinfahren musste." Ich lüge absichtlich, weil ich spüre, dass Dorian hinter mir auftaucht.

Er starrt mich an, dann dreht er sich zu Aria um, als sie uns anschaut. Cain liegt drinnen auf dem Rücksitz, vollständig mit Kissen und Decken zugedeckt, die Beine angewinkelt, um hineinzupassen. Mein Magen zieht sich zusammen, ihn so zu sehen. Er war immer der Starke, der nie fiel, der uns allen zur Seite stand.

Es tut verdammt weh, weil ich ihn nicht verlieren kann... wir können ihn nicht verlieren. Er hat uns zusammengehalten. So nervig er auch sein kann, er gehört zu uns. Scheiße.

„Er sieht schlecht aus, wirklich schlecht, als wäre er fast tot." Ihre Wangen werden blass, und ich höre die Panik in ihrer Stimme. „Wird er wieder gesund?" Sie schaut immer wieder ins Auto und dann zu uns, die Arme um ihre Mitte geschlungen.

„Ich musste ihn aus der Stasis holen, deshalb wird er sich jetzt schneller verschlechtern", erklärt Ramos.

Meine Brust spannt sich an. Er ist mir meistens ein Dorn im Auge, aber er ist meine Familie, der Bruder, den ich nie hatte, und ich kann ihn verdammt nochmal nicht verlieren.

„Wir müssen uns beeilen", sage ich.

„Na, dann los. Wer trägt ihn?", fragt Dorian und sieht mich an.

„Ich werde es tun", sagt Ramos, bevor ich antworten kann, aufrecht stehend, als sei dies eine Last, für die er sich verantwortlich fühlt. Und das kann ich ihm nicht abnehmen. „Er ist mein Meister, und das ist meine Aufgabe."

Niemand sagt ein Wort, aber wir alle beobachten, wie gekonnt Ramos Cain mit den Füßen voran aus dem Auto zieht, dann lehnt er sich hinein und zieht sich zügig zurück, mit Cain über seiner Schulter. Für den Dhampir ist es eine Leichtigkeit. Ich schließe die Tür hinter ihm.

„Es geht hier lang", murmelt Aria. „Die Magie ist schwer heute Nacht."

Ich nicke, vor allem zu mir selbst. Sie hat recht - die Luft fühlt sich heute Abend dick an, mit Magie, mit Spannung, mit Beklemmung.

Dorian und Aria übernehmen die Führung, mit Cassiel in ihren Armen. Ich würde es zwar vorziehen, wenn sie das Fellknäuel zurücklassen würde, aber das ist kein Streit, den ich jetzt führen möchte. Nicht, wenn die Priorität darin besteht, Cain zu heilen, und zwar schnell. Ich ziehe mich zurück und bleibe in der Nähe von Ramos, falls er Hilfe braucht.

Meine Haut tanzt mit dem Summen der Magie. Es ist wie ein Nieselregen auf meinem Fleisch, eine Erinnerung daran, dass das, womit wir es hier zu tun haben, verdammt gefährlich ist.

Wir bewegen uns jetzt schnell durch den Wald, und es gibt kaum eine Pause in Arias Schritt, als sie die unsichtbare Brücke erreicht. Wie beim ersten Mal ist der Ort leer, sobald wir ihn überquert haben und die Stadt in Sicht kommt, aber wir verschwenden keine Zeit, während wir die Straße hinuntereilen.

Jeder, der uns ansieht, könnte uns für einen seltsamen Haufen halten, aber irgendetwas sagt mir, dass diese Stadt an eine Menge Seltsamkeiten gewöhnt ist. Andererseits, wenn man niemanden sieht und die meisten Häuser kein Licht haben, frage ich mich, ob hier überhaupt jemand lebt. Na ja, abgesehen vom Totenbeschwörer.

Die vorderen Tore des Friedhofs stehen offen, weil wir erwartet werden. Ich stürze nach vorne und schiebe sie weiter auf, damit Ramos mit Cain leichter durchkommt, und dann rennen wir praktisch durch den Friedhof zu den Krypten im hinteren Teil.

Dringlichkeit macht sich in mir breit. Je mehr ich auf Cains schlaffen Körper starre, auf die Art und Weise, wie seine Arme über Ramos' Rücken baumeln, als wäre er nichts weiter als ein Sack Reis, desto mehr donnert mein Herz in meiner Brust vor Sorge, dass wir die letzten Tage, die er hatte, vergeudet haben.

Ohne Zweifel werde ich, wenn ich diesen Friedhof verlasse, entweder mit Cain an meiner Seite sein, oder ich werde gerade den gebrochenen Körper des Totenbeschwörers in einem frischen Grab begraben haben.

ARIA

Mein Zeh zuckt wie verrückt, als wir Banners Gruft betreten und ich Cassiel fest unter meinem Arm halte, damit er nicht versucht, einen dieser toten Nager zu essen. Meine Haut kribbelt. Ich hasse es, wieder hier zu sein, den schweren Gestank der Erde einzuatmen und um tote Ratten herumzugehen. Aber sie sind nicht wirklich tot - das haben wir beim letzten Mal gesehen. Ich möchte jedes Mal schreien, wenn ich aus Versehen auf eine trete, und ich erschaudere beim Geräusch von brechenden Knochen. Können sie es spüren, wenn sie wieder lebendig werden?

Dorian hat die Führung übernommen, und es dauert nicht lange, bis wir uns alle in Banners Zimmer drängen, das stickig und aus irgendeinem

Grund nach Talkumpuder riecht. Elias schließt die Tür hinter uns.

„Schnell, legt ihn hier hin“, weist Banner an, während Dorian, Elias und Ramos Cains Körper vorsichtig auf etwas manövrieren, das wie ein Operationstisch aussieht, wobei sie darauf achten, die darüber baumelnden Blutkonserven nicht zu berühren.

Ich streichle Cassiel, der erstaunlich ruhig ist und sich in meinen Armen zusammengerollt hat.

Banner klatscht, fast zu aufgeregt, und er sieht lächerlich aus, während er breit lächelt. Wie zuvor trägt er eine dickgerahmte Brille, sein Haar ist wild. Er ist in seiner nerdigen Art, aber er ist in eine maßgeschneiderte Hose und ein weißes Business-Hemd gekleidet, als würde er gleich in die Stadt gehen. Außer, dass die Stadt da draußen tot ist.

Vielleicht hat er ein Date? Darüber muss ich fast lachen. Würde jemand mit einem Totenbeschwörer ausgehen wollen?

Sagt das Mädchen, das in drei Dämonen vernarrt ist.

Ich kaue auf der Innenseite meiner Wange, meine Augen kleben an Cain, der auf dem Rücken liegt, die Augen geschlossen. Mein Magen schmerzt vor Sorge. Es kostet mich alles in mir, nicht zu ihm hinüber zu eilen, seine Hand zu halten und ihm ins Ohr zu flüstern, wie sehr ich ihn vermisst habe.

„Ich nehme an, das bedeutet, dass die Reise ein Erfolg war?“, fragt Banner und streckt seine Brust heraus. Seine Augen huschen zwischen uns allen hin und her, bevor sie auf dem Paket landen, das Dorian in der Hand hält.

In diesem Moment erregt etwas Glitzerndes um Banners Hals meine Aufmerksamkeit. Ich blinzle, um einen genaueren Blick auf die goldene Kette zu werfen, und folge ihr hinunter zu dem goldenen Flügelanhänger über seiner Brust.

Das Feuer entzündet sich in meiner Brust.

Will er mich jetzt verarschen? Ich lasse Cassiel auf den Boden sinken, weil ich mir im Moment nicht zutraue, ruhig zu bleiben und Cassiel nicht um mich zu schmeißen, um Banner anzugreifen.

„Das ist meine Halskette", zische ich und errege damit die Aufmerksamkeit aller. Wut kriecht über meinen Nacken.

Ich vergesse alles, außer der Wut, die wie Wellen durch mich hindurch schwappt. Das Einzige, was ich von Cain habe... Zu sehen, wie dieses grabende, rattenliebende Arschloch das trägt, was mir gehört, verbrennt mich bei lebendigem Leib.

Er blickt nach unten und fingert an dem Anhänger herum, wobei er ihn quer über seine Brust klappt.

Mein Herz hämmert, meine Atemzüge strömen an meinen Lippen vorbei - ein und aus. „Gib es zurück!"

Er lässt die Arme an seiner Seite sinken und versteift sich. „Nee, ich glaube, ich behalte es."

Ich mache einen Schritt nach vorne. „Du verdammter..."

„Was sie sagen will", unterbricht mich Dorian, seine starke Hand um meine Taille zieht mich an sich, „ist, dass wir das so schnell wie möglich hinter uns bringen wollen. Wir haben einen engen Zeitplan. Dann können wir das Relikt gegen die Halskette austauschen."

Ich starre Banner an, der seine Augen nicht von mir abgewandt hat und dessen Mundwinkel zu einem grausamen Grinsen verzogen sind. Er genießt es, mich leiden zu sehen... Warum sonst sollte er tragen, was mir gehört? Die Wut, die in mir brodelt, steigert sich, bis mein ganzer Körper zittert. Ich versuche mit aller Kraft, mir auf die Zunge zu beißen, um mich davon abzuhalten, über Cain zu kriechen und es ihm von seinem mickrigen Hals zu reißen.

„Gib das Objekt her", befiehlt Banner und streckt Dorian seinen Arm entgegen, die Handfläche nach oben, die Finger kringeln sich eindringlich hin und her.

„Das ist nicht Teil der Abmachung", bellt Elias. „Wir haben, was du wolltest. Es ist genau hier. Jetzt musst du Cain heilen." Ein Knurren verhallt am Ende seiner Worte, Spannung wabert im Raum.

„Ich muss gar nichts für euch tun. Gebt mir mein Objekt oder euer Freund stirbt."

„Meister", bettelt Ramos, wendet sich an Dorian und fleht ihn mit großen Augen an. Er will, dass wir einfach tun, was der Totenbeschwörer verlangt.

Ramos hat recht, so ungern ich es auch zugebe. Banner hat die Oberhand über uns. Ich wusste nicht, dass ich einen Fremden so sehr hassen kann wie ihn.

„Heile ihn", fordert Dorian, Energie funkelt über seine Haut, als sich seine Kraft ausbreitet. Nur, Banner sieht unbeeindruckt aus.

„Du verschwendest meine Zeit mit deinen armseligen Zaubertricks", schnauzt Banner, seine Stimme hallt von den Wänden um uns herum wider. „Wir hatten eine Abmachung, also gib es her oder verpiss dich und nimm deinen toten Freund mit."

Stille durchdringt den Raum. Es gibt keine Möglichkeit, dass Banner nachgibt. Obwohl ich mir selbst verspreche, nicht zu gehen, bis ich meine Kette um seinen Hals gekrallt habe, möchte ich, dass Cain geheilt wird.

„Dorian, tu es einfach", sage ich, während meine Hände zu Fäusten werden. Ich schlucke an meiner trockenen Kehle vorbei und kann kaum atmen. „Cain ist wichtiger."

„Braves Mädchen", sagt Banner herablassend zu mir. Ich verabscheue es, wie er mich angrinst, und die Vorstellung, mit ihm allein zu sein, löst bei mir eine Gänsehaut aus.

Ein kiesiges Knurren raubt mir meine Gedanken und lenkt sie auf Elias, der vor Wut schäumt.

Dorian geht an mir vorbei und legt die Wirbelsäule, immer noch eingewickelt, auf den Tisch neben Cains Beine. Mein Zeh hat nicht aufgehört, in seiner Gegenwart zu summen und in meinem Schuh zu zucken.

Ich kann mir nur vorstellen, wie schwer es für Dorian und Elias sein muss, einen der Schlüssel zur Heimkehr aufzugeben.

Mit zittrigen Händen wickelt Banner die Reliquie zärtlich aus. In dem Moment, in dem er die weißen, gewundenen Knochen freilegt, spielt die schwache Musik wieder in meinem Kopf, genau wie damals in der Schwarzen Burg. Mein Zeh hüpft wie verrückt in meinem Schuh herum. Von allen Relikten, die ich bisher gesehen habe, muss dieses das Gruseligste sein, es ähnelt viel zu sehr einer echten Wirbelsäule für meinen Geschmack.

„Fass es nicht mit bloßen Händen an", warnt Dorian scharf und streckt seinen Arm aus, um den Kontakt zu verhindern.

Banner leckt sich aufgeregt über die Lippen. „Ihr habt also aus erster Hand erfahren, welche Macht es in sich trägt? Wer war es? Wer hat es berührt?"

Keiner antwortet, und er spottet. „Ihr seid langweilig." Er schnippt mit der Hand nach uns, als wären wir plötzlich die Langweiler, die ihm keine Unterhaltung bringen. Ich bin immer noch wütend, dass er meine Halskette trägt, und starre ihn die ganze Zeit an.

Nicht, dass er es ihn stören würde.

Eilig wickelt er die Wirbelsäulenreliquie wieder ein, nimmt sie und trägt sie zum Schubladenschrank an der Rückwand. Dort zieht er die zweite Schublade auf und schiebt sie hinein. Wir beobachten ihn alle, und als er sich zu uns umdreht, ist sein Gesichtsausdruck nicht mehr der eines fröhlichen, streberhaften Mannes, sondern er scheint sich fast in den Mann zurückverwandelt zu haben, den wir an unserem ersten Tag auf dem Friedhof getroffen haben. Er steht aufrecht, seine Schultern scheinen breiter zu sein, und er nimmt sogar seine Brille ab, dann streicht er sich die wilden Haare nach unten. Der Mann vor uns ist erschreckend.

Mit einem Zungenschnalzen richtet er seine Aufmerksamkeit auf Cain, während sich Schatten um den Totenbeschwörer zu sammeln scheinen. Ich blinzle, unsicher, ob ich richtig sehe. In mir schlägt Sayah Purzelbäume, sie spürt die ganze dunkle Magie um uns herum. Und vielleicht die Gefahr.

Seine Lippen bewegen sich, aber es kommen keine Worte heraus, und mir wird klar, dass er seine Kraftein-gesetzt hat, um Cain zu heilen. Okay, das ging schnell, aber ich beschwere mich nicht.

Ich bleibe völlig ruhig. Das tun auch Dorian, Elias und Ramos. Wir sind wie hypnotisiert, während wir das miterleben.

Sicher, Cain ist nicht tot, aber er ist so nah an der Schwelle des Todes, dass es vielleicht keinen Unterschied macht. Als ob er mein Unbehagen spürt, legt Dorian eine Hand auf meinen unteren Rücken, während Elias auf meiner anderen Seite meine Hand in seine nimmt und unsere Finger ineinander verschränkt.

Banner beugt sich schnell nach vorne, kramt unter dem Tisch nach etwas, das wir nicht sehen können, und kommt dann mit einer langen Spritze und einem kleinen Metallkäfig mit einer Ratte darin heraus.

Ein Keuchen entweicht meinen Lippen, aber wie die anderen, sage ich nichts weiter. Elias' Hand drückt meine leicht, eine tröstende Geste, doch mein Herz hört nicht auf zu rasen.

Banner beginnt, eine Melodie mit unverständlichem Text zu singen, etwas Langsames und fast Schmerzhaftes, etwas Trauriges. Vielleicht singt er für den Tod, damit er fernbleibt.

Mit der Ratte im Käfig zwischen Cains Beinen zieht

Banner Cains Ärmel hoch, tippt ihm auf den inneren Ellbogen und sticht ihm dann kurzerhand die Nadel in den Arm.

Ich erschaudere, wie schmerzhaft das aussieht.

Er zieht den Kolben an der Basis der Spritze nach hinten, der Zylinder füllt sich schnell mit Cains schwarzem Blut. Sobald sie voll ist, zieht er die Nadel heraus und greift dann nach dem Käfig. Er klappt die Tür oben auf, steckt seine Hand hinein und hebt eine Ratte heraus, die schon halb tot aussieht. Sie gibt nicht einmal einen Laut von sich und hängt schlaff an seiner Hand.

Banner hört nicht ein einziges Mal auf zu singen, auch nicht, als er die Nadel in das Tier sticht und das Blut von Cain in sie einspritzt.

Ich halte still, ringe nach Atem, meine Gedanken kreisen um Panik und hunderte von Fragen, die sich hauptsächlich darum drehen, dass diese Ratte Cains Blut in sich trägt. Könnte es in Zukunft gegen ihn verwendet werden?

Banner wirft die Ratte zurück in den Käfig, schließt ihn ab und lässt ihn dann am Ende des Tisches liegen. Schnell schiebt er die Spritze wieder unter den Tisch, und als er sich diesmal wieder erhebt, atmet er laut aus, das Lied auf seinen Lippen wird leiser.

Ein Schauer kriecht meine Arme hinauf, mein Atem ist neblig und schwebt plötzlich vor meinem Gesicht, als wären wir in eisige Gewässer getaucht. Ich rolle mich an Dorians Seite zusammen, während Elias näher rückt und mich zwischen ihnen festhält, als meine Zähne klappern.

„Erhebe dich, erhebe dich, ich befehle es dir.“ Banner hebt die Arme in die Luft und wiederholt die Worte, und mit jedem Mal wird es kälter. Ramos bemerkt das nicht, aber andererseits ist er ein Dhampir, also würde er die Kälte nicht spüren.

Der dunkle Nebel ist hinter Banner zurückgekehrt und gleitet wie Tentakel durch die Luft, die jeweils nach Cain ausgreifen.

Ich versteife mich, meine Nägel graben sich in die Handfläche meiner freien Hand. Um uns herum ertönt ein Knurren, etwas tödlich Dunkles und Schreckliches. Ich lasse meinen Blick nach links und rechts schweifen, überall um uns herum, aber alles, was ich sehe, ist noch mehr von dem Nebel, der jede Spalte und jeden Fleck im Raum ausfüllt. Er scheint sich um uns herum zu schließen.

Banner stößt einen kreischenden Laut aus, der mich aufspringen lässt.

Ich richte meine Aufmerksamkeit auf ihn, als er seine offenen Handflächen auf Cains Brust legt. Dunkle, schlangenartige Gliedmaßen aus Nebel spießen sich in Cains Körper, immer wieder. Dann schießen sie unter dem Tisch wieder aus ihm heraus, stürzen sich auf die eingesperrte Ratte und tun genau dasselbe mit dem Viech. Doch das Ding sitzt nur da und zuckt mit der Nase.

Ich weiß nicht, wie lange das anhält, aber es fühlt sich an wie Stunden, obwohl es wahrscheinlich nur ein paar Minuten sind.

Um uns herum steigt jetzt Nebel auf, dichter, schwerer, der uns die Sicht raubt. Ich reiße meinen

Kopf hoch, um über den Nebel zu sehen, um nicht aus den Augen zu verlieren, was Banner tut. Aber es ist zwecklos, denn er kommt schnell auf uns zu und hüllt alles ein, was wir sehen.

Ich klammere mich an meine Männer, während mich ein Gefühl des Ertrinkens überwältigt. Meine Sicht wird mir gestohlen, und ich blinzle gegen den dunklen Nebel an, und in diesem Moment könnten wir überall sein. Das Einzige, was uns auf dem Boden hält, ist Banners aufsteigende Stimme.

„Steh auf, steh auf, ich befehle es dir."

Die Härchen auf meinen Armen stellen sich auf, und ich kann nicht anders, als einen Schritt nach vorne zu machen, um zu sehen, was da los ist. Es ist grausam, Cain vor uns zu verbergen.

Mein Herz klopft, als ich durch den Nebel nach Bewegung suche, als Banner aufhört zu singen.

Stille.

Es ist totenstill, und ich spüre den Luftzug an meinem Gesicht, der eisig durch mein Haar strömt.

Ich zittere, als ein Schauer durch meinen Magen fährt. Ein unerwarteter Atemzug gleitet durch den Raum, und mit ihm lichtet sich der Nebel vor unseren Augen.

Das Erste, was ich sehe, ist die verdammte Ratte, die im Käfig auf der Seite liegt und der die Zunge aus dem Maul ragt. Sie ist tot. Hektisch schiebe ich mich vorwärts und scanne den Tisch ab. Mein Blick huscht an Cains Körper hinauf.

Abrupt ruckt er nach oben und setzt sich auf dem Tisch auf, wobei er gegen die baumelnden Blutampullen stößt. Seine Augen sind weit aufgerissen, blutunterlaufen, ein tödlicher Schrei liegt auf seinen Lippen.

Ich zucke zusammen, mein Inneres ist eng wie ein Gummiband, und es fühlt sich an, als würde ich von der Spannung, die mich ergreift, platzen.

Als Nächstes bricht er wieder auf dem Tisch zusammen, sein Rücken und Kopf schlagen auf die harte Oberfläche.

„Autsch“, murmle ich leise und frage dann: „Hat es funktioniert?“

Die Ratte ist tot ... also muss es funktioniert haben. Ich kann meine Augen nicht von Cain lassen, von der Farbe, die in seine Wangen zurückgekehrt ist, dem stetigen Heben und Senken seiner Brust.

Ich möchte weinen, vor Freude schreien, doch ich bin am Rande einer ausgewachsenen Panikattacke deswegen gefangen, dass er vielleicht nicht mehr lebt. Ich möchte ihn verzweifelt wachrütteln, um sicherzugehen, dass ich ihn nicht verloren habe.

Dorian ist an der Seite von Cain, Elias an meiner, während Ramos ungläubig starrt.

„So, das war's“, versichert Banner, seine Bemerkung ist leichtfertig.

„Warum ist er dann nicht wach?“, schnauze ich zurück, ich habe diesen Kerl so satt. Er dreht mir den Rücken zu, während er durch den Raum geht.

„Vorsichtig, du verdammte zottelige Katze!“, kreischt Banner plötzlich und stürzt sich auf das Bücherregal an der Rückwand.

In diesem Moment bemerke ich Cassiel, der auf

dem obersten Bücherregal hockt und unsicher auf dem dünnen Sims vor einer Sammlung von Gegenständen balanciert. Es passiert alles so schnell. Cassiel fährt herum zum angreifenden Totenbeschwörer, gerät in Panik, sein Nacken kräuselt sich. Er stürzt sich über das Regal, um abzuspringen. Sein Hinterbein stößt gegen die Hurricaneglas-Vase, die mit etwas gefüllt ist, das wie Erde aussieht. Die gleiche, die ich bei meinem letzten Besuch hier gesehen hatte.

Cassiel springt weg.

Die Vase stürzt um und schlägt laut krachend auf dem Boden auf, Glas und Erde werden in alle Richtungen geschleudert.

Banner brüllt wie ein Tier, als wäre es die schlimmste Sache der Welt.

Wie winzige weiße Netzfäden schnappt der Strom durch den Raum, trifft jeden von uns, wirft uns zurück und gegen die Wand.

Ich schreie auf und knalle gegen einen Stuhl, der unter dem Aufprall zerbricht. Dorian stöhnt, Ramos liegt auf dem Boden.

Vor uns steigt von der Stelle, an der die Vase zerschellt ist, eine elektrisierende Energiewolke auf, die wie ein Atompilz aufsteigt. Es erinnert mich an Bilder der Atombombenexplosion, und ein scharfes Heulen entweicht mir.

Das ist schlecht. Wirklich, wirklich schlecht.

„Scheiße!" Ich stelle mich hin, um Cassiel zu erreichen, in der Angst, dass Banner ihn verletzen wird, während Elias den Tisch am anderen Ende umrundet, um ihn zu finden. Der elektrische Sturm nimmt den halben Raum ein, verworrene weiße Fäden, die sich wie ein verheddertes Spinnennetz ineinander verflechten. Jedes Mal, wenn zwei der Leitungen aneinander reiben, sprühen Energiefunken.

„Cassiel“, rufe ich, während Ramos und Dorian sich beeilen, Cain aus der Gefahrenzone zu bringen.

Cassiel bricht laut miauend aus der Sturmwolke hervor. Er springt und hüpft über die Regale und Schränke, kann nicht schnell genug wegkommen, sein Rückenfell knistert. Abgesehen davon, dass er ausgeflippt ist, scheint er unverletzt zu sein.

Plötzlich stürzt sich Cassiel auf den Tisch in der Mitte des Raumes, und Elias schnappt ihn mitten im Flug.

„Wir müssen hier raus“, würge ich hervor. Doch meine Aufmerksamkeit bleibt an langen, krallenbestückten Fingern hängen, die aus dem chaotischen, dunklen Miasma auftauchen. Ich starre sie mit Entsetzen an, unfähig, mich zu bewegen. Ich atme scharf und flach ein.

Aus dem Inneren tritt eine Gestalt hervor, die einen Ausdruck des Todes trägt. Sie ist hochgewachsen, breitschultrig, seine zerrissene Kleidung gibt den Blick auf ledernes, dunkles Fleisch frei. Knurrend hebt er seinen rüsselförmigen Kopf zurück, dann entweicht ein Brüllen aus seiner Kehle. Das ohrenbetäubende Geräusch prallt an uns ab. Ich fühle mich an etwas erinnert, dass wie eine Kreuzung aus dem Hulk und einer Sumpfkreatur aussieht.

Ein Beben erschüttert meine Brust mit meinem

erstickten Wimmern. Was zum Teufel hat Cassiel aus der Vase befreit?

Das Ding, das vor uns steht, reißt seinen Kopf zu mir herunter und starrt mich mit gelben, giftigen Augen direkt an. Ich bin wie gelähmt vor Schreck, gefangen unter seinem Blick, und eine Vertrautheit überschwemmt mich. Hinter mir sind Schreie zu hören, jemand ruft meinen Namen, aber ich bin vor Schreck erstarrt.

Ich schlucke schwer, denn ich lag falsch. So verdammt falsch.

Dieses Ding, das vor uns steht, ist keine entfesselte Bestie.

Es ist Banner.

Was zum Teufel ist aus ihm geworden?

KAPITEL SECHZEHN

CAIN

Farben blitzen vor meinen Augen auf. Explosionen von Blau, Rot, Gelb und Grün.

Langsam bewegen sie sich und nehmen Gestalt an, werden zu Formen, die ich erkenne. Das Erste, was ich sehe, ist Aria. Sie kniet in der Mitte eines in der Erde ausgelegten Pentagramms, umgeben von Kerzen. Wie immer ist sie wunderschön, sie trägt ein exquisites Ballkleid aus Spitze und Tüll. Ihr Haar ist zu einem geflochtenen Dutt gedreht, und als sie ihr Kinn hebt, um mich anzusehen, spalten sich ihre rot bemalten Lippen zu einem strahlenden Lächeln.

Mein Herz schlägt heftig bei ihrem Anblick. Sie ist die schönste Frau, die ich in meinem ganzen Dasein je gesehen habe.

Mit dunklen Augen, die auf mich gerichtet sind, erhebt sie sich auf die Füße, gerade als ein weiterer Farbklecks vor meinen Augen aufblitzt. Dann, wie von

Zauberhand, ist das Kleid, das sie trug, verschwunden. Sie steht nun völlig nackt vor mir.

Ein Kribbeln der Erregung zappelt bis in meine Leistengegend. Ich weiß, was das ist. Ich weiß, was hier passiert; ich habe das schon einmal miterlebt, hatte es mit Elias und Serena mitgemacht. Das Bindungsritual.

Aber dieses Mal gibt es nur mich und Aria.

Wir sind dabei, für die Ewigkeit miteinander verbunden zu werden.

Zu meiner eigenen Überraschung bin ich nicht so beunruhigt, wie ich es erwartet hatte. Es gibt keine Zweifel oder übermäßiges Nachdenken. Nur Glück. Vorfreude. Besonders auf das, was als Nächstes kommt.

Das ist der Teil, den Dorian und ich übersprungen haben, an dem Elias aber teilgenommen hat. Der Sex.

Allein der Gedanke, Aria durchzunehmen, entfacht ein Inferno in mir.

Als ich Aria wieder ansehe, fließt Blut an ihren Brüsten herunter. Aber nicht ihr Blut.

Ich hebe meine Hände und stelle fest, dass meine Handflächen aufgeschnitten sind und sich mehr von dem Zeug ansammelt.

Aria schmiert sich das Blut über die Brust, über den Bauch und zwischen den Scheitelpunkt ihrer Oberschenkel. Ich bin gefesselt. Ihre Bewegungen sind sinnlich, ihr Blick heiß vor Lust, und ich bin wie gebannt, kann nicht wegschauen. Dann streckt sie die Hand aus, nimmt meine Hände in ihre und führt sie über ihren Körper. Ihre Haut ist glitschig vom Blut, weich, aber so warm. Sie bricht nie den Blickkontakt ab, und ihre

Augen haben etwas Animalisches, das meinen eigenen Dämon weckt.

Mein Blut wird schwarz und vermischt sich mit dem roten, während wir beide ihre Brüste reiben, drücken, kneten, ihre Brustwarzen kneifen. Sie so zu berühren, sie mit meiner Essenz zu bedecken, ist fast so intim wie der Sex selbst. Es macht meinen Schwanz hart bis es weh tut und wir sind noch nicht einmal zum wirklich guten Teil gekommen.

Mit ihren Händen immer noch über meinen, führt sie mich zu meiner Erektion und wickelt die Finger um meinen Schaft. Ich zische mit einem unerträglichen Verlangen nach Befreiung. Und in diesem Moment merke ich auch, dass ich nackt bin, meine Kleidung hat sich irgendwann ohne mein Wissen verflüchtigt. Aber das ist mir scheißegal. Alles, worauf ich mich konzentrieren kann, ist der köstliche Druck unserer Hände, als sie beginnt, sie auf und ab zu bewegen, und mein Körper brummt vor dem wachsenden Bedürfnis, in sie einzudringen.

Ich kann es nicht mehr aushalten, packe ihren Hinterkopf und presse meinen Mund auf ihren. Meine Zunge taucht an ihren Lippen vorbei, verzweifelt, sie zu schmecken, und sie packt mein Kinn grob, küsst mich genauso aggressiv, während sie unsere Bewegungen unterhalb beschleunigt. Ihr Stöhnen treibt mich in den Wahnsinn.

Ich knurre in ihren Mund, während die Lust steigt, aber ich will noch nicht, dass es endet. Nicht so.

Ich ziehe mich zurück. Aber als meine Augen sich

wieder fokussieren, hat sich die Szene um uns herum wieder verändert. Das Pentagramm, die Kerzen, der Dreck - alles ist verschwunden. Stattdessen stehen wir vor einem großen Raum, in dem Hunderte von Schaulustigen uns mit lüsternen Augen beobachten. Sie sind alle für eine teure Kostümparty gekleidet, in mittelalterlichen Gewändern und maßgeschneiderten Anzügen, entweder schwarz oder rot. Über uns brennt ein massiver Kerzenleuchter, der schemenhafte Masken auf jedes Gesicht wirft. Ich erkenne ein paar der Leute in der Menge - zuerst Dorian und Elias ganz vorne, dann Nix, Maverick, Torryn und meine anderen Brüder.

In der hinteren Ecke entdecke ich meinen Vater. Luzifer selbst, in seinem berühmten schwarzen Anzug an eine Säule gelehnt, mit seiner Krone aus Knochen und Zähnen auf dem Kopf. Bei seinem Anblick regt sich ein Rest von Wut in mir, aber als er meinen Blick bemerkt, hebt er sein Kinn, als würde er das, was er sieht, gutheißen.

Verwirrt sinkt mein Blick, und Aria ist wieder auf den Knien, ihre Zunge schießt heraus, um die Spitze meines Schwanzes zu necken. Wir sind beide immer noch nackt und blutverschmiert, und mir wird klar, worum es bei dieser Party wirklich geht. Es geht darum, unsere Vereinigung zu bezeugen.

Es gibt einen Nervenkitzel, der entsteht, wenn man beobachtet wird. Es steigert nur das Verlangen, das mich durchströmt.

Arias Mund schließt sich um meinen Schwanz, und

ich kann meine Augen jetzt nicht mehr von ihr lösen. Ihre roten Lippen sind um mich gewickelt, ziehen mich tiefer und tiefer, dann lassen sie von mir ab, um mich mit ihrer Zunge zu verwöhnen. Meine Finger streichen durch ihr Haar, das jetzt in dicken Locken um ihre Schultern liegt, und halten sie mit meinem Griff fest.

Als sie mich komplett in ihren Mund einführt, kann ich die Krümmung ihres Halses spüren, und mein Verstand taumelt vor Lust. Gleichzeitig drücken ihre Finger sanft meine Eier, massieren sie, und als sie sich wieder zurückzieht, streifen ihre Zähne über meinen Schaft. Sie weiß es vielleicht nicht, aber es ist die Art von Vergnügen und Schmerz, nach der ich mich sehne.

Ich stöhne und zittere am ganzen Körper.

Ein weiterer bunter Lichtblitz explodiert, der mich kurzzeitig blendet, aber als sich meine Augen darauf einstellen, blicke ich auf einen großen goldenen Thron, auf dem meine Aria an der Stelle meines Vaters sitzt, als Herrscherin der ganzen Hölle, und das wunderschöne schwarze Kleid trägt, in dem ich sie zuvor gesehen hatte. Immer noch bedeckt mit meinem Blut. Aber jetzt ist die Krone aus Knochen und Zähnen auf ihrem Kopf.

Mein Herz pocht in meiner Brust bei dem Anblick, dass sie das Sagen in der Unterwelt hat, ich bin verzückt und habe gleichzeitig Angst um sie.

Als sie bewundernd auf mich herablächelt, vergrößern sich ihre Pupillen, die Schwärze verschluckt die Iris und das Weiße vollständig.

Dann kommen die Schreie.

DORIAN

„Ramos, bring Cain hier raus“, brülle ich über das dröhnende Kreischen hinter mir. Ich lehne Cains schlaffen Körper gegen den von Ramos, damit er ihn von hier weg trägt. Ich habe keinen Zweifel, dass wir es bei dieser monströsen Gestalt mit Banner zu tun haben. Sein erdiger, tödlicher Geruch hat sich nicht verändert, und eigentlich auch nicht seine „Dr. Jekyll und Mr. Hyde“-Störung. Außer, dass er uns mit einer dritten Persona überrascht hat. Was auch immer Cassiel in diesem Glasgefäß umgestoßen hat, hat Magie freigesetzt. Es sticht immer noch an meinen Armen.

„Aber ist er geheilt?“, fragt Ramos besorgt, und als ob seine Frage Cain zum Aufwachen bewegen würde, entweicht der Kehle meines alten Freundes ein Stöhnen.

Erleichterung überkommt mich trotz des ganzen Chaos um uns herum. „Klingt für mich wach genug“, sage ich und helfe ihm, Cain auf seine Schulter zu heben.

Ein donnernder Knall ertönt und lässt den Boden erbeben. Ich drehe mich um und sehe Elias von der Eingangstür herunterrutschen, gegen die er gerade geknallt ist. Die Bestie springt ihm hinterher.

„Oh fuck, Planänderung. Halte Cain in der Ecke, beschütze ihn mit deinem Leben“, befehle ich und schwinge mich zu Aria, die an der gegenüberliegenden Wand steht und einen erschrockenen Cassiel umarmt.

Ich hasse es, die Angst in ihren Augen zu sehen, ich hasse es so sehr, dass ich kaum atmen kann.

Ich peitsche herum, mein Körper brummt, meine dämonische Seite drängt nach vorne. Ich umarme die Dunkelheit, lasse sie mich erdrücken.

Banner in Bestienform landet auf Elias, der Totenbeschwörer knurrt, fletscht die Zähne. Ich warte keine Sekunde. Ich stürze mich in den Kampf, bereit, Fleisch zu zerfetzen und Blut zu vergießen.

Ich schlage direkt in Banners Rücken und stoße ihn von Elias weg, sodass wir beide zu Boden rollen. Seine Augen weiten sich vor Schreck, und ich lache ihm ins Gesicht, packe seinen Hals und drücke zu. Ich schlage ihm eine Faust in den Bauch, als Elias auf ihn springt und ihm eine Faust nach der anderen ins Gesicht schlägt. Blut spritzt in alle Richtungen. Ich beobachte das Ganze neugierig und genieße jede Sekunde, in der Banner einen schmerzhaften Laut ausstößt.

Ein plötzliches Frösteln gleitet über meine Haut und Elias zuckt zurück, begegnet meinem Blick. Er spürt die Veränderung in der Luft.

Banner versteift sich unter uns, er wird still, Blut spritzt aus seinem Mundwinkel. Er ist gegen den Boden gepresst und grinst, als hätte er irgendwie die Oberhand über uns.

Genauso schnell, wie wir innehalten, strömen Rauchschwaden aus seinem Mund, aus seiner Nase, wie Schlangen. Sie fliegen auf uns zu, treffen alles und jeden. Meine Wange, meinen Hals, meine Brust, meine Oberschenkel. Ich schleudere meine Arme nach ihnen, meine Berührung rauscht direkt durch sie hindurch.

„Fuck!" Ich stolpere rückwärts, genauso wie Elias, die Stellen, die der Angriff getroffen hat, brennen schnell und brutal. Der scharfe Schmerz hält an, aber die Haut ist nicht verletzt. Es ist ein rein magischer Schlag, der wehtun soll, um uns abzuschrecken.

Und es funktioniert verdammt gut.

Ich stehe auf und weiche gerade weit genug zurück, um Luft zu holen und mich zu sammeln. Womit zum Teufel haben wir es zu tun?

„Todesberührung", murmelt Elias, als würde er meine Gedanken lesen, und wir beide stehen Banner gegenüber, der plötzlich größer erscheint als zuvor. Ein verdammt großer Unmensch, sein Hemd hängt in Fetzen von ihm herunter, seine Haut ist dunkel und lederartig, wie so viele Dämonen, die ich in der Hölle gesehen habe. Welchen Pakt hat er geschlossen, um solche Macht zu haben?

Er sieht aus wie ein verstörender Hurensohn mit aufgerissenem Mund und schwarzen Dingen, die aus seinem Mund und seinen Nasenlöchern herausquellen.

Eine quälende Frage schleicht sich in meinen Kopf... Wenn Banner die Macht des Todes nutzt, wie können wir ihn töten? Wie können wir etwas töten, das auf Messers Schneide zwischen Leben und dem Jenseits balanciert?

Meine Stiefel knirschen auf der verschütteten Erde aus dem zerbrochenen Glas, ich weiche ihm aus, als er sich zu Aria dreht, die jetzt in der Nähe von Ramos ist. Cain steht auf seinen eigenen Füßen, sieht benommen aus, lässt sich von der Wand halten, aber *verdammt, ja,* er ist zurück.

„Wir schaffen das." Ich werfe mich auf Banner und sage über meine Schulter: „Wir binden ihn fest, wenn sonst nichts geht, und bringen alle hier raus."

Noch bevor ich meine Worte beendet habe, zieht sich Elias aus, die Energiefunken seiner Verwandlung rasen meine Arme hinauf. Sein Körper verformt sich, und er fällt auf die Knie, verwandelt sich, die Qualen sind deutlich. Ich habe ihn nie um seine Fähigkeit, sich zu verwandeln, beneidet.

Ich stoße mit Banner zusammen, mein Aufprall drückt ihn zur Seite. Er prallt gegen den Tisch, sein Kopf stößt gegen die hängenden Blutampullen. Ich hasse diese verdammten Dinger und schnappe mir eine, reiße sie vom Seil und schlage sie seitlich gegen Banners Kopf.

„Du verdammtes Arschloch", knurre ich und greife nach einer weiteren, weil ich denke, dass das Seil gut geeignet ist, um ihn zu fesseln.

Er schwingt so schnell herum, dass ich nur noch verschwommen vor meinem Gesicht sehe. Seine Todesgliedmaßen schlagen um sich, treffen mich immer wieder.

Ich schreie, die Qualen schneiden durch mich hindurch.

Elias kommt aus dem Nichts und schlägt ihn von hinten nieder, und wir liegen wieder auf dem Boden in einem Gewirr von unerträglichen Schmerzen von seiner verdammten Attacke.

„Hör verdammt noch mal auf!", schreie ich ihm ins

Gesicht, aber meine Stimme, meine Kraft, hat null Wirkung auf ihn.

Wir sind so am Arsch.

ARIA

Ich zucke zusammen, als die Jungs und Banner schnell zu Boden gehen, und mein Herz droht an meinem Brustkorb zu zerbrechen. Cassiel bleibt in meinen Armen, das arme Ding zittert.

„Die Erde“, keucht Cain, das Wort ist nur gehaucht. Er ist geheilt und ich sollte jubeln, aber ich habe Angst vor dem, was Banner geworden ist, vor dem, was er uns antun wird.

„W-Was?“ Ich wende meinen Blick von der Schlacht zu Cain, der schwer atmet, Ramos hilft ihm immer noch, sich aufrecht zu halten.

Cain zeigt auf den Boden, wo die verschüttete Erde den Boden bedeckt, zusammen mit Glasscherben. „Erde birgt Magie. Wirf sie auf ihn“, keucht er und atmet flach ein.

„Du musst dich schonen“, weist Ramos ihn an.

Ich setze Cassiel ab und wälze seine Worte hin und her. Ich verstehe nicht, wie das helfen soll, aber ich werde alles versuchen.

Meine Füße scheinen sich von selbst zu bewegen, um den Tisch herum, und ich erstarre, als ich sehe, wie Elias und Dorian am Boden in einen Kampf verwickelt sind. Sie bewegen sich so schnell, so erschreckend schnell, dass ich nur noch Arme, Beine und einen schwarzen Nebel sehe.

Erde. Richtig.

Mein Puls steht in Flammen und jeder Zentimeter von mir zittert, aber ich weiß, dass wir keine Zeit haben. Ich springe praktisch über sie hinweg und eile in den hinteren Teil des Raums, wo sich weitere Regale mit allen möglichen Artefakten befinden. Überall auf dem Boden liegt Erde, dünn verstreut, über alles verteilt. Und natürlich gibt es hier keinen Besen.

Also tue ich das Nächstbeste. Hektisch schaufle ich so viel Dreck wie möglich, inklusive Glasscherben, und stehe auf, weil ich plötzlich nicht mehr weiß, was ich tun soll.

Wirf es auf Banner.

Gott, mache ich das richtig?

Er ist immer noch in den Kampf verwickelt, als Elias in Wolfsgestalt ihn plötzlich am Arm packt und ihn in ein Regal schleudert, von dem alles herabstürzt und auf seinen Kopf kracht.

Panik flammt in mir auf und breitet sich schnell in mir aus. Aber ich lasse es nicht an mich heran. Ich stürme vorwärts, und gerade als diese rauchigen Schlangen auf mich zustürmen, werfe ich den Haufen Dreck, den ich gesammelt habe, direkt in Banners Gesicht.

Zurückschreckend halte ich den Atem an und warte, was passiert. Banner schreit fast augenblicklich, und die Bestie vor uns scheint zu schmelzen, als wäre sie die ganze Zeit nur eine Maske gewesen. Ja, eine Maske für seinen ganzen Körper.

Ich erschaudere und muss fast würgen, als ich sehe, wie eklig es aussieht, wie sich die Haut ablöst.

„Mehr Erde", schreit Ramos, und ich reiße meinen Kopf hoch, um zu sehen, wie Cain ihm sagt, was er sagen soll. „Hör nicht auf, bis er besiegt ist."

„Okay." So viele Dinge gehen mir durch den Kopf, so viele Emotionen, aber ich werfe mich auf den Boden und schaufele schnell noch mehr nach. Dann eile ich hinüber und kippe es auf Banner, der zitternd versucht, auf die Beine zu kommen.

Dorian und Elias machen mit und helfen mir. Keine Zeit zu verlieren.

Banner schreit und hält sich an den Stücken seines Gesichts und seines Halses fest, die sich weiter von seinen Knochen schälen. Als ob es Säure wäre. Je mehr Dreck wir auf ihn schleudern, desto schneller erledigt es seinen Job. Der faulige Geruch von verrottendem Fleisch steigt mir in die Nase.

Ich greife bereits nach einem weiteren Haufen loser Erde, als eine Hand auf meinen Rücken tippt. Ein kleiner Schrei entringt sich meiner Kehle und ich drehe mich herum, um Dorian ins Gesicht zu sehen. Ich bin so angespannt, so aufgeregt, dass ich das Gefühl habe, ich könnte platzen.

„Es ist erledigt, er ist weg", versichert er mir, während ich weiter auf die violetten Blutergüsse in seinem Gesicht und am Hals starre, den Schnitt unterhalb des Haaransatzes nahe der Schläfe. Elias geht es nicht besser, aber sie werden schnell heilen. Ich habe gesehen, wie sie es tun.

Ich blicke an Dorian vorbei zu Banner hinüber, der

wieder sein normales, streberhaftes Selbst ist, zusammengesunken auf dem Boden. Seine Haut ist blassblau, als wäre er schon viel länger tot als nur ein paar Sekunden, und sein Körper ist steif, als hätte die Totenstarre eingesetzt... was nicht stimmen kann. So schnell geht das nicht.

„Was auch immer er getan hat“, erklärt Dorian, „es scheint, als hätte er einen Teil seiner Menschlichkeit verkauft, um eine solche Macht zu besitzen. Deshalb kommt der Tod für ihn jetzt schnell.“

Ich senke den Kopf, will nicht länger auf seinen toten Körper schauen oder darauf, wie er direkt vor meinen Augen verrottet. Ich sollte feiern, dass er besiegt ist, dass irgendwie ein Haufen Erde sein Verderben war. Aber ich will einfach nur diesen Raum verlassen ... sein Grab.

Außer, dass er immer noch meine Halskette hat. Ich schiebe mich an Dorian vorbei und halte den Atem an, als ich mich hinunterbeuge und nach dem goldenen Anhänger greife. Kaum in der Lage, Banner so nah zu betrachten, lege ich schnell meine Hände hinter seinen Hals und löse die Kette. Meine Haut kribbelt bei der Berührung seiner kalten Haut, jeder Zentimeter in mir verlangt danach zu schreien. Ich stelle mir nur vor, wie er zum Leben erwacht und meinen Arm packt.

„Ich will weg“, sage ich hastig, ziehe mich durch den Raum zurück und stecke die Halskette in meine Tasche. „Keine Friedhöfe mehr für mich.“

„Könnte nicht mehr zustimmen.“ Dorian holt das Relikt aus der Schublade, in der Banner es versteckt hatte. Natürlich vergisst er es nicht ... Es ist ein weiteres

Stück, das hilft, sie nach Hause zu bringen. Ich schiebe die Lawine von Emotionen beiseite, die mich jedes Mal überrollt, wenn ich an die Reliquien denke und wohin sie schließlich führen werden.

Elias ist wieder in seiner menschlichen Gestalt, nackt und spektakulär, aber er zieht sich schon wieder an. Cain bewegt sich mit Ramos' Hilfe zur Tür.

Cassiel reibt sich an meinen Füßen und vibriert mit seinem Schnurren. Ich hebe ihn in meine Arme, und er fühlt sich schwer gegen mich an. Oder vielleicht sind meine Muskeln so erschöpft, dass ich kaum noch auf eigenen Beinen stehen kann.

Als alle zu gehen beginnen, starre ich auf dem Weg nach draußen noch einmal in den Raum und meine Augen finden Banner. Wenn es stimmt, was Dorian über Banner gesagt hat, dann gibt es nichts zu beklagen. Als er diesen Weg wählte, wusste er, dass das Schicksal ihn irgendwann einholen würde.

Ich drehe mich um und eile nach draußen.

Meine Muskeln zittern, als wir aus der Krypta kommen und in die kühle Umarmung der Nacht treten. Ich atme leicht, meine Schultern sinken, als Cassiel sich an meine Brust schmiegt. „Es ist endlich vorbei“, flüstere ich ihm zu.

„Geht es nur mir so, oder sieht Cassiel ... noch größer aus“, sagt Elias zu mir und starrt auf meinen kleinen Kater hinunter, als ich meinen Blick zu ihm hebe.

„Sein Fell ist wahrscheinlich immer noch aufgebauscht von der Angst, die er da drin hatte. Außerdem wird er langsam erwachsen.“ Ich küsse wieder seinen Kopf.

Er mustert uns beide und sieht aus, als würde er etwas sagen wollen, aber seine Eifersucht auf Cassiel ist mir heute Abend egal. Ich bin nur froh, dass Cain geheilt ist und wir alle überlebt haben.

KAPITEL SIEBZEHN

ARIA

Das Auto brummt unter mir, aber dann bin ich wieder in der Limousine mit Ramos am Steuer, der im Gegensatz zu Dorian nicht wie ein Verrückter fährt. Cain sitzt neben mir auf dem Rücksitz, er sieht immer noch kränklich blass aus, was eine große Verbesserung ist, verglichen damit, wie er damals in der Krypta an der Schwelle des Todes aussah. Ich lege meine Hand auf seine und drücke sie, wobei mein Herz schneller schlägt, als es sollte. Meine Berührung bringt mir ein sanftes Lächeln von ihm ein.

Im selben Moment schießt Dorians Ferrari an uns vorbei, und ich kann fast hören, wie Elias unter Protest aufstöhnt. Er ist mit Dorian gefahren, was er jetzt bestimmt bereut.

Cain macht einen spöttischen Laut in seiner Kehle, als er Dorian an uns vorbeifliegen sieht.

„Weißt du, was lustig ist", sage ich. „Elias hat darauf bestanden, Cassiel mitzunehmen, damit er ihn als

Ausrede für Dorian benutzen konnte, um langsamer zu fahren.“

„Scheint nicht zu funktionieren.“ Cain stöhnt, dann räuspert er sich.

„Solange Cassiel nicht verletzt ist, können sie zanken, so viel sie wollen.“ Obwohl ich auch weiß, dass sie alles tun würden, um ihn zu beschützen, so wie Elias ihn in der Krypta gerettet hat. Es wärmt mir das Herz, zu sehen, wie er sich um meine kleine Katze kümmert. Das erinnert mich daran, wie wir Banner besiegt haben.

„Cain, woher wusstest du, dass die Erde Banners Kryptonit sein würde?“

Er macht es sich auf dem Sitz bequemer, während sich Schatten unter seinen Augen sammeln, die damit zu tun haben, dass sich sein Körper noch erholt. „Erde ist ein mächtiges Element, das Magie festhält, besonders Todesmagie. Als ich sah, welche Wirkung die verschüttete Erde auf den Totenbeschwörer hatte, machte es Sinn, dass der Zauber, den er benutzt hatte, um sich zu ermächtigen, in der Erde war. Du weißt, dass viele Totenbeschwörer Pakte mit Dämonen schließen. Ihre Seele für unvorstellbare Macht, aber es gibt immer eine Schwäche, und für Banner war es, dass er seine Macht nahe bei sich behalten musste. Entfessle sie und seine Fähigkeit ist gebrochen.“

„Ich hatte keine Ahnung.“ Je mehr er mir erzählt, desto mehr will ich über all die verschiedenen Übernatürlichen und ihre Fähigkeiten nachlesen. Um die Welt um mich herum besser zu verstehen.

„Aber er ist mir nicht mehr wichtig. Nur wir.“ Er hat

einen ernsten Gesichtsausdruck, und mein Herz schlägt schneller. „Ich habe dich enttäuscht, Aria. Ich habe geschworen, dich zu beschützen, nicht andersherum."

„Hey, wer sagt, dass ich nicht manchmal der Held sein kann? Und ich hatte etwas Hilfe von Dorian, Elias und sogar Cassiel drüben in Schottland."

Seine Brauen heben sich. „Schottland?"

„Oh, Cain, du wirst nicht glauben, was wir erlebt haben." Ich drehe mich zu ihm um, passe meinen Sicherheitsgurt an und stürze mich darauf, ihm von unserem Abenteuer zu erzählen, wobei meine Stimme viel aufgeregter klingt, als ich erwartet hatte. Von dem schottischen Shifter-Rudel, dem Fluch, meinem Harry-Potter-Touristen-Gelage, dem Geheimraum, der Schwarzen Burg und vor allem, dass wir ein weiteres Relikt gefunden haben.

Ich merke, dass ich schon lange geredet habe, als ich aufhöre und mein Mund trocken ist.

„Aria", murmelt er, mit Wärme in seinem Ausdruck, während er mir eine Flasche Wasser aus der Seitentasche der Tür nimmt. „Das hast du alles für mich getan?"

„Wir alle. Du würdest dasselbe für uns tun."

Ich nehme das Wasser an und beginne zu trinken, dann drehe ich den Deckel wieder zu und stelle die Flasche auf den Sitz neben mir. In meinem Kopf drängen sich Erinnerungen an all die Zeiten, in denen wir uns der Gefahr und Ungewissheit stellten, der Schmerz, Cain zu verlieren, trieb mich an, niemals aufzuhören.

„Ich würde mein Leben für dich geben.“ Er greift hinüber und berührt mein Gesicht, seine Handfläche ist groß und wärmend.

Seine Worte überraschen mich. Ich meine, ich habe mich auch für ihn in Gefahr begeben, doch die Art und Weise, wie er es sagt, ist so herzlich, so aufrichtig, dass es mich überrumpelt.

„Ich habe es vermisst, dein Lächeln zu sehen“, sage ich. „Ich will dich nie wieder verlieren. Wir stehen uns viel zu nahe.“

Er neigt den Kopf zur Seite und studiert mich. „Ach, ist das so?“

Ich schnaufe. „Natürlich. Ist das nicht offensichtlich?“ Eine Röte läuft mir den Nacken hinauf und heizt mir ein, wie leicht ich das zugegeben habe.

Sein Mundwinkel kräuselt sich nach oben zu einem hinreißenden, schiefen Lächeln. Die Art, wie er mich anstarrt, zerstört jede Mauer, die ich versuche zwischen uns aufrechtzuhalten, und ich vergesse alles andere. Vielleicht ist es die ganze „Cain wird nicht sterben“-Stimmung, aber ich kann mich nicht daran erinnern, mich jemals besser in seiner Gegenwart gefühlt zu haben.

Er blinzelt langsam. Offensichtlich erholt sich sein Körper noch, also lehne ich mich sanft gegen seine Berührung.

„Wie geht es dir?“, frage ich.

„Abgesehen vom Bedürfnis, eine Woche durch zu schlafen, fühle ich mich super. Keine Schmerzen mehr.“ Er senkt seine Hand von meinem Gesicht und sein fester Arm schlingt sich um meine Taille und zieht mich näher zu ihm.

Ich starre wieder zu ihm hoch, zu seinem Lächeln, und mein Körper bebt, meine Wangen erröten vor Hitze, weil ich mich nicht davon abhalten kann, auf seine Lippen zu starren. Wie sehr ich sie an mir vermisst habe, seine Aufmerksamkeit. Wann habe ich zugelassen, dass ich mich so in Cain verliebe? Er ist wie eine Droge, von der ich nicht genug kriegen kann. Ich bin süchtig nach ihm. Endlich habe ich ihn hier bei mir, und doch will ich immer mehr von ihm.

Er beugt sich vor und küsst meine Lippen, heftig und kurz. Ich klammere mich an ihn, lasse mich auf den Moment ein, um zu begreifen, dass Cain in Sicherheit ist, dass wir es geschafft haben, dass uns ausnahmsweise keine Gefahr auf den Fersen ist. Er löst sich von mir, und ich lege meinen Kopf zufrieden an seine Brust.

„Ich möchte, dass du dich nie wieder für mich in Gefahr bringst", flüstert er leise und küsst meinen Kopf.

Mein Mund öffnet sich für eine Antwort, aber seine Finger streichen über meine Lippen und stehlen mir die Worte. „Ich verhandle darüber nicht mit dir. Ich danke dir für alles, aber ich sollte dich beschützen, nicht umgekehrt. Ich bin die Person, die diese Welt für dich sicher machen wird." Seine Stimme bricht und er hält mich fester an sich gedrückt.

So sehr ich auch protestieren möchte, entscheide ich mich, einfach in seinen Armen zu bleiben, um ihn meine Zufriedenheit spüren zu lassen. Er fühlt sich schuldig? Gott, ich kenne dieses Gefühl nur zu gut, also bleibe ich einfach an seiner Seite, damit er weiß, dass ich für ihn da bin. Cain war schon immer der Starke, der das Kommando übernommen hat, also ist es neu, dass er mit der Unsicherheit von Schuldgefühlen zu kämpfen hat. Und ich kann nicht anders, als ihn dafür noch mehr zu bewundern.

Als seine Atemzüge tiefer werden, bleibe ich in seinen Armen liegen und weiß, dass er in den Schlaf abdriftet. Ich versuche, über seine Worte nachzudenken, denn ich weiß ohne Zweifel, dass er aus einer Angst heraus gesprochen hat, weil er dem Tod so nahe war. Wenn die Zeit kommt, werde ich einen Weg finden müssen, ihm zu erklären, dass es in Ordnung ist, wenn er manchmal Schwäche zeigt. Deshalb haben wir einander.

Für den Rest der Fahrt schläft Cain immer wieder ein, aber er entlässt mich nicht ein einziges Mal aus seinem Griff. Ich küsse seinen Arm um mich, dann bemerke ich, dass trotz der Nacht draußen die Straßenlaternen und der Wald vertraut aussehen. Ich versteife mich und starre aus dem Auto, als wir durch das Eingangstor unseres Anwesens fahren.

„Wir sind Zuhause“, flüstere ich.

Zuhause. Es geht mir nicht mehr aus dem Kopf. Wann habe ich angefangen, die Villa der Dämonen als mein Zuhause zu betrachten?

Ich bin zu erschöpft, um darüber hinaus zu denken, vor allem weil ich mich daran erinnere, dass ich nicht wirklich ein anderes Zuhause habe, in das ich gehen kann, nicht nachdem ich Murray verloren habe. Sicher, ich habe Joseline, aber sie hat bereits eine Mitbewohnerin. Ich habe nichts, niemanden... klammere ich mich deshalb an diese drei Dämonen? Weil sie mir bieten, was ich nicht habe?

Der Kies knirscht unter unseren Reifen, als wir bis zur Haustür fahren, und ich kann es kaum erwarten, ins Bett zu klettern und zu schlafen. Cain wacht auf und wendet seine Aufmerksamkeit dem Garten zu.

„Es ist ein tolles Gefühl, zurück zu sein", murmelt er.

Die kühle Nachtluft begrüßt uns, als wir aus der Limousine klettern, und ich gähne und strecke meinen Rücken. Mein ganzer Körper tut weh, von den Ohren bis hinunter zu den Zehen, warum auch immer. Ramos hilft Cain schnell ins Haus, als der Ferrari die Auffahrt hinunterdonnert.

Wie zum Teufel haben wir sie überholt? Wie ich Dorian kenne, würde es mich nicht überraschen, wenn er extra die landschaftlich schönere Route genommen hat.

Sie halten neben der Limousine an, und die Beifahrertür schwingt sofort auf. Elias platzt heraus, mit einem riesigen Riss auf der Vorderseite seines Hemdes.

„Was zum Teufel?", murmle ich.

Er sieht mich an, als hätte ich irgendwie etwas Schreckliches getan. „Wir haben ein kleines ... nein, ein großes Problem."

Kälte überspült mich, und das gleiche Grauen kehrt zurück. „Was denn jetzt schon wieder?"

Er lehnt sich ins Auto zurück und zieht seinen Sitz nach vorne, gerade als Dorian aus der Fahrerseite herauskommt. Er begrüßt mich mit demselben urteilenden Blick, als ob sie mir, was auch immer passiert ist, die Schuld geben würden.

„Was ist hier los?“, frage ich.

Ein riesiger, gestreifter, grauer Fleck springt aus dem Fahrzeug. Es dauert einen Moment, bis ich begreife, was ich da anstarre.

Ich blinzle, erstarre auf der Stelle und bin überzeugt, dass ich halluziniere. Ein ausgewachsener Luchs, der mir bis zu den Hüften reicht, springt im Vorgarten herum und schnüffelt an einem nahen Baum.

„Cassiel?“

Sein Kopf hebt sich und er schwenkt herum, kommt direkt in meine Richtung.

„Er ist jetzt dein Problem“, ruft Elias förmlich, und in diesem Moment bemerke ich auch die Spuren auf der Rückseite seines Hemdes. Er marschiert hinein, direkt an Cain vorbei, der genauso fassungslos wie ich von der Tür aus zusieht.

„Was zum Teufel habt ihr mit Cassiel gemacht?“, frage ich, in der Hoffnung, dass Dorian etwas mitteilsamer sein wird.

„Schatz, das waren wir nicht, aber ich schätze, was immer er in Banners Gruft verschüttet hat, hat irgendwie sein Wachstum beschleunigt. Außer, dass er immer noch denkt, er sei ein Kätzchen. Er hat den Rücksitz meines Ferraris zerrissen!“ Er wirft Cassiel einen bösen Blick zu, als die Katze sich an mir reibt und mich durch ihre schiere Größe und Kraft fast umstößt.

„Oh, Cassiel.“ Ich schaue nach unten und streiche

über das dichte Fell an seinem Kopf und seinen Ohren. Es ist so weich und üppig. „Mein Junge, sieh nur, was mit dir passiert ist.“ Er drückt seinen Kopf immer wieder gegen mein Bein, und ich hocke mich vor ihm hin. Sein Kopf ist genauso groß wie meiner, aber ich fühle mich nicht eine Minute lang eingeschüchtert. Er ist meine Babykatze, und ich umarme ihn. „Ich habe dich immer noch lieb, egal wie groß du bist. Vielleicht müssen wir nur an deinem Kratzverhalten arbeiten.“

Mein Verstand erstickt bei dem Versuch zu verstehen, ob die magische Erde auch Cassiel beeinflusst hat, aber mein Gehirn schmerzt vor Erschöpfung, also beschließe ich, dass das eine Aufgabe für morgen ist. Ich stehe auf. „Lass uns ins Bett gehen.“

Cassiel stöhnt und starrt zu mir hoch, und ich kenne diesen Ausdruck in seinen Augen.

„Okay, gut. Mitternachtssnack, dann schlafen.“

Als ob er mich verstehen würde, stürzt er auf das Haus zu und verschwindet darin.

„Er wird sehr anstrengend sein“, sagt Dorian zu mir, als ich die Villa betrete. „Bist du sicher, dass du ihn behalten willst?“

Ich keuche laut auf. „Das bedeutet nur, dass es mehr von ihm zu lieben gibt. Er ist ein Teil unserer Familie. Egal was passiert, er bleibt bei uns.“

Ich lasse mich auf die Couch im Wohnzimmer vor dem knisternden Kamin fallen, während Cassiel sich auf dem Boden ausstreckt und sich wärmt. Elias liegt mit ausgestreckten Beinen auf der Couch, während Cain am Ende meiner Couch sitzt. Nur Dorian fehlt, ich vermute, er schläft länger als ich.

Cain sieht lebendiger aus als gestern, seine Augen sind nicht mehr blutunterlaufen, seine Haut hat wieder Farbe bekommen. Insgeheim danke ich Banner, dass er uns mit Cain geholfen hat, auch wenn es nicht ganz so gut für ihn ausgegangen ist. Aber wenn es entweder er oder wir sind, die rauskommen, haben wir uns nicht unterkriegen lassen.

„Ich kann nicht glauben, dass ich bis drei Uhr geschlafen habe“, sage ich und lege meine Beine auf die Couch. Cain nimmt sie in seinen Schoß, reibt meine Zehen und grinst mich an, als hätte er ganz andere Absichten. Die Art von Absichten, die Funken der Begierde in meinem Körper erwecken.

Okay, ich habe vielleicht gerade meinen privaten Himmel gefunden.

„So spät aufzuwachen ist das erste Mal für mich“, sage ich und sinke unter Cains zärtlicher Fußmassage weiter in die Couch.

„Da bist du nicht die Einzige“, antwortet Dorian und schlendert in den Raum, während er sich ein schwarzes Henley-Shirt über die gemeißelte Brust zieht. „Ich bin am Verhungern", fügt Dorian hinzu. „Und unser Koch hat den ganzen Tag frei."

„Ich kann Pfannkuchen machen", schlage ich vor.

„Also wird niemand den großen, fetten, grauen Fellball im Zimmer erwähnen?", fragt Elias und ignoriert die Bitte um Essen.

„Hey, er ist nicht fett, nur rund", sage ich und schaue zu Cassiel hinunter, der den Kopf hebt, als hätte er die Beleidigung verstanden.

""Hör nicht auf den bösen Dämon. Du bist nicht fett", gurre ich, woraufhin er seinen Kopf wieder nach unten vor das Feuer legt.

Cain sagt: „Die Erde des Totenbeschwörers könnte für das Wachstum der Katze verantwortlich sein. Obwohl es unwahrscheinlich ist, dass es nur das war. Sonst wäre auch der Rest von uns betroffen gewesen."

Meine Gedanken fliegen sofort zu den Storm-Märkten, zum Vorfall mit Cassiel. „Bevor wir zu Banner gingen, war ich mit Cassiel auf den Storm-Märkten, und er stieß irgendeinen grünen Glibber um, von dem er etwas abbekommen hat. Ich habe keine Ahnung, was das für ein Trank war, aber vielleicht ist es eine Kombination aus dem und der Erde?"

„Du hast ihn auf den Markt gebracht?", fragt Cain. Das ist die völlig falsche Frage, denn ich habe vielleicht gerade den Grund herausgefunden, warum Cassiel so groß geworden ist.

„Dann sind wir uns ja einig. Cassiel ist ein Tollpatsch, und in seiner Nähe ist nichts sicher", wirft Elias ein.

„Für mich ergibt das einen Sinn", murmelt Dorian.

„Es ist das Einzige, das die plötzliche Veränderung erklärt."

„Wir sollten ihn auf jeden Fall beobachten, um sicherzustellen, dass es keine anderen Nebenwirkungen gibt", sagt Cain.

Ich kaue auf meiner Unterlippe bei der Andeutung, dass meinem Cassiel noch etwas zustoßen könnte. „Es wird bestimmt alles gut", sage ich, mehr um mich selbst zu beruhigen.

„Also, ich bin am Verhungern", erinnert Dorian uns. „Ich habe Lust auf Chinesisch und ein paar von diesen großen Frühlingsrollen."

Ihn nur über Essen reden zu hören, entlockt meinem Magen ein Stöhnen und lässt alle in meine Richtung schauen.

„Bietest du dich an, es abzuholen, da du ja auch das meiste davon essen wirst?", fragt Dorian Elias. „Hier in den Wald liefern sie nicht."

Elias stöhnt. „Gut, dann fahre ich."

„Ich komme mit dir", mische ich mich ein und denke mir, dass ich bestellen kann, was ich will, sobald wir dort sind. „Wer hat nach dem Essen Lust auf einen Filmabend? Ich will einen Abend, an dem ich mich komplett entspannen und einfach nur etwas Lustiges sehen kann. Genug Horror."

Zum ersten Mal seit langer Zeit scheint es so, als ob ich im Leben vorankomme, und ich wage zu sagen, dass ich sogar ein bisschen Normalität spüre. Vielleicht sehne ich mich nur danach, dass mein Leben für eine Weile langweilig ist.

Elias steht auf und bringt Cassiel dazu, seinen Kopf zu heben und ihn anzustarren. Die beiden liefern sich einen Wettstreit der Blicke, bevor mein Luchs seinen Kopf zurück auf den Teppich plumpsen lässt, den er für sich beansprucht hat. „Ich werde die Limousine arrangieren."

„Bleibt nicht so lange weg", fügt Cain hinzu, ohne seinen Blick von mir zu nehmen. Es hat etwas Faszinierendes, dass so ein umwerfender Mann mich an seiner Seite haben will. Vielleicht hat ihn die ganze Nahtoderfahrung ein wenig verändert. Er ist ruhiger als sonst, aber ich bin mir sicher, dass das nur daran liegt, dass er sich noch erholt.

"„Wir sind schnell wieder zurück." Ich klettere von der Couch und eile hinaus in den Flur, wo ich meine Schuhe anziehe und mich nach draußen stelle, um auf das Auto zu warten.

Im Handumdrehen sind wir in der Limousine, Elias mit mir auf dem Rücksitz, und wir sind praktisch im Handumdrehen in der Stadt. Er sitzt so nah bei mir, unsere Hüften aneinander, was natürlich bedeutet, dass er einen Arm um meinen Rücken legt und mich noch näher hält.

„Wie kommst du klar?", fragt Elias, seine Stimme ist sanft, seine Finger streichen so sanft über meine Rippen, dass es fast schon kitzelt

„Ich bin übertrieben froh, dass wir nicht mehr um unser Leben rennen", sage ich lachend.

Er gluckst, und seine Wärme streift meinen Körper. „Ich bin genauso erleichtert, kleines Kaninchen. Ich glaube, das Schlimmste ist jetzt vorbei."

„Ich hoffe, du hast recht.“ Ich bin mir nicht sicher, wie viel mehr mein Herz ertragen kann.

Holmes sitzt auf dem Fahrersitz und dreht seinen Kopf, um uns anzusehen. „Näher kann ich Sie nicht an das Restaurant heranbringen.“

Erst dann bemerke ich, dass wir bereits am Bordstein geparkt haben.

„Es ist perfekt“, sage ich. Elias steigt bereits aus, und ich bin direkt hinter ihm. „Sollen wir dir etwas mitbringen?“

Das Gesicht des älteren Mannes erwärmt sich. „Nein danke, Miss. Aber ich weiß den Gedanken zu schätzen.“ Ich schließe die Tür und sage: „Wir werden nicht lange brauchen.“

Die Straßen sind belebt. Elias nimmt meine Hand in seine und führt mich durch das Gedränge auf dem Bürgersteig. Mir entgeht die Aufmerksamkeit, die er bei den zahlreichen Frauen erregt, nicht. Wie kann ich es ihnen verdenken? Wenn ich einen Gott wie Elias auf meinem Weg sehen würde, würde ich wahrscheinlich über meine eigenen Füße stolpern. Er ist alles andere als gewöhnlich, er ist groß und breit, und dieser schroffe Blick in seinem Gesicht, umrahmt von wildem Haar, wäre die Schwäche jeder Frau. Außer, dass er mir gehört, und ich drücke mich näher an seine Seite und freue mich, dass er die Aufmerksamkeit nicht bemerkt.

Wir gehen an einem Pärchen vorbei, das direkt vor uns stehen geblieben ist, um ein langatmiges Gespräch zu führen. Elias seufzt. „Warum sind hier so viele Menschen?“

Das Pärchen schaut seltsam in unsere Richtung,

und ich hetze Elias schnell den Bürgersteig hinunter zum Restaurant, bevor er noch etwas sagen kann.

Mein Blick fällt plötzlich auf wallendes, mausblondes Haar und ein Gesicht, das ich nur allzu gut kenne. Es ist Joseline, die ein paar Meter entfernt aus einem Bekleidungsgeschäft tritt. Sie lacht und hält sich am Arm eines Typen mit super dunklem, kurz geschnittenem Haar fest. Er hat Piercings an der Unterlippe, der Nase, der Augenbraue, den Ohren und ich bin mir ziemlich sicher, dass er noch ein paar an anderen Stellen hat, die ich lieber nicht herausfinden möchte. Es sind noch zwei andere Frauen dabei, alle lachen und tragen Tüten mit Einkäufen.

Ich erkenne keinen ihrer Freunde, was nur bedeuten kann, dass einer von ihnen ihre neue hexenhafte Mitbewohnerin ist. Joseline sieht so glücklich und umwerfend aus in einem kurzen schwarzen Rock, der um ihre Oberschenkel flattert. Ihr Oberteil besteht aus perlenbesetzten Seidenstreifen, die von den Schultern herabfallen und kaum ihre Brüste zu bedecken scheinen, an der Taille eingeschnürt und in den Rock gesteckt. Sie trägt außerdem noch schwarze High Heels.

Sicher, sie hat immer über meinen Sinn für Mode geschimpft - oder den Mangel daran - aber ich habe sie noch nie in etwas *so* Freizügigem gesehen. Und teuer aussehend. Sie sieht nicht wie die Freundin aus, mit der ich früher ein Zimmer teilte.

„Alles okay?“, fragt Elias, als ich innehalte, dann folgt er meiner Blickrichtung. „Hey, ist das nicht deine Freundin?“

Ich nicke und rufe ihr zu, während ich näher eile. „Joseline."

Elias bleibt an meiner Seite. Die vier bleiben stehen und drehen sich zu uns um, ihre Blicke mustern uns von oben bis unten

Joseline blinzelt mich mit einem leeren Ausdruck an, als würde sie entscheiden, ob sie zugeben will, mich zu kennen oder nicht.

„Oh, hey Aria", sagt sie schließlich und blickt zu Elias auf. „Du hast deine Begleitung für deinen wöchentlichen Ausflug dabei, was?"

Ich versteife mich, ihre Worte sind wie Klingen.

„Wer ist das, Josy?", fragt der Typ, der sie immer noch am Arm festhält.

„Josy?", frage ich und mein Blick wandert zu den beiden Mädchen, die mich studieren, die genauso aufgetakelt sind, mit perfekten Haaren, glänzendem Lippenstift und kurzen Kleidern und hohen Schuhen. Plötzlich fühle ich mich in meiner alten Jeans und dem zerknitterten T-Shirt völlig deplatziert. Ich erschaudere heftig. Ich verbrenne dieses Shirt, wenn ich wieder in der Villa bin.

Joseline zuckt mit den Schultern und antwortet trotzig: „Ja, das ist das neue Ich. Wie auch immer, was machst du hier?"

„Wir sind hier, um Chinesisch und Frühlingsrollen zu bestellen", antwortet Elias und beschließt, sich ausgerechnet jetzt einzumischen. Eines der Mädchen kichert, und ich beschließe, dass ich Joselines neue Freunde wirklich nicht leiden kann.

„Vielleicht können wir uns bald mal wieder treffen", sage ich, greife nach der Hand meiner Freundin, nehme sie in meine und versuche, sie dazu zu bringen, mich anzusehen und nicht ihre neuen Freunde.

Sie dreht sich zu mir, und hinter ihren Augen ist eine neue Tiefe, etwas Dunkles.

„Vielleicht." Sie flüstert das Wort beinah, bevor der Typ mit dunklem Augen-Make-up und drei Ringen in der Augenbraue sie an sich zieht.

„Sollen wir los? Die Mädels werden schon unruhig." Er schaut hinter sich zu den beiden Frauen, die anscheinend zu sehr damit beschäftigt sind, Elias zu beäugen, um den Grufti zu hören.

„Jep, ich bin bereit." Joseline hüpft praktisch auf den Zehenspitzen auf und ab, ihr Gesichtsausdruck wird von einem gezwungenen Lächeln übernommen. „Wir sehen uns mal wieder, Aria."

Sie drehen sich um und schlendern an uns vorbei, mein Magen krampft sich zusammen.

„Tschüss, Joseline", ruft Elias laut, dann lehnt er sich näher heran. „Hat sie schon immer mit Hexen und einem Hexenmeister rumgehangen?"

Ich schaue zu ihm hoch. „Moment? Er war ein Hexenmeister? Du konntest spüren, was sie waren?"

Er nickt und geht in Richtung des chinesischen Restaurants am Ende des Blocks, und ich beeile mich, ihn einzuholen. „Ich konnte die Magie an ihnen riechen. Es erinnert mich an verbrannten Toast."

Ich mache weitere Schritte nach vorne und schaue zurück zu Joseline, die mit ihren neuen Freunden lacht. Alles, woran ich denken kann, ist das letzte Mal, als ich ihre Wohnung besuchte und die dunkle Magie in ihrem Schlafzimmer spürte. Dieselben Gegenstände, von denen sie behauptete, sie gehörten ihrer Mitbewohnerin. Jetzt, nachdem ich den seltsamen Ausdruck auf ihrem Gesicht gesehen habe, kräuselt sich die Sorge in meiner Brust, dass Joseline in viel größeren Schwierigkeiten stecken könnte, als mir ursprünglich bewusst war.

KAPITEL ACHTZEHN

ARIA

Später in der Nacht ringe ich mit dem Schlaf und kann nicht aufhören, über Joseline nachzudenken. Worauf hat sie sich da eingelassen? Ich weiß nicht viel über Hexen und Hexenmeister, außer dass sie unter sich bleiben und dass es verschiedene Arten gibt, je nachdem, woher sie ihre Kraft beziehen.

Ich stapfe auf nackten Füßen aus der Küche, nachdem ich einen Snack vom übrig gebliebenen Chinesischen Essen gegessen habe, und jetzt gehe ich wieder nach oben und spiele mit dem Gedanken, einem der Dämonen einen Besuch abzustatten. Ich bezweifle, dass Dorian schläft.

Etwas Weißes blitzt in meinem Augenwinkel auf. Mit schnellerschlagendem Herzen drehe ich mich scharf zum Fenster und sehe dicke Schneeflocken, die vom dunklen Nachthimmel fallen.

Ich gehe den Flur entlang in Richtung meines Zimmers, vorbei an weiteren hohen Fenstern, durch die man sehen kann, wie die Baumkronen in der Ferne bereits weiß angestaubt sind.

Kurz bevor ich meine Tür erreiche, bewegt sich etwas durch das letzte Fenster und hält mich auf der Stelle an. Okay, definitiv nicht nur der Schnee.

Als ich näher ans Glas herangehe, kommt von unten ein weißer Fleck, der mich rückwärts stolpern lässt, bis ich gegen die Wand stoße. Die Bilderrahmen wackeln.

Fassungslos über das, was vor mir steht, blinzle ich. Ein Mann, der mit großen, silbern gefiederten Flügeln durch die Luft schwebt. Er lächelt, sein ganzes jungenhaftes Gesicht leuchtet auf. Schnee glitzert in seinem weißen Haar, was sein ätherisches Aussehen noch verstärkt, und ich erkenne ihn auf Anhieb.

Der Engel. Mein Magen zieht sich bei seinem Anblick zusammen.

Für mich gibt es keinen Zweifel mehr, dass er einer ist. Er hat sogar die Flügel, um es zu beweisen. Riesige, wunderschöne, gefiederte Flügel, die sich so weit ausbreiten, dass sie mir den Atem rauben.

Er zeigt auf das Schloss am Fenster und will, dass ich es öffne. Ich zögere.

Sollte ich das tun? Ich weiß immer noch nicht viel über ihn, aber Engel sollen doch ein vertrauenswürdiger Haufen sein, oder? Voller Tugenden und Güte? Das genaue Gegenteil von Dämonen? Ich verstehe einfach nicht, was dieser hier von mir will. Es kann nicht nur darum gehen, mir mit Sayah zu helfen, wie er es zuvor behauptet hat. Da muss noch etwas anderes sein.

Vorsichtig gehe ich hinüber und öffne den Riegel des Fensters. Er zieht es auf, und sofort strömt die eisige Winterluft herein, die mich bis auf die Knochen frösteln lässt. Er hockt auf dem Sims wie ein übergroßer, perfekt ausbalancierter Vogel und betrachtet mich mit einem freundlichen, aber neugierigen Blick. Jetzt, wo er näher kommt, kann ich sehen, dass seinen Flügeln einige Federn zu fehlen scheinen. An manchen Stellen gibt es kahle Stellen, rote Flecken, als wären sie ausgerissen worden. War er kürzlich in einen Kampf verwickelt? Es sieht so aus, als hätten seine Flügel ein paar Schläge abbekommen.

„Hallo nochmal", sagt er und lenkt meine Aufmerksamkeit wieder auf ihn.

Ich reagiere nicht. Ich warte darauf, dass er reinkommt, aber er tut es nicht. Er bleibt am Fenster stehen und blickt den Flur auf und ab.

„Sind wir... allein?", fragt er.

Unbehagen kribbelt mir den Rücken hinauf. „Nicht wirklich. Die Dämonen sind zu Hause, irgendwo im Haus."

„Aber nicht hier." Er grinst und zeigt perfekt weiße, gerade Zähne. „Es sind nur du und ich?"

Seine Worte verursachen ein aufgeregtes Nervenflattern in meiner Magengrube, und ich weiß nicht, warum. Er sagt sie nicht auf eine besondere Art und Weise, aber die Vorstellung, mit ihm allein zu sein, rührt etwas in mir. Mein seltsamer, unnatürlicher Hang zur Gefahr oder einfach nur meine Neugier - wer weiß.

Aber ich bin auch nicht so dumm, ihm zu sagen, dass ich ganz allein bin. Ich könnte immer nach einem der Dämonen schreien, wenn es gefährlich wird. Sie sind ja in der Nähe. Immer noch in Hörweite. Und ich weiß nicht, was die wahren Absichten dieses Engels sind. Ich muss vorsichtig sein.

„Ich bin nie allein“, sage ich zu ihm und hebe mein Kinn. Was auch wahr ist.

„Ah, ja. Dein Schatten“, sagt er. „Apropos, wie läuft es mit ihm?“

„Nach unserer kleinen Begegnung beim letzten Mal und wie ich dabei fast ohnmächtig wurde, nicht viel besser.“

Er gluckst, was mich nur irritiert.

„Du hast gesagt, du würdest mir helfen, ihn zu kontrollieren“, sage ich. „Aber es wurde schlimmer.“

„Das liegt daran, dass du die Dunkelheit, die in dir steckt, unterschätzt hast, Aria. Du hast nur die Spitze des Eisbergs berührt.“

Hatte ich ihm jemals meinen Namen gesagt? Ich kann mich nicht erinnern. Trotzdem lassen mich seine ominösen Worte erschaudern.

„Ich trage aber auch eine Mitschuld“, fährt er fort. „Auch ich habe das Ausmaß deiner Gaben unterschätzt. Du bist ein wahres Wunderwerk. So etwas habe ich noch nie gesehen.“

Willkommen im Club, Kumpel. Wir machen jetzt T-Shirts, auf denen „Was zum Teufel ist Aria?“ steht.

„Aber ich glaube, ich habe herausgefunden, wie ich dir helfen kann. Diesmal kann ich dir *wirklich* helfen“, sagt er.

„Oh? Und wie?“

„Du brauchst nur das hier zu tragen.“ Er nimmt

etwas von seinem Finger, zieht es ab und hält es mir hin. Es ist ein Ring mit einem dicken Silberband und einem großen Smaragdstein. In die Seiten sind verschlungene Muster geätzt. Stachelige Ranken, denke ich, aber es ist schwer zu sagen.

Vertrautheit flackert in meinem Kopf auf. Ich habe so einen Ring schon einmal gesehen... Aber wo?

„Er wird dir helfen", beharrt er. „Du musst ihn nur tragen."

Als ob sie wüsste, was passiert, springt Sayah in mir herum und läuft im Zickzack zur Seite. Natürlich mag sie den Ring nicht. Wenn er sie wirklich kontrollieren kann, hätte sie Angst vor ihm, oder?

Aber trotzdem... mein Puls galoppiert vor Unsicherheit. Sayahs Ängstlichkeit ist wie meine eigene geworden. Nur ein weiteres Zeichen, dass sie zu mächtig wird. Sie beeinflusst mich mehr und mehr.

„Er wird dir helfen, die Kreatur zu kontrollieren", wiederholt der Engel diesmal etwas eindringlicher. Er hält mir den Ring näher hin. „Hier."

Ich schaue zwischen dem Ring und ihm hin und her und überlege, was ich tun soll. Sayah dreht sich weiter in mir, ihre Bewegungen machen mich von Sekunde zu Sekunde aufgewühlter. Sie will herauskommen, weglaufen, aber ich halte sie mit aller Kraft zurück, was die Übelkeit, die mich ergreift, nur noch verstärkt. Hitze kriecht mir in den Nacken, und ich zittere. Wenn ich noch länger gegen sie ankämpfe, werde ich entweder mein Abendessen wieder ausspucken oder ohnmächtig werden.

„Nimm es!", fordert der Engel.

Ich entreiße ihn ihm und lasse ihn schnell auf meinen Finger gleiten. Sofort überkommt mich Erleichterung. Wie eine Welle von frischem, kühlem Meerwasser, das mich an einem schwülen Tag abkühlt. Einfach so ist Sayahs überwältigende Präsenz weg. *Verschwunden.* Ich spüre nicht einmal, wie sie sich im Hintergrund versteckt. Ich spüre sie überhaupt nicht mehr.

Geschockt und immer noch ein bisschen verwirrt lache ich. Mir ist fast schwindelig; ich bin leichter. Ich habe mich noch nie so gefühlt. Ich habe mich noch nie so... frei gefühlt.

Wie ist das überhaupt möglich?

Ich hebe meine Hand, um den Ring zu betrachten. Obwohl die Hände des Engels deutlich größer sind als meine, passt er gut um meinen Finger, und der Smaragd funkelt trotz des fehlenden Lichts in der Halle. All die Zeit, in der ich gegen Sayah kämpfte, mich ihr widersetzte und mich fast völlig an sie verlor - all das hätte durch ein Schmuckstück gestoppt werden können?

Ich lache wieder, aber dieses Mal über die Absurdität der Sache.

„Wie fühlt sich das jetzt an?“, fragt er und studiert mich mit einem zufriedenen Lächeln.

„So viel besser“, seufze ich. Ich studiere es und wie es im Mondlicht glitzert. „Danke.“

Er nickt. „Gern geschehen. Ich bin froh, dass wir das klären konnten.“ Er dreht sich auf der Brüstung und macht sich bereit, abzuspringen.

„Warte!“, rufe ich.

Er bleibt stehen und schaut über seine Schulter. „Ja?“

„Du willst einfach so gehen?“

Langsam dreht er sich wieder um. „Naja, ich bin gekommen, um dir zu helfen, und da ich das getan habe, gibt es keinen anderen Grund für mich, hier zu sein.“

„Ja, aber was ich nicht verstehe, ist, *warum*?“, antworte ich. „*Warum* willst du mir helfen?“

Er zuckt mit den Achseln. „Das ist nun mal meine Aufgabe.“

„Weil du ein Engel bist?“, frage ich.

Sein Lächeln wird breiter. „Das kann man so sagen.“

„Weißt du, ich kenne nicht mal deinen Namen.“

„Ist das wichtig für dich? Meinen Namen zu kennen?“

„Du kennst meinen“, erwidere ich. „Das ist nur fair.“

Er reibt sich den Kiefer und überlegt. Nach einem langen Moment des starren Schweigens sagt er: „Maverick.“

Maverick, hm? Also gut.

Meine Lippen ziehen sich hoch. „Na, war das so schwer?“

Er wirft den Kopf zurück, während er lacht. „Nein, nicht wirklich.“

Er blickt noch einmal den Flur hinauf und hinunter und hält mir seine Hand hin, als würde er sie mir anbieten. Es erinnert mich an unsere letzte Begegnung, als wir uns berührten und es diesen seltsamen

Stromstoß gab, bevor ich in Sayahs Dunkelheit ertrank.

Ich trete zurück, unsicher. „Was?"

„Komm mit", sagt er und wackelt mit den Fingern als Einladung. „Ich möchte dir etwas zeigen."

„Äh ..." Ich schaue auf seine ausgestreckte Hand. „Mitkommen? Mit dir?"

Er nickt.

Mein Blick wechselt zwischen dem Fenster und dem Schnee hin und her, der draußen noch stärker fällt. „Bei diesem Wetter?"

Wieder nickt er. „Du siehst warm genug angezogen aus."

Da ich nur ein Top und Shorts als Schlafanzug trage, bin ich sicher, dass er einen Scherz macht.

„Komm schon. Wir werden uns beeilen. Ich bin sicher, es wird dir gefallen."

Ob ich ihm vertraue? Ich bin mir im Moment nicht ganz sicher.

Aber er hat mir den Ring gegeben... und bis jetzt funktioniert er. Ich fühle mich befreit. Und er hat noch nicht einmal eine Gegenleistung verlangt.

Nichts.

Vielleicht kann ich ihm vertrauen. Er ist ja schließlich ein Engel, oder?

Als ich zu ihm aufschaue, ist sein strahlendes Lächeln zurück. Es ist eines, dem man nur schwer widerstehen kann.

„Eine Sekunde", sage ich und gehe schnell zurück in mein Zimmer, um einen Mantel, Handschuhe und

Stiefel zu holen. Zwei Minuten später treffe ich ihn auf dem Flur wieder. „Okay, jetzt bin ich bereit."

Seine Hand ist immer noch ausgestreckt und wartet darauf, dass ich sie nehme. Vorsichtig trete ich näher und lege meine Hand in seine. Wie beim letzten Mal gibt es wieder einen seltsamen Energieschub zwischen uns, aber es folgen keine ängstlichen Gefühle. Stattdessen werde ich von Aufregung und Vorfreude überflutet. Es ist so, wie ich mir immer vorgestellt habe, wie sich der Weihnachtstag anfühlen würde, wenn ich nicht in einer Pflegefamilie gewesen wäre und tatsächlich Besuch vom Weihnachtsmann und Geschenke bekommen hätte.

Maverick zerrt mich mit sich auf die Fensterbank. Der Wind rauscht durch mein Haar und wirbelt es auf und über mein Gesicht, aber er schlingt seine Arme um mich, und bevor ich mich versehe, springen wir aus dem Fenster.

Ein Teil von mir möchte schreien, aber mit dieser seltsamen Flut von Adrenalin, die mich durchströmt, kann ich es nicht. Als seine Flügel die Luft einfangen und schlagen, um uns mehr Höhe zu geben, schaue ich auf die Schneedecke hinunter, die den Hof des Herrenhauses bedeckt. Sie entfernt sich immer weiter und wir steigen höher und höher, sogar über die Baumkronen.

Ich sollte Angst haben.

Die Erinnerungen an Sir Surchion als Drache, der mich in seinen Klauen hielt, als wir von der Stadt wegflogen, bahnen sich ihren Weg, aber wieder kann ich die Angst nicht festhalten. Sie ist unerreichbar für mich.

Stattdessen muss ich lachen und genieße es, wie die Kälte an meinen Ohren, meiner Nase und meinen Wangen zwickt, während Maverick uns vorwärts treibt. Der Wind pfeift an meinen Ohren vorbei und erinnert mich an Vogelgezwitscher. Ich mag sogar das Gefühl von Mavericks starken Armen, die mich fest an ihn drücken. Es besteht die reale Möglichkeit, dass er mich fallen lässt, und wenn mich die Geschwindigkeit, mit der wir fliegen, nicht umbringt, wird es der Fall aus dieser Höhe sicher tun. Aber, so bizarr es auch ist, ich fühle mich sicher.

Er fliegt uns über einen See, der größtenteils zugefroren ist, und unser verschwommenes Spiegelbild folgt uns, als wir hinüber eilen.

Als ich zu Maverick aufschaue, beobachtet er mich mit einem amüsierten Grinsen, seine dunklen Augen glühen gegen die Blässe seiner Haut und seiner Haare an.

„Wo bringst du mich hin?“, rufe ich über das laute Rauschen des Windes hinweg zu ihm hoch.

„Fast geschafft“, antwortet er und ignoriert absichtlich meine Frage. Vor uns erhebt sich eine schneebedeckte Bergkette aus dem Dunst. Wir drücken uns fester aneinander und rasen darauf zu.

Je näher wir kommen, desto wärmer wird die Luft. Ein dichter Nebel legt sich über die schneebedeckte Erde, und die Geräusche von Zischen und Blubbern werden lauter, je tiefer wir in den warmen Nebel vordringen. Mein Haar wird feucht, aber mir ist nicht mehr kalt. Ich schwitze vor lauter Wärme.

Maverick wird langsamer und lässt uns beide auf

den Boden sinken. Als wir landen, merke ich, dass wir uns immer noch an den Händen halten, und ich ziehe meine schnell weg. Das überwältigende Gefühl des Schwindels verblasst.

„Wo sind wir?“, frage ich ihn, als er ein paar Schritte von mir weggeht und im Dunst verschwindet. Ich versuche, ihm zu folgen, aber es ist schwer, weiter als zwei Meter vor mir zu sehen.

„Heiße Quellen.“ Seine Stimme dringt von rechts zu mir, und ich drehe mich in seine Richtung. Der dunkle Umriss seines Körpers verblasst, als er sich wieder bewegt. Das nächste Mal kommt seine Stimme von hinter mir. „Ziemlich unglaublich, nicht wahr?“

Ich drehe mich um.

„Ja...“ Ein warmer Luftstoß zischt von links an mir vorbei und lässt mich zusammenzucken.

Das fühlt sich langsam an wie ein Gruselkabinett an.

Ich blinzle und versuche, Maverick wiederzufinden, aber alles, was ich sehe, ist Weiße. Ich muss ihn zum Reden bringen.

„Ich wusste gar nicht, dass es in Vermont überhaupt heiße Quellen gibt“, sage ich und warte auf seine Antwort, damit ich ihn ausfindig machen kann.

Nur Stille.

„Maverick?“ Ich laufe blindlings weiter, suche nach irgendeinem Zeichen von ihm. Er würde mich doch nicht hier allein lassen, oder? „Maverick? Wo bist du?“

Eine Warnung kitzelt in meinem Nacken. Ich werde herumgeschleudert und stoße gegen etwas Festes, hart genug, um mir den Atem aus den Lungen zu rauben.

Hände umklammern meine Oberarme, und als ich aufschaue, ist mein Gesicht nur Zentimeter von seinem entfernt, sein Mund schwebt dicht über meinem. Zu nah.

Sein weißes Haar ist zurückgekämmt, und noch mehr Nässe schimmert über seine Haut. Gott, sieht der gut aus.

Seine hypnotisierenden dunklen Augen schweifen über mich, seine Lippen teilen sich, und mein Herz springt mir in den Hals.

Oh nein… Er wird mich küssen.

Aber ich bewege mich nicht. Meine Füße sind in den Schnee gepflanzt, und sein Griff um meine Arme ist stark genug, um mich zu zerquetschen.

Kurz bevor sich unsere Münder berühren, hält er inne. Sein Atem streicht über meine Wange, und ich höre meinen Herzschlag gegen mein Trommelfell pochen. Es fällt mir schwer, einen klaren Gedanken zu fassen; ich kann kaum verarbeiten, was gerade passiert.

„Du bist ein großartiges Geschöpf", murmelt er, fast zu leise, als dass ich es hören könnte. „Ich habe noch nie jemanden wie dich getroffen."

Ich weiß nicht, was ich sagen soll, also schweige ich. Ich kann mich auf nichts anderes konzentrieren als auf seine Augen, seine Nähe und das Kribbeln, das seine Berührung in meinen Armen auslöst.

„Ich fange an zu verstehen, warum sie dich behalten haben…"

Seine Worte zünden in mir. *Sie.* Das heißt, die Dämonen. *Meine* Dämonen.

Cain. Elias. Dorian.

Wie aus einem Traum wachgerüttelt, blinzle ich, presse meine Hände gegen seine Brust und schiebe ihn noch ein paar Schritte zurück. Seine Hände lassen von mir ab, und je mehr Abstand ich zwischen uns bringe, desto besser fühle ich mich.

„Ich... denke, ich sollte zurückgehen", sage ich. Plötzlich fühlt sich das nicht mehr richtig an.

Er runzelt die Stirn, nickt aber einmal. „Wenn du darauf bestehst."

Ich umarme mich selbst und spüre plötzlich die Kälte unter all der erstickenden Hitze. „Ja."

Ein Schatten zieht über sein Gesicht. Verärgert verfinstert sich sein Blick auf mir, und er streckt eine Hand aus, die ich ergreifen kann. „Nun gut."

ELIAS

Ich sitze auf der Couch im Wohnzimmer, schließe die Augen und höre zu, wie Dorian immer weiter vor sich hin brummt, während er sein Buch laut vorliest.

„Die Liebe, die keinen Geliebten von der Liebe freispricht", sagt er auf dramatische Weise, als wäre er Teil eines Shakespeare-Stücks, „hat mich so stark mit ihrem Charme ergriffen, dass sie mich, wie Sie sehen, noch nicht verlassen hat. Die Liebe hat uns zu einem Tod geführt."

Er atmet tief ein und will fortfahren, aber ich nutze die Gelegenheit, ihn zu unterbrechen. „Musst du es wirklich so laut vorlesen? Und so ... dramatisch?"

Dorian zieht eine Augenbraue hoch. „Wie schon gesagt, du könntest ein bisschen Kultur gebrauchen", antwortet er. „Ich dachte, ich helfe dir."

„Nein, danke."

Er klappt das Buch zu. „Gut. Obwohl Dante mit einigen Dingen über die Hölle recht hatte, oder? Sieben Stufen. Feuer und Schwefel." Er seufzt. „Es gibt ein paar Dinge, die ich vermissen werde."

„Vermissen? Warum? Wir haben das Rückgrat. Wir können immer noch die anderen Teile finden und das Tor öffnen, um nach Hause zu kommen."

Dorian legt das Buch zwischen ihm und der Armlehne des Stuhls ab. „Ja, aber ich bin mir nicht mehr sicher, ob ich zurückgehen will."

Seine Worte machen mich stutzig. „Was meinst du? Du willst *nicht* zurückgehen?"

Er drückt einen Finger an die Schläfe und presst die Augen zusammen, als würde ihn das Reden über dieses Thema schmerzen. Wir waren immer auf der gleichen Seite, hatten die gleichen Ziele. Es ging immer darum, die Reliquien zu finden und zurück in die Hölle zu kommen, zu beenden, was wir angefangen haben. Wie lange hat er seine Meinung schon geändert?

Obwohl mir in Wahrheit ähnliche Gedanken durch den Kopf gegangen sind ... nicht, dass ich es ihm gegenüber zugeben würde, da ich noch unsicher bin.

Hatte er also vor, es uns jemals zu sagen?

„Ich weiß es nicht", stöhnt er. „Ich bin mir nicht mehr sicher, was ich will."

Das schockiert mich noch mehr. Dorian war schon immer der bestimmte Typ. Er hat immer nur das Eine im Kopf, und auch wenn das normalerweise zum Sex führt, hat er ein Ziel und hört nicht auf, bis er es erreicht hat. Also, ihn so kämpfen zu sehen, ist seltsam.

„Es gut um Aria, nicht wahr?“, frage ich.

Sein Kinn hebt sich. „Wie kommst du darauf?“

„Es ist das Einzige, was Sinn ergibt. Seit sie in unser Leben getreten ist, stellen wir Dinge in Frage, über die wir normalerweise nicht nachdenken würden.“

„Du hast Recht“, sagt er. „Die Dinge sind jetzt anders. Es zu leugnen, wäre sinnlos.“

„Weiß Cain davon?“, frage ich.

„Nein“, antwortet er schroff. „Und ich möchte, dass es so bleibt.“

Ich starre ihn an.

„Er hat in den letzten Tagen schon genug durchgemacht. Jetzt ist nicht die Zeit dafür“, erklärt er.

Das mag wahr sein, aber er wird es irgendwann erfahren müssen.

Dorian muss meine Gedanken durch meinen Blick lesen können, denn er fügt hinzu: „Ich werde es ihm sagen. Bald. Aber nicht jetzt.“

„Ich...“ Mein Argument kommt mir nicht über die Lippen, als ein Hauch von Vorahnung über meine Haut schießt und die Härchen aufstellt. Extreme Gefahr witternd, schiebt sich mein Hund vorwärts. Ich springe auf die Füße und mein Blick schnellt zur Decke.

Was auch immer es ist, es ist oben.

„Was?“ Dorian rappelt sich von seinem Sitz auf und schaut nun auch auf. „Was ist los?“

Unsere Blicke treffen sich, und in diesem Moment ergreift das Grauen meine Brust.

„Aria“, sagen wir unisono. Dann eilen wir aus dem Zimmer und die Treppe hinauf.

Ich springe vor Dorian her und mache dabei vier Schritte auf einmal. Ich erreiche den dritten Stock in Rekordzeit und schlittere in den Flur, gerade als Aria aus dem offenen Fenster tritt und den Schnee abschüttelt, der an ihren Schultern klebt.

Ihr Haar ist klatschnass, und sie zittert sichtlich.

Ich stapfe zu ihr hinüber, und als sie mich sieht, werden ihre Augen groß, als hätte ich sie gerade auf frischer Tat ertappt.

„Äh... Elias. Ich—”

Ich schaue aus dem Fenster und sehe nur Schnee und die Dunkelheit der Nacht. Was zum Teufel hat sie getan? War sie dabei zu springen?

Ich knalle das Fenster zu und verriegele es, bevor ich zu ihr herumwirble. „Erkläre dich.“

„Was habe ich verpasst?“ Dorian erscheint an meiner Seite. Als er Arias nasses und zerzaustes Erscheinen sieht, blickt er mich an, um eine Antwort zu erhalten. Nur habe ich keine, die ich ihm geben kann.

„Ich... ich...“, stammelt sie und versucht, sich eine Lüge zurechtzulegen, die sie uns erzählen kann.

Ich presse meinen Kiefer zusammen, Wut steigt auf. „Wolltest du fliehen?“

„Was? Nein!“

„Du hast gesagt, du würdest nie wieder weglaufen!“

„Das würde ich nicht – und das habe ich auch nicht!“

„Elias.“ Dorian schreitet ein und versucht, die Situation zu entschärfen, aber meine Temperatur steigt mit meiner Wut. Immerhin hat sie es versprochen. Oder war das alles eine List, bis sie den richtigen Moment gefunden hat? Warten, bis wir lockerer wurden und dann...

„Vielleicht sollten wir das arme Mädchen sich erst einmal erklären lassen, bevor wir uns auf sie stürzen", fährt Dorian fort. „Es könnte mehr dahinterstecken, als ..." Seine Stimme verstummt, als sein Blick auf etwas auf ihrer Hand landet.

Plötzlich verhärtet sich sein Gesichtsausdruck, und er schnappt sich ihr Handgelenk und reißt es hoch, damit wir einen besseren Blick darauf werfen können.

Ein silberner Ring mit einem großen Smaragdstein sitzt an ihrem Finger. Die dornigen Ranken um das Band verraten es.

Das Symbol für eine der sieben Todsünden. Der Ring der Gier.

Maverick.

Scheiße.

Die Angst steht auch Dorian ins Gesicht geschrieben. Der Bastard hat sie erwischt.

„Woher hast du das?", brüllt Dorian. Das „netter-Kerl-Sein" ist jetzt vorbei.

Aria zuckt zusammen, da sie diese harsche Reaktion nicht erwartet hat. „Was? Den Ring?"

Dorian versucht, ihn von ihr wegzuziehen, dreht und zieht, aber das Ding lässt sich nicht bewegen. Sie schreit vor Schmerz auf und reißt ihre Hand weg. „Stopp! Das tut weh!"

„Du musst ihn ausziehen. Jetzt", befiehlt Dorian. „Jetzt sofort."

Sie legt ihre Hand auf ihre Brust. „Warum? Ich verstehe das nicht."

„Aria, hör mir zu", versucht Dorian erneut, diesmal etwas sanfter. Aber ich kann die Frustration sehen, die seine Augenbrauen zusammenzieht. „Du musst diesen Ring abnehmen. Er ist gefährlich. Er ist..."

„Er ist das Einzige, was mir hilft, Sayah zu kontrollieren", gesteht sie, was mich überrascht. „So habe ich mich nicht mehr gefühlt seit... na ja, in meinem ganzen Leben."

Dorian und ich tauschen besorgte Blicke aus. Es kann nicht sein, dass Maverick ihr seinen Ring nur gegeben hat, um ihr mit Sayah zu helfen. Nein. Da steckt mehr dahinter. Da steckt immer mehr hinter.

Sagen wir es Cain? Das müssen wir. Er würde wissen, wie man ihn sicher entfernt.

„Wer hat ihn dir gegeben?", frage ich sie.

Sie zögert, ihr Blick springt zwischen uns hin und her. Unsicher, ob sie wahrheitsgemäß antworten soll.

„Verdammt, Aria!", knurre ich warnend. „Sag es uns!"

„Ein Engel hat es mir gegeben", platzt sie heraus.

Ein Engel?

Ich weiß nicht, ob ich vor Lachen heulen oder darüber fluchen soll. Maverick, ein Engel? Das wäre das Letzte, wozu dieser Schleimscheißer fähig wäre. Er muss die heilige Fassade aufgesetzt haben, um seinen Weg in Arias Gunst zu finden und sie dazu zu bringen, ihm zu vertrauen. Und ich bin mir sicher, dass seine Macht der emotionalen Beeinflussung auch eine Rolle gespielt hat.

Dieser Bastard!

Dorian muss das Gleiche denken, denn er prustet vor Lachen.

Aria scheint nicht amüsiert zu sein. Sie stemmt die Hände in die Hüften und starrt uns an. „Ein Engel. Ist das so schwer zu glauben?“ Sie zeigt auf mich. „Du hast mir selbst gesagt, dass sie existieren. Und dieser hier hat mir geholfen, Sayah zu kontrollieren. Dann gab er mir diesen Ring, und es hat funktioniert. Es hat wirklich funktioniert. Ich spüre sie nicht mehr. Ich fühle nicht—"

„Aria“, beginnt Dorian, „du verstehst das nicht. Diese Person war kein Engel, und dieser Ring ist kein Wundermittel. Er muss abgenommen werden.“

Er greift wieder nach ihrer Hand, aber sie weicht zurück. „Ich erwarte nicht, dass du es kapierst“, schnauzt sie. „Ich habe mich noch nie so erleichtert gefühlt. Es ist, als wäre die Dunkelheit von mir genommen worden. Das ist alles, was ich je gewollt habe. Verstehst du das denn nicht?“

Dorians Gesichtsausdruck verzieht sich zu einem tiefen Stirnrunzeln. „Aria...“

„Nein!“ Sie macht einen weiteren Schritt zurück in Richtung ihres Schlafzimmers. „Ich hätte nie gedacht, dass so etwas überhaupt möglich ist. Ich bin frei. Ich bin endlich frei von ihr.“

Dann wirbelt sie auf dem Absatz herum, stürmt in ihr Zimmer und knallt die Tür zu.

Die Verärgerung wächst, ich stürze mich darauf, bereit, die Tür aus den Angeln zu reißen, sie festzunageln und ihr selbst den Ring vom Finger zu reißen, aber Dorians Hand schießt hervor, um mich aufzuhalten. Er schüttelt den Kopf.

„Wir wissen nicht, wozu er wirklich fähig ist", beharre. „Er muss abgenommen werden."

„Ich weiß. Ja, ich weiß. Aber wir können ihr nicht einfach den Finger abschneiden."

„Und warum zum Teufel nicht?"

Er wirft mir einen sturen Blick zu.

„Was auch immer Maverick geplant hat, es hat funktioniert. Wir müssen es Cain sagen und uns überlegen, was wir als Nächstes tun sollen."

Ich werfe noch einen Blick auf Arias Tür. So sehr ich es auch hasse, ich gebe nach und nicke. Wenn es um die ursprünglichen Sünden und Maverick geht, weiß Cain mehr als jeder von uns. Es wird besser sein, ihm zu sagen, was passiert ist, und von da aus weiterzumachen.

Dorian seufzt. „So viel dazu, ihm nicht noch mehr Probleme aufzubürden."

KAPITEL NEUNZEHN

ARIA

Nachdem ich die ganze Nacht über die Dämonen gegrübelt habe, die versucht haben, mich zu manipulieren und mir den Ring vom Finger zu reißen, gehe ich am nächsten Morgen früh zu Cains Büro, um ihm vom Engel zu erzählen und warum dieser Ring so wichtig für mich ist. Meine Hoffnung ist, dass er es verstehen wird, denn im Gegensatz zu Dorian und Elias lebt auch er mit einer bedrückenden Dunkelheit in sich. Wir teilen diesen Teil von uns. Oder zumindest denke ich das.

So werde ich ihn dazu bringen, es zu verstehen – über seine Empfindungen. *Falls* der Höllenfürst solche Dinge hat.

Als ich sein Büro an der Ecke der Bibliothek betrete, steht er vor dem einzigen Fenster des Raumes und starrt nach draußen. Er ist heute leger gekleidet. Jeans und ein locker sitzendes weißes T-Shirt, die Füße nackt, sein Haar unordentlich... Er sieht fast *menschlich* aus, so bizarr es auch ist, das zu sagen. Ich habe ihn noch nie so gesehen.

Aber es gefällt mir.

Die Morgensonne durchtränkt ihn und verleiht ihm ein sanftes Leuchten, dennoch liegt eine Steifheit auf seinen breiten Schultern, die Sorge um die Dinge, die er nicht ganz abschütteln kann.

Ich blicke auf den Smaragdring an meinem Finger hinunter. Vielleicht ist das nicht der beste Zeitpunkt, um mit ihm darüber zu reden. Vielleicht sollte ich einfach...

„Morgen, Aria", sagt Cain, als er sich zu mir umdreht und sich mit dem Rücken an die Fensterbank lehnt. Trotz der Sanftheit in seiner Stimme bleibt eine Härte in seinen Augen zurück. Seine Aufmerksamkeit fällt auf meine linke Hand, und als er den Ring entdeckt, blähen sich seine Nasenflügel auf.

Sieht aus, als wären Elias und Dorian mir zuvorgekommen, ihm alles zu erklären. Verdammt. Das hätte ich kommen sehen müssen.

Ihre Überreaktion brennt mir immer noch in den Adern. Sie wollten mich nicht einmal anhören. Sie verstehen nicht, wie frei ich mich mit diesem Ring fühle, und ich bezweifle, dass sie das jemals tun werden. Es ist, als ob man jahrelang unter Wasser gehalten wird, nur die kleinsten Atemzüge Luft bekommt, kurz bevor man völlig ertrinkt, um dann plötzlich an die Oberfläche zu stürzen und ein für alle Mal aus den eisigen Tiefen gerissen zu werden. Ich ersticke nicht länger in Sayahs überwältigender Präsenz. Ich kann endlich einfach *ich* sein.

Mit einem langen Atemzug gehe ich weiter in den Raum.

„Ich will mich nicht streiten", beginne ich, was die Wahrheit ist. „Nach allem, was passiert ist, möchte ich einfach etwas Frieden und Ruhe haben. Ich will nicht wieder in unseren Teufelskreis der Streitigkeiten kommen. Du hast in den letzten Wochen viel durchgemacht, und-„

„Das hast du auch", sagt er.

„Nun, ja. Ich schätze, das haben wir alle, aber..."

„Ich will mich auch nicht streiten", fährt er sanft fort.

Ich blinzle. Okay, dann... Ich habe definitiv nicht erwartet, dass er mir sofort zustimmt.

Er macht drei Schritte nach vorne, schließt den Abstand zwischen uns und streicht mit den Fingern über meine Stirn, um lose Haarsträhnen aus meinem Gesicht zu schieben.

„Ich habe dich gehört, weißt du. Während ich zwischen Leben und Tod schwebte. Ich hörte deine Stimme. Ich sah dein Gesicht. Du warst das Einzige, was mich in dieser Ebene hielt... Das Versprechen, dich wiederzusehen."

Ich reibe nervös meine Lippen aneinander, und Hitze steigt mir in die Wangen. „Du... hast mich gehört?"

Naja, das ist peinlich.

Er nickt, und seine Finger wandern mit sanften Berührungen meinen Hals hinunter, bis er den goldenen Anhänger zwischen meinen Brüsten erreicht.

Als er ihn anhebt, lächelt er. „Und ich bin froh, dass du dich entschieden hast zu bleiben."

„Ich bin froh, dass du dich entschieden hast, deinen Teil der Abmachung einzuhalten."

Er lacht, der Klang ist weich und so schön.

Als er wegtritt, landet mein Blick auf dem Ring an seinem Finger. Ein goldenes Band mit einem einzelnen dunkelkarminroten Stein und geflügelten Schnitzereien an den Seiten.

Jetzt weiß ich wieder, wo ich so etwas wie Mavericks Ring schon mal gesehen habe - an Cains Hand.

Aber es sind nur Ringe, und viele Männer tragen sie. Das ist wirklich die einzige Ähnlichkeit zwischen ihnen. Nichts anderes zwischen ihnen ist gleich.

Trotzdem... meine Neugierde überwiegt. „Cain?"

„Hm?" Er geht zurück zum Fenster und starrt hinaus auf den frisch gefallenen Schnee. Draußen ist alles strahlend weiß, und das Morgenlicht spiegelt sich darin und bringt noch mehr Helligkeit in den Raum.

„Dein Ring... Woher hast du ihn?", frage ich ihn.

Der Blick ist immer noch nach draußen gerichtet, die Muskeln in seinem Kiefer verkrampfen sich. Ein Teil von mir wünscht sich, ich hätte die Frage gar nicht erst gestellt. Es ist eindeutig ein wunder Punkt für ihn.

„Von meinem Vater", sagt er.

Ah. Jetzt verstehe ich, was es mit der Angespanntheit auf sich hat. Cain und Luzifer haben nicht gerade die ideale Vater-Sohn-Beziehung.

„Wenn ihr zwei euch nicht gerade gut versteht" - und ich wusste, dass das eine extreme Untertreibung war – „warum hast du ihn dann noch? Warum wirfst du ihn denn nicht in den Müll? Oder besser noch, ins Feuer?“

Er beginnt, das Ding gedankenverloren um seinen Finger zu drehen. „Das ist eine gute Frage“, sinniert er. „Eine, auf die ich nicht wirklich eine Antwort habe.“

„Weil?“

„Weil ich mir nicht ganz sicher bin, warum.“

Meine Vermutung ist, dass es etwas damit zu tun hat, dass man diese letzte Verbindung zur Heimat haben möchte, so beschissen sie auch sein mag. Es war wie bei mir und Murray, als er starb. Sicher, der Kerl hatte seine Fehler, aber seine Wohnung war das, was einem echten Zuhause am Nächsten kam, seit... naja, seit Ewigkeiten.

„Elias und Dorian haben mir erzählt, dass du letzte Nacht auch einen Ring bekommen hast?“, fragt er.

Was für eine Überleitung.

„Ja.“

„Von einem... *Engel*?“

Ich seufze. „Sag mir nicht, dass du auch an mir zweifelst.“

Er dreht sich um. „Glaube ich, dass du letzte Nacht von einem Engel besucht wurdest, Aria? Nein. Das glaube ich nicht.“

Verärgerung kribbelt auf meiner Haut.

„Glaube ich, dass du dazu gebracht wurdest, den Ring anzulegen?“, fährt er fort. „Ja, das glaube ich.“

Obwohl sein Tonfall seltsam ruhig ist, spüre ich, wie wir uns dem Streit nähern, den ich eigentlich vermeiden wollte.

Natürlich würde er sich auf die Seite von Elias und

Dorian stellen. Dämonen halten zusammen, oder so ein Scheiß.

„Ich nehme ihn nicht ab", schnauze ich. „Ich bin Sayah *endlich* los. Sie ist weg. Ich habe mich noch nie so gut gefühlt wie in diesem Moment, und ich weiß nicht wie, aber das liegt alles an diesem kleinen Schmuckstück. Wenn das alles ist, was es braucht, dann werde ich ihn nie wieder abnehmen."

„Das verlange ich nicht von dir", sagt er, was mich verblüfft. „Aber ich sage dir, dass hier Dinge vor sich gehen, von denen du keine Ahnung hast. Dinge, die du nicht verstehen würdest."

„Naja, das ist ziemlich kryptisch."

Was meint er damit? *Dinge, die ich nicht verstehen würde.* Woher will er das wissen?

„Warum erzählst du mir nicht, was los ist, damit ich nicht im Dunkeln tappe? Dann kann ich das selbst beurteilen."

Er blickt weg und gibt mir meine Antwort.

Ich schätze, manche Dinge ändern sich nie, Nahtoderfahrung hin oder her.

Ich hasse die Vorstellung, dass die Dämonen Geheimnisse vor mir haben. Sicher, ich habe in der Vergangenheit Dinge vor ihnen verheimlicht, aber dann habe ich mit allen geredet. Warum denken sie, es sei ok, mich weiterhin im Dunkeln tappen zu lassen?

„Es wird keine weiteren Besuche von diesem angeblichen Engel geben", sagt Cain, seine Stimme wird wieder ernst. Sein Rücken richtet sich auf, und ich sehe mehr und mehr den verhärteten Dämon von früher.

„Wenn Maverick zurückkommt, sagst du es sofort einem von uns."

Ich will gerade argumentieren, als mir etwas klar wird. Er hat Mavericks Namen gesagt. Ich glaube, ich habe ihm nicht verraten, wie der Engel heißt.

„Interagiere nicht mit ihm. Sag nicht einmal ein Wort. Und vor allem, lass dich nicht von ihm berühren."

All diese Befehle. Sie machen mich wirklich wütend. Es ist, als wären wir nicht mehr auf einer Ebene, sondern als wäre ich nur eine Last. Schon wieder. Und das hasse ich mehr als alles andere.

Ich bin kein Kind. Ich bin auch nicht seine kleine Spielgefährtin.

Was haben diese Dämonen nicht verstanden?

Vielleicht war die Entscheidung, hier zu bleiben, ein Fehler.

Ich kann es nicht ertragen, mit ihm im selben Raum zu sein, drehe mich um und stapfe aus dem Büro.

„Aria", ruft Cain mir nach. „Aria, warte."

Ich tue es nicht. Ich gehe durch die Bibliothek und den langen Flur hinunter zum Foyer. Ich kann ihn hinter mir hören, er folgt mir, hält aber immer noch genug Abstand, um mir Freiraum zu geben.

Erst als ich nach dem Türgriff greife, platzt es aus ihm heraus: „Wo willst du hin?"

Ich halte inne. „Ich gehe zu Joseline", sage ich und beschließe es genau in diesem Moment. „Oh, aber dafür brauche ich auch eine *Erlaubnis*, oder? Da ich genau genommen immer noch eine Gefangene hier bin, richtig?“

„Aria“, beginnt er mit einem schweren Seufzer, „du bist keine-„

Ich reiße die Tür auf. „Wirklich nicht? Denn es sieht ganz so aus.“

Er seufzt schwer. „Gut. Geh zu der Hexe. Aber du wirst danach bei der Arbeit erwartet.“

Arbeit.

Aufregung brodelt in mir hoch. Ich war nicht mehr im Fegefeuer seit... Scheiße, es fühlt sich wie eine Ewigkeit an. Das bedeutet, ich werde Charlotte, Antonio und Sting wiedersehen. Andere Leute als grüblerische Dämonen, die versuchen, mein Leben zu kontrollieren. *Normale* Menschen.

Ich werfe einen Blick auf meine Alltagskleidung - Jeans, Pullover und Turnschuhe - und stelle fest, dass ich mich umziehen muss.

Ohne ein weiteres Wort zu sagen, reibt sich Cain die Stirn, sieht verzweifelt aus und schreitet zurück in Richtung Bibliothek, um mich allein zu lassen. Ich warte, bis er außer Sichtweite ist, bevor ich die Tür schließe und die Treppe hinauf eile, um mich für den Tag fertig zu machen.

Ich steige aus der Limousine und wickle meinen Wintermantel fester um meinen Körper. Eine Sache, die ich bei der Arbeit nicht vermisse, ist die „Uniform“-Pflicht. Ich war so lange damit verwöhnt, nur Jeans, bequeme Leggings, übergroße Pullover und Turnschuhe zu tragen, und jetzt, wo ich hautenge Hosen, ein Top und sieben Zentimeter hohe Absätze trage, fällt es mir schwer, den Bürgersteig zu Joselines Wohnhaus hinunterzugehen. Ganz zu schweigen davon, dass es hier draußen extrem kalt ist.

Als ich zur Haustür komme, halte ich inne. Zu jeder anderen Zeit würde ich klingeln und ihr sagen, dass ich da bin, aber ich habe ein ungutes Gefühl, nachdem ich sie auf dem Bürgersteig mit diesem Hexenmeister und diesen Hexen getroffen habe. Zu meinem Glück dauert es nur ein paar Minuten, bis eine andere Person das Gebäude verlässt, also nutze ich die Gelegenheit, um hineinzuschlüpfen, ohne klingeln zu müssen.

Ich bin mir nicht sicher, was ich erwarte. Aber wenn dieses Gefühl falsch ist, dann gibt es nichts, worüber man sich Sorgen machen müsste. Es wird einfach ein normaler Überraschungsbesuch sein.

Nachdem ich mit dem Aufzug hochgefahren bin, erreiche ich ihre Tür in Rekordzeit. Wieder hebe ich die Hand, um zu klopfen, um das Vernünftige und Normale zu tun, aber von drinnen dringen gedämpfte Stimmen. Die Worte sind zu schwer zu verstehen, aber es klingt wie eine andere Sprache. Wie eine Art Zauberspruch.

Scheiß auf Formalitäten. Ich greife nach dem Knauf. Die Tür ist nicht verschlossen.

Langsam bahne ich mir den Weg nach drinnen. Ich erkenne Joselines Stimme sofort, und aus dem schnellen Durcheinander der Worte klingt es definitiv so, als würde sie eine Art Zauberspruch sprechen. Aber es scheint kein Zauber zu sein, den ich jemals zuvor von ihr gehört habe. Sie spricht schnell, wütend, und laute Schläge imitieren ihre Kadenz.

Mein Detektor für dunkle Magie gerät plötzlich aus den Fugen. Ein Kribbeln schießt mein Bein rauf und runter, direkt bis zu meinem Zeh. Mein Puls beschleunigt sich, und mein inneres „Oh Scheiße"-Meter blinkt. Das kann nicht gut sein.

Auf leisen Füßen - na ja, so leise, wie ich es mit diesen verdammten Absätzen schaffe - schleiche ich den Flur entlang zum ersten Zimmer. Die Tür steht einen Spalt offen, und ich stelle meinen Körper in einen komischen Winkel, um einen guten Blick hineinwerfen zu können.

Was ich sehe, friert mich bis ins Mark.

Joseline kniet in der Mitte des gemalten Pentagramms auf dem Boden - gemalt mit etwas, das wie Blut aussieht. Sie ist oben ohne, ihre Brüste sind mit noch mehr Blut verschmiert, und sie taucht ihre Hände in eine der Schalen vor ihr. Aus einer anderen Schale ragen Federn heraus, und als ich mein Gesicht gegen den Türpfosten drücke, um genauer hinzusehen, erkenne ich, dass es nicht nur Federn sind, sondern ein echtes Huhn mit verdrehtem Kopf und gebrochenem Genick.

Oh mein...

Das ist dunkle Magie. *Sehr dunkle* Magie.

Ich wusste es! Ich wusste, dass etwas nicht stimmt! Aber ich hätte nie gedacht, dass Joseline so eine Scheiße machen würde. Und mich dann deswegen anlügen?

Wut sprüht in mir auf. Die protzige Wohnung auf der teuren Seite der Stadt. Die üppigen Möbel und das schicke Dekor. Das ergibt jetzt alles einen Sinn. Gibt es überhaupt eine reiche Mitbewohnerin? Ich fange an zu glauben, dass sie auch darüber gelogen hat. Sie hat diese neue Macht benutzt, um ihren Lebensstandard zu verbessern.

Was für eine Idiotin. Sie wird sich noch umbringen lassen.

Unfähig, das noch eine Sekunde länger mit anzusehen, stoße ich die Tür so weit auf, dass sie mit einem lauten Knall gegen die Wand schlägt. Sie wirbelt herum und springt auf die Füße, die Augen weit aufgerissen, sobald sie mich sieht.

Überraschung.

„Aria!“ Mit einem Blick auf ihre Nacktheit, umarmt sie sich schnell und sucht nach etwas, um ihre Brüste zu bedecken. Sie schnappt sich ein Handtuch von ihrem Bett und hält es an sich. „Was - was machst du hier?“

„Was zum Teufel machst du hier?“, entgegne ich. Ich zeige auf das seltsame, mit Blut gemalte Symbol auf dem Boden. „Was soll das alles? Betreibst du jetzt schwarze Magie? Hast du den Verstand verloren? Und ist das ein Huhn? Du hast ein Huhn getötet?!“

„Aria, hör auf. Es ist nicht das, was du denkst. Es ist...“

„Lüg mich nicht mehr an, Joseline. Wage es bloß nicht.“ Ich drehe mich zu dem anderen Zimmer am Ende des Flurs um, das, von dem sie behauptet hatte, es sei für ihre mysteriöse Mitbewohnerin. Bevor ich auf eine Antwort von ihr warte, stürme ich dorthin.

„Aria, nicht!"

Ich werfe die Tür auf und finde das Zimmer völlig kahl. Leer. Nicht ein einziges Möbelstück darin.

Keine Mitbewohnerin.

Ich kann es nicht glauben. Ich hätte nie gedacht, dass Joseline mich jemals anlügen würde. Die Wahrheit ihres Betruges schneidet mich wie ein Messer direkt ins Herz. Ich hätte nie in meinen wildesten Träumen gedacht, dass sie so tief sinken würde oder so etwas Extremes tun würde.

Jetzt fange ich an, mich zu fragen, ob ich sie überhaupt wirklich kannte.

Ich wirble auf sie zu, die Wut schwirrt in meiner Brust wie ein Schwarm Hornissen.

„Was?", schnappt sie zurück, ihr Körper ist starr. „Du willst nicht, dass ich dich anlüge, gut. Hier ist es. Ich habe keine Mitbewohnerin. Hatte ich noch nie. Es gibt nur mich. Bist du jetzt zufrieden?"

„Willst du bequemerweise die Tatsache auslassen, dass du blutüberströmt, halbnackt und inmitten eines dämonischen Symbols kniest? Und dich für einen flauschigen Teppich und ein Apartment an der Upper East Side verkaufst?"

Sie wird stutzig bei meinen Worten. „Ich *verkaufe* mich nicht an jemanden! Ich gönne mir nur ein besseres Leben, das, was ich mir immer gewünscht habe."

„Und zu welchem Preis, Joseline? Dein Leben? Deine Seele?"

„Ausgerechnet du verurteilst mich", schimpft sie. „Du redest davon, dass ich mich verkaufe, aber guck dich mal an!" Sie zeigt auf meinen Wollmantel und meine hohen Schuhe. „Du hast drei Dämonen gevögelt. Hast dich an ihrem Blutgeld bereichert."

„Du weißt, dass ich keine Wahl hatte! Murray-„

„Ja, ja. Ich weiß. Murray hat deine Seele verkauft, um seine zu ersetzen. Ich habe die schwachsinnige Ausrede gehört", sagt sie. „Naja, es scheint, als hätte er dir einen Gefallen getan, denn du hast die Vorzüge davon genossen, nicht wahr? Während ich mir in zwei Jobs den Arsch aufgerissen habe, um ein Dach über dem Kopf zu haben. Wie ist das fair?"

„Oh, also ist das *meine* Schuld?", brülle ich. „Du willst mir das in die Schuhe schieben?"

„Nicht ein einziges Mal hast du daran gedacht zu fragen, ob ich Hilfe brauche." Ihre Stimme wird immer lauter und bekämpft meine Wut mit einer gehörigen Portion ihrer eigenen. „Wir sollten das zusammen durchstehen, und du hast mich einfach abserviert."

Das meint sie doch nicht ernst, oder? Das kann nicht ihr Ernst sein. Weiß sie, wie lächerlich das klingt?

Die Hälfte der Zeit, die ich mit den Dämonen verbracht habe, habe ich um mein Leben gekämpft. Ich saß nicht auf einem goldenen Thron, trank Tee und aß Kuchen. Was ist los?

Ich durchquere den Flur und starre sie an. „Das Einzige, was dunkle Magie bewirkt, ist, dass du getötet wirst", sage ich. Wenn jemand weiß, wie sehr sie das Leben eines Menschen beeinträchtigen kann, dann bin ich das. Schau nur Sayah an. „Das ist es nicht wert."

Sie gestikuliert in einer großen, ausladenden Bewegung durch die Wohnung. „Wirklich? Dann sieh dich um, was es mir gebracht hat. Alles, was ich mir je gewünscht habe und mehr."

Ich schiebe mich an ihr vorbei zur Tür. Tränen brennen in meinen Augen, die Wut verwandelt sich schnell in Herzschmerz. „Dann kannst du dich ganz allein in die Hölle schleppen, denn ich will damit nichts zu tun haben."

„Ja, also, sehen wir uns dort!", ruft sie mir zu, als ich mich umdrehe.

Dem Drang widerstehend, noch etwas zu sagen, marschiere ich aus ihrer Wohnung. Die giftige Mischung aus Wut und Trauer wirbelt durch mich hindurch, doch als ich in den Aufzug trete und den Abwärtsknopf drücke, kommen mir ungewollt die Tränen.

Joseline war das letzte Band, das ich zu meinem alten Leben hatte, dem dämonenfreien Leben, das voller Hoffnungen und Träume war, so beschissen es auch war. Und jetzt, ohne sie, kann ich nicht anders, als mich zu fühlen, als hätte ich diesen Teil von mir komplett verloren.

Alles, was vor mir liegt, ist eine dunkle und unheilvolle Straße, und sie führt mich direkt in die Hölle.

KAPITEL ZWANZIG

ARIA

„Ich habe dich vermisst, Mädchen“, sagt Charlotte und strahlt, wie sie es normalerweise tut. Heute Abend trägt sie den aufreizendsten feuerroten Lippenstift, einen kurzen Lederrock mit Schlangenhautmuster und ein durchsichtiges Netztop, das alle Blicke auf ihren roten Spitzen-BH und ihr üppiges Dekolleté lenkt. Eines, für das Pornostars ein Vermögen zahlen würden, bei ihr ist aber alles ganz natürlich.

Glückliches Miststück.

Um das Ensemble abzurunden, hat sie ein Halsband mit Metallstacheln um den Hals. Wie es ein Hund tragen könnte. Nicht mein Ding, aber jedem das Seine.

„Wo in aller Welt warst du?“, fragt sie, lehnt sich auf den Bartresen und wackelt mit dem Hintern.

Ich drehe mich auf dem Hocker. Joseline aus meinem Leben zu verlieren, tut mir im Herzen weh. Ich kann immer noch nicht glauben, dass sie so etwas

Dummes tun würde, wie schwarze Magie zu benutzen, um reich zu werden. Sie kennt die Konsequenzen. Ich kann nicht glauben, dass sie mich die ganze Zeit angelogen hat.

Wenn ich wieder darüber nachdenke, stechen mir die Tränen in die Augen. Gott sei Dank gibt es Charlotte. Ihre legendäre Persönlichkeit ist genau das, was ich jetzt brauche, um damit fertig zu werden. Die Ablenkung hilft, und das Fegefeuer ist ein Ort, der vor Fantasie und Ablenkung nur so strotzt.

„Ich bin einmal rund um die Welt gereist, ironischerweise", sage ich. „Wir sind gerade aus Schottland zurückgekommen."

Sie atmet scharf ein. „Schottland? Heilige Scheiße. Was hast du da drüben gemacht?"

Wie soll man das erklären? Wo soll ich überhaupt anfangen?

„Es gibt... Es gibt eine Menge, was ich dir später erzählen muss."

„Später?" Ihre Stimme hebt sich. „Schatz, du erzählst es mir jetzt. Ich muss es wissen." Sie nimmt zwei Gläser unter der Bar weg und dann eine Flasche mit irgendeinem Schnaps. In diesem Moment kommt Antonio mit einem Arm voller Kisten hinter ihr vorbei.

„Du fasst besser nicht meinen Alkohol an, Mädchen", schnauzt er.

Sie winkt ihm mit dem Mittelfinger zu, bevor sie jedem von uns einen Schnaps einschenkt. Zu meiner Überraschung rollt Antonio nur die Augen und bringt die Kiste ins Hinterzimmer. Wäre es Sting gewesen, hätte er ihm eine Standpauke gehalten. Ich schätze, Charlotte hat mehr Einfluss bei der Elfe.

Sie stützt sich mit den Ellbogen auf die Theke, schiebt mein Glas rüber und lächelt. „Mach schon, Chicka. Spuck's aus."

Und das tue ich, beginnend mit unserem zweiten Zusammentreffen mit Sir Surchion am Hafen, Cains Verletzung und dass er fast stirbt, dann geht es zu Cold's Keep, dem Totenbeschwörer, dem Schottland-Rudel und der Schwarzen Burg, bis jetzt. Es ist eine laaaange Geschichte, selbst wenn ich all die Teile über meinen Schatten und die Reliquien auslasse, aber Charlotte bleibt die ganze Zeit über bei der Sache.

Als ich fertig bin, warte ich auf ihre Reaktion. Wie erwartet, ist sie unbezahlbar. Ihre Augenbrauen schießen in die Höhe und ihr Mund bleibt offen stehen, aber statt etwas zu sagen, hebt sie ihr Glas auf und trinkt den Shot aus.

Sie drückt ihre Augen zu, nachdem sie geschluckt hat, um dem Brennen entgegenzuwirken, bevor sie sagt: „Das war viel mehr, als ich erwartet habe."

Ich hebe mein eigenes Getränk an und führe es an meine Lippen.

„Ich dachte, du hättest einen Sex-Urlaub gemacht, oder so."

Ich pruste den Alkohol wieder aus. Peinlich berührt wische ich mir mit dem Handrücken den Mund ab, während Charlotte einen nahegelegenen Lappen nimmt und anfängt, mein Chaos aufzuwischen.

„Sorry, aber Sexurlaub?"

„Du weißt schon schon. Eine Reise, nur damit du

und deine Männer es treiben können? Ein Sex-Urlaub."

Gibt es das wirklich?

Charlotte bricht in Gelächter aus. „Ich nehme an, du hast noch nie davon gehört."

Ich kann nicht anders. Ich lache mit ihr zusammen. „Nicht wirklich."

„Hmm... naja, da du mit zwei der drei Dämonen unterwegs warst, mussten meine Gedanken dahin gehen. Direkt in die Gosse."

Hitze kriecht mir in den Nacken, denn in Wirklichkeit hat sie absolut recht. Dorian, Elias und ich hatten die Nacht zusammen verbracht... *alle* zusammen. Und es war eine der besten Nächte in meinem Leben.

„Jetzt, wo Cain zurück ist, was bedeutet das für Dorian und Elias?" Sie zeigt auf die Flügel-Halskette um meinen Hals. „Du trägst sein Emblem. Ist Cain der, für den du dich entschieden hast?"

„Ja-Nein! Ich meine, so ist es nicht", stammle ich kläglich zu meiner Verteidigung.

Sie klimpert mit ihren langen Wimpern. „Oh, du wählst also nicht?"

„Ich... Ich..."

Sie wartet ein paar Sekunden, bis ich meine Worte gefunden habe, aber ich bin so verblüfft, dass ich nichts Zusammenhängendes formulieren könnte, wenn mein Leben davon abhinge.

Schließlich holt sie dieselbe Flasche unter der Bar hervor und füllt mein Glas wieder auf. Sie schiebt es näher an mich heran und sagt: „Hey, es ist besser, wenn du es nicht musst oder?“ Sie zwinkert. „Je mehr, desto besser, sage ich immer.“

Jetzt bin ich an der Reihe, schnappe mir mein Glas und kippe es in einem Schluck herunter. Es brennt in meiner Kehle und lässt meine Augen tränen, aber es ist genau die Ablenkung, die ich im Moment brauche.

„Entschuldigung, aber ich glaube, hier wollen Leute Bestellungen aufgeben.“ Cains seidige Stimme gleitet von hinten über meine Haut und löst eine Gänsehaut aus. Ich drehe mich um und stelle fest, dass er nur Zentimeter von mir entfernt steht, sein hübsches Gesicht eine Maske aus verhärteter Gleichgültigkeit wie immer.

Als seine eisblauen Augen von Charlotte zu mir flackern, gerät mein Herz ins Trudeln. Ich hüpfe etwas zu schnell vom Stuhl und wackle auf den Absätzen. Seine Hand schießt hervor und ergreift meinen Arm, um mich zu beruhigen.

„Irgendwann kann ich das“, sage ich nervös, als ich das Gleichgewicht wiedergefunden habe.

Er lächelt nicht einmal. Man sollte meinen, dass er nach allem, was er durchgemacht hat, ein bisschen lockerer geworden wäre. Aber nein. Er ist noch genauso steif und zurückhaltend wie immer.

Ich frage mich, ob es am Engelsring liegt und daran, dass ich mich geweigert habe, ihn abzunehmen. Er ist wahrscheinlich immer noch sauer auf mich, aber egal. Er versteht es nicht. Keiner der Dämonen tut das. Um Sayah endlich aus meinem Leben zu haben, würde ich einen Anker um meinen Hals tragen.

„Wir kümmern uns gleich darum“, sagt Charlotte und deutet auf die wartenden Kunden. „Keine Sorge.“

Als er mich loslässt, wendet sich Cain wieder ihr zu, die Lippen zu einer festen Linie gepresst. „Erwartest du heute Abend einen Besuch von Viktor?“

Charlotte wird blass, und ihr Kopf peitscht in Richtung der Eingangstür. Angst funkelt in ihren Augen, wie ich sie noch nie gesehen habe, und ich verstehe nicht, warum. Ist Viktor nicht ihr Geliebter? Als wir das letzte Mal über ihn gesprochen haben, schien sie wirklich in ihn verliebt zu sein. Ist etwas schief gelaufen?

In dem Moment sehe ich es. Ein schwacher violetter und gelber Bluterguss, der unter dem Kragen um ihren Hals hervorlugt, und mir wird flau im Magen.

Oh mein Gott…

Hat er ihr wehgetan?

Sie versucht offensichtlich, es mit dem Halsband zu verbergen, und sie hat Angst davor, dass etwas oder jemand heute Abend in den Club kommt. Viktor ist der Einzige, der Sinn macht.

„Ich…” Sie schluckt. „Das glaube ich nicht.“

Cain nickt, und ich kann mich des Gefühls nicht erwehren, dass er die Wahrheit hinter ihrer Angst kennt, auch wenn sie ihm nichts davon erzählt hat. „Ich denke, es wäre das Beste, wenn wir heute Abend weitere Ablenkungen vermeiden“, sagt er. „Meinst du nicht auch?“

Es ist nicht wirklich eine Frage. Eher eine Warnung.

Charlottes Blick wird schwer.

Er blickt mich ein letztes Mal an. „Aria“, sagt er zum Abschied und geht weg.

Als er im hinteren Flur verschwindet, schaue ich zu Charlotte zurück. Sie schenkt mir ein zittriges Lächeln, eines, das erzwungen ist und ihre Augen nicht ganz erreicht.

Ich möchte sie nach den Malen an ihrem Hals fragen oder was Cain mit Viktors Besuch meinte, aber sie sieht so erschüttert aus, dass ich beschließe, diese Fragen besser auf ein anderes Mal zu verschieben.

„Mann, welche Laus ist dem denn über die Leber gelaufen." Charlotte geht um die Bar herum und schnappt sich dabei ihre Schürze, ihren Bestellblock und ihren Stift. Sie tut alles, um ein gleichgültiges Gesicht aufzusetzen und so zu tun, als ob alles in Ordnung wäre. Aber ehrlich gesagt macht mich das nur noch besorgter. So habe ich sie noch nie gesehen. „Dieser Dämon muss lernen, sich zu entspannen, habe ich recht?"

Ich nicke, aber ich bin zu abgelenkt, um überhaupt gehört zu haben, was sie sagte. Ich kann nicht aufhören, an die blauen Flecken und den verängstigten Blick in ihren Augen zu denken. Selbst jetzt, als sie zu einem Tisch voller unruhiger Kunden schlendert, wirft sie immer wieder Blicke zur Tür, als würde sie darauf warten, dass jeden Moment jemand hereinplatzt.

Als sie mich beim Starren erwischt, wendet sie ihren Blick schnell wieder zu den Paaren und kritzelt deren Bestellungen auf.

Wir arbeiten ein paar Stunden lang so, gehen uns absichtlich aus dem Weg, die Spannung steigt. Im Laufe des Abends füllen mehr Kunden die Sitze und die Tanzfläche, und es wird für uns beide immer mehr zu tun. Ich renne zwischen der Bar und den Tischen hin und her wie ein verrückter Tischtennisball. Und auf hohen Schuhen ist das anstrengend.

Irgendwann in der Nacht entdecke ich Cain wieder. Diesmal sitzt er in einer der Couch-Nischen im hinteren Teil des Clubs, im schattigsten, abgelegendsten Teil abseits der Bühne. Er sitzt mit zwei anderen Männern zusammen und redet zweifellos über Geschäfte. Der Mann war noch vor wenigen Tagen am Rande des Todes, und nicht einmal das bremst ihn aus. Aber Cain ist wirklich nicht der Typ, der eine Pause macht. Selbst wenn sie dringend nötig ist.

Stur wie ein Esel. Das ist es, was er ist. Stur wie ein dämonischer, in der Hölle aufgewachsener Esel.

Mitten im Satz blickt er in meine Richtung und trifft meinen Blick, was mich überrascht. Vor dem ganzen Fiasko mit dem Drachen hätte es mich geärgert, dass wir uns gerade erst so nah waren und er jetzt so distanziert ist. Heiß und kalt, heiß und kalt - das ist Cains Spezialität. Aber nachdem ich ihn fast verloren hätte, habe ich beschlossen, mich nicht mehr zu beschweren. So ist er nun mal. Vielleicht sollte ich es erwarten und mich daran gewöhnen.

„Dieser Dämon muss lernen, sich zu entspannen." Charlottes Stimme schwirrt an meinem Ohr vorbei. Ich drehe mich um und sehe sie vorbeischreiten, ein Tablett mit leeren Gläsern in der Hand. Sie nickt mir zu, damit ich ihr zurück an die Bar folge. „Was er braucht, ist eine gute Nummer."

Meine Augen weiten sich. „Was meinst du?"

„Typen wie ihn gab es in dem BDSM-Club, in dem ich früher gearbeitet habe, ständig. Kontrollfreaks, die ihre Stöcke so weit im Arsch hatten, dass sie mindestens einmal in der Woche kamen, um diese Spannung abzubauen. Um zur Abwechslung mal jemand anderen die Kontrolle übernehmen zu lassen." Sie beginnt, das Tablett abzuladen und das schmutzige Geschirr in die Spüle zu stellen. „Eine Stunde mit einer der Dominas und sie kommen wie neue Männer heraus."

Ich halte inne und denke über ihre Worte nach. Ja, es stimmt, dass Cain Probleme mit Kontrolle hat, aber würde ihn so etwas wie, dass ich die Kontrolle beim Sex übernehme, beruhigen? Für mich klingt das etwas weit hergeholt.

„Glaubst du wirklich, dass so etwas funktionieren würde?", frage ich sie mit leiser Stimme.

Sie nickt. „Oh ja. Auf jeden Fall."

Ich werfe einen Blick über meine Schulter auf den hinteren Tisch. Wieder schaut Cain in meine Richtung, kalte Augen, die mich durchbohren, aber das Gesicht ist so unleserlich wie immer.

Als ich mich wieder zu Charlotte umdrehe, hat sie eine Hand auf der Hüfte und eine Augenbraue hochgezogen. „Hast du jemals versucht, im Schlafzimmer aggressiver zu sein? Abwechslung zu bieten? Das Kommando zu übernehmen?"

Ich kann nicht glauben, dass wir gerade jetzt überhaupt darüber reden. Mein Magen dreht sich um. Für sie mag es okay sein, so offen über ihr Sexleben zu sprechen, aber für mich ist das noch neu.

„Ich nehme das als ein Nein." Sie gluckst. „Naja,

vielleicht solltest du das. Das solltest du vielleicht in Betracht ziehen, wenn du das nächste Mal von ihnen kontrolliert wirst."

„Oh mein Gott, Charlotte."

Sie lacht wieder. „Es gefällt mir, dich peinlich berührt zu sehen", gibt sie zu. „Außerdem gibt es keinen Grund, deswegen verlegen zu sein. Du lebst mit drei sündhaft heißen Dämonen zusammen. Wir wissen beide, dass du keine Heilige bist, und das ist auch gut so. Es gibt nichts, wofür du dich schämen müsstest."

Sie hat Recht, ich weiß. Ich gewöhne mich immer noch an diese Veränderungen bei den Dämonen. Selbstvertrauen war noch nie meine Stärke, aber vielleicht ist es an der Zeit, dass ich etwas anderes versuche. Ich muss mir mehr zutrauen.

„Also ...", fange ich an und beäuge Charlotte, als sie wieder um den Tresen kommt. „Was du da über Cain gesagt hast ... Wie würde ich so etwas überhaupt angehen?"

Sie grinst. „Oh, Schatz. Ich dachte schon, du würdest nie fragen." Sie legt einen Arm um meine Schulter und drückt mich von der Seite fest an sich. „Wann ist deine nächste Pause?"

„Äh..." Ich werfe einen Blick auf die Uhr an der Rückseite der Bar. „In dreißig Minuten, ungefähr?"

Sie tippt auf das Grübchen in der Mitte ihres Kinns. „Ich sag dir was. Ich gönne mir heute Abend auch eine längere Pause."

„Das musst du nicht..."

„Ah, doch", beharrt sie und führt mich wieder

durch den Raum. „Weil ich dir eine Menge beibringen muss und dafür Zeit brauche."

Sie schnippt mit dem Finger in Cains Richtung, und als ich aufschaue, ist er mitten in einem hitzigen Gespräch mit den beiden anderen Geschäftsleuten, aber sein Blick gleitet während des gesamten Austauschs immer wieder in meine Richtung. Ich bin mir plötzlich nicht mehr so sicher mit dieser Idee...

CAIN

„Wir bleiben in Kontakt", sagt Dalmer, während er sich erhebt und seine Anzugsjacke wieder zurechtrückt. Der Mann neben ihm, Bechem, steht ebenfalls auf. Als diejenigen, die alle Drogengeschäfte auf Glensides Straßen überwachen, sind sie nützliche Bekannte. Vor allem, wenn es ums Geldverdienen geht.

Ich persönlich halte nicht allzu viel von Kartellen und dem Drogenhandel. Es ist ein schmutziges Geschäft, aber wir wollten in vielen Dingen mitmischen, um... unseren Einfluss und unsere Macht auf diese Weise zu verbreiten. Und das Geld, das dabei reinkommt, ist immer schön.

Sobald Dalmer und Bechem gegangen sind, sucht mein Blick die Menge nach Aria ab. Ich war während des Treffens allein durch ihre Nähe so abgelenkt, dass ich mehrmals überlegte, mich zu entschuldigen und zu ihr zu gehen.

Aber um was zu tun? Sie in meine Arme zu ziehen?

Sie festzuhalten? Sie zu küssen? Ich war mir nicht sicher.

Eines war sicher, ich wollte, dass sie Mavericks verdammten Ring abnimmt. Aber es gibt nur zwei Möglichkeiten, einen Dämonenring von einem Finger zu bekommen. Der Tod oder der Dämon selbst, und beides wird nicht so bald passieren.

Ich hätte ihr wahrscheinlich sagen sollen, wer Maverick wirklich ist... aber dann hätte ich auch zugeben müssen, dass mein Vater sie im Visier hat. Anfangs wollte ich sie nicht mit Höllensachen beunruhigen, aber es ist klar, dass ich es nicht mehr lange vor ihr verheimlichen kann.

Wir haben versucht, zurück in die Hölle zu kommen, aber es scheint, dass die Hölle zu uns kommt.

So sehr ich sie auch nicht weiter verängstigen will, ich muss es ihr sagen. Um sie zu schützen.

Nachdem ich aus diesem Traum aufgewacht bin... Nein, aus dieser *Erfahrung*, dass ich tagelang zwischen Leben und Tod geschwankt hatte - das hatte mich beeinflusst. Vielleicht mehr als es hätte tun sollen. Ich frage mich, was ich in diesem ewig verdammten Leben wirklich will. Und die einzige Antwort, die mir einfiel, war...

Sie.

Aria.

Es ist eines der wenigen Dinge, für die ich keine Erklärung habe. Aber jetzt, wo sie beschlossen hat, bei uns zu bleiben und den Rest der Relikte zu jagen, kann ich nicht anders, als mich zu fragen, warum. Fühlt sie auch diese seltsame Anziehungskraft? Oder ist das rein eigennützig, ein Weg, aus dem Vertrag herauszukommen und den Rest ihres Lebens frei von uns zu leben?

Ich bin so in meine Gedanken versunken, dass ich gar nicht bemerke, wie Charlotte sich dem Tisch nähert, aber als ich aufschaue, steht sie da mit einem schelmischen Grinsen im Gesicht.

„Ja?“, frage ich, verwirrt darüber, worum es hier gehen könnte. Sie ist eine der dienstältesten Angestellten des Fegefeuers, aber selbst in all der Zeit hat sie sich mir nur selten genähert, um mit mir zu reden. Es sei denn, es ist etwas sehr, sehr schief gelaufen.

„Wir haben einen verärgerten Kunden im Red Room Nummer 6“, sagt sie. „Weigert sich, für seine Sitzung zu bezahlen, macht den Türstehern das Leben schwer, zerstört Dinge. Das ganze Drumherum.“

Ich starre sie einen langen Moment lang an. Sicherlich wäre sie nicht zu mir gekommen, wenn es sich nicht um etwas handeln würde, das nicht auf andere Weise gehandhabt werden kann. Der rüpelhafte Gast muss ein mächtiger Übernatürlicher sein, wenn ich mich darum kümmern muss.

Seufzend stehe ich auf. „Nummer sechs?“

„Jep. Und du solltest dich vielleicht beeilen.“ Sie fährt sich mit der Zunge über die Oberlippe. Die sexualisierte Geste kommt mir in Anbetracht der Umstände seltsam vor. Aber Charlotte war schon immer kokett, also ignoriere ich es und sie eilt zurück auf die überfüllte Tanzfläche.

Ich stelle mich auf einen möglichen Kampf ein, lasse die Schultern hängen und seufze, bevor ich den

Club durchquere und in Richtung der hinteren Halle gehe, wo sich die Red Rooms befinden. Als ich an der Tür mit der Aufschrift „Sechs“ ankomme, lausche ich auf ein Geräusch, das mir verrät, was mich erwartet. In Erwartung von Schreien, Flüchen und Knallen bin ich überrascht, auf der anderen Seite nichts als Stille zu hören.

Absolute Stille.

Seltsam...

Ich öffne die Tür und trete ein, um festzustellen, dass der Ort nicht nur dunkel, sondern auch leer ist.

Verwirrt frage ich mich, ob ich den falschen Raum betreten habe.

Die Tür fällt hinter mir zu, und als ich mich umdrehe, steht Aria da, gekleidet in ein durchsichtiges schwarzes Dessous-Kleid und Strümpfe mit Strapsen mit passendem BH und Tanga. Mein Blick schweift über sie, unfähig zu glauben, was ich sehe, aber es gefällt mir. In der Dunkelheit beleuchtet der schwache rote Schein der Notbeleuchtung jede köstliche Kurve ihres Körpers. Mein Herzschlag rast, und mein Schwanz versteift sich in meiner Hose bei ihrem Anblick.

Es dauert eine zusätzliche Sekunde, bis ich die Fähigkeit wiederfinde, zu sprechen. Sie hat mich auf die bestmögliche Art und Weise überrascht.

„Es gibt keinen unverschämten Gast, oder?“, frage ich, und meine Stimme kommt als heiseres Flüstern heraus. Sie klingt kaum wie meine eigene.

Sie blickt kurz weg, ein bisschen schüchtern, bevor

sie mich wieder ansieht. „Nein“, flüstert sie. „Nur mich.“

„Gut. Das ist mir lieber.“ Ich knurre die Worte fast, während sich meine Hose an meiner Erektion spannt.

Sie lächelt, und erst dann bemerke ich, dass sie Make-up trägt. Rot geschminkte Lippen, rosafarbene Wangen, verdunkelte Wimpern und Augen... Die Schminke betont nur ihre natürliche Schönheit, ersetzt aber ihre Unschuld durch einen dunkleren, geheimnisvolleren Look und bringt die Kühnheit zum Vorschein, von der ich weiß, dass sie sie gerne versteckt hält. Aber nicht vor mir.

Ich trete auf sie zu, das Bedürfnis, diese Seite von ihr zum Vorschein zu bringen, vernebelt meine Sinne, aber bevor ich sie packen kann, drückt sie eine Hand gegen meine Brust und stößt mich einige Schritte zurück. Mit den Kniekehlen stoße ich gegen das rote Ledersofa und falle auf die Kissen.

„Was soll das alles?“, frage ich sie, extrem verwirrt, aber insgeheim genieße ich die Überraschung. Aria umrundet die Couch, bis sie hinter mir steht, ergreift eines meiner Handgelenke und steckt es in einen der vorgesehenen Riemen an der hohen Holzlehne. Als sie es festzieht und den Riegel sichert, weiten sich meine Augen.

„Aria...“, warne ich sie.

Diesmal ist sie schneller, schnappt sich meine andere Hand und schnallt auch diese fest, sodass meine Arme ausgebreitet sind, als wäre ich eine Art Opfergabe.

Natürlich könnte ich mich leicht aus diesen Lederfesseln befreien, auch ohne meine Dämonenform, aber ein Teil von mir ist neugierig, wohin sie das führt. Ein Teil von mir genießt das Spiel zu sehr.

Als sie zurückgeht, um sich mir auf dieser Seite der Couch zuzugesellen, steht sie vor mir und schaut mich an. Ihr Blick fällt auf meinen Schoß, wo meine Erektion meine Hose spannt, und sie grinst.

„Wer hat dich dazu angestiftet? War es Dorian?“, frage ich sie, aber sie schüttelt den Kopf.

„Es muss nicht alles einen Grund haben, Cain“, sagt sie und rückt näher. „Manchmal ist es das Beste, einfach im Moment zu leben. Die Dinge geschehen zu lassen.“

Ich höre ihre Worte, aber das ist so anders als die Frau, die ich kenne, dass ich nicht anders kann, als mich zu fragen, wer dahinter steckt.

Sie muss meine Gedanken lesen, denn sie sagt: „Ich dachte mir, es ist an der Zeit, dass wir beide etwas Neues ausprobieren. Du gibst etwas von deiner Kontrolle an mich ab, und ich ...“ Sie klettert über meinen Schoß, ein Bein nach dem anderen, sodass mein Schwanz perfekt zwischen ihren Schenkeln eingebettet ist. Ich kann ihre Hitze durch meine Hose hindurch spüren. Sie ruft nach mir. „Dass ich dir endlich zeige, wie sehr ich dich will.“

Ihre Worte lassen jeden Muskel in meinem Körper verkrampfen.

Oh fuck...

Instinktiv greife ich nach ihr, will nichts mehr, als diesen herrlichen Körper an mich zu drücken und ihren Mund mit meinem zu erobern, aber ich werde schnell an die Fesseln erinnert, die meine Arme festhalten. Ein Knurren entweicht meinen Lippen.

„Ich glaube, du musst mich aus den Dingern rauslassen", sage ich so nett, wie es mir möglich ist, obwohl mein Puls vor Verlangen donnert. „Das wird dir gefallen. Das verspreche ich dir."

Sie kneift ihre Augen zusammen. „Netter Versuch." Sie beugt sich vor, und alles, was ich sehen kann, sind ihre wunderschönen Brüste, die sich in ihrem BH nach vorne schieben und danach streben, herauszukommen. Ich stöhne bei diesem Anblick.

Weiche Finger finden Haut unter meinem Hemd, als sie am Bund meiner Hose zieht, ihre Berührung brennt. Sie nimmt sich Zeit, ihr Blick verlässt meinen nicht und öffnet einen Knopf meines Hemdes nach dem anderen.

„Bist du sicher, dass das das Spiel ist, das du spielen willst?", warne ich sie, meine Stimme ist rau, während ich damit kämpfe, mein eigenes explosives Verlangen zurückzuhalten.

Sie schluckt laut, aber als sie mein Hemd aufreißt, stiehlt sich ein verruchtes Grinsen auf ihr Gesicht. „Oh, definitiv ja, genau das will ich."

Sie fährt mit ihren Händen über meine Brust, dann lehnt sie sich an mich und küsst mich am ganzen Körper. Ich atme ihren süßen Duft nach Honig und ihrer Feuchte ein. Scheiße, sie ist so erregt, dass ich nur noch daran denken kann, ihr den Tanga herunterzureißen und in sie zu stoßen, damit sie meinen Namen schreit, während ich sie gegen die Wand drücke.

Sie beißt in meine Brustwarze, und ich stöhne. „Härter“, verlange ich.

Ihre Nägel graben sich in meine Seite, und ich zische, als sie mir gehorcht, ihre süße Zunge leckt nach jedem Biss, um den Schmerz zu lindern.

„Du wirst so viel Ärger bekommen, wenn ich frei komme“, necke ich.

„Ist das so?“ Sie hinterlässt eine Spur von Küssen auf meinem Bauch, ihre Finger ziehen bereits an meinem Gürtel. Sie reißt mir gleichzeitig die Hose und die Boxershorts herunter und befreit mich.

Mein Schwanz zuckt, und Aria macht sich daran, mir die Hose auszuziehen und sie irgendwo hinter sich zu werfen, bevor sie sich zwischen meine Beine kniet.

Ich kann nicht aufhören, ihre Schönheit anzustarren, die Art, wie sie ihre Lippen leckt und mich ansieht, während sie meinen Schwanz umgreift. Ihr süßer Mund gleitet über meine Spitze, und mein Herz hämmert in meinen Ohren. Mein Körper donnert mit dem Aufbau von Erregung. Ihr Mund fühlt sich so gut an.

Sie nimmt mich tiefer, während ihre Finger meine Oberschenkel umklammern und festhalten, während sie mich ganz in sich aufnimmt und ihre Zunge über meinen Schaft streicht.

Ich zische, werfe meinen Kopf zurück, das Gefühl ist pure, fleischliche Lust. Meine Hände krümmen sich zu Fäusten, meine Handgelenke drücken gegen die Fesseln. Aber ich versuche nicht, sie zu brechen... nicht, wenn Aria mich so haben will. Also gebe ich ihr, was sie will. Alles von mir.

Feuer und Verlangen drehen sich in mir.

Meine Eier schmerzen vor dem Bedürfnis, sie zu ficken, sich in ihr zu entladen. Ich bin es nicht gewohnt, derjenige zu sein, der sich so unterordnen muss und nicht das Kommando übernimmt. Ich bin der Dominator, derjenige, der immer das Sagen hat, aber ich liebe es, wie sie sich nimmt, was sie will und sich nicht zurückhält. Das ist so verdammt sexy.

Sie wippt auf und ab, ihr Mund saugt, baut eine unaufhaltsame Reibung auf. Mein Brustkorb hebt und senkt sich mit ihr, meine Hüften wippen in ihrem Rhythmus mit. Sie bringt mich um, und es kostet mich alles, mich nicht in ihren süßen kleinen Mund fallen zu lassen.

„Das reicht", knurre ich. „Ich muss dich schmecken. Ich will deine Muschi auf meinem Gesicht, sofort."

Sie küsst mich noch einmal tief, um mich daran zu erinnern, dass sie diejenige ist, die bei diesem wilden Ritt die Zügel in der Hand hält, und ich lache halb, stöhne halb, dann lässt sie ihren Mund von mir ab.

„Das hat dir nicht gefallen?" Sie zuckt mit den Augen und weiß genau, welche Wirkung sie auf mich hat. Sie kniet vor mir und ist so unschuldig, so verführerisch, dass ich kurz davor bin, mich von meinen Fesseln zu befreien. Sie hat keine Ahnung, dass ich ein Raubtier bin, das über sie wacht und bereit ist, alles zu tun, damit sie nie von meiner Seite weicht.

„Ich werde jeden Teil deines Körpers besitzen", sage ich. Als ich in Arias dunkle Augen blicke, verliere ich mich.

Sie steht auf und lässt ihre Hände zu ihrem Tanga

gleiten, den sie herunterzieht, dann steigt sie aus ihm heraus. Mein Herz beginnt zu klopfen, als mein Blick direkt auf den Scheitelpunkt zwischen ihren Beinen fällt. Zu der dünnen, geraden Linie von Haaren, während alles andere rasiert ist.

„Komm mit deiner Muschi hier rüber und spreize deine Beine über meinem Gesicht."

„Du bist derjenige, der Befehle von mir entgegennehmen sollte", sagt sie. „Du sollst hier nicht die Kontrolle haben."

Ich grinse. „Du kannst mir nicht erzählen, dass du es nicht auch willst. Komm her. Lass mich dich verehren."

Sie stürmt fast auf mich zu, ihr Atem beschleunigt sich. Sie macht mich wahnsinnig vor Erregung.

Ich rutsche auf der Couch tiefer... naja, so tief, wie es die Fesseln erlauben. Aria steigt auf die Couch und spreizt wieder meinen Schoß, und die ganze Zeit kann ich meine Augen nicht von ihrer Muschi lassen, wie sie glitzert.

„Komm näher, Hübsche. Knie dich auf die Rückenlehne der Couch", befehle ich, und sie rutscht näher.

Sie greift nach oben und nimmt den Rahmen, der meine Fesseln hält, und sie hebt ein Knie an und legt es auf eine Seite meines Kopfes, dann legt sie genauso schnell das andere auf die andere Seite.

Und ich, naja, mein Kopf wird von ihren herrlichen Schenkeln und ihrer feuchten Muschi eingesperrt. Mein Schwanz zuckt, als ich ihren sexy Duft einatme.

„So ist es gut, jetzt spreiz deine Beine weiter und komm ein bisschen mehr runter."

„Ich weiß nicht, ob ich…“

Ich schiebe meinen Mund bis zu ihrem Feuer und nehme ihre Lippen mit meinen. Sie stöhnt so laut, so schön. Sie ist so feucht und vorbereitet, so bereit. Die Laute, die sie von sich gibt, treiben mich nur an, sie schneller zu lecken, sie mit der Zunge zu ficken, bis ihr ganzer Körper zittert.

In ihrer Muschi steckt alles, wonach ich mich sehne, und meine eigene Entschlossenheit, mich zurückzuhalten, löst sich auf. Ich ziehe an meinen Armen, die Riemen brechen mit Leichtigkeit, meine Hände hungern nach ihrem spektakulären Körper, ihren Kurven.

Ihre Schreie und ihr Schaukeln gegen mein Gesicht halten mich so nah an meinem Orgasmus, aber ich bin noch nicht annähernd fertig mit ihr.

Ich greife nach oben und packe eine ihrer Titten, dann reiße ich den Spitzenstoff aus dem Weg.

„Du hast geschummelt“, stöhnt sie, aber als ich an ihr sauge und ihre Brustwarze kneife, verwandelt sich ihr Protest in einen köstlichen Schrei. Ich schiebe meine Zunge in sie hinein, während ich an ihren Brüsten ziehe und sie quetsche. Sie ist klatschnass und ich spüre, wie sie näher kommt.

Und ein Mann kann auch nicht unendlich viel aushalten … Ich greife ihre Hüften und schiebe sie so weit, dass ich zwischen ihren Schenkeln herausrutschen kann. Ihre Säfte bedecken mein Gesicht, ihr Geruch ist überall auf mir.

Schnell bin ich auf den Beinen und drehe mich zu meinem wunderschönen kleinen Ding um, das sich immer noch an die Stange über mir klammert, den Kopf nach hinten gedreht und mich mit schimmerndem Verlangen in den Augen ansieht.

Die Innenseiten ihrer Oberschenkel glänzen vor Erregung, und ich greife ihr an den Hintern. „Jetzt werde ich dich ficken, und du wirst so schreien, dass dich jeder hier hört. Ich werde dir zeigen, was es wirklich bedeutet, beansprucht zu werden."

Ein kleines, amüsiertes Wimmern entweicht ihren Lippen. Ich greife hinüber, schlinge meine Arme um ihren köstlichen Körper und ziehe sie mit mir zurück, ihren kurvigen Hintern gegen meine Brust gepresst. Ich trage sie an die Seite der Couch, und sie rutscht nach unten, bis ihre Füße den Boden berühren. Aber bevor sie eine Bewegung machen kann, schnappe ich mir ihre Hüften und reiße sie zurück, ihr nackter Hintern gegen meinen Unterleib.

„Hey", protestiert sie.

„Beug dich nach unten." Ich fahre mit einer Hand über ihren Rücken und zwinge sie, sich über die Armlehne zu beugen.

Sie schaut mich über ihre Schulter an, und es gibt kein Zeichen von Angst, sondern eines von absolutem Bedürfnis. Ich schiebe ihre Beine sanft auseinander, und die Spitze meines Schwanzes findet ihren Eingang, als wären wir füreinander geschaffen.

„Du wirst immer mir gehören, verstehst du das, Aria?", sage ich, und schon spüre ich, wie sich ihre Hüften heben, bereit mich aufzunehmen. Von Anfang an habe ich mich zu ihr hingezogen gefühlt, war berauscht von ihr, aber sie hat mich weggestoßen, auch wenn ihr Körper sich nach meinem sehnte. Aber jetzt ist das schüchterne Mädchen verschwunden und wurde durch eine kraftvolle, selbstbewusste Füchsin ersetzt, die ich anbete.

„Fick mich, Cain. Bitte, mach, dass es weh tut."

Ich gebe ihr keine Chance, ihre Meinung zu ändern und gleite in sie hinein. Ich kann mich nicht mehr zurückhalten und langsam tun. Dieser luzide Traum in meinem halbtoten Zustand hat mich dazu gebracht, sie mehr zu brauchen, als ich jemals für möglich gehalten hätte, und ich bin bereit, mich zu befriedigen.

Ich stoße in sie hinein, so hart es geht. Sie schreit, ihr Körper wölbt sich, und ich liebe es, sie so zu sehen. Ich kann mich kaum noch beherrschen und halte mich fest, während sie mit den Hüften wackelt. Ich greife nach vorne, wickle ihr Haar um meinen Arm und ziehe ihren Kopf sanft zurück. Dann stoße ich in sie hinein, nehme sie vollständig ein, rau und hart.

„Oh, Cain, ich bin so..."

„Pst. Du kommst noch nicht", murmle ich, eine Hand in ihrem Haar, die andere gleitet um ihre Taille und zu ihrer geschwollenen Klitoris. Ich streichle sie, muss sie näher und näher schieben, bis sie keine Sekunde mehr aushält. Ich stoße in ihren engen Kern, wieder und wieder.

Ihr Körper summt, die Geräusche, die sie macht, werden lauter. Meine Aria ist jetzt so nah dran. Ich spüre, wie sie sich um meinen Schwanz zusammenzieht, und sie hat etwas so Unschuldiges und Verführerisches an sich. Ich lasse nicht locker, stoße in sie hinein, unsere Körper fallen in denselben Rhythmus.

„Cain, bitte“, fleht sie.

Ich packe ihre Ellbogen und reiße sie nach hinten, sodass sie an meiner Brust anliegt. Ich schlinge meine Arme um ihre Brust und ihre Mitte, vergrabe mich tief in ihr und ficke sie in dieser neuen Position noch härter. Ich liebe es, wie sie sich gegen mich stemmt.

Unfähig, etwas anderes zu tun, als es passieren zu lassen, rollt ihr Kopf zur Seite, entblößt ihren Hals, und ich fahre mit meiner Zunge die Ader hinauf zur Kurve ihres Ohrs. Sie erschaudert.

„Komm für mich. Lass mich dich hören“, stöhne ich gegen ihre Haut.

Fast augenblicklich schallt ihr herrlicher Schrei durch den Raum, ihr Körper vibriert. Ihre Muschi drückt meinen Schwanz, saugt an ihm, und ich verliere alle Kontrolle. So sehr ich mich auch zurückhalten wollte, das Gefühl, in ihr zu kommen, sie mit meinem Samen zu fluten, versetzt mich in ein anderes Reich.

Ein Knurren entringt sich meiner Kehle, und ich komme so heftig zum Orgasmus, dass mein ganzer Körper bebt. Ich weiß nicht, wie lange wir in unserem Rausch waren, aber als ich nach unten schaue, habe ich sie losgelassen und sie ist schwer atmend auf der Couch zusammengesunken.

„Scheiße, Cain, das war unglaublich.“

„Ich bin noch lange nicht fertig.“ Ich ziehe mich aus ihr heraus und starre auf ihre Muschi, die vor meinem Samen trieft.

„Oh, aber ich muss zurück zur Arbeit“, sagt sie, woraufhin ich lache.

„Ich bin dein Boss, und ich sage, wir sind noch

nicht fertig mit dem Ficken." Ich kann kaum widerstehen, sie in diesem Moment wieder zu nehmen, als sie mit dem Arsch in der Luft liegt und sich für mich spreizt.

„So gefällst du mir, ganz weit und feucht."

Als ob sie einen Anschein von Kontrolle zurückgewinnen wollte, windet sie sich von der Couch und steht vor mir, so umwerfend und ganz mein.

„Ich mag diesen Look", sage ich. „Du solltest dich öfter so anziehen."

Sie zieht eine Augenbraue hoch. „Ahh richtig, also keine Unterwäsche und meine Brüste zur Schau gestellt."

„Genau."

„Gut. Dann musst du aber nackt sein."

„Abgemacht."

Ihr steht der Mund offen, als sie erkennt, in welches Netz sie so leicht hineingeraten ist. Sie schüttelt den Kopf und geht, um ihre Unterwäsche zu holen, während sie ihre herrlichen, runden Brüste versteckt.

„Ich habe nicht gesagt, dass wir fertig sind. Wir haben eine Menge nachzuholen, du und ich." Bevor sie antworten kann, kommt ein schlurfendes Geräusch von der Tür. Ich durchquere den Raum und öffne sie, um Charlotte erschrocken vorzufinden, offensichtlich ertappt. Ihr Blick gleitet an meinem nackten Körper hinunter, zuckt aber schnell wieder hoch, um mir ins Gesicht zu sehen. Aria ist an meiner Seite, zugedeckt.

„Hast du... uns belauscht?", fragt Aria mit entsetztem Blick.

„Naja, es klang so, als hättet ihr Spaß gehabt." Sie

grinst. „Außerdem ist es nur fair, wenn man bedenkt, dass du an deinem ersten Tag ein Auge auf mich und Viktor geworfen hast."

Aria keucht und sieht mich an, dann Charlotte. „Warte, was? Ich dachte, diese Wände wären schalldicht."

Charlotte lacht und sagt dann: „Ach Schatz, *so* schalldicht sind die gar nicht."

Ich schließe die Tür vor ihrem Gesicht und drehe mich zu Aria um, die viel schockierter ist, als ich erwartet hatte. „Zieh deine Sachen aus", befehle ich.

„Bist du verrückt? Jeder da draußen hat uns gehört. Ich kann nicht..." Ihre Wangen erröten, und ich nehme sie in die Arme.

„Sie haben noch *gar nichts* gehört." Ich bin weit über den Punkt hinaus, als dass ich jetzt keinen Sex mit ihr haben könnte, mein Schwanz versteift sich bereits. „Also, wo waren wir?"

KAPITEL EINUNDZWANZIG

ARIA

Einige Zeit nach der Arbeit gehe ich die Treppe hinunter in Richtung Esszimmer, um zu Abend zu essen, aber ich werde von Cain empfangen, der aus dem Salon tritt. Mir dreht sich der Magen um, als ich ihn sehe, weil ich weiß, dass ich die meiste Zeit auf der Arbeit damit verbracht habe, von ihm gnadenlos gefickt zu werden, aber als ich seinen grimmigen Gesichtsausdruck sehe, verdreht sich mein Magen stattdessen zu einem festen Knoten.

„Aria, wir müssen reden", sagt er, bevor er wieder in den Salon geht.

Nicht gut.

Da ich keine Ahnung habe, worum es gehen könnte, suche ich in meinem Kopf nach einem Grund, warum er ein ernsthaftes Gespräch mit mir führen möchte. Ich dachte, wir hätten das hinter uns. Das Einzige, was mir einfällt, ist das, was zwischen uns im Red Room passiert ist, und ich dachte, das wäre ganz gut gelaufen. Ich habe es wirklich genossen, und ich dachte, er hätte es auch.

Worum könnte es also gehen?

Als ich eintrete, finde ich Dorian und Elias auch dort. Dorian hockt auf der Armlehne des übergroßen Sessels, während Elias vor dem Fenster auf und ab geht. Er hält inne, als er mich eintreten hört, sein Gesicht ist eine Maske aus gemischten Gefühlen.

„Oh, ich habe nicht erwartet, dass dies eine Gemeindeversammlung ist", scherze ich und stoße ein nervöses Lachen aus. Wie immer lache aber nur ich. Alle anderen sind todernst. Sogar Dorian. Es ist beunruhigend, ihn nicht lächeln zu sehen.

Cain deutet mit einer Geste auf die Couch, dass ich mich setzen soll, aber ich bin plötzlich so nervös, dass ich ablehne. Stattdessen wippe ich auf meinen Zehen.

„Was ist hier los?" Ich beäuge sie alle aufmerksam. „Worum geht es hier?"

„Der Ring", beginnt Cain und nickt in Richtung meiner Hand, in der Mavericks Smaragd sitzt. „Es ist an der Zeit, dass wir dir erklären, was hier vor sich geht. Die Wahrheit."

„Die Wahrheit?" Meine Kehle schnürt sich zu. Was meint er damit? Haben sie mich angelogen? „I-ich verstehe nicht."

„Dieser Ring gehört Maverick", platzt Elias heraus, als hätte er schon ewig darauf gewartet, es zu sagen.

„Ja, und? Das weiß ich", antworte ich. „Der Engel. Er hat mir seinen Namen gesagt."

„Nein, kein Engel", sagt Cain scharf.

„Sogar das komplette Gegenteil“, schimpft Dorian. „Er ist...“

Ein schnelles Klopfen an der Tür ertönt. Die Aufmerksamkeit aller richtet sich auf das Foyer, aber niemand bewegt sich.

Das *Bumm, Bumm, Bumm, Bumm* kommt wieder, diesmal kräftiger, sodass die Wände wackeln.

Langsam steht Dorian auf. „Was zum Teufel?“

Das schnelle Geräusch von Sadies Schritten eilt in den Flur, aber Cain eilt hinaus, um sie aufzuhalten. „Ich mach das schon, Sadie. Danke.“

Wir drei folgen ihm und drängen uns hinter ihm in den Raum. Elias und Dorian sehen besorgt aus, aber ich bin mir nicht sicher warum. Es könnte daran liegen, dass das letzte Mal, als jemand an unsere Tür geklopft hat, es ein Rudel Werwolf-Biker war, die auf einen Kampf aus waren.

Die Angst steckt mir in den Knochen, als ich sehe, wie Cain sich auf die Tür zubewegt. Aber noch bevor er den Griff packen kann, fliegt sie von selbst auf und Joseline stolpert hinein. Sie stürzt in die Mitte des Foyers, schwer keuchend und totenbleich.

Mit hämmerndem Herzen stürze ich zu ihr hinüber und falle auf die Knie. „Scheiße, Joseline! Was ist passiert, Joseline? Bist du okay?“

Sie umklammert meine Arme, die Augen wild vor Angst. Schweiß steht ihr auf der Stirn, und obwohl sie den Mund öffnet, um zu sprechen, kann sie nur einen Haufen unzusammenhängender Laute von sich geben und auf die Tür zeigen. Es ist, als hätte sie einen Geist gesehen oder würde gejagt werden.

Oder beides... Gejagt von einem Geist?

Ich schaue auf und sehe Maverick mit einem schiefen Grinsen im Gesicht hereinspazieren. Joseline rutscht näher an mich heran und hält sich panisch an mir fest.

Elias ist plötzlich auf Maverick und knurrt wütend, als er ihm den Arm verdreht und ihn vor Cain auf die Knie bringt. Maverick zischt vor Schmerz, wehrt sich aber nicht.

Stattdessen beginnt sich seine Gestalt vor meinen Augen zu verändern, als er zu Cain aufblickt. Seine Gliedmaßen werden länger, spindeldürr. Die silbrigen Flügel ragen aus seinem Rücken heraus, und zwei Hörner kräuseln sich auf seinem Kopf.

Ich schnappe ungläubig nach Luft. Nein, das ist definitiv kein Engel. Er ist ein Dämon.

„Begrüßt man so seinen kleinen Bruder?“, fragt er Cain, der vor Wut starr geworden ist.

Bruder?

Der Ring. Ich schaue auf meine Hand und erinnere mich daran, was Cain darüber gesagt hatte, dass sein Vater ihm seinen gegeben hatte. Wenn Luzifer allen seinen Kindern einen gegeben hat, dann ist Maverick nicht irgendein Dämon. Er ist ein weiterer Erbsünden-Dämon.

Wut durchfährt mich. Man hat mich belogen! Ausgetrickst! Maverick spielte mit mir wie mit einer Geige, und ich fiel auf jedes Wort herein.

Kein Wunder, dass Dorian und Elias wollten, dass ich in dieser Nacht den Ring abnehme. Warum hatte ich nicht einfach auf sie gehört? Ich bin so ein verdammter Idiot.

Cain starrt Maverick mit schwarzen Augen an, seine Lippe kräuselt sich vor Abscheu. „Du bist nicht mein Bruder“, spuckt er. „Nicht mehr.“

Elias nutzt die Gelegenheit und schlägt Maverick ins Gesicht. Ein harter Schlag, mehr braucht es nicht, und Maverick spuckt Blut auf den Boden, seine Wange schwillt innerhalb von Sekunden an. Für alles, was er getan hat, wünschte ich, er hätte ihn härter geschlagen.

Aber zu meiner Überraschung lacht Maverick. „Ich sehe, du hast immer noch dein Haustier.“ Sein Blick findet Dorian. „Oder sollte ich sagen, *Haustiere.*”

Dorian durchquert den Raum in zwei langen Schritten, aber bevor er ihn packen kann, landet Elias einen weiteren schnellen Schlag auf die Seite seines Kopfes. Blut strömt ihm vom Ohr den Hals hinunter.

In diesem Moment hebt sich Mavericks Kopf, und die dunklen Augen, die ich einst für warm und einladend hielt, landen auf mir. Jetzt sehe ich das Böse, das in seinem Blick lauert, und ich hasse mich dafür, dass ich es nicht früher erkannt habe.

„Aria“, grüßt er, als wären wir alte Freunde. Mein Magen dreht sich hasserfüllt um. „Genießt du den Ring, den ich dir geschenkt habe?“

„Sprich nicht mit ihr, du Stück Scheiße“, bellt Elias ihn an und hebt erneut die Faust.

„Ich schlage vor, du hörst mal kurz auf, auf mich einzuprügeln, sonst wird unsere kleine Joseline hier schneller als erwartet eine Einzelfahrt ohne Rückkehr in die Hölle haben.“

Alle erstarren an Ort und Stelle.

„Was hast du gerade gesagt?“, frage ich, meine Stimme erhebt sich.

Da er weiß, dass er jetzt unsere Aufmerksamkeit hat, grinst er breit. Blut verfärbt seine Zähne. „Die hübsche Hexe hier hat mir ihre Seele verkauft, im Austausch für große Reichtümer und einen Vorgeschmack auf die dunkle Macht. Stimmt's nicht, Liebes?“

„Das hast du nicht...“, flüstere ich und bete, dass er lügt. *So* dumm kann sie doch gar nicht sein, dass sie einen Dämonenvertrag eingegangen ist.

Joseline antwortet nicht. Sie starrt mich nur mit purer Verzweiflung in ihren Augen an, und ich weiß, dass es stimmt, was er sagt.

Mein Herz setzt aus. „Löse sie aus dem Vertrag“, verlange ich. „Lass sie frei.“

„So funktioniert das nicht ganz, Aria“, antwortet er sanft. „Aber das weißt du ja.“

Verdammtes Arschloch.

Ich greife den Ring an meinem Finger und versuche, ihn abzureißen, aber als wäre er angeklebt, rührt er sich nicht. Er wackelt nicht einmal. Mir bleibt das Herz stehen.

Oh nein! Er klemmt fest!

„Wie wäre es, wenn du ihren Vertrag änderst und deinen Ring von Aria zurücknimmst, oder ich werde dich Glied für Glied in Stücke reißen?“, knurrt Elias.

Dorian tritt vor. „Ich glaube, du meinst 'und', Elias. Nicht 'oder'.“

„Weißt du was? Du hast recht. Lass die Hexe frei,

nimm den verdammten Ring zurück, UND ich werde dich in Stücke reißen, Glied für Glied. Das klingt schon viel besser."

„Na, was sagst du dazu, Bruder?", ruft Maverick Cain zu, der sich seit Beginn der ganzen Sache nicht von der Stelle bewegt hat. „Willst du etwa auch ein Stück?"

Cains Körper ist so starr und steif, dass es aussieht, als würde er jeden Moment explodieren. Die schwarzen Adern säumen seine marmorierte Haut, und ich kann die immense dunkle Kraft spüren, die in Wellen von ihm ausgeht.

Unsicher, was ich noch tun kann, halte ich den Atem an und warte auf den Knall.

Aber er kommt nicht von Cain.

Ein Mann tritt über die Schwelle und blickt mit gelangweilten Augen auf die Szene. Er trägt einen polierten schwarzen Anzug, ein rotes Hemd und eine passende Krawatte und sieht aus, als würde er ausgerechnet hier ein wichtiges Geschäftstreffen abhalten oder vielleicht zu einer noblen Hochzeit gehen. Sein Haar ist dunkel, und sein Schnurrbart und Bart sind ordentlich getrimmt und passen zu seinem hübschen Gesicht.

Als er einen weiteren Schritt ins Haus macht, lässt Elias Maverick fallen, und er und Dorian drängen rückwärts, weiter weg. Fassungslos. Verängstigt. Zwei Dinge, die ich selten gleichzeitig bei ihnen gesehen habe. Sogar Cain ist nicht mehr entspannt. Die Schwärze ist aus seinen Augen und seiner Haut gewichen, und er steht mit offenem Mund da, erstarrt wie eine Statue.

Der dunkle Blick des Mannes trifft den seinen, und ein zufriedenes Lächeln umspielt seine Mundwinkel. Er streckt seine Hände aus, als ob er eine Umarmung erwartet.

„Oh, Cain", sagt er, seine Stimme ist tief, aber seidig weich. „Mein lieber Junge. Ist das eine Art, deinen Vater zu begrüßen?"

Seinen... *Vater*?

Aber dann würde das bedeuten, dass dieser Mann...

Er ist...

Luzifer.

DANKE, DASS SIE DIE BEGIERDE DER DÄMONEN LESEN

Bewertungen sind super wichtig für Autoren und helfen anderen Lesern besser zu entscheiden, welche Bücher Sie lesen werden.

Entdecken Sie mehr Bücher von Mila Young und Harper A. Brooks.

Fangen Sie an zu lesen.

www.milayoungbooks.com/german
https://harperabrooks.com

ÜBER MILA YOUNG

Mila Young geht alles mit dem Eifer und der Tapferkeit ihrer Märchenhelden an, deren Geschichten sie beim Heranwachsen begleiten haben. Sie erlegt Monster, real und imaginär, als gäbe es kein Morgen. Tagsüber herrscht sie über eine Tastatur als Marketing Koryphäe. Nachts kämpft sie mit ihrem mächtigen Stift-Schwert, erschafft Märchen Neuerzählungen und sexy Geschichten mit einem Happy End. In ihrer Freizeit liebt sie es, eine mächtige Kriegerin vorzugeben, spaziert mit ihren Hunden am Strand, kuschelt mit ihren Katzen und verschlingt jedes Fantasymärchen, das sie in die Finger bekommen kann.

Für weitere Informationen...

mila@milayoungbooks.com

ÜBER HARPER A. BROOKS

Harper A. Brooks lebt in einer kleinen Stadt an der Küste von New Jersey. Obwohl klassische Autoren schon immer ihre Bücherregale füllten, fühlt sie sich zu den dunklen, magischen und romantischen Geschichten hingezogen. Wenn sie nicht gerade ganze Welten mit sexy Shiftern oder legendären Liebesgeschichten erschafft, findet man sie entweder mit einer guten Tasse Kaffee in der Hand oder zu Hause beim Kuscheln mit ihrem pelzigen, vierbeinigen Sohn Sammy.

Sie schreibt Urban Fantasy und paranormale Liebesromane.

RONE-PREISTRÄGERIN
USA TODAY-BESTSELLERAUTORIN

Möchtest Du mehr von Harper A. Brooks lesen?
http://BookHip.com/MCBDCN

Tritt der Harper-Lesergruppe bei und erhalte exklusive Inhalte, Sneak-Peeks, Werbegeschenke und mehr! www.facebook.com/groups/harpershalflings

Printed in Poland
by Amazon Fulfillment
Poland Sp. z o.o., Wrocław

83153901R00233